源赖朝

(日)吉川英治 著

袁斌 译

人民日报出版社

图书在版编目（CIP）数据

源赖朝／（日）吉川英治著；袁斌译．—北京：人民日报出版社，2013.5
ISBN 978-7-5115-1853-8

Ⅰ．①源… Ⅱ．①吉… ②袁… Ⅲ．①长篇历史小说－日本－现代 Ⅳ．① I313.45

中国版本图书馆CIP数据核字（2013）第112426号

| 书　　名：源赖朝
| 作　　者：（日）吉川英治 著　袁斌 译

出 版 人：董　伟
责任编辑：袁兆英　刘晴晴
封面设计：未　泯

出版发行：人民日报 出版社
社　　址：北京金台西路2号
邮政编码：100733
发行热线：（010）65369527　65369846　65369509　65369510
邮购热线：（010）65369530　65363527
编辑热线：（010）65369511
网　　址：www.peopledailypress.com
经　　销：新华书店
印　　刷：北京中新伟业印刷有限公司

开　　本：710mm×1000mm　　1/16
字　　数：442千字
印　　张：24
印　　次：2013年7月第1版　2013年7月第1次印刷
书　　号：ISBN 978-7-5115-1853-8
定　　价：49.80元

目录

第一章　雪千丈 / 001

第二章　马上眠 / 006

第三章　世间 / 011

第四章　野山茶 / 018

第五章　继车 / 025

第六章　清盛 / 038

第七章　梅月夜 / 045

第八章　佛子与凡夫 / 054

第九章　春晓 / 062

第十章　砂金 / 070

第十一章　天狗风 / 077

第十二章　山之子 / 086

第十三章　山谷与天空 / 091

第十四章　山祭 / 097

第十五章　神隐 / 104

第十六章　初冠 / 113

第十七章　龙胆 / 121

第十八章　流放所之君 / 127

第十九章　异僧 / 135

第二十章　政子 / 143

第二十一章　一群青年 / 156

第二十二章　雨中轿 / 162

第二十三章　恋之旗 / 171

第二十四章　白衣使者 / 183

第二十五章　蓬壶之人 / 189

第二十六章　老将 / 198

第二十七章　邻国夏日 / 204

第二十八章　雨地·月天 / 211

第二十九章　石桥山 / 224

第三十章　碧血 ／ 232

第三十一章　启航 ／ 239

第三十二章　孤雁 ／ 244

第三十三章　奔赴镰仓 ／ 249

第三十四章　隅田川 ／ 254

第三十五章　忘却惊惧的众人 ／ 263

第三十六章　鹤冈 ／ 268

第三十七章　水禽 ／ 273

第三十八章　兄与弟 ／ 279

第三十九章　乳母之子 ／ 288

第四十章　新府繁昌记 ／ 291

第四十一章　驹 ／ 302

第四十二章　荣华散落 ／ 312

第四十三章　野性 ／ 318

第四十四章　途中之人 ／ 323

第四十五章　名马 ／ 328

第四十六章　木曾大人 ／ 334

第四十七章　马筏 ／ 339

第四十八章　一路通天 ／ 346

第四十九章　佞臣 ／ 353

第五十章　断崖 ／ 358

第五十一章　独愁 ／ 367

第五十二章　同根相克 ／ 375

第一章 雪千丈

"佐少主。"

"佐少主。"

"喂——"

飘零狂乱的白色风雪之夜中，矗立不倒的主从七骑一边高声呼喝，一边拼命找寻着佐少主的身影。

"不见了。"

"遍寻不见啊。"

"方才黄昏之时，抵达筱原堤前，少主还与我等一同前行的啊。"

七人的目光早已黯然无神、惊慌失措，就只能空虚乏力地看着眼前这劲扫四野、肆虐狂舞的白色魔鬼。

"莫不会……已经落入了敌人手中……？"

七人无不心急如焚。一瞬间，七人皆默然不语，任由飘飞的雪花落到眉毛、睫毛、战盔和马鞍上。

平治元年十二月。

即便是在近江国，人们也已知悉昨日，即二十七日的清晨，京都爆发了一场大乱。四明岳和逢坂山的对面，终日狼烟滚滚。湖畔的驿路和驿站中的人们都议论纷纷，说这场战乱的规模，必定远远大于四年前的那场保元之乱。

"——六波罗① 大人有令，凡看到源氏中人，即刻拿下，押解至官府。若是看到义朝人等，休得放行。"

就在这时，平家的武士和驿站的杂役向人们宣布了命令。战事的结果可想而知。人们议论纷纷，都不敢插手多管追讨败将的事。到了二十八日的傍晚，不管是客栈还是住在野外的人家，都紧紧地关上了院门，连盏油灯都不敢点亮了。

"……没办法。"

---

① 六波罗（ろくはら），原为日本京都古代地名，亦为日本古代官职名，是在京都六波罗地方所设的行政机关首领，主要的任务是监视朝廷、统辖西国的御家人。本书之中，以此官职名来指代平清盛。

良久，左马头②义朝怃然言道。此人正是失踪的佐少主的父亲。

看年纪，义朝三十七八的模样。从其眉眼相貌和胯下骑着名马黑桃花毛的身姿，便能一眼看出其身份来。此人乃源氏的头领，虽然刚在六条河原的一战中败北，但身边却依旧簇拥着千余人的兵卒和旗本③。

"我等岂能舍主而去？"

帐下众将士对义朝忠诚不疑。

仓皇离京时，一行还有三四十人。路上却有人借口人多招摇而请辞离去，或是被追兵所杀……其中亦不乏重伤落伍者——越过势多时，一行人就只剩下了父子主从八骑人马。

环顾四周，义朝的身边就只剩下了十九岁的长子恶源太义平和十六岁的次子朝长。

跟随而来的家将，有金王丸、镰田兵卫正清、平贺义信等人。但行进之间，不知何时，之前一直跟在义朝身旁的三男，今年十三岁的右兵卫佐④赖朝却已不见了踪影。

莫不会是被敌人生擒了？

还是被这千丈的积雪给埋住了？

家将们都坚信，佐少主是位性格坚强的公子，可他毕竟只有十三岁，身材太小。况且对义朝而言，比起嫡长子义平和次子朝长来，义朝更珍爱这位三公子——众人尽皆呆立原地，寻思哪怕人已被这千丈的积雪给埋住，若是不能把佐少主给找到，义朝恐怕都是不会往前半步的。

就在这时，义朝道："罢了，赶路吧。他是我的儿子，要是还活着，那就会一个人想办法跟上来的；要是死了的话，那就死掉算了。这也没办法。"

说罢，义朝重新握起手里的黑桃花毛的缰绳，毅然策马向着眼前的伊吹山麓而去。

——不管了。

---

② 左马头（さまのかみ），日本古代官职名，亦称"马寮"，律令制官司之一，主要职能为管理各国牧场，分为"左马头"和"右马头"。本书之中，以此官职来指代源赖朝之父源义朝。

③ 旗本（はたもと），日本古代直属亲兵近卫兵一种称呼。日本古代军制中，士卒并非常年从军，而是在战时由农民等预备兵中募集抽调，而旗本则属于地方军队长官的直属武士，平时不参与农耕劳作，是一种专职直属的下级武士。

④ 右兵卫佐（うひょうえさ），日本古代官职，右兵卫府的次官，相当于正六位下。本书中指代源赖朝。此外，"佐大人"、"佐少主"等称呼，也出于此官职名。

义朝的一句话，令在场的所有人都感到无比吃惊。

平日里，众人都认为义朝是位疼爱子女的慈父。

尤其是在面对佐少主时，简直就是到了捧在手上怕摔了，含在嘴里怕化了的地步。临开战前，他并没有把源家历代相传的宝甲"源太产衣"和宝刀"髭切"赐给嫡长子义平和次子朝长。相反，他却心念阿佐此番乃是初次上阵，便把两件神物赐给了年方十三的三男。

众人本以为，眼下佐少主不见了人影，义朝必定会率先下令掉转马头，让众人分头去找。孰料，竟是——不管了！

义朝抛下这么一句话，自己转身策马而去。看着义朝的身影，手下诸将不由得眼角一热。

此刻大人——义朝的心境，并不难以揣测。

在六条河原，义朝已经损失了众多的家人和兵卒，作为败军之将一路落荒而逃。即便自己的孩子丢了性命，义朝也不能随意吵闹生事。

而此刻，占据义朝内心的念头，也并不只是一个右兵卫佐赖朝和其他孩子的事。他的心思，已经彻底放在如何挽回源氏整体的颓势上。义朝心中，充满了重大的责任感和无尽的遗憾悔恨。

先到西美浓海道沿线的青墓之宿去暂避一时吧。那家客栈的老板名曰大炊。此人的女儿名叫延寿，与义朝曾生下过一女，名曰夜叉。如若此时前去寻访，一家人必定会热情盛待。

那么，之后就可以放手一搏，准备东山再起了。

长子义平召集东山道的源氏人众，率兵攻向京都。次子朝长则下至信州路，集合甲斐源氏。而义朝自己，则可召集坂东⑤一带的族人，再次率军由东海道西进。兵分三路，一举杀向京城。

倘若有朝一日不让清盛、重盛父子也走上一番今日自己走过的这条积雪千丈的败军之路的话，义朝实在难以咽下心中的恶气。若是不能报仇雪恨，自己就再无面目作为武门统领，苟活于世了。此刻的义朝，早已横下了一条心。

这些念头，此刻正在义朝的心中熊熊燃烧，这使他的脸看起来也和平日出现了不同。估计他的内心，想必也一定是悲愤满腔、饱含泪水。

"……"

越是理解义朝心中的这份感觉，众将就越不知道该说些怎样的话来安慰。他

---

⑤ 坂东（ばんとう），日本古代对关东地区的一种称呼。

们就只能俯下战盔的金饰，默然无语地紧紧跟在黑桃花的马尾和铁蹄卷起的雪旋风身后前行。突然间，众将之一的镰田兵卫正清冲着默默走在最前的义朝高叫了一声。

"大人——大人。末将无法理解大人您心中的心思，但末将正清实在是无法放弃少主。请大人您先行一步，末将愿独自返回，在确认过佐少主的生死之后，再来追赶大人您。"

听罢正清之言，义朝道："嗯，这样啊？"

义朝在狂乱的风雪之中掉转马头，一脸满意地重重点了点头。

即便身披铁甲，但在那冷若冰霜的皮肤之下，身为人父的血也依旧沸腾不已。明白了大人的心思，诸将中的金王丸考虑了片刻，紧随镰田正清之后，突然叫道："大人。末将也望暂与大人告别。"

义朝稍稍犹豫了片刻。金王丸又道："求您了。末将欲再度返回京城，确认过众人的状况之后，再行赶赴东国，追随大人鞍前马后。"

眼见金王丸眼眸中熊熊的烈火，听到金王丸情深意切的倾诉。义朝终于答允了金王丸的请求，说了一句"好，你去吧"之后，义朝率领着剩下的四五骑人马，继续向着风雪漫天的远处驰去了。

目送着众人走远，镰田兵卫正清与金王丸两人立刻掉转马头，取道向西，一边呼唤着佐少主的名字，一边前行。尽管一路上根本不见半个人影，二人却也寻思少主或许是被积雪埋住，再或者摔到了田野之间。冲着漫天的风雪和无垠的原野，他们不住地呼唤着少主的名字，缓辔前行了两三里的路程。

"兵卫大人。"

"嗯？何事？"

"抱歉，寻找佐少主之事，就拜托给兵卫大人了。在下将于此处森山宿与兵卫大人分道扬镳，前往京城了。"

看到金王丸转身欲走，镰田兵卫正清冲着他的背影叫道："金王，金王。"

"在。"

"暂且稍待片刻。前方山阴处，似有间小屋。或许乃是猎人小屋。你我不如一同先去那里暂避片刻——"

说着，兵卫正清一马当先，率先策马向着小屋而去。来到屋旁，兵卫正清往屋里窥伺了一下，却不见屋中有人，唯见地上的炉穴中尚残余着些许的余烬。正清将炉穴边的柴火扔进炉中，坐下身去。

"金王。阁下说准备返回京城，但眼下都城之内，除了那些向平家摇尾乞怜，欲图求得苟延残喘的懦夫，凡列名源氏家中之人，已然全都隐姓埋名以避灾祸了……明知山有虎，你还准备偏向虎山吗？"

"正是。战乱刚刚结束一两日，京城之内，想必余烬尚未彻底熄灭。而那些耀武扬威的平家众将，也着实令人气恼。但若见机行事的话，想必定能避开敌人耳目，混入其中。"

"之后呢？"

"阁下是说潜入之后？"

"如此说来……对于此番的使命，阁下心中已大致有头绪？"

"不，此番的使命，并非义朝大人之令。虽然义朝大人从未提起过此事，但在下金王却早已体察到了大人心中的想法。沿途之上，在下也曾多次向大人提起过，但直至方才，大人才终于点头应允了在下的请求。"

"亏得阁下心思机敏。即便我等源氏一门亡于今日，但明日的血缘也同样不会就此断绝。京城之中，必定还留有继承了我等源氏门中血缘之人。"

炉穴中的火焰，再次燃烧起来。

灿烂的火光，映得二人的战盔和太刀熠熠生辉。二人满身的积雪，也化作了点点露水滴落下来，胜似二人心中之泪。

"……"

除却跟随义朝一同上阵的年轻少主之外，在另外的馆驿之中，义朝大人膝下尚有三位不曾离开母亲身边的幼子。

三名幼子的母亲，便是之前在九条院中做杂仕女的常磐御前。此女并非深闺之女，故而平日里并不常在世人前抛头露面，即便是在一族之人的盛事之上，也极少出现。尽管之前此女一直过着与世隔绝的隐居生活，但她与左马头义朝之间，却已生下了时年七岁的今若、五岁的乙若和尚在襁褓之中的牛若三位公子。

第一章 雪千丈

第二章　马上眠

二人并不打算在屋中久留。炉火若是过于旺盛，不但会使人耽于温暖，令之后的路程更觉痛苦，同时还会招人耳目。

稍作逗留之后，二人便离开小屋，再次策马疾驰，到得方才的岔路口。

"后会有期，金王。"

"后会有期，兵卫大人。"

二人心中各自怀着无量感慨，彼此呼唤了一声。

"愿阁下此去一帆风顺。常磐夫人与三位公子的前途，就托付在阁下身上了。"

"在下明白。"

金王答道，语调颇让人感觉放心。金王又道："附近并不太平，阁下也需多加留心，千万保重——愿阁下早日寻得佐少主，赶上大人，平安逃离，踏上美浓路。"

"唔。如此，那就改日东国相见了。"

"嗯。就此别过。"

"就此别过。"

金王独自策马西去。

兵卫正清在路口向东而去，左临琵琶湖，再次四处搜寻起了佐少主的身影。

然而，直到清晨，兵卫正清也依旧未能发现右兵卫佐赖朝的人影。

赖朝丝毫未曾觉察，自己究竟是在何时从父亲兄长和帐下众将的队伍中掉队的。

赖朝一怔，猛然睁开了被雪花覆盖冻僵的眼睑，眼前却已再不见父亲的身影。也看不到兄长和帐下诸将的人影。

"掉队了吗？"

赖朝急忙策马急赶。

赖朝心中一惊，胯下的坐骑也随之一惊，卷起一阵白色的旋风，一路狂奔向前。

但未能疾驰多远，坐骑立刻便又再次疲累了起来。赖朝此刻也同样满身疲累。

他的心中，没有不安，没有感情，甚至没有恐惧。

唯有倦意。

他只是个年方十三的童子武者。虽然身披源氏世代相传的绀缀宝甲"源太产衣"，腰佩"髭切"太刀，跨坐于鹿毛鞍上，看似一位威仪堂堂的武者，但赖朝此时只有十三岁。

"……好困。"

赖朝心无他念，就只有这唯一的念头。

虽然双手已然冻僵，下意识间自然地握住了马鞍和辔绳，但赖朝的脑海却丝毫没有自己此去的方向。就仿佛眼前这白茫茫的天地一般，赖朝的脑海中也同样是一片空白——白色，恍惚之间，赖朝在这无尽的白色中晃动着身体。

回忆间。

他已经无数次地陷入了这种状态之中。或许，自己就是在陷入恍惚之中时，与父亲义朝和家人走散的吧。走在这霏霏纷纷的白毫大雪之中，只需相隔十间二十间的距离，便再也无法看清彼此的身影。而道路之上，也看不到任何的马蹄印迹，分不清众人究竟是取道东行，还是掉头向西了。

——佐少主。

——佐少主。

似乎有人正在呼唤自己。赖朝一惊，赶忙睁大了眼睛。好美！眼前，唯见一片凄美的鹅毛大雪。

赖朝策马上前，并无半个人影，收辔停马，也丝毫感觉不到人的气息。白茫茫一片。空无一人的世间，竟是如此的美。

不知何时，赖朝再次在马上迷迷糊糊地睡着了。

第二章 马上眠

也不知原先是何处的家臣，森山宿中，住下了一名落荒逃来的人称源内兵卫直弘的可怕浪人。

白天，六波罗的武士曾来过此间，召集驿馆客栈的老板官员，训示道："倘若有人遇到左马头一族，抑或其他源氏家人饿极乞食，疗伤求药，可当场和颜以待，将其招至小屋中。待其进入屋中之后，便当即刻投报官衙，或求助于官员、地头武士，务必将源氏之人生擒活捉——休得手下容情。若有人胆敢包藏源氏中人，必当治以重罪。此外，手刃源氏的残兵败将者，献上其人首级，可保汝等出人头地。能否成就一世富贵，全在此天赐良机了。"

岁末年初，正是众人等待着春日再来的时候，源内兵卫却自秋天起便始终是一身布袄。听闻了朝廷颁布的这番诏令之后，他便立刻飞奔到病弱的孩子和叫嚷的女子居住的茅草屋，一边砍伐着屋后树林里的竹子，一边说："春天的脚步终于近了。"

他在削尖的竹竿尖上抹上油，野猪般的眼睛里散发着光芒，大白天的就四处转悠寻觅，却始终无法追寻到半点春天的脚步声。

夜晚来临。

暴风雪暂且停歇之时，幽蓝的月光不时露出脸来。源内兵卫就仿佛一条野狗一般，踏着积雪缓缓来到客栈外。

——咔嚓。

客栈外的马厩里传出了响动声。马匹的身后，两柄长柄刀散发着寒光。

"……是、是谁？"

源内兵卫和对方都吓了一跳。

过了一阵，三人才彼此看清了对方的面容。

"这不是源内吗？"

从马匹草粮堆后边现出身形来的，同样也是这处客栈里的浪人。如今的他，已经彻底一扫平日的懒惰，顶着刺骨寒风，驱散了浑身倦意。

"如何？"

"何事？"

"有什么收获没？"

"没啊。"

"呃……他娘的就只看到天上飞大雁。"

就在三人彼此发泄牢骚之时，雁群斜斜向着湖畔飞去。一骑武者悄悄地走过了呆呆眺望着雁群的三人身后。

驿路上的积雪已被铲开。路旁两侧的积雪，已经堆到了厢房的门口。隔着雪堆，马背上的半个身影一闪而过。

"……唔？"

"嘘。"

长柄刀和竹枪扑到雪堆上，紧跟在武者的身后——然而，马上的武者却丝毫不为所动。他的身上，完全看不到残兵败将的那种惊恐模样。

"这厮怎么回事？"

"哦？他娘的，睡着了啊？"

相反，三个人却犹豫了起来。

武者的身影威风不减。那模样，就如同突然坠落到凡间的星辰一般。虽然三人并不知道武者身上的光芒，是身着的"源太产衣"和腰悬的"髭切"散发出的灿烂光芒，但他们却能看出，此人的装扮绝非常人。

出人头地的良机，已在眼前。三人心中明白，自己已经遇到了春天的脚步声——岂能白白放过——三人彼此使了个眼色，源内率先从雪堆后跳了出来。

"公子留步。"

"……"

右兵卫佐赖朝一愣，愕然回头看着三人。

第二章 马上眠

一名素昧平生的陌生男子用竹枪指着自己，嘴里正念叨着些什么。除却此人，周围还有另外两名手持长柄刀的人，也在瞪着自己。

距离实在太远。对方却也没有擅自靠近。赖朝甚至就连"干吗"都没问一句。

他的心中甚至都没有任何的恐惧。因为之前他早已看惯了长矛大刀沾满血迹的战场。而即便下人手持利刃站在面前，在他看来也不过就像些耀武扬威的螳螂一样。

"公子哥儿，没长耳朵吗？"

"……"

"你从何而来，去向何方？罢了，此事不问也罢。前方并无逃遁之路——公子且下马，我等去给公子备些粥饭。"

"……"

赖朝依旧默然不语，任由马匹缓辔前行。

"嗬，还不停步吗？"

源内兵卫岂容眼看到嘴的肥鸭飞走。他端起竹枪，扑身刺去。赖朝紧紧抱住了马颈。马匹高高抬起了前蹄，疯狂地往后退去。

雪水令竹枪长柄在手中一滑。虽然刺中了什么，但对方却并无任何的反应。源内兵卫心中一急，抛下竹枪，伸手拔出腰间的野太刀①，追在疯狂打转的马匹鞍前。

"唔。"赖朝扭过头去，大喝一声，"你疯了吗？"

刚一开口，他便伸手拔出髭切太刀，发疯地向着源内兵卫的脖颈砍去。

---

① 野太刀（のたち），日本古代兵器太刀的一种。

听到耳边那野兽般的惨叫，看到喷射而出的浓黑之血，赖朝自己也不由得一怔。这一怔，终于让他彻底清醒了过来。

"速速下马。"

对方依旧还在叫嚷。说话之人，正是一手握着长柄刀，一手牢牢抓住马辔不放的男子。

赖朝在马鞍上站起身来，大喝一声"放肆"，隔着马头挥刀砍去。男子往后一跳，前臂却已被刀刃卸下，"哇"地大叫一声，倒在了地上。

血迹如同一把巨伞，在雪地上渐渐扩散开来，看得人心中发毛。剩下那名手持长柄刀之人早已吓得不敢靠近。

赖朝冲着满面惧色之人呵斥了一声"还来吗"，之后便用手中的太刀刀背轻轻拍了拍马臀。

或许是见了血的缘故，赖朝胯下的战马也突然抖擞起了精神，霎时间变得彪悍桀骜起来。它就如雪神一般高高翔跃而起，撕裂开漫天的雪风，疾驰了起来。

突然间，赖朝心中感觉到了一丝畏惧。

父亲上何处去了？兄长呢？一族之人呢？

到了翌日，赖朝甚至不得不和之前跟他相依为命的坐骑道了别。深厚的积雪，让马匹扭断了脚。徒步而行，身上的铠甲尤其让人感觉无比笨重。为了避人耳目，赖朝只得连同马匹一道，弃下身上这代代相传的太刀与战甲，轻装而行。

到得二十八日夜里，赖朝甚至已经到了不记得自己究竟在何处彷徨的地步。睡眠不足，让他只觉得头痛欲裂。赖朝伸手摸了摸自己的耳朵和面颊，毫无知觉，感觉它们就仿佛已经不再属于自己了一般。他的脑子里，甚至就连父亲和兄长的事都无法再想起。不可思议的是，战场的景象，却一直未从脑海中消失过。闭上眼睛，那天从六条河原一直延烧到御所附近的大火和黑烟就会再次出现在眼前，太刀和羽箭划破长空呼啸而来的声音也会在耳边复苏。脑海中回想起来的，是那些少了脑袋、依旧蹒跚前行的躯体和没了双腿的尸体。

这不是恐惧。这绝非是"恐惧"这个肤浅的字眼所能概括的。

"所谓战争，原来就是这样的。"

赖朝的心中，就只剩下了这样的想法。心中满怀着这挥之不去的幻想和回忆，夜里，赖朝在江州浅井山村一户人家的无门厢房下，挤在柴火和腌菜缸的缝隙之间，深深地陷入了睡梦之中。

第三章　世间

黎明时分，那户人家的主人到柴房中拿取柴火，看到赖朝的身影，不由得一愣。

"老婆，你来看下……快点，快点。"

家中的女主人也赶忙跑出厨房，和丈夫一起探头往屋里看了一眼。立刻，她也惊异得睁大了眼睛。

尽管已经到了清晨，赖朝却依旧沉睡在薪柴的缝隙间。旭日的晨光，透过破烂厢房屋檐下垂着的冰柱，洒在了赖朝的脸上。

赖朝的睡脸看上去就如同白玉雕成的佛像，散发着高雅的光芒。稍显修长的面颊下端微微膨胀，无忧无虑的轻轻鼾声相伴而起。

"这是谁家的孩子……？他从哪里来，要到哪里去？"

过了一阵，主人叹息着说。妻子吓得如同小猫小鸟一样，把嘴凑到丈夫耳边说道："不会是残兵败将的孩子吧？"

主人一怔，脸上露出了若有所思般的表情。他默默地点了点头，踮起脚尖走出屋外，与妻子商量了起来。

"咋办？"

"报官吧。"

"看他挺可怜的呢。"

"话是如此，但今日平家的武士都来颁布好几次命令了。若是招致了官府的怀疑，那可就……"

"不，他也实在太过可怜了。咱们膝下也有和他年纪相仿的孩子不是？"

平日里，一家人以制作膏药为生。主屋之中，夫妻俩的孩子和男子们正在捣药炼制。

"那就给他些饭食，再添些味噌，让这孩子走吧。顺带再告诉他一下山路的方向。"

宅心仁厚的男主人叮嘱妻子道。

被人摇醒之后，赖朝立刻就被人赶出了门。

出生以来，头一次接受别人施舍的食物，赖朝热泪盈眶。走进山中，赖朝吃下了夫妻俩施舍的饭食。

浅井的北郡，是一片深山老林。赖朝不住地向着太阳升起的东方走去。来到一处名为小平的地方，他遇到了一位尼姑。

"阁下欲往何方？"

"青蓦。"

"翻山越岭吗？"

尼姑摇了摇头。

若是取道不破关的话，还有些可能，但要在如此大雪之中，翻越过美浓的座座大山，简直就让人想都不敢想象。

"罢了，暂且先到贫尼的草庵中歇息片刻吧。"

眼见赖朝相貌不凡，尼姑开口相邀。但她却什么都没有问。一个月的时间里，赖朝就一直起居于尼庵之中。

昏暗，憋屈，寒冷。

身上裹着稻草和草席，赖朝一直默默等待着尼姑点头，答允自己离去。每一天，充斥在赖朝耳边、让他谙熟于心的，就是尼姑早晚念诵《法华经》的声音。

虽然无法理解经文的意义，但坐在尼庵中聆听，赖朝的心中却总能感到开心和享受。

经文之中，出现了无数的"世尊①"和"释迦牟尼佛"之类的字眼。听过这些经文，赖朝感觉到人世间似乎并非只有平家一门，同样还有一位名叫"世尊"的人。这是一位公明正大、大爱无边的人，赖朝坚信，只要心存善念，那么世尊甚至也会站到自己的一边来。

"越山而去吧。"

听到尼姑的话，赖朝终于走出了尼庵。

树木的枝头上，已经从积雪下萌生出了嫩芽。春日将至的天地，美到了令人目眩的地步，映在了赖朝的心间。十三岁的他，就像是刚从娘胎里出来一样，一边流盼着身边的鸟啼云动，一边沿着山路一路向东。

一名养鹈鹕的渔民离开细谷川的道路，向着村里走去。

---

① 世尊（せそん），古代日传佛教中的神佛，佛陀的尊称。

从方才起，渔民就已感觉赖朝的行动有些奇怪，一直跟在他的身后。最后，渔民终于再忍不住，开口说道："公子欲往何方？"

　　"青墓。"

　　赖朝就只能如此回答。

　　"青墓那边，可有地标？"

　　"唔。"

　　"阁下究竟何人？"

　　"到了或许便会知晓。"

　　"是吗？"

　　问完，渔民再不多言。但他的目光却依旧在不停地打量着赖朝的模样。

　　不可对他人掉以轻心，看清他人内心之中的盘算，还要随时保持警惕。默然走过之前的漫漫长路，赖朝早已自然而然地学会了这一切。

　　"不如在下送公子一程吧。敢问公子何人？是源氏的子嗣吗？"

　　渔民突然问道。一边说，他一边把赖朝随身携带的刀装到了他带来的山芋稻草包中。

　　"此物便由在下来拿吧。公子面似女子，倘若遇人问起，公子便装扮成女子模样，如是回答吧。如何？"

　　此人究竟是善是恶，一时之间，赖朝也难以判断。他默默地把自己的身家性命，交托给了眼前的这位渔民。

　　然而，赖朝心中却没有丝毫的畏惧。自从在尼庵中安顿下来，关于那段战争的回忆，就彻底消失了。经历了大风大浪，面对从浪底露出的世界，他的灵魂甚至感觉到了生趣。

　　"只要到了青墓，就能见到父亲义朝了。还有家中的众将。"

　　脚下的路由北侧翻过群山，开始朝着南面延伸，少年的内心也如同面南朝阳一般，变得明朗了起来。虽然心中不时也会回想起都城的贵公子生活和父亲那壮观宅邸，但赖朝对它们却没有半点的眷恋。一切都自然而然，理所当然。饥饿、痛苦，都不足以引出赖朝内心的感伤之情。

　　几天后，两人抵达了青墓。当听说赖朝去往的目的地是客栈长者大炊的家时，渔民无比震惊。

　　"如此说来，阁下是……？"

　　说完，渔民盯着赖朝的脸庞端详了好一阵。他从稻草包里拿出长刀还给赖朝，之后便连名字也没说就走了。

第三章　世间

之前一直对渔民抱有疑心、处处提防戒备的赖朝脸上，露出了满脸的歉意。

"……啊，这世上果真有世尊呢。"

赖朝喃喃念道。

走了不久，来到大炊的家门前，赖朝才发现大门紧闭，门外还贴着出丧的丧牌。赖朝推开后门，向用人问道："在下乃义朝之子，右兵卫佐。敢问大炊老爷是否在家？"

没多久，一位女性跌跌撞撞地从屋里出来，握住赖朝的手，把赖朝整个人抱进了家中。

此人正是大炊之女——延寿。

"真是可怜。"

延寿泣不成声。但赖朝既不明白眼前的女人和自己父亲之间到底是何关系，心中也并未感觉到如何悲痛，所以赖朝并没有落泪。

但之后——

"令尊离开此地之后，向着尾张方向逃去，正月三日，遭长田忠致奸计陷害，命丧敌手。不光如此，令尊的首级还被送到都城，落入平家之人手中，悬于都城东狱门前的楝树上示众。"

听闻延寿讲述完毕，赖朝毫无表情的脸庞才发生变化，放声恸哭了起来。不管众人如何劝解，赖朝都一直哭个不停。

见赖朝哭个不休，延寿之父大炊厉声叱道："区区如此小事，便如此恸哭不已，那今后还如何活下去？你可是左马头义朝大人的儿子啊！"

接着，大炊又道："令人切齿的还不止于此。"

命丧敌手的不仅只有义朝一人。赖朝的嫡子恶源太义平和次子朝长也已经不在人世了——众人如是告知赖朝。

来到此地之后，义朝便立刻出发前往了尾张。临走之时，义朝按之前安排好的计划，将义平和朝长分别派往了木曾路和信州方面，但半路之上，朝长便因难以忍受之前所受的伤，回到了父亲身边，含泪向义朝说道："孩儿实在是撑不下去了。与其死于平氏的无名小卒手中，倒不如由父亲大人您来动手。孩儿就是期盼着这一刻，所以才一直坚持忍耐着回到您身边的。"

听罢朝长的一席话，义朝言道："你是我义朝之子。"言罢便亲自动手砍下了朝长的首级。

而长子义平则前往了飞驒②，于乡中四处召集氏族之人，一时间倒也编组了一支人数不少的军队，但恰于此时，听说左马头义朝于名古屋附近遇害，首级被送往京都之后，之前聚集到一起的兵卒们立刻四散而逃。见此情状，义平感觉甚至就连自己的身家性命也已是危在旦夕，于是义平暗下决心："既然事已至此，那么就算是单枪匹马，也要上京一闯。只愿能够遇上死敌清盛或重盛，为父亲和族人报仇雪恨，作为义朝之子，壮烈身亡。"

打定主意之后，义平秘密返回了京都。而就在于六波罗附近徘徊之时，却被平家的捕吏发现擒获，押解到了六条河原。只可惜，刚刚跨入二十岁的春天，义平便被残忍地砍下了首级——大炊讲述道。

赖朝抬起早已哭肿的眼睑，一脸恍如梦幻般的表情，聆听着大炊的讲述。

他，已经停止了哭泣。

即便有人让他哭，他的表情也再看不出半点悲伤。相反，赖朝问道："完了吗？"

大炊不停地吸溜着鼻子，而延寿也始终啜泣不已。

"源家的血脉，如今就只剩下公子您了。虽然听说常磐夫人身边还有两位公子，肚子里也还怀着大人的骨肉，但眼下他们却还全都只是些未曾断乳的幼儿。"

大炊吸着鼻涕，擦着眼泪独自讲述着。突然间，大炊扭头看了看默不作声的赖朝。他只觉得赖朝反而似乎是在安慰着自己一样，心中一阵羞愧。

赖朝紧绷着嘴唇，两眼盯着一点，脸上不见半点血色，静静地听着大炊说完。之后，他静静地说道："我已经不想哭了。也请众位别再哭了。"

其后，赖朝说自己稍觉头痛，当夜早早安寝。到了翌日，赖朝突然执意说要前往东国，延寿和大炊极力挽留，但赖朝却摇头不允，独自一人离开了青墓。

"父亲啊！……兄长！"

孤零零地走在春意尚浅的关原小路上，恍惚之间，赖朝不时叫嚷着。抬头远望白云，仿佛父亲就在云端；放眼眺望群山，似乎兄长就在大山的对面一样。

"不在了，他们都不在了。"

而如今，年满十四的自己，也成了无依无靠的孤儿。赖朝再次意识到了这一点。

---

② 飞驒（ひだ），日本古代律令制中，将古代日本划分为六十余国（或"州"）。此处的"国"仅代表一种行政区划，并非"国家"的意思。飞驒国属东山道，又称飞州，领域大约为现在岐阜县的北部。

尾张守平赖盛的家人弥兵卫宗清带着十余名侍从，正走在前往京都的路上。

恰巧，与赖朝撞了个正着。

直到对方走到面前，赖朝依旧神情恍惚，浑然不觉，自顾自地径直走在路上。尽管宗清等人一时间倒也并未起疑，但其余的路人和百姓全都闪出了道，诚惶诚恐地低头趴伏在路边，可赖朝却不知道自己该跪地相迎。

他就只是闪到了路旁，站在路边大树的树根旁，看着对方一行人通过。

"嗯？"

宗清不由得心中起疑。

赖朝也目不斜视地望着宗清。

"藤三，藤三。"

宗清在马上呼喝了一声。一行人中，名叫丹波藤三国弘的侍从赶忙凑到宗清身旁，开口问道："在。大人有何吩咐？"

宗清用马鞭一指。

"站在路旁的那名少年，我总觉得好生面熟。你去把他拿下。此人相貌不似寻常少年，甚为可疑。"

"是。"

藤三连忙扭头望去，可宗清马鞭所指之处，哪里还有什么少年的身影。

跨坐在马鞍之上的宗清却立刻便发现了赖朝的行踪。

"啊，那小子越过道旁树木的堤坝，逃到对面去了。快追！"

宗清突然厉声下令道。

以藤三为首的武士们立刻蜂拥越过了堤坝。堤坝的对面，是一片菜田、麦地和围在农家周围的杂草丛。过了一阵，只听一阵响动，赖朝已被几人绑到了宗清马前。大概是逃跑时摔到沟里的缘故，此刻的赖朝，早已满身污泥。

宗清一边喝令手下不可造次，一边将马首凑到了摔倒在地的赖朝面前。

"小小蟊贼，见我便逃。你知道我是何人？"

赖朝的双手被绑到了身后，他不停地挣扎着。赖朝这么做，并非为了挣脱绑缚，而是手上使不上劲，无法站起身来的缘故。

"叫人扶我起来。"

听到赖朝的要求，丹波藤三道："你不必起来，就这么回答大人的问题吧。"

"不，还是如他所愿吧。"

宗清道。

藤三一把揪住赖朝的衣襟，把赖朝从地上拽了起来。赖朝抬起在地上擦破了皮肤，渗出几丝血丝的脸庞，冲着宗清昂然呵斥道："你先下马。——你这等平家的下级武士，没资格骑在马上如此喝问我。你若有事相询，那就下马来说。"

眼见面前的少年如此癫狂地冲着自己大呼小喝，宗清不觉心中一动，险些冲着赖朝毕恭毕敬地回答声"是"。宗清跃下马鞍，走到赖朝的身旁，郑重地低了低头，柔声问道："敢问阁下尊姓大名？"

宗清的手下们，赶忙驱散了聚到周围看热闹的人群。

听到宗清的柔声询问，赖朝稍稍低了低头。片刻之后，他便再次昂起了头。

"我乃左马头的三男，名为右兵卫佐赖朝。"

赖朝淡淡地回答道。

第三章 世间

第四章　野山茶

在修行佛法的僧人当中不乏许多年轻人。

尤其是在这座位于京都八坂乡的清水寺，因为与东大寺联系密切，寺内也设有奈良学生的宿舍，到了夜里，学生们便聚集到一处进行讨论与聊天，即使是正月的夜里也是如此。

"去看楝树吗？"

"什么是楝树？"

"五条的牢房门前的那棵巨大的树。义朝的首级被悬挂在那里。后来，他的儿子义平的首级也悬于此树之上。"

询问之人听罢不悦地答道："不，不看。"

另一人又说道："其实前天就已经没了。不知道是在何时，我看到首级被人下葬了。"

"被谁？"

所有人的目光都看向了那个人。

"不用说，一定是源氏的余孽。常常可以看到他们不分昼夜地在六条之馆进行灵前守夜，是仰望着主公首级的一族。"

"原来是这样。"

埋葬首级时那慌忙的景象，一瞬间涌入年轻学生们的心头。

"会遭到惩罚的，上天会降下刑罚的。"

其中一人小声地嘟囔道，声音仿佛突然抛过来一般。众人的目光转向那个人。

"何出此言？"

有人追问道。

"真是一个愚蠢的问题。三年前的保元之乱当中，义朝不是对自己的父亲见死不救吗？"

"与其说为义是义朝所杀，不如说是清盛和平家的其他人让义朝杀的。朝堂之上，为义已被判处斩首，所以，即使是义朝也不能对他进行包庇和帮助。若是在朝议上用弓箭杀死主君，则会成为谋反。与其忍气吞声，不如让儿子亲手将自已处死。"

"无论如何，最初向上皇献策，点燃合战的导火索的不就是义朝吗？战败后，上皇被流放到了赞岐，父亲为义也在朝议中被判了死罪，为何时至今日又会……"

"且慢！"

辩论之人情绪激动。

"你方才所说的只是人道论。这个问题不从更大一些的视角上来看是不行的。"

"你在说什么呢，人如果脱离了伦理道德，那还有什么值得夸耀的地方？"

"照你那样说的话，义朝虽然是一个非人道的人，但人生中并不存在任何瑕疵，对于在如今这样剧烈的安定与动荡兴亡的浪潮当中的武将来说，只是遥不可及的一个梦。那么……虽然不能大声说出来，六波罗大人又如何？"

"你又在诋毁平家了吗？"

"我并非感情用事。"

"听上去蛮有道理。"

周围开始响起了众人的说笑声。

"都不要再说了！"

虽然有人这样说，但是在场的那些辩论家仍然在说个不停。

"说到底义朝这个人不过是一介武夫。想要在政治斗争中与平家进行对抗，之前的保元之乱也好，今年的平治之乱也好，很容易就被打败了。"在信西入道等人看来，义朝只是一个很容易被骗的人物，更不用说和六波罗做比较了，虽然不知道武力上如何，但是要论政治头脑，他和六波罗是不能相比的。

先不论平家还是源氏，不能将他们当作幻想或是传说。而且，对于大臣和长者的称呼，即使是在别人听不到的情况下，直呼其名也是不对的。为了表示礼貌和谦逊，自大的行为常常会受到负责教职的僧侣的训斥，但是，当年轻人聚集起来的时候，有时也会将礼仪等规定抛之脑后。

"咦……？"

在场的其中一人突然间竖起耳朵，眼睛看向人群外的地方。紧接着众人都闭上了嘴开始巡视着夜晚笼罩着寒气的墙壁。从某处传来了婴儿的哭声。

婴儿的声音，仿佛便是黎明之声。即便处在这样一个黑暗的时代，那声音却在诉说着存在于未来之中的永恒。

但是，此时正值深夜，在本应没有女人存在的寺院中，哭声更加引起了年轻修

第四章 野山茶

行僧们的疑心。

众人觉得奇怪的并非婴儿。对于陪伴于婴儿身边之人，众人心中涌起种种猜测，浮想联翩。

"莫不会是有人在这佛门清静之地藏匿了女子？"

众人俨然有了一种嗅到他人秘密的感觉，全都骤然压低了嗓门。

"——去看看吧？"

过了一阵，只见角落里的一人站起身来，迈开了脚步。消瘦的人影在墙壁上一阵摇曳，向回廊迈步走去。

"光严。喂，光严。"

屋里有人叫了一声。

"什么？"

光严从门缝里探出了半个身子。

此人年纪尚轻，感觉似乎一直重病缠身，沉默寡言。看他还只有十七八岁模样，常年在此修行的学生立刻便开口逗了他一句。

"你要去看看？"

"是的。"

"干吗这么着急？"

"就是有点挂心罢了。"

"话说，那个把带孩子的女人藏到寺内的人，就是你吧？"

"……"

光严的脸色骤然变得铁青。

话音刚落，一众学生便齐声笑了起来。

"绝无此事。"

光严一脸急忙辩解的表情，引得众人更加感到好笑，相反，却没人留意到他的脸色。

没过多久，婴儿的啼哭之声便再也听不到了。而出门查探情况的光严，不久之后也回到屋里，向众人报告道："也没啥事。"

"没啥事？"

众人当中的一人故意问道。

"嗯。是产宁坂下一家陶匠的老太，半夜里背着总爱夜啼的孙儿来参拜安产菩萨罢了。"

光严一脸严肃地回答道。

"哇哈哈哈。"

"啊哈哈哈。"

众人其实心中早已猜到了几分，他们彼此嘲笑着胡乱猜测的对方，拍了拍手。

借此时机，众人纷纷起身言道，

"睡了吧。"

"嗯，差不多也该安寝了。"

说着，众人的身影消失在了供他们安寝的巨大伽蓝之中，屋中就只剩下三四个人，打扫众人吃剩的麦煎饼，收拾灯火。

打扫收拾完毕，关上格棂悬窗，等到清水寺中最后一盏灯火也熄灭之后，从花顶山到东山一带，就只剩下风声还在猎猎作响了。

远处的夜雾下，加茂川的水面似乎已经结上了一层薄冰，隐隐发白。虽然战事已暂时告一段落，但京中却依旧不大安全。六条附近在战火中化作了一片巨大的废墟，而六波罗周边的长明灯光，也彻底消失不见了。

"常磐夫人，请开门吧……您不必担心。我是方才来过的光严。……常磐夫人。"

音羽的瀑布，也化作了冰柱。本以为是树叶，但定睛一看，从御堂的格棂悬窗和边缘上散落下来的，却是白色的雪珠。

"常磐夫人，您已经安寝了吗……请您还是起来一下吧。我是光严。"

此处地处产宁坂之上，背靠着音羽山。光严一边留意着周边的动静，一边推开了安产菩萨御堂的门扉。

"好的……这就来。"

御堂中传出了回话声。

那声音很低。即便如此，却也完全可以从嗓音中听出女子的年纪。

御堂里传出轻微的响动声。过了一会儿，御堂门扉的缝隙间，射出了微弱的亮光。这是一间之前从未有人住过的殿宇，悬窗破旧不堪，墙壁上沾满煤灰，屋顶滴答漏雨。尽管殿宇早已破败不堪，但如今，却有人在此过夜。

这样的事，本来便足以招人疑心了。光严忐忑不安地站在殿门之外，等待着里边的人开门。

"御前夫人……恕小人失礼，如今情势危急，请您就别再执着于梳妆打扮，尽快开门吧。"

第四章 野山茶

听到光严的催促，里边的人也赶忙回了话。

"好，好。立刻便来。"

屋中之人的回话中，带着一丝悲切的感觉。光严虽然于心不忍，但他却依旧强忍着内心的怜悯和歉意，补充道："有劳了。"

话音刚落，殿门便轻轻地开启了。冷若冰窟、灯火摇曳的御堂中，端坐着一尊头顶直达天花板的观世音塑像。

然而，刚一踏进御堂，一阵令人回忆起自己往昔的甘甜气味便彻底包围了光严。这，是一股让人感到温暖的母乳气味。

"终于安寝了啊。"

就在观世音塑像的衣角之下，以塑像的台座当屏风，木质的地板上铺着两床草席。女子重新在草席上坐下了身。光严坐到女子的对面，凑头看了看对方怀里的孩子。

"嗯，睡得很香。"

常磐也低头看了看自己臂弯里的孩子甜美的睡脸，叹息般地喃喃说道。

过了年关，牛若就要满两岁了。这孩子生来就是一副倔脾气，再加上刚刚经历了年末的那场战事，不光夜里不肯安睡，有时还不愿吃东西，弄得常磐的母乳也彻底没有了。如今天寒地冻，夜里却连床被褥也没有，也难怪孩子会半夜啼哭。

"嗯，公子们都睡得挺香的呢。"

一时之间，光严忘记了自己此番前来的目的，两眼望着另一张草席，由衷地感叹道。

为了抵御严寒，今年六岁的乙若和八岁的今若抱在一起，已然陷入了甜美的梦乡。两人身上，就只盖着母亲身上脱下的那件薄薄的单衣。

看到眼前骤然变化的境遇，光严感觉心中一阵发堵。世事无常。在平日的讲经和杂谈之中，众人总是常常把这句话挂在嘴边，即便听到了它，心中也不会涌起任何的感触。可是，亲眼看到他人徘徊于这无常变幻的世间时，光严的心中却也不禁感到了一丝感伤。

这三位公子并非他人，正是直到前不久还被源氏的众人尊为弓矢栋梁、族人尊者，与六波罗的清盛和小松大人一门之人彼此争长的左马头义朝的遗孤。

而这三位公子的母亲——

则自幼侍奉于九条的女院，虽然不过只是个身份低微的杂仕女，但义朝却凭借着其权势，在一众美女中千里挑百，百里挑十，十里挑一，最后唯一选中的就是这位常磐夫人——她的端秀美貌，在京城的街头甚至引起了传闻。

十四岁时初描黛眉，十五岁时便已帘内曳裳——当时，所有人都没有想到，这个曾被众人羡慕不已的她，竟会在二十三岁时，便带着三个年幼的孩子居无定所地四处流浪，甚至还得在这佛家的清冷厢房中忍受这冬日的严寒之夜。

想到这一切，光严只觉得自己实在是无言以对，相反，只能一脸不可思议地盯着坐在对面的常磐的眼睑。

正事要紧——

光严横下一条心，突然开口说道："常磐夫人，请恕小人无礼。如今这御堂也已不再太平。夤夜之中，四下俱寂，即便身处远处的大雄宝殿，也能听闻到公子的啼哭之声。"

"倒也难怪。这孩子一哭起来，感觉就跟着火了一样。"

"学寮之中的年轻学生们今晚也曾心中起疑，险些到处查探哭声的来源呢——半个月之前，您藏身于后山的花顶堂中，因那边难以运送食物，所以才在前日夜里让您搬到了这边，但此地人多眼杂，相较于后山，此地反而更不太平。"

"让阁下操心了。这也是在所难免之事。我等另寻去处便是。"

"这个……小人实在是难说出口。"

"不不，从除夕夜到今日，我等母子四人能够躲过六波罗的眼线，一直活到今天，全都拜阁下的慈悲心怀所赐。"

"夫人言重了。"

光严一脸心痛的表情。

"小人虽然身着法衣，但亡父和叔父，却都与源氏有些血缘宗亲的关系。而小人的从堂兄弟金王丸，更是自小便侍奉于六条的御馆①之中，义朝大人造访夫人您的时候，他还总是伴随同行呢。"

"……"

突然间，常磐怀中的婴儿磨蹭着小脸，开始找寻起了母亲的乳房。光严只觉得心中一阵发堵，噤声不语了。

仔细一看，牛若却又已经再次安睡。光严故意压低了自己的嗓门。

"——所以，年末的二十六日清晨，战事爆发，都城街镇上燃起熊熊烈火，升

第四章 野山茶

---
① 御馆（おやかた），日本古代城堡的古称。日本古代城堡不完全类似西欧中世纪城堡，并非全部都是多层建筑，因而单层的城堡大多称为"御馆"。后文中出现的"馆主"、"御馆大人"，皆循此类。（P36）

起浓黑烟雾之后，小人便寝食难安，一直在担心着御馆的安危，惦念着夫人和几位年幼公子的情况。白日之间，小人也曾在此地看到过从街镇上升起的浓浓黑烟……其后，除夕之夜，小人的从堂兄弟金王丸便背负着几位公子，带着夫人您到这里来了……"这可正是我等一报当年源氏一门对我父祖恩情的时机。光严，一切就拜托你了。我还得去看看由近江路赶往美浓的馆主大人一行的情形"——当时，金王丸就是如此对小人说的。感觉到他对自己的信赖，心中暗觉喜悦的同时，小人却也为身在佛门之中的自己感到悲哀。万没想到，小人竟是如此的无力。即便小人难以违背自己的良心，但若是小人再继续藏匿夫人您和公子们，最终你们还是同样会落入六波罗捕快的手中，被他们押去邀功请赏。此事万分火急，切不可有半分延误，更等不及明日了。"

"我知道了。我们会趁夜悄悄离开此地的。"

"……实、实在是万分遗憾。"

一直强忍着的泪水，终于溢出了眼眶。光严用法衣的衣袖遮住了自己的脸。

"若非小人自幼身体病弱，小人却也甘愿重返武门，伴随夫人而去。"

越是身子病弱，心中的血气涌起得便越强烈。光严呜咽着继续说道。

"尽管小人这话听起来就似是在驱赶本已走投无路的夫人您和公子们一样，但还请您谅解小人，其实小人心中也痛苦万分……夫人，请您原谅小人吧。"

说着，光严便伏在地上号泣了起来，但常磐的双眸却怔怔地盯着御堂的墙壁，并未流下半滴眼泪。她的双眼，就仿佛结冰的池塘一样，早已忘却了哭泣。

第五章　纰车

时近二月，黄昏的天空天色昏沉，冰寒彻骨。

伏见的船户津上，小小的毡船就如同聚集而来的水鸟一般，密密麻麻地挤在桥下和岸边。

水面上，依旧泛着载着旅人破浪而行的只只小舟。同样也有将各村的杂谷和炭薪运往京城市集去的货船。鹈鹕渔民的小舟被拴在岸边，如今早已无人顾及。白天时，白拍子[①]居住的船上似乎空无一人，可每到夜里，他们就会在毡布外挂上红灯，宛如星辰，招揽着那些寻求欢乐的男子。

如此看来，河面之上的人们，其实也同样有着春秋的命运，每一天，都在为了生计而奔忙着。

"给二位添麻烦了。多亏两位的好意，孩子们也打起些精神来了。前往墨染的话，兴许此番踏访的人家也会收留我们母子……就此别过。"

水面之上。

狭小的毡船之中。

为了赡养病弱的母亲，一对年轻美貌的白拍子姐妹经营着这艘小船。今日清晨，白霜尚未散去，前往集市买东西的妹妹在回程路过的町屋厢房的角落里，发现了这已被冻僵的母子四人。

——真是可怜。

白拍子的妹妹搀起了这个手里牵着两个饥饿的孩子，怀中抱着婴儿，蹲在街头的霜雾中的贵妇人，把他们母子四人带到了船上。

离开清水寺观音堂，度过了几天几夜，甚至就连常磐自己也觉得，自己竟然还能活到今日，这简直让人感觉不可思议。回首往昔，常磐自己并非自幼便身处宫闱之中的侍女，年幼之时，她也曾在长满杂草的乡下踏过麦子，捣过粗米，到了十岁、十一岁时，也曾头顶着篮子和筛子，走在京城的大街小巷，贩卖过蔬菜水果——过去的生活，现在反而让她感到无比的幸福。

[①] 白拍子（しらびょうし），原为日本古代曲艺的一种，在音乐上指雅乐及声音清晰的拍子，本书中指平安末期的歌舞和表演的妓女。

自己就是这样一个出身低微的女子。

飘雪之日和歌，明月之夜闻香，把风花雪月看成世间常态的那些人当中，突然夹杂了这么个从九条的女院找来的杂仕女。不光如此，她却还终日受到其他人盼都盼不来的源义朝这类武家豪门之人的挚爱。

"你看她，也不知哪儿来的野山茶，插到琉璃花瓶里，还就放到豪门家主的桌前去了呢。"

就在这些以前的朋友和身边之人心怀嫉妒的坏话之中，不知何时，常磐与义朝之间已经生下了三个孩子。

常磐几乎就从未享受过千金小姐的生活。

所以，和歌之道，闻香之学，常磐既不懂得这类贵妇们的风雅，也没钻研过多少的诗书。如今的世道将会如何转变，六条的那位心无旁骛、一心深爱她的义朝大人一家，和六波罗的清盛一门之间到底有过些什么摩擦过节，两家人究竟处在怎样的危险境况之中，直到开战的那天，常磐都一无所知。

女人的二十三岁。

她的膝下，已经有了三个孩子，长子也已经七岁。每天，常磐的心中，就唯只挂念着将孩子们养育成人，和如何不让义朝大人移情别恋——为此，她从来不曾懈怠过每日朝夕的化妆。她的每一天，过得都是如此的辛劳，令她精疲力竭。

走到今天，回首再看看如今的自己，也许确实会让人感觉造化弄人，命运多舛，但如果自己出生在深闺之中，没有经历过幼年时那贫困辛劳的生活，那么说不定或许自己早已在昨夜前夜之中冻死街头，或者跳河自杀了。

不，在那之前，或许自己会把这三个孩子送到六波罗那里，恳求平家饶过孩子们一命——每次回首往事，常磐都会痛感到自己经历过的那段贫贱的孩童时代的可贵之处。

见常磐起身告辞，白拍子姐妹露出一脸心疼的表情。

"那，你多保重。"

两人并未出言挽留。

姐妹两人看样子有些担心白天他人的耳目，而且似乎也已经隐隐猜到了些有关常磐母子的身世。

怀里抱着幼子，手里牵着长子和次子，颤巍巍地踏过桥板，母子四人趁着夜色上了岸。姐妹两人那患病的老母，也把脸凑到姐妹俩那白皙的面庞旁边，从毡布后边目送着母子四人的身影。

"小少爷，有空再来啊。要是你们去投靠的那户人家不愿收留的话——"

姐妹俩的老母一边擦着老泪，一边说道。

"……就此别过。"

常磐站在岸边，郑重地向着小船上的人低头致谢。

四周哭声一片。

对方曾经恩惠施舍过自己清粥和点心，可常磐自己，却没有流半滴眼泪。

只是在离开小舟的时候，常磐突然感觉到眼眶有些发热。看到白拍子姐妹的老母，她心中突然涌起了一阵担忧。逃离六条的半路上，与自己失散了的母亲，如今究竟身在何方？

等到安顿下来之后，说不定或许便能查到些消息。常磐在心中暗暗激励着自己。走在手牵着手的今若和乙若身后，看着两个孩子的背影，常磐心中暗自想着——

之后，自己要去投奔的，是伯父伯母一家。伯父鸟羽藏，以前曾经是个穷苦百姓。后来托了常磐的关系，恳求了义朝，在六条家做了名下人。合战爆发前，伯父已是腰佩太刀，作为牛饲头，掌管了中门的牛马厩。

如今，听闻伯父已在墨染的山村里筑起了豪宅，与伯母过上了衣食无忧的生活。若是自己此时前去投靠，看在义朝大人当年的恩情的分儿上——这，已经是常磐母子唯一可去投靠的地方了。

"不可。"

"我不要。"

"母亲大人！乙若他……"

"你撒谎。"

"拿出来。"

"你撒谎，你撒谎。"

突然之间，走在前边的年幼的兄弟俩不知争执起了什么。两人站在远处的路边大声叫嚷着，感觉随时都会扭打到一块儿。

恍惚之间——神情恍惚，一心惦念着心中念头的常磐突然一惊。

"你们两个。"

常磐赶忙快步走近两人，可今若和乙若非但没有停止争闹，常磐怀里的孩子反而却闹起了性子，哭了起来。

"好了好了，不哭不哭……不哭不哭。"

常磐心中一慌，担心要是此时平家的武士或者驿站的官员路过的话，那可就彻底完了。

"今若，今若。你是做哥哥的，怎么可以出手去打比自己小的弟弟呢？"

第五章 继车

常磐赶忙把乳头喂到怀里的孩子口中，脚下踏着无声的歌舞节拍，出声责备了兄弟俩一句。

"可是——可是啊，娘亲。"

做哥哥的今若从弟弟手里劈手夺过一串干柿，递到母亲面前，嘟着嘴说道。

"娘亲，乙若他把人家百姓家门口晾晒的柿子给拿来了……"

"他怎么去拿的？"

"啥也没说，就悄悄地拿走了。悄悄偷拿别人的东西，这可是做贼啊——娘亲。"

眼见哥哥今若跑去找娘亲告状，乙若二话没说，张大他那小小的嘴巴，把柿子串一横，一口就咬了上去。

"身为武家的公子，怎可做出这等行径……"

常磐感慨了一句。可是，她却再也无心责备自己的孩子。

——真难为孩子了。

常磐的心中甚至萌生了一种怜悯之情。这几十天里，自己虽然一直陪在身旁，可身为母亲，自己却始终没能让孩子们尝过一丁点的甜味。她甚至感觉到了一种内心的愧疚。

而一想到"甜味"这个词，甚至就连她自己也不由得感觉胃里翻江倒海，嘴边垂涎欲滴。常磐体会到了对糖分的渴望。嘴上虽然责备着弟弟的行为，但此刻，身为兄长的今若，也一脸羡慕地看着乙若大嚼干柿的模样。

"乙若，别光顾着自己吃，把那干柿也分一些给你的哥哥吧。"

常磐说道。

"吃吗？"

乙若一脸满足的模样，把柿子串一分为二，将其中的一半递向了兄长。

"我才不要呢……我可是源义朝的公子，岂能吃这偷来的柿子……是吧，娘亲？"

八岁的今若，早已对自己的身份有所了解，也深明平日所习的庭训中的道理。

常磐把兄弟两人拉到一旁。

"也莫这么说，今若你就拿着吧——虽然弟弟他偷偷拿人东西不是好事，但你们兄弟贵为公子，不知东西要靠买，倒也难怪。你们回到拿柿子串的那户人家那里，把钱拿给人家。"

常磐拔下一只插在头上的金钗，递到了兄弟两人的手中。

兄弟两人拿着金钗，按照娘亲所说的，悄悄回到了那户农家的屋檐下，把金钗插到了悬吊着其他干菜和柿子的绳子上，又回到了常磐身边。

"好了，吃过柿子，你们可别再闹别扭了哦。眼下就只有一二里的路程了。到了墨染的伯母家里，伯母一定会拿出好吃的东西、温暖的被褥来招待咱们的。你们可要坚持一下哦。"

常磐激励儿子们几句。母子四人，再次从驿路边上回到了不见半点灯火的乡下小道上，蹒跚地迈出了脚步。

兄弟俩刚刚安静了一会儿，结果六岁的乙若却一边走路，一边打起了瞌睡。常磐把乙若叫醒，催促继续赶路，可乙若却叫嚷着说不愿走了。不管如何劝诫，乙若就只是赖坐在地上，哭闹不休。

稍稍能明辨一些是非，时常帮助着常磐的今若如今也还只有八岁。就因为能明白一些事理，所以要比乙若更知道恐惧。

——明天就会好的，明天就会好的。

虽然一路上听从着母亲的哄劝，强忍着饥寒与恐惧，但今若年幼的心中，却也已经知道面前的路永无尽头。甚至就连今若，今夜也同样把头埋到了双臂之中，抽抽噎噎地哭了起来。

"我该如何是好……？"

看到孩子们的模样，常磐自己也不禁想撒手往地上一坐了。不如干脆横下一条心，用刀割断孩子们的喉咙，然后自己也死在这里算了。

死。

这甜美的诱惑不断袭向常磐的心头。对如今的她而言，再没有什么地方比死更安宁、更便捷的了。而且，自己心爱的义朝大人也一样在九泉之下——

可是。

"不！"

常磐轻易地便否定了自己心中的这份疑惑，重新振作起了要坚强地活下去的信念。每一次，干瘪的乳头被孩子吸吮得生疼，低头看到怀中牛若的面庞时，常磐就会觉得，自己的生命，已经不再仅仅只属于自己了。

深草村附近。

深夜已过，四周只剩下野狗的吠叫之声。一个月前的那场战事的可怕光景，依旧还残留在村民们的心头。

身边的草丛和田野洼地里，还残留着那些遭人斩杀的落败武士的尸体，一到积雪融化的白天，便会散发出阵阵的尸臭。对于这些无名无姓的杂兵，六波罗一直任由不管，更无人来取下首级前去邀功。

"是谁？是谁在敲门？"

村里如今的富户——牛饲头鸟羽藏的家里，突然传出了人说话的声音。

话音刚落，就见横窗的小窗格微微地抬起了一条缝，灯光洒落到了屋外。

"休要多事——别开窗，别看外边。"

有人在屋里叱喝了用人一句——即便身处屋外，也能清晰地听出，说话的是个上了年纪的女子。

"是。"

看到屋中洒落出的灯光，从方才起便一直站在门外的常磐，立刻围着篱笆跑了起来。

"伯母！……喂，喂……伯母……方才说话之人，莫不是伯母吗？我是京城的常磐啊。我带着孩子到这里来了。"

常磐高声叫着，就连怀里的牛若，也跟着哭泣了起来。

若是叫得太凶，想必邻人也必定会有所听闻，家中的用人也需要留心。常磐连忙让牛若含住自己的乳头，在篱笆外蹲下了身去等了片刻。可是，却始终不见屋里有人打开门窗。

"今若，今若。"

"嗯？"

"别睡着了，把弟弟也叫醒——虽然你们都很困了，但还是再暂忍片刻吧——过不了多久，伯母就会让咱们进门了。"

"孩儿不睡。娘亲，此处到底是何人的家？"

"是娘亲我的亲戚，想必也不会弃咱们母子不顾。你再去敲门看看。"

今若抬起小小的手，使劲儿拍打着门扉。

之后，他使劲儿推动门扉，摇动着篱笆，高声叫嚷："屋里之人，务请开门——开门哪，开门哪。"

见牛若已然停止哭泣，常磐一起叫道："喂……伯母。就算会给您添麻烦，侄女常磐我也挺着到这里找您来了。我是六条的常磐啊。喂，喂……您不会已经歇息了吧？"

常磐的声音中已经带上了一丝嘶哑。

这时，一个人影轻轻从篱笆边走到了母子四人身旁。常磐猛地一怔，赶紧闭上了嘴——

"我不清楚你们从何而来，但你们这样却毫无意义。这户人家的老爷人在京都，夫人也出远门去了，除了我们几个下人之外，屋里没有任何人。"

说着，对方盯着常磐母子看了一阵。

"你们别在这里吼叫吵闹了，赶紧走吧——快走。如若不然，我们便要去通报官府，把你们带走了。"

"……"

常磐这辈子都忘不了——当时那人的眼神——常磐看了看那男子的脸，又看了看大门。

"我们走便是。"

听了下人的粗暴言语，常磐却郑重地道了歉。她沉静的话语里，并没有半点的慌乱感觉。

"好了，快醒醒，起来吧。"

常磐轻轻摇醒刚一到这里便如同小狗一般蜷在篱笆下睡着了的乙若。母子四人借着积雪反射的月光，漫无目的地再次向着远方走去。

第五章 继车

翌日清晨。

"我回来了。"

时隔多日，牛饲头鸟羽藏终于回到了家中。

刚一跨进家门，"真想饱饱地吃上一顿热腾腾的东西呢。再去烧些洗澡水，我要去洗战场上的尘垢，美美地呷上口酒——嗯，我这次也算是捡回一条命了。"鸟羽藏立刻摊开双腿坐下了身。

妻子和家人看到主人平安归来，"您终于平安归来了。"随即便忙着去准备了一顿刚刚过去的正月一般的丰盛饭菜。

"嗯，味道不错。我可是有四十天没尝过酒味了啊。"

鸟羽藏手执酒盅，咕嘟咕嘟地痛喝了一气。

"咱侍奉的那位主君，发动了一场毫无胜算的愚蠢战斗，一天之内，六条的御馆便化作了灰烬，一门中人四散而逃。以义朝大人为首，凡是和他有关的那些人，每天都会有那么几个被拖到河原去斩首——吓得我简直就是魂飞魄散。我一直在想，为啥自己没有去侍奉平家呢？不过时至今日，这些事都已经再难更改了。"

或许是整天与牛马打交道的缘故，鸟羽藏长得满脸横相。至于自己是托了侄女常磐的关系，才有了如今这座宅邸，腰间悬上了太刀这些个事，他其实早已忘得有如前世之事一般了。

"话说……"

和鸟羽藏长了一张夫妇脸的妻子突然回忆起了什么说道："之前六条的侄女来找咱们了。"

"嗯？常磐吗？"鸟羽藏突然盯着妻子看了起来，"何时？……何时之事？"

"就在昨天夜里。"

"那……那——她现在人在何处？"

"哪儿能让她进门啊？我把门关上，让人赶她走了。"

"你让人把她给赶走了？"

"和她之间的那份亲戚关系，反而让人觉得提心吊胆。我假装不在，让下人把她给赶走了。"

"蠢货！"

"……？"

"白痴！"

"为何骂我？"

"你这人根本就不长脑子。初春时节，难得这功名富贵的黄金枝蔓伸到了咱们家里，结果你这白痴却把它给赶走了！全都是一群白痴饭桶！"

鸟羽藏一边喝骂妻子，一边起身穿好方才脱下的衣服，悬上佩刀。

"你把她赶走，那么除了大和龙门的亲戚之外，她也就再没有可投靠的地方了……她可是怀里抱着孩子，手上牵着幼子的啊。好，想必她应该也还没走太远。"

鸟羽藏意气风发。即便明白了丈夫心中的盘算，妻子却依旧感到震惊不已。

由深草村去往大和路的方向上，鸟羽藏连追带跑地赶路。比起没能追上找到常磐母子来，他更担心的是她们母子四人落入他人的手中。

鸟羽藏拼命地追赶着。直到一夜之后的翌日中午，他终于看到了常磐的身影。

当时，常磐正坐在路边杉林中的氏神②神龛边上，一边一脸疲倦地安慰着两个孩子，一边给怀里的牛若喂着奶。

"哦，可算找到了……侄女，别来无恙吧？"

刚走到母子四人的身旁，鸟羽藏便深情地叫了一句。之后，他便立刻一手抱起了正在旁边专心玩耍的乙若。

"几位公子也在啊？"

呀——乙若一声惊叫，常磐也被这突如其来的变故打了个措手不及，大声惊呼了起来。

比起惊声大叫的母子来，鸟羽藏反而更为惊慌。

"别哭，别哭。干吗哭得这般伤心？大叔是公子的父亲义朝大人的家臣，是来

---

② 氏神（うじがみ），日本神道等宗教中，与当地百姓居住于同一聚落、地域的居民共同祭祀的神道神祇，共同信仰此神明的信徒称为氏子。

帮你们的啊。"

说罢，鸟羽藏把乙若放回到了母亲常磐的膝边。

"看到我来，你为何会如此惧怕？"

鸟羽藏责问了一句。

直到这时，常磐似乎才压制住了内心的悸动。

"原来是墨染的伯父大人啊。我还以为是六波罗的爪牙或者周围的在野武士来了，想要夺走公子呢。可把我给吓坏了。"

"是吗——倒也难怪，你带着孩子一路流落至此，想必也吃了不少的苦。真是让人心疼……"

鸟羽藏胡乱用手抹了抹根本就不见半点泪痕的脸，吸溜了一下鼻子。

"好了，如今你也不必再悲叹遗憾了。这世道估计也彻底完蛋了。本来我也打算追随大人一门的后尘，切腹自杀的，但我这心里，却始终放不下你和公子们的安危……"

"如此说来，伯父大人您是一路来找寻我们母子的……？"

"也休提起什么找寻不找寻了。如今京城内外一片大乱，众人都苦不堪言哪。后来，馆主义朝大人也被平家之人斩下首级，悬于东岳门外示众了。"

"……"

"你都已经知道了，常磐？"

"是的。此事我已听人说起。"

"连日之中，义平公子，朝长公子，其余的一门之人，也都一一被拉到了六条河原去斩首了。"

"……"

"你在听我说话吗？"

"在听。"

"……常磐。"

"嗯？"

"你怎么没哭——难道你就不觉得悲戚？"

"所谓悲戚，人世间早已司空见惯。我已经忘记了眼泪。如今我的心中，就只记得自己是这三个孩子的母亲这一件事了。"

"嗯，问题就在这里了。"

鸟羽藏叹了口气。

"话说，你可知你母亲如今情况如何？"

"不知。"

第五章　纰车

"她让六波罗给抓住了。"

"……？"

"我听人说，每天夜里，六波罗的人都会到审讯所去严刑拷问她——他们觉得是她把常磐你们母子给藏起来的，逼问她你和义朝大人生下的孩子到底人在何处。"

"……此、此事当真？"

"我岂有虚言？此事京城中早已人尽知晓了。真是可怜，都已经那么一把年纪了，还被人生生地拔下手脚指甲，逼问常磐你的行踪——"

"……"

"实在是让人心中不悫，即便是个外人，大概也再看不下去了。常磐御前究竟到何处去了，是否依旧活着？若是她还活着，大概也不会如此对自己的母亲见死不救的吧——如今京城之中，四处都流传着这样的言语。"

"……"

"嗯，你作何打算呢？"

"……"

"常磐。"

"……"

"常……常磐。喂，喂，你怎么了？"

鸟羽藏突然间惊慌失措起来。

听过鸟羽藏的讲述，常磐的脸上渐渐失去了血色，变得煞白如纸。随后，她便眼睛一闭，紧咬着嘴唇，横身晕倒在了神祠的边上。

常磐怀中的牛若哭叫起来，而今若和乙若两个孩子也连忙抱住母亲，声音嘶哑地哭叫着母亲。

九条的女院，就是之前常磐做杂仕女时奉公的御所。

如今，她和年幼的孩子们，又再次被从大和路带回了这里。

据伯父鸟羽藏所说，若是常磐不愿自己出面自首，那么常磐被六波罗抓住的老母，就要日夜经受地狱般的严刑拷问——听说这些情况，常磐就再也顾不得其他，做好了最后的打算。

"据说是自知已经插翅难逃了，所以常磐御前才会在她伯父的陪伴下，到御所来的。"

眼见问题当前，女院的下人们有的窃窃私语，有的跑到关押常磐的屋外，偷偷聆听屋里的动静。

"唔，有婴儿的啼哭声。"

"莫不是她和义朝大人之间的孩子？"

这些都姑且不论。

以女院为首，侍奉的女官们全都在另一层意义上放下了一条心。之所以这么说，是因为六波罗的盘查与威吓，也已经波及此处。若是常磐能够自首，那么六波罗对众人的嫌疑也就自然消解了。

"干得好。"

女官们给鸟羽藏赐下了赏赐。在此事之中，鸟羽藏可谓劳苦功高。别的不说，单是从大和路上把常磐母子带回京都这一点，就已经是件很辛苦的事了。

"有劳看紧些。若是她手中持有利刃的话，千万要把刀刃给骗走。"

鸟羽藏的目光，似乎早已忘却了寝食。等众人将常磐关押到屋中之后，他才放下心来。

"我去向六波罗报告。"

跟御所之人如此说过之后，鸟羽藏便意气风发地离开了御所。

那是二月十四日的黄昏。因为鸟羽藏自己也算是源氏的远亲，当天夜里，六波罗的问罪所似乎也找他盘查了不少情况，录下了许多口供，始终不见他回九条去。

绽放的壶梅散发着阵阵的香气。无心之间，常磐隔着庭园看了看外边，却见中门之外，十多名六波罗的武士正不住地叫嚷着。

"快些快些。"

"骑马到中门吧。"

武士们不住地叫嚷。——应该不需要绑上吧？不，还是绑上的好。耳边，传来了问罪所的武士们争执不休的声音。虽然早已抱定了一死的决心，但眼见如此，常磐却也明白自己大限已到，胸口感觉有如刀绞一般。

这时候，只听身后有人说道。

"侄女啊，走吧。"

伯父鸟羽藏站在房门外，出声催促着常磐。那感觉，就仿佛平日里邀人游山玩水一样。

"……是。"

常磐应了一声。虽然心中早已有所准备，但身子却颤抖不已，难以起身。可是，转瞬之后，她便已经冷静了下来。

"还请稍等片刻。"

说完，常磐竖起屏风，拿来妆盒，怀里抱着牛若，开始化起了妆。

"娘亲，你要上哪儿？"

第五章 继车

"回六条的家去吗？"

今若和乙若凑到身旁，凑头看了看镜中的母亲。孩子们也已经有几十天没有看到过母亲化妆，突然间都变得兴高采烈了起来。

在此期间。

或许是听闻了院中侧近仕女说起了当日的骚乱，九条院大发慈悲——

"实在可怜。若是白天里走在前往六波罗的路上，被众人看到，于背后指指点点，那也太过可怜了。让人找架牛车，送她过去吧。"

经由女官们，九条院为常磐准备了如此特殊的待遇。前来押解的问罪所的捕吏和武士们也没再多说，就只是吼了一句："既然如此，那就允可她坐车前往吧，但切不可太过招摇。速速牵引牛车而去便可。"

常磐合上镜子，收起妆盒，抱起婴儿，手上牵着两个年幼的孩子。

"何时出发……？"

她就只是静静地说了一句，宣告自己已经梳妆完毕。

女子之心众人皆同。常磐这个杂仕女嫁入豪门，成为六条的义朝的宠爱之人。甚至就连女院里那些当年因羡生恨，整日在她背后闲言碎语的朋友们也不忍纷纷议论。

"唉，那几位小公子，真是让人心疼啊。"

"看他们这般开心，却不知他们的母亲心中作何感想啊。"

"真是可怜。"

"看着就令人心痛……"

众人送出女院，伫立门外，眼中饱含着泪水，甚至还有人轻声啜泣了起来。那感觉，就仿佛是在目送棺柩离开一样。

所有人当中，唯有常磐自己没有哭泣。

走到中门之外，等候已久的武士们便立刻上前，粗暴地催促起来。

"你们都坐下。"

常磐却对孩子们说道。而她自己，也坐到了地上。

"——既然如此，我等那就蒙您大发慈悲，乘车里去了。我自女童时在院内杂仕奉公，今日最后别离，也承蒙了众位的帮助，实在是感激不尽。"

虽然不明其中的深意，但见到母亲双手伫地躬身行礼，今若和乙若也连忙跟着双手伫地，向御所辞行道："就此别过。"

"嗯，好。"

母子四人刚一起身，就见有人由牛舍的方向，往通向后门的岔路上牵来了一架牛车。

那是一架破旧的半窗式女子车辇。那车辇似乎长年弃置于车房角落中，未有人使用，车前的帘子已然破损，辕上的漆水也已剥落，只不过，牵引牛车向前的，却是一头壮硕的暗黄牛犊。

常磐抱起孩子，转身进了那架破旧的车辇。刚一上车，武士们便围住了车辇的前后，催促车夫道："快赶路吧。"

直到不久前还在六条的御所中担任牛饲头的鸟羽藏，见车夫磨磨蹭蹭，立刻便劈手从车夫手中夺过鞭子。

"给我吧。"

然后，他自己上了车辇的前辕，鞭笞起了牛犊的屁股。

牛车刚一碾过御所的后门，立刻便磕上石头，轧过泥泞，晃晃悠悠地向前而去了。

每次晃动，常磐白皙的面庞，和抱在她膝头的孩子们，就会从帘子的缝隙中露出来。

也不知是何时听说的消息，往来的人群都对车辇指指点点。

"就是这车了，常磐御前要给带到六波罗去了。"

"六条大人的孩子也一起吗？"

坐在车里，常磐甚至还能听到那些看热闹之人紧跟在车辇后的脚步声。

"……"

常磐闭上了双眼。

与怀中不停吸吮自己乳汁的孩子之间的强烈羁绊，抱住自己膝头那两双小手之间的羁绊，还有与引导着这车辇前往六波罗而去的老母之间的羁绊。

羁绊之中，常磐感觉到自己依旧还活在世间。

第五章　继车

第六章　清盛

　　清盛的心情非常不错。

　　近日来坏事不断，一族之人尽皆紧缩着眉头。即便平日里总是一脸开朗，口中呵斥他人"蠢货，何须如此郁郁"的清盛，此时的心情也异常的好。六波罗一廓的正月，充满了初春时节的喜庆。

　　不光如此。

　　以清盛为首，居住于此的平氏一族的众人，乃至其手下的下人，也都重新寻回了自信。

　　"若是少了我等的力量，时势就不会转变的。"

　　众人都明白了武家自身的力量。

　　一切都始于此番的平治之乱。战火之中，主上、上皇的车驾都来到六波罗避难，六波罗武士都备感荣耀，皆称此事乃"史无前例的荣耀"。

　　源氏也好，平氏也罢，之前的地位全都处在公卿们之下，不过只是一群公卿的爪牙，但如今，时代却已渐渐改变——不知何时，不知不觉间，武家众门早已不再是往日模样，彼此的身形与目光之中，都开始充满了自信，而平治二年——不，由今年的正月起，朝廷已经改元，年号变更为永历元年。

　　不仅如此，与平氏同为武家豪门的源氏一派的势力，也在去年的岁末彻底被铲除掉了。

　　所以，如今一旦提起武门，偏僻的地方尚未可知，但凡京城之中，所说所指的都是平氏。

　　平家的初春！

　　这股隆运之势，甚至让六波罗的统治范围也如屏风绘画一般，一块块地向四下延伸而去。短短十年之前，清盛之父——刑部卿[①]忠盛居住的那座土墙旧宅还只有不到一町大小，与六条的河原相对，总让人感觉寒碜穷酸——而如今，近来平氏的眷族们大兴土木，虽然全都号称六波罗，但其地域的宽广，已不再是一句话就足以

---

① 刑部卿（ぎょうぶきょう），日本古代官职名，刑部省的长官，相当于正四位下。

形容的了。

北起六条松原。

南至七条附近。

东西则吞纳了由加茂的河岸到山脚的地域。在小松谷的山麓，嫡子重盛新筑宅邸，人称"小松殿"。

除了本族之人的馆邸，平家还趁此时势评议政治，裁决庶民的诉讼，督促租税，警备市中，发布诸国诸道的法令。

或许，清盛早已下定决心：若不如此，那么其统治就无法维持。

其原因就在于，长年以来，虽然藤原氏执掌了政权，在文化方面留下了诸多的功绩，但这种文化不但产生了一种颓废的怠惰和腐朽的末路，同时也让藤原一门的人仅以自家为荣，公饱私囊，以为整个世间都属于藤原一门，以至于诸国边界上大乱频发，世态陷入了不可收拾的境地。

这就是天庆年间的将门之乱②，藤原纯友之乱③。

以及其后那无数的私斗和战乱，都并非产生自地方本身的原野，而是腐朽没落的产物。而中央却穷奢极欲，整日醉生梦死，在政治方面毫无作为，整日只会催促地方的百姓和家族交绢纳米，催促租税。这一切，全都是藤原氏自己一手酿成的。

今年年初，清盛曾独自告谕自己，深刻反省道："即便手中重权在握，也切不可让子孙们重蹈藤原氏那样的覆辙。"

年后四十三岁的他，此时正当壮年。

此时，清盛刚上朝归来。

牛车的厚重车轮重重地碾过了密密麻麻的小石子路，向着邸内深处而去。

---

② 将门之乱（まさかどのらん），意指平将门（たいらのまさかど，？－公元940年）发动的叛乱。平将门此人早年投于朝廷权臣藤原忠平门下。约在930年返回自己的领地下总国猿岛郡，经营私田，积聚武装。935年前后，因婚事叔侄结怨，发生冲突，杀死伯父平国香，击败叔父平良兼。939年起兵对抗朝廷，势力波及常陆、武藏、安房、相模等八国，并以下总国为根据地，自称"新皇"，以石井乡为王城，设左、右大臣及八省百官，制订玉玺，震动京都朝廷。940年被平香国之子平贞盛讨伐，中箭身亡，史称"平将门之乱"。

③ 藤原纯友之乱（ふじわらすみとものらん），意指藤原纯友（？－公元941年）发动的叛乱。藤原纯友原为是伊予国（现爱媛县）的地方总兵官，后奉旨征勤濑户内海的海盗，结果此人却与海盗合流，成为濑户内海的海贼首领，成为西日本最大的海盗集团，并率领海贼以日振岛为根据地造反。其活动范围包括濑户内海、摄津难波一带，并登陆占领了濑户全域和九州一部分，威胁到了京都方面的安全。朝廷商议后，最终藤原忠平指派参议藤原忠文为征东大将前去讨伐平将门，而另一名参议小野好古则为西国追捕使，负责征讨藤原纯友。941年，藤原纯友所率海盗为警固使橘达保歼灭。

第六章 清盛

"大人归来。"

"大人归府。"

不论是馆府上的武士小屋，还是深处的女子厢房内，所有人的态度都变得肃然。甚至就连汩汩作响的泉水声，似乎都骤然间变得与平时不同。

"唔。"

上朝归来，面对出迎的众人，清盛总习惯如此大声哼上一声，感觉就仿佛是在释放之前的无聊心情一般。

车帘掀起的同时，清盛道了声"辛苦"，飘然走下了车驾。

清盛身材矮小，却总摆出一副威武的模样。朝堂之上，他这矮小的身躯也能总是藐视着一众软骨头的公卿们。沐浴在其目光之下，他人总会心生反感，觉得他是在"耀武扬威"。

但清盛此举却绝非故意。相反，平日里的清盛毫无架子，以致自己馆府的家人和亲近之人反而时常劝诫他说"若不再稍稍蛮横些，再表现得更稳重些可不成"。

有时，甚至颇有君子之风的嫡子重盛也忍不住会说："父亲大人，您为何如此轻忽？"

但是，即便清盛自己也意识到了这一点，但他却总会不以为然。昔日生长于贫穷环境中的毛病，和书生气般的草率性格，始终都没有改掉。

这也是安芸守和播磨守④时代，为人臣子，不拘小节的大人哪——也有人如此评说。

身为武人，正三位参议的官位，绝不会低。而且，其威势的众望，实际上，在源氏全灭的现在，已是再没有人足以与他抗衡了。虽然朝堂之上也有众多的大臣和高官，但一门众人却都清楚，清盛完全就没有把那些人放在眼里——故而，"大人应该再蛮横稳重些。"众人都如此盼望着。

尽管身形矮小，但嗓门却颇大。清盛一边大步流星地向着馆府深处走去，一边吩咐着："之后再说。"

"让他等着吧。"

"赶他走。"

许多公卿都会来拜访清盛。这样的现象让人觉得不可思议。清盛平日上朝频繁，朝堂之上也能与众公卿们见面，但到访他私人府邸的人却依旧不少。

---

④ 安芸守和播磨守（あきのかみ・はりまのかみ），日本古代官职名。安芸、播磨为日本古代国名，属山阳道，地点大致分别相当于今天日本的广岛县西部和兵库县。"守"则意为地方军事最高总指挥的武官。

尤其是在先前的战乱中，源氏一败涂地之后，公卿们仰仗清盛的鼻息，甚至已经到了令人厌烦的地步。

"哎呀呀。"

清盛换上便衣，在居室中稍稍放松了一下。平日里他事物繁忙，而他做事又从不倦怠，由朝廷归来之时，不时会露出一脸疲累之相。上朝归来之后，他似乎也会带回许多无法向他人说出的复杂事情。

支持上皇院政⑤的公卿与拥戴天皇的公卿之间的对立，就是这烦恼的祸根。清盛虽然希望能够彻底铲除掉其根源，但此事就如同园丁的工作，若是拔出了根，那么花就会散落；而要是不想让花散落，就拔不了根。

"等您归来很久了。我为您带路吧？"

近侍见时机来临，开口向清盛问道。继母池禅尼说是有事希望见一见清盛，正在别室等候着。

第六章 清盛

"什么？老尼姑来了？"

清盛不由得感觉有些纳闷。

他完全猜想不出继母此番前来，究竟为的是何事。之前，禅尼一直都在六波罗的池殿中安度余生，极少会造访事务繁忙的清盛所住的府邸。

"嗯，见吧。不必带她过来了，从礼节上讲，还是该我过去见她……毕竟她是我的母亲。"

最后的一句，清盛就仿佛是在自说自话一般。之后，他便一改之前那副慵懒的脸色，离开了屋中。

尽管众人都说他自我意识很强，平日里行事任性乖张，但他却颇念骨肉之情，尤其对父母，更是充满孝心。

这一切，都是因为他深知贫穷究竟是何滋味所致。

清盛还记得当年自己身上穿着皱巴巴的布衫，冒着冬日刺骨的寒风，手里拿着父亲忠盛的书信，心不甘情不愿地去拜求中御门、正亲町之流的公卿，向他们乞求借些钱财时的情境。

每次看到清盛，公卿们就会皱起眉头，露出一脸厌烦的表情说道："又来了啊？"

---

⑤ 上皇院政（じょうこういんせい），指日本政权由摄关政治转移到幕府的过渡时期的政治体制。天皇让位而自称上皇，在"院"中执政的政治形态。是皇权为了抵抗摄关政治的发展出来的政治制度。本书中出现的"上皇"，指的是后白河法皇。

之后他们就会如同驱赶瘟神一般，施舍给清盛一袋粟米或一升盐巴，冲着清盛说上一句"别再来了"。即便被那些公卿当面叱责自己的父母没点本事，说平家就是一群穷鬼，只要一看到那些粟米和盐巴——

"哦，如此一来，今明两日的性命就不必担忧了——"

不管父亲还是母亲，都从不会感到半点气愤，反而却表现得兴高采烈——出生长大在这样一个凄惨的家庭之中，看到周围的人，心中都自然会有种悲天悯人的情感。这与其说是一种天性，倒不如说是一股伴随着境遇的变幻而逐渐变得深厚的情感。

而在父亲忠盛死后，面对继母池禅尼时，他表现出的孝心，也和面对真正的母亲没什么区别——甚至就连馆府里的下人们，也不得不对他敬佩不已，说他是个恪守孝道之人。

"孩儿清盛，刚刚回到府中……近日实在是太过繁忙。"

刚一走进禅尼所在的屋中，清盛便郑重地行了一礼。在禅尼面前，他丝毫没有半点架子，依旧还是当年的那个儿子。

"哦哦。"

见到清盛如此，禅尼反而表现得有些不敢当。

但禅尼的心中却并没有感觉到任何的不快。尽管清盛只是她的继子，但她却总为自己能有如此一个好孩儿而感到幸福。

禅尼眯起了她那双虽已年迈，却风韵犹存的双眼，宽慰道："辛苦你了。"

"嗯，孩儿身体强健，不像父亲当年那般体弱多病，所以身体上倒也还能吃得消。只是那些公卿们实在是胡搅蛮缠，上朝半日，感觉脑子都快不够用了。"

"记得之前曾有人说过，参议大人脾气古怪倔强呢。"

"那是因为孩儿曾在宫中大声呵斥过。"

"最好还是不要如此啊。"

"孩儿也时常会在心中告诫自己，但有时实在是……"

清盛一笑。

"对了，母亲此番前来，莫非有事？"

"正是。"

"……这可奇了。母亲究竟所谓何事？"

"为义朝之子前来。"

"义朝？"

"不久之前，尾张的赖盛手下的一名叫弥兵卫宗清的武士，在美浓路上抓获了一名可怜的公子。"

"母亲所言之人，莫非义朝的三男，右兵卫佐赖朝？"

"正是。"

"然后呢……？"

"我听人说，你本打算命人斩了他，但凡事慈悲为怀，能否放他一条生路呢？"

清盛摇了摇头。面对父母，清盛从不隐瞒自己的内心。

"不，这可不成！"

"不成吗？"

"万万不可。"

"当真不可吗？"

"此事不须母亲过问。"

"……"

"……"

禅尼与清盛两人都突然住了口。尴尬的沉默持续了良久。

中壶的红梅，落下了一两朵。两眼盯着一旁的禅尼，突然轻叹了一声，含泪默念道："不得已啊……毕竟如今老爷已不在人世了。"

清盛勃然变色。

"又要闹性子吗？即便父亲忠盛还在，此事也是同样。不，站在孩儿清盛的角度上，正是因为父亲已经西去，所以只要是您的请求，孩儿都会尽可能听从。可是，对于义朝之子的处理，问题却关联重大。若换作伏见中纳言或者越后中将之类的人，那么就算是十个人，都不会有什么大问题——但是，武门之子的话，其根性却颇为可怕。"

"清盛你自己不也同样是武门之子吗？今日之罪孽，明日必果报啊。"

"正是因为如此，孩儿就更不能养虎为患了。我等武门之人，原本就是他人当年养下的虎。就算现在隐忍不发，等到回归原野之后，其凶残本性也必会再次复苏——在这一点上，即便同为一国之人，我等与那些沉溺于平安朝和天平文化之中的公卿们也是不同的。"

"贫尼并非是在为此感叹。"

"那您究竟所为何事？"

"贫尼为的是后世的可怕。"

"又开始说这些佛法因果云云的了吗？"

"清盛你自己膝下也已有了不少的子嗣。"

"生于武门之中，自然也会因袭我等武门的习俗。"

"话虽如此，若是清盛你的孩子，遭遇了如今义朝之子的那般境况，身为父母，你又会作何感想呢？"

"啊哈哈。"

"此事有何可笑？世事变幻，只在朝夕之间。"

"母亲大人啊。"

"何事？"

"您不如到女眷的屋中去，和她们玩会儿双六⑥或者投扇吧。盛姬为了看催马乐⑦，把町里的白拍子都召集来了，听说可热闹了。"

"那我就告辞了。"

"是吗？"

清盛率先起身。

"那么，孩儿送您到南廊口去吧？"

远处的屋里，传出了笙铃鼓笛的声音。禅尼默默地回自己居住的泉殿去了。

目送着禅尼离开之后，清盛独自一人在桥廊下的转角处伫立了许久。东山一带的远景，就仿佛是为了这座馆府所设的一般。远望北苑，直到加茂川的河边，明媚的阳光洒落在蔷薇园的草坪之上。

嘭。

嘭。

阵阵声音响起。或许是公子们还在蹴鞠的缘故吧。有时候，小松附近不时会升起高高的鞠球。

三男宗盛，从堂兄弟经正，这些依附着清盛生存的族人子弟们，正如痴如醉地追赶着鞠球。

"——蠢货！"

之前正月里的那种好心情，彻底骤然一变。近侍的家臣也全都吓破了胆。或许，之前池禅尼的那番话语，依旧还残留于清盛的内心之中。

"给我去学骑马，学射箭。你们是公卿的孩子吗？"

---

⑥ 双六（すごろく），日本古代的一种游戏，靠掷骰子来决定哪一方前进，最先接近终点者胜出。

⑦ 催马乐（さいばら），日本古代曲艺的一种，兴盛于平安时期。相传起源于中国唐代。

第七章　梅月夜

不知到何处去了一趟之后，宗清刚刚回来。

坐骑已是满身大汗。

出了五条松原之外，前方有座驰马场。在那里，人们可以尽情地驰马。不光是人，马也同样，若是终日放任它在马厩中懈怠，那么不管再好的名马，一上战场，就彻底无法发挥出实力来了。所以，调整马匹的状态，是武士们每日必须做的事。

"哟。"

"唔……"

路上往来之人，全是六波罗武士。虽然有些人可以在马上打个招呼便过，但身为陪臣，遇到那些清盛的族人或者直属臣下，宗清都得一一下马执礼。

"藤三！"

他对牵马的武士叫道。

"在！"

"感觉今日路上的族人和公卿，似乎还特别多呢。"

"不光只是今天。如今这世道，世人都变得趋炎附势了。自打源氏灭亡之后，六波罗的门外，牛车马匹轿子往来不绝，总是这般熙熙攘攘的啦——这大和大路之外的往来景象，早已和之前完全不同了。"

"横转过去！"

"走背后的小路吗？"

"人少些好。"

"如今这时节，到处都绽放着梅花呢。"

此处乃《徒然草》中曾提到过的那兰陀寺的遗址。透过梅林，远处苍古的六波罗地藏大殿隐隐可见。

再往前行数步，有处池塘。

"让脚凉快一下吧！"

宗清策马来到池畔，跃下马鞍，露出一脸舒畅的表情。

"是。"

藤三拽动马辔，把马拉到水中，让马脚浸到了水里。

策马飞驰之后，最好能让马匹如此凉一下腿脚。因为驰马场回来的人往往都会绕道来这里，所以当地的居民都把这里称作"冷马池"。

之前，源氏的武士和马匹也常会在此聚集。宗清忽然伸出手去，留意着不让花瓣散落，轻轻折下了一枝临池盛放的梅花。

"藤三，过会儿你把马牵回厩里——我先走了。"

宗清迈开了脚步。他的主子尾张守赖盛的宅邸就在不远处。身为地方官，赖盛长期驻守尾张——所以，偌大的宅子里总是不见主人的身影。

尽管如此，不久前起，宅邸的门里门外，就各站上了十余名全副武装的兵卒。戒备森严的模样，与周围那种寂静闲散的感觉格格不入。每隔一阵子，土墙外就会有三四名巡逻的兵卒，扛着明晃晃的长枪从门前走过，但宅子之中，却闲静得有如寺院一般，甚至连黄莺的啼声都随处可闻。

"没什么异状吧？"

宗清冲着守门的兵卒问道。

"没有。"

听到兵卒点头回答，宗清径自走过大门。中门里，也屯驻了不少兵卒。

"您回来了。"

"嗯。"

兵卒们的目光，停留在宗清手里的那枝梅花上。即便在无心之人眼中，或许也会觉得那枝梅花是如此之美。

宗清就那样拿着那枝梅花，向着院子深处的一间屋子走去。梅花枝条上，不时飘散着阵阵梅香。

"佐少爷，你可方便？"

话音刚落，就听屋里传出了少年说话的声音。

"弥兵卫吗？"

屋中之人，正是在关原遭到擒获，不久前关押幽禁于此的囚徒——赖朝。

赖朝木雕似的正襟危坐在圆形坐垫上。

虽然两颊丰润，但和其父义朝一样，赖朝也长了一张长脸。平家人总是喜欢取笑源家的人，说他们都四肢健壮，尖骨长脸，血统就仿佛南部驹一样。但是，这种倾向却也并非完全没有。

身上的白色天蚕小袖和紫色的公子袴，都是来到此地后，他人赠予的衣物，但赖朝似乎每日朝夕都会将衣饰叠放整齐，折痕分明。

"甚是乏味吧？"

弥兵卫宗清在赖朝对面坐下身，轻声抚慰道。

赖朝的唇角轻展笑靥。

"不。"

他静静地摇了摇头。

不觉之间，赖朝浓密的黑发，沁入了宗清的眼中。

不光头发。

可惜的是，如今眼前这如月碧空的明眸、朱唇白齿，必定都将在不久之后归于尘土。一想及此，宗清心中总会有种不忍卒睹的感觉。

"你都做了何事？今日——"

"看了会儿借来的唐朝白居易的诗集，还有司马迁的《史记》。"

"《史记》与诗集，两者之中，哪一方更有意思，更让你觉得喜欢？"

"诗文让人感觉乏味。"

"比起李白和白居易的诗，写中国治乱兴亡的《史记》更合你心吗？"

"嗯……"

赖朝正要点头，但看到宗清的眼眸，又连忙含糊其词。

"虽说喜欢，也并非当真那般喜爱。"

"如此说来，究竟何样的书卷，才最合你的意呢？"

"……"

一时之间，赖朝不知自己该如何作答。

他睁大了那聪慧的双眼，陷入了沉思。屋中沉浸在香气之中，阴暗潮湿，但赖朝的眼眸中，却映出了户外的春日天地，有如一泓清澈的湖水。

"——经文。"

少顷，赖朝一脸天真无邪的表情，回答了宗清的问题。

"若是遇到假名写的经文，能借我一阅吗？"

"咦？你小小年纪，为何会喜欢经文？"

"亡母生前曾带我参拜过嵯峨的清凉寺，而我与中河上人也相交甚厚。前些日子我到黑谷时，也听了一位法名法然房源空的小师父讲经。"

"所以你……"

第七章 梅月夜

"对，不知不觉间，听人讲解经文，已成了我的最大嗜好。"

说着，赖朝低下头去——

"我……若我此番能够避免斩首，苟活于世，希望能够到叡山①或者清凉寺之类的寺庙中去，静心礼佛。若说到住所，那么我还是最喜欢寺庙。"

宗清的目光停留在了屋中一隅的小桌上。桌上并无牌位，唯独放了一碗清水。尽管身陷囹圄，命运可悲，但看样子，赖朝似乎仍旧朝夕为父兄之灵祈求冥福——

耳中听闻年方十四岁的童子之言，却对一字一句都深存疑心，这或许就是成人的一种恶习，人的一种奸智。宗清心中不由暗自反省起来——不，每次面对赖朝时，他的心中就会不自禁地重新考量起来。

"佐少爷，我从洗马的池边带回一枝梅花，给你看看，你把它插上吧！"

宗清走上走廊，拿来梅花让赖朝看了看，递给了他。

"啊！"

赖朝开心地叫了一声。

他毕竟还是个少年。

"外边的梅花已经开了。"

"那边有个铜瓶。我去汲些水来。"

"我自己来。"

赖朝看来格外开心。他亲手把梅花插到古铜的瓶中，连同瓶子，把梅花放到了供放着那碗清水的小桌旁。

"真香——"

赖朝嗅着花香，开心地说。

"弥兵卫。"

"何事？"

"我还有一事相求。"

"敢问何事？"

"你愿答应我吗？"

"你先说说吧。"

"能否赐我一把小刀和一些木屑？"

---

① 叡山（ひえいざん），又名比叡山，日本佛教圣山，位于今日本京都府京都市东北。比叡山延历寺则为日本佛教天台宗的总本山。

"小刀？"

"正是。明日便是我父义朝的五七忌辰。我想削个小小的塔木牌来供奉。"

"……嗯。已经过去这许多时日了啊。"

宗清见他可怜，便答允了他。

"身为囚犯，本不当给你刀刃的，但为了达成你的心愿，我就替你想想办法好了。"

回到自己屋中，宗清便唤来了自己的手下丹波藤三，让藤三去准备一百支塔木牌，送到了关押赖朝的房间。

赖朝见后欣喜异常，让藤三帮忙传话，告诉宗清说"此恩此德，永世不忘"。

"我总感到于心不忍，盼能救他一命。"

宗清一直在心中默默地思忖。不，不仅仅只是思忖，商量此事的最佳对象，便是主人尾张守赖盛之母。她同时也是清盛的继母——宗清瞒着所有人，跑去恳求了禅尼。

禅尼本人是位虔诚的佛教信徒，而之前宗清也曾多次听人说过，禅尼是位慈悲为怀之人。因此，数日前为主人捎带口信，探望禅尼之时，宗清便提起了一些关于赖朝的传闻。

听过之后，禅尼眼中含泪地说道："苦命的孩子！如今他的起居如何？情绪还好吗？"

见禅尼启齿相询，宗清便将自己的想法照实说了一遍。

禅尼重重地叹道："是吗？"

翌日，她便在从每日到寺院去参拜的回程中，踏访了儿子赖盛的宅邸。

禅尼此番原本就是私行前来，所以她便暗地里见了赖朝一面，赐给了赖朝一些点心，之后便返回了自己家中。

"见到赖朝，贫尼感觉他和十七年前亡故的儿子右马助家盛长得极像。一看到他，贫尼就不由得开始幻想，右马助若还活着，如今也必定和他一般大了。因而贫尼才会忍泪不住。"

后来，宗清前往泉殿拜会禅尼时，禅尼曾如此向宗清诉出了内心的衷肠。其后禅尼又道：

"即便不成，贫尼也要去恳求清盛大人，让他饶过赖朝一命。"

心中怀着这份期盼，宗清日夜等待着。死罪斩首的日子已经定在了本月的十三日——他甚至就连这消息也未曾告知赖朝，一心只盼着禅尼能够传回好消息。

第七章 梅月夜

盼来等去，始终未见禅尼到来。宗清再也无法等待，便主动提出请求，希望能于来日拜访泉殿，与禅尼见上一面。

不等宗清开口，禅尼便已明白了他的来意。

禅尼一脸沮丧地告知了宗清："这可如何是好？贫尼已经竭尽了全力，清盛却依旧未有半分的动摇。"

而斩杀赖朝的本月十三日的期限，如今也已迫在眉睫——禅尼眼中含泪，开始叱责起了清盛的无情。

"不，不。"

宗清摇了摇头，激励禅尼，

"虽然世人皆说清盛大人冷酷无情，但实际上，在下觉得他必定是个有血有泪、感情脆弱之人——然而，如此一来的话，他便无法率领一门之人，再大些说，他就无法执掌天下大政了。因此，他知道自己的弱点，所以才刻意装得冷酷无情。"

"……但这次不管贫尼如何恳求，他都始终不愿允可。"

"可否请您赐在下一封亲笔书信？"

"书信？"

"正是。在下想请您给小松大人写封书信。"

禅尼展开了皱起的眉头。

"你也想到这一点了吗？贫尼也觉得，事已至此，恐怕也就只能请小松大人助我等一臂之力了。"

"在下宗清甘愿携带书信，去走上一趟。"

禅尼当即提笔写下了书信。

带着禅尼写下的书信，宗清拜访了不远处的小松殿——清盛长子重盛的御馆，向重盛转达了禅尼的慈悲心怀。不，他其实是把自己对赖朝的满腔同情转成禅尼的话语，转告给了重盛。

看过书信，重盛只说了一句话。

"知道了。"

重盛的脸上，并没有表现出太多的为难。

"借助于您的力量，请务必救救赖朝吧。"

宗清拼命磕头恳求，感觉就像是在为自己的孩子请命一样。——然而，宗清立刻便又回过了神，知道自己虽然只是个无名小卒，但毕竟也是平家的武士，若是表现得太过热切，反而会害了赖朝，而他自己也会遭人猜忌。

"若是六波罗大人怎样都不肯饶他一命，那么本月十三日斩首之时，还望让在下来执刀行刑。"

含混了两句，拜别走出小松殿大门之后，宗清这才懊悔地说道："那些多余的话，其实不说也罢。想救赖朝的就是禅尼一人，而世间的武士和常人，对此其实都很是冷淡。若是小松少爷如此认为，那么说不定自然也就会倾向冷淡……"

宗清没带随从，也没骑马，独自走出了小松谷。傍晚的月色泛着白光，微香的风拂过了他的衣袖和脸庞。路旁的梅花，白过了月光。

"弥兵卫——你还在这里？"

听到身后传来的叫声，宗清吃了一惊。扭头一看，只见是重盛骑在马背上发了话。

"牵起马辔来。正巧，我也准备去拜见一下父亲大人。半路上，你就先带我去见一见那个被幽禁的义朝之子吧。"

宗清心中一阵欣喜，回应了一声，快步走向了重盛坐骑的马辔。自己刚一拜别，平日里总是不爱出门的重盛便匆匆出门来了。这份惊讶与庆幸，让宗清眼眶不由得一阵发热。

每到夜晚，主人不在的宅邸总会显得更加静寂。四下里，唯有远侍所在的屋中，还映现着一丝灯影。

一边带头走在长廊上，宗清一边轻声问了身后的重盛一句。

"您要和他聊聊吗？"

重盛轻声说："看情况吧。"

宗清带着重盛，来到幽禁赖朝的屋前。

屋中并未放置灯火。

虽然春天已经到来，但夜晚却依旧很冷，而屋里的板窗却还开着。宵月由大厢房低垂地映入屋中，若是合上板窗，总会让人感觉有些可惜。

"人就在屋中。"

听到了宗清的低声耳语，重盛依旧伫立于长廊上，瞥了一眼屋中之人。重盛似乎整个人都已僵住，甚至连头都没点。

赖朝就那样坐在屋中。

皎洁的月光，洒落在端坐于圆形坐垫上的赖朝膝边。

第七章　梅月夜

昨日向宗清恳请过之后，宗清布施给了赖朝一百支木塔牌。赖朝把木塔牌放在身旁，左手拿牌，右手握笔，为了今夜其父义朝的五七忌辰，正一片片地写上供奉的名号，似乎没有感觉到手指的寒冷。

"……？"

忽然间。

赖朝觉察到身后有人伫立，他停下笔，抬起头，睁大了圆圆的眼睛。

映在月光之下，赖朝的双眸仿佛散发着光芒。然而，那个伫立在长廊上，面对着他的人，却因为背着月光，看起来就只一团黑黑的身影。

"……"

快说话啊，快啊。宗清蹲伏在重盛的脚旁，一动不动。他强忍着没咽唾沫。然而，重盛却像是成了化石一样，一句话也没有。

"……"

赖朝也同样没说话。

这也难怪。除了宗清之外，一旦听到其他人的脚步声，赖朝就会觉得是要来杀他的人。

半晌。

赖朝似乎已经明白，眼前之人并非是来下手杀害自己的人。他这才静静地朝着重盛的身影低了低头。

见赖朝如此，重盛也郑重地回了一礼。之后，他先冲宗清说了一句。

"夜间的被褥，是否足以御寒？"

"是，已经足以御寒。"

"膳食呢？"

"他不吃鱼类，其他都与旁人无异。"

"瓶中所插的梅花，是你弄来的吗？照顾得得当周到啊。"

"愧不敢当。"

"义朝大人的公子。"重盛冲着赖朝柔声说道，"小小年纪，却供奉得如此得当！你想念你的亡父吗？"

"想。"

"若你也死了，便可与他再次见面了。你是否如此想过？你想去见你已死的父亲吗？"

"不。"

"那，你想如何？"

"我害怕死去。人世之间，再没什么比死更可怕的了。"

"但之前你不也上阵杀敌的吗？"

"身处战场上时，我的心中早已没有了其他的念头……"

"若你还能活下去，你有何愿望？"

"我只盼成为清凉寺中的一名座下弟子。若能出家为僧……"

赖朝手握着笔，弯起手肘，上臂摩擦着两眼，抽抽噎噎地哭了起来。

"见谅。在下失言了……见谅。"

重盛转过了身。月光下，一道白色的泪水，从重盛的脸颊上划过。宗清见状，心中窃喜。他感觉到，源氏的公子总算是有救了。

第七章 梅月夜

第八章　佛子与凡夫

主帐旁的守夜人自然一直听着，甚至就连对屋和远侍的休息处都能听到清盛的声音。

"蠢货。简直蠢货。"

虽然这样的话时时都能听到，丝毫不足为奇，

"——你竟敢顶撞为父！"

但其后的一喝，却绝非该是由正三品参议六波罗大人的馆府中发出的话语。小厮和杂役们，几乎就从未听到过清盛这样的言语。

以寝殿为中心，从左右的对屋到北面的正堂，再到院子深处的厢房，都仿佛夜空的云中出现了鵺一般——四下之中，骤然变得寂静无声。

夜已深，清盛的声音更显刺耳。

"重盛，你是孩子。是我的孩子。不管你再如何有出息，也是一样。"

"是，孩儿明白。"

"你方才那叫什么话？居然说为父是没有半点慈悲心肠的罗刹？若我心中真无半点慈悲，会如此含辛茹苦养育子女？"

"孩儿并未诽谤过父亲，说父亲大人是罗刹。"

"我耳朵里现在还能听到呢。别给我断章取义。我这人最容易火冒三丈的——而你那话，言下之意便是如此。"

"孩儿不敢。"

"真够麻烦的。少给我东拉西扯。诡辩我辩不过你——不过我还是要重申一遍。不管禅尼说过什么，不成便是不成。岂有此理——居然要我饶过赖朝的性命。"

"……"

"和郎，你难道就不明白？你设身处地地好好想想吧——他可是义朝的三子。在他上边，还有次子朝长和长子义平，而其父义朝却特意将传家宝刀'髭切'和'源太产衣'赐给了他。光从这一点来看，难道还看不出赖朝此人的非凡之处吗——知子莫若父啊。"

"可是……父亲大人。"

"住口。我还没说完呢。"

清盛打断了重盛的话,接着叹道。

"知子莫若父——重盛,过不了多久,你就会明白这一点的。"

"正是如此,禅尼才会如此可怜他。"

"你把一切都推到禅尼的头上,说这都是她的意思,但事实上,自幼便整日静心礼佛,喜好佛家那些个言论的人,其实就是和郎你自己——什么轮回什么因果,还有那什么菩提佛心云云,你是想把这些个狡黠智慧和些小慈悲,运用到活生生的现实中吗?这恐怕才是和郎你的真实心迹吧——你可别搞错了。世事变幻,世人也是活的。战争与政治之间,那些个佛家道义,根本就只是儿戏罢了。要搞这类把戏,你就到伽蓝和小松谷的馆府中去搞——别拿到我清盛面前来胡扯。"

清盛激动得面红耳赤。看样子,他似乎还打算继续说下去。

可是,等他舔了一下干渴的嘴唇,再次看了看重盛之后,才发现自始至终,重盛依旧有如一泓不见半点混浊的清水一般。

"对,正如父亲大人您所见,此事并非禅尼大人一人之愿,同时也是孩儿的愿望。孩儿如此,也是为了一门中人的未来和父亲大人您的人望考虑。先前保元之乱后,整日惦记着之前的仇怨,不论老少,毫无仁念地将战败的敌方众人尽皆斩杀的信西大人,其最终的下场又如何呢?对于我们这些生于武门死于武门之人而言,今日敌人的处境,或许就是他日自身的命运。"

"一派胡言。有为父在,就不会让和郎你等受此大难。"

"怜惜自家之子,此乃鸟兽皆有之天性。又岂是父亲大人您一人之心?"

"为父没心思与你嘴上纠缠。"

清盛最后大喝一声,用双手捂住了耳朵。

"对这等慈悲人情,老夫早已厌烦不已。此事休得再言。"

喜恶原本就因人而异,即便是亲生骨肉,也一样会有嫌恶之心。清盛本人就不大喜爱长子重盛。

之所以如此,皆因重盛此人口无遮拦所致。人世之中,纷纷扰扰——而若是与政治有关,就更不可依重盛所言了。

此外,凡事总喜欢扯上佛法和儒学这一点,也让清盛心中不快。尊崇佛祖,重视学问,这些都无可厚非,可若是换到活生生血淋淋的政争交锋,抑或你死我活的战场之上的话,这类事物就只会阻碍到内心,有百害而无一利。若是将佛法和儒学

第八章 佛子与凡夫

利用于政治之上，尚还情有可原，可自己身体力行，将自身局限到他人所设想的哲理之中去，那就是愚昧迂腐了。

既然生为清盛，自幼形成的此等性格，降生于这个时代的这片土地上，清盛觉得，如此活过一生至死方休，是在完成上天赋予的使命。若是孔子要说自己不知书不达理，那就让他说去好了；若是释迦要说自己是邪魔外道，那也让他去叹好了。

自己也同样是天津日子的后裔之一。有谁会盼着这片大地化作地狱？又有谁会希望看到天下万民困苦不堪？

一切都为天下苍生设想一下吧。祈盼天津日子能够繁荣昌盛的愿望，绝没有半点的二心。为此，必须铲除一切阻碍。外道也好，天魔也罢——若是没有如此决心，又怎能在政场和战场上赢取胜利？虽然口口声声说想要隐居遁世，但对清盛而言，隐居遁世，赏花观月，此等人生根本就毫无意义。清盛从不否认，自己这样的性格，是绝对无法隐居遁世的。

每每开口，以重盛的睿智与学识，想要彻底驳倒父亲那粗浅的言论，根本就不费吹灰之力——虽然重盛始终克尽孝道，从没有过半点的轻忽——但身为其父的清盛，却时时觉得重盛是在冒犯自己。若要究其原因，那便是清盛自己也不得不承认，重盛其实要比自己优秀许多——但膝下之子比自己更有出息，这种事是绝对不会让身为父母之人感到开心的。

更何况，清盛如今正当壮年——至少，清盛自己是如此认为的。

好不容易才彻底摆脱了贫困，让众人对他刮目相看，到了如今这不惑之年，他感觉自己才终于迎来了他人曾经度过的青春时光。如今的自己，正如日中天。想起自己在整个日本规划的那幅偌大的设计蓝图，清盛便会对些小的衣食住行，也同样表现出强烈的欲望。

进膳时狼吞虎咽，当着族人与孩子，也会若无其事地谈论女人——而每次看到重盛在众人之中一脸不屑地皱起眉头，清盛便会赶忙转换话题。

——总而言之。正是因为清盛和重盛之间的这种父子关系，所以众人才会觉得，若想恳求清盛饶过赖朝一命，重盛便是最适合的人选。但实际上，这样的做法就只会越发地让清盛心中不快，一意孤行。

和禅尼一样，重盛也在梅花绽放的寒冷深夜中，默默地回到了小松谷的馆邸之中。

翌日的翌日。

六波罗传报，说是怀中抱着三个孩子的常磐，即将由藏身的九条院出头自首。

自打听说常磐被捕那天起，清盛就时常絮絮叨叨地询问随侍的家臣和问罪所的官员，

"之前她都躲到何处去了？为何要逃？"

又或："带着孩子？"

再或："憔悴了吗？"

不久之后，如同一般的罪犯一样，问罪所把审问出的详细口供和请示其处分的书信上呈到清盛处。

看到官员的做法，清盛却颇为不满，责备了官员们的无情。

"再怎么说，此人也是义朝心爱的女子。况且此女还带着吃奶的孩子，怎可打入问罪所的大牢？为何不去腾出一间武士的房间，让其住下？"

"老夫要亲自审问。立刻将她押到西侧的屋里去，老夫要到那里见她。"

清盛的话语让人感到颇为意外。

官员都听说清盛对赖朝毫不宽容，所以在面对常磐时，为了迎合主子的心意，还故意苛待了常磐，结果却彻底大错特错。官员非常狼狈，不久后，带常磐到清盛官邸时，官员对待她就如待客一般，一路上照顾有加。

"赐座。"

听到清盛一声令下，侍卫连忙在门外阶梯下的庭园中铺开了蔺席。

"进屋。让她进屋来好了。"

清盛赶忙连声纠正。

——进屋？众人全都一脸疑虑地看着清盛的脸。看到清盛用下巴指了指阶梯上的走廊，官员连忙回答声"是"，诚惶诚恐地催促常磐道："进屋吧。"

常磐不敢抬头。

怀中吃奶的孩子虽然还很天真，但今若和乙若两个孩子，经过两夜的牢舍生活之后，已变得十分胆怯。两人紧紧跟在母亲膝边，寸步不离。

"大人有令，你就进去坐到地板上去吧。"

见常磐依旧没有起身，官员又催促了一遍。常磐这才宽慰了两个孩子一句，低着头坐到了走廊的边上。

母子四人就如同巢中的小鸟一般，畏畏缩缩地紧紧靠在一起。

看到清盛的左右站着一群脸色肃然的陌生大叔，今若和乙若都紧紧挤在母亲脚边，寸步不离。

"……"

清盛看了看常磐身边的孩童，之后又看了看常磐那憔悴至极的面容。

这并非清盛初次遇见常磐。自打常磐侍奉九条院，因容貌秀美而在京城中背负盛名之时起，清盛便已看到过她。

已死的义朝也好，眼前的清盛也罢，两人都对京中女子的情况知之甚详。何处的局中有个怎样的女子，某某中纳言的女儿长得如何，不分源氏、平氏，众将们都极为热衷于这类的话题。

而众将们甚至还把横刀夺爱的行为，当成了一种仅次于战场杀敌的荣耀，炫耀不已。常磐亦是如此。当时，清盛还只是个无名小辈，而义朝的权势却已如日中天。

但如今——

沧海桑田，世事无常。这也让清盛自己感慨万千。过了一阵，他终于启齿冲着常磐说道：

"乳汁还够么……乳汁多么？"

这可是众人提起时无不心惊胆寒的六波罗大人。听说清盛要亲自审问，常磐本以为自己将会遭受无尽的酷刑，可她却没料到——

乳汁还够吗？

这竟然便是清盛的头一句问话。大感意外的不仅只是常磐一人，甚至就连周围近侍和问罪所的官员也是一脸惊异，无人作声。

"……"

常磐一手抱着牛若，一手撑地，轻轻摇了摇头。清盛颔首会意。

"不够吗。果不其然哪。"

之后，清盛便自言自语般地说道："家境贫寒时，老夫的娘亲也曾为没有乳汁而困扰过。身为人母，都愚昧不堪，画饼充饥，让丈夫饱食，分给爬行于地的孩子，不但自己没有吃到半口，却还要让吃奶的孩子吃奶。简直让人无法忍受。"

"……"

"你的容颜曾经让义朝神魂颠倒，天可怜见，如今却也憔悴得不成人形了。"

清盛的叹息如此真实。实在是可惜——他由衷地在心中叹道。

"常磐。"

"……在。"

"你似乎浑身颤抖，但你不必害怕。老夫赦你无罪。合战之事，乃我清盛与义朝之间的纷扰。"

他的叹息声是真实的。可惜——这是从心底发出的。

"……"

"此事并非女眷之流该当插嘴的，而说到底，我清盛如今的荣华富贵，也源自义朝当时的愚昧之举。他本不过只是一届武夫，完全没有我清盛心中的这等政略。或许，涉足公卿的政治纷争，就是一切祸事的因由——冤有头债有主，虽然一切都当因袭武门的习俗，但最终受到牵连的，却是一门中人和你们这些毫不知情的人——我清盛并不打算斩杀你这样的人，你就放心好了。"

"……若……若是……"

常磐横下一条心，高声嚷道："小女死不足惜……但小女还望大人大发慈悲，放过孩子们一条小命。"

不等常磐把话说完，清盛便如同换了个人般地大声呵斥了起来。

"休得寸得进尺。"

"……"

"稍稍觉得你可怜，你便立刻得寸进尺。这便是女人们的可恨习性。你原本乃是九条院的杂仕女，连姓氏都没有，即便得到了义朝的宠爱，你也不过只是个门外之花。但是，你怀中所抱的孩子，却是正宗的源氏血脉。更何况，他们还全都是男孩。对于源氏的血脉，老夫断不可手下留情。"

看到清盛那一脸的凶相和冷峻的声音，今若被吓得一脸哭相。乙若已经哭了出来。

常磐拜伏在地。清盛两眼盯着常磐那满头的黑发道："哼，简直放肆。"

之后，清盛又露出一脸懊悔的模样，突然间站起身来。

"把她带回房间去。"

冲着官员们下过命令后，清盛一扭头，就像是恨不得伸手捂住双耳一样，消失在了正堂的帐台之后。

尽管隔着长廊，但每到夜里，位于后园深处那间关押常磐母子的屋中，总会传出吃奶孩子的哭声。也或许，其实只是清盛自己的幻听罢了。

看样子，清盛似乎彻夜未眠。清盛心想，若是自己生于底层的贫苦家庭之中，或许便不会如此烦恼不堪了。

想起平日总是早起的重盛，清盛立刻唤来了侍从，

"去把小松叫来。"

派人去接来了重盛。

对坐在洒满旭日阳光的屋中，重盛看着父亲的脸。

"您这是怎么了？"

"嗯……我感觉脑袋有发沉。"

"是积劳成疾吧。禅尼也一直在担心您，说每天上朝，似乎都会遇到不少的烦心事。"

"你去见过禅尼了？"

"是的，就是为了上次之事——"

"禅尼还在为上次那事感叹不已吗？"

"她还没有放弃。她跟孩儿聊了些关于她那已故的亲生孩子和赖朝的事，又劝说了孩儿不少。"

"或许她心中依旧还在记恨我，说清盛是个无情之人吧？"

"她倒是没有提起过这些。"

"——重盛。"

"在。"

"之前的那场合战——保元之乱后，信西入道真是下了狠心，将之前的那些政敌和残党都斩杀殆尽，彻底斩草除根了……可是，昨夜我思前想后，折腾了一宿——但结果似乎却反而不佳呢。"

"草菅人命，滥杀无辜，此等行为必然无法带来良好的人望。信西入道当年之所以会走到众叛亲离的地步，大概也是因为他太过果断刚毅，却缺乏血泪之情的缘故吧。"

"唔。"

"此番合战之中，信西入道成为了众人仇视的标靶，最先遭人放火烧毁的也是西洞院的宅邸，他本人也遭到源光泰的四处追杀，最终惨死于田原野地。正是因其滥杀无辜，所以死后也几乎无人凭吊。或许这便是所谓的因果轮回吧。"

"不，别再提那些个佛家所言了。如今为父找你来，并非是来和你谈天说地的。昨夜之间，老夫深思熟虑，仔细想过了信西入道的所作所为，世人的反应，还有他最后的下场……实是不佳。此乃下策。信西入道未能赢得人心。而后，老夫又拿此事与如今老夫对义朝一门的处置对照了一番。"

"哦……"

重盛面露笑容，终于——您醒悟了吗——话刚到嘴边，但重盛随即想起父亲生性不爱听从他人的忠告。即便遵从了他人的忠告，若是没能表现出一切行为都出自父亲自己的意愿，那么最终父亲也不会实行——重盛很清楚父亲的这种性情。

"如您所想。父亲您的想法，完全正确。"

重盛随声附和了一句。

清盛道："是吗？和郎你也如此认为啊？欲成大事者，必当施之以仁——若是为父斩杀了赖朝这等幼童，世人也只会为此皱眉。为父便饶他一命，处以流放之刑吧。"

"……是，那么……"

看到父亲如此恬淡，重盛感觉自己似乎反被抢去了风头。说罢方才那番话，父亲心中看起来已变得轻松，朝阳之下，他的脸上焕发着容光。

"父亲此举真是仁心慈悲。听闻此事之后，却不知禅尼会有多么开心呢……既然如此，孩儿这便启程前赴泉殿去吧。"

"你也算是尽了一份孝了啊。"

"嗯，这可真是个美妙的清晨。"

重盛也感觉心中无比清爽。除却骨肉亲情，他从未感觉到自己对父亲抱有今日这般的敬意。

就在重盛满心欢喜，准备起身之时，"啊，还有一事。"清盛轻描淡写地说道。

"顺便，你去把到问罪所自首的常磐御前也放了。唯有一点，就是她所生的男孩，不如就下令让孩子们都遁入山门好了——至于那个吃奶的幼儿，若是立刻将其与母亲分开，或许便会哭泣至死的吧。就宽限那幼儿百日的时间，之后再送到鞍马山去吧。"

第八章 佛子与凡夫

第九章　春晓

昨夜，赖朝从宗清的话里，听出了自己已是大限将至。

"这种时候，要做到无愧于上天，心中随时做好赴死的准备。若是你成为了世人的笑柄，那么感到耻辱的就不光只是源氏。世间的武士，全都会成为世人的笑柄的。"

"我想，我应该已经下定赴死的决心了——只要能如此双手合十的话。"

赖朝一如往常般地率直说道。见他如此镇定，惊讶之余，宗清也感到了一丝安心。

今早起来之后，赖朝再次一脸沉思地独自坐到了幽禁他的屋中。十三日，正是今天。

"——今天是开刀问斩的日子。"

其实赖朝早已知晓。

他的心中似乎隐隐感觉到了一丝恐惧，但似乎又平静如一泓清水。

屋外，传来了与平日无异的黄莺的叫声。

就在这时——

黄莺的影子，在庭园里的阳光中箭一样地飞起。看样子，似乎是长廊上传来的急促脚步声，把它给吓跑的。

"……来了吗？"

赖朝的脸色苍白如蜡。目光之中，也开始出现了一丝惧怕。

"佐少爷。"

是宗清来了。刚一看到赖朝，宗清的声音便开始激动了起来。

"欢呼雀跃吧。虽然还没有接到命令，不过，今天可是会有好事发生的——大好事一件。"

赖朝依旧还在颤抖，一时之间，他也没弄明白究竟是何事。过了一阵，宗清告诉赖朝说，小松殿不久就会过来。等宗清说完，转身离去。

"啊……莫非……？"

赖朝这才惊觉，感觉自己再也无法安坐下去。

其后的半日之中，赖朝心中一直战战兢兢，恨不得能早一刻冲破这牢笼，逃到外边去。

到了午时。

小松重盛来了。他把池禅尼出面恳求，清盛大发慈悲，决定饶过赖朝一命的事转告给了赖朝。听完之后，赖朝呜咽着连声说道："谢谢，谢谢。"

赖朝说出了他心中的谢意。

虽然这份谢意发自内心，但转瞬之间，赖朝又开始觉得自己如此痛哭流涕，实在是太无颜面。他整肃仪容，两手伫地。

"在下虽不知今后自己将被流放何处，但还请阁下务必代在下向池禅尼大人转达谢意。"

"不，流放之前，重盛必会设法让阁下去见一见禅尼，亲口向她致谢的。"

说罢，重盛便回去了。当天傍晚，六波罗的官员也携带着正式的裁决书来了。

流放伊豆国。

三月二十一日出发离京，前赴流放地。

官员向赖朝宣布这两点。

至于赖朝究竟是怀着怎样的心情等待着那一天的到来的，这一点根本无人知晓。整日里，他就只是待在幽禁的屋中，怔怔地望着窗外的天空。

日期将近，宗清问道："流放伊豆的途中，六波罗将会派出监督行程的检使和负责敬畏的青侍，不必说，他们绝对不会善待你的。你是否还有亲戚朋友，能够伴你一同走过这段行程？"

赖朝偏着头思考了片刻。虽然他能想起许多当年父亲的熟人和家臣的名字，但最终他还是摇了摇头。

"没有——即便有，也必定会对六波罗大人的权势感到畏惧，没人敢来伴随在我身边的。"

布告的牌子已经竖起。

究竟何事？

众人都不明就里地聚集到了告示下。市中、桥下、东狱门前，人群的身影随处可见。

"写着流放呢。"

第九章 春晓

"流放啊？"

"流放到伊豆国。"

"伊豆？……哦。"

京城的人们，根本就无法想象伊豆究竟是个多么遥远的地方。

"——不过也好，咱也不必再在加茂川边看到孩子遭斩了呢。"

众人似乎都长舒了一口气，连声赞誉六波罗的处决道："慈悲为怀的做法呀。"

恰于此时，民众当中都大大地意识到，合战之后，清盛即将作为执掌重权之人，君临天下——民众间突然大大地意识到了这一点，

"若是此等慈悲为怀的仁者，今后的政道也必将更好吧？"

放下了一颗悬着的心。

但是，另一方面。

清盛的平家一族之中却风评不佳。而对赖朝的处置，更是最大的恶评。

"既然已经处斩了义朝、义平和其余的人等，为何却偏偏饶过了那小童一人？"

"这和大人平日一不做二不休的性格完全不同啊。"

"听说是池禅尼和小松殿在大人面前请命的，而大人对其他人等的进言，从来就不会听从半句的呢。"

少壮派武士之间，纷纷鸣起了不平。

众将士血洒沙场，好不容易达成的霸业之中，若是掺杂了此等徇私枉法的处置，那可就是正所谓的画龙不点睛了啊。若是为了平家和将来着想，就绝不该当饶过赖朝——此等强硬的论调也随处可闻。

"不仅如此。"

一部分强硬派的人们再次聚集到一起，开始了议论。

"常磐又是如何判罪的呢？告示之上，却也不见对她怀中所抱的那三个男孩的处置啊。问罪所那边也迟迟未有任何动静。此事必有蹊跷。大人的处置，可真是云里雾里。此事之中必有内情。"

一传十，十传百。

而如今，常磐已经离开了监狱，母子四人都安然无恙地住在七条朱雀附近的小小宅馆中。

镇上那些整日嚼舌的贩夫走卒又说，有时夜里会在那所宅馆的门前，看到停有不知其主的车辇。

"六波罗大人来偷鸡摸狗了。"

如此传闻，眼下已是尽人皆知——甚至还有人故意造谣，说得如同他们亲眼见到一样，把此事故意闹得满城风雨。

常磐的美貌是出了名的。从年轻时的行径来看，清盛好色，也是无可隐瞒的事实。

因此，即便是这样的无稽之谈，众人也从未起疑过。

"嗯，说不定还真有此事呢。"

甚至就连一族之人，也有半数人相信了这种传闻。

就在这世间纷扰，世人也即将忘却之前那场大战的噩梦之时，三月二十日已早早到来。

由头天的十九日起，赖朝便已迁到了池禅尼的泉殿中居住。为了准备启程前赴遥远的流放地，赖朝彻夜未眠，等待着破晓的来临。

第九章 春晓

门外传来马嘶声。逐渐地，马匹的嘶鸣声中又掺杂了人声和马蹄声。从泉殿的门前到前庭，渐渐聚集起了人群。

"天亮了？"

赖朝从卧床上起身。

看到赖朝起身，泉殿的使女们打开板门，吊起板窗。

——然而，天色却尚未全亮。破晓前的昏暗天际，甚至还能看到星光。

"啊，那个。"

一名杂仕女看到赖朝正在收拾自己的床铺，赶忙凑上来说道。

"此处就由我等来打扫吧。您还是稍微梳妆一下，到禅尼大人的屋里去吧。"

"禅尼大人已经醒了吗？"

"是的。虽然她昨夜和少爷您聊到很晚，但之后她也就只是稍稍小睡了片刻罢了。"

赖朝照杂仕女说的整理好自己的衣冠，探头到长廊边的一间屋中望了一眼，问道："弥兵卫，起床了么？"

宗清立刻便探出了头来。

"哦，是佐少爷啊。"

宗清走出房门，和赖朝并肩站在长廊上。

"你起得可真早。昨夜阁下与禅尼大人聊到深夜，想来也就只是稍稍睡了片刻吧？"

"不，我已经睡够了。"

"是吗？由今日起，阁下便将踏上漫长的旅途了——千万可别再在马背上睡着，与同行的众人走散了啊。"

"哈哈哈。无须担心，今日必定不会了。"

赖朝笑了。

宗清也冲着他一笑。

昨夜，赖朝曾天真无邪地对禅尼、重盛和宗清说起过之前自己在马背上睡着，结果在大雪纷飞的近江路上，与父亲和族人们走散的事情。

说得那样天真无邪。

听闻死罪可免，改判流放伊豆之后，赖朝便开始恢复了孩童的天性，变得有说有笑了起来，无忧无虑地等到了今天。

"等不及，等不及啊。真希望能早日看到伊豆呢。"赖朝道。

昨夜，禅尼曾问过他。

"莫若贫尼送些东西给你，就当作为你饯行吧。你想要什么？"

赖朝回答道："想要一副双六。前往伊豆的途中，必定乏味得紧。"

"真是孩童性情呢。"

禅尼听后眼中含泪地叹了一句。

对于早已远离尘世喧嚣，一心礼佛的禅尼而言，种下此等善根，让赖朝今日远赴东国此举，正是一种不为人知的一大乐事，同时让她感觉到了自己生存的价值。

"好了……禅尼大概也等候已久了吧，你我这便前去禅尼大人的屋中，拜会禅尼去吧。"

宗清催促了一句，之后便带着赖朝走过了那宛如华丽寺院一般的泉殿长廊，走向面朝宽阔庭园的禅尼屋外，准备向禅尼辞行。

天色依旧还有些昏暗，禅尼的屋中和相邻的屋里都还点着灯台。清晨清冷的空气却早已充斥屋中，灯火泛着发白的光芒。

"哦，佐少爷准备出发了吗……真是让人不舍。"

禅尼盯着赖朝看了好一阵子。赖朝也感觉心中发堵，不知该说些什么才好，就只是拜伏于地，久久不曾起身。

不久后，赖朝道："承蒙大恩，在下才得以暂保性命。此恩此德，在下永世不忘。抵达伊豆之后，在下也将朝夕为禅尼大人祈祷安康幸福。"

虽然平日里总是一副少年老成的模样，但到了今朝，赖朝的眼中也贮满了婆娑的泪水。

禅尼常说，她一直都对赖朝视如己出，今日见赖朝如此愉悦，禅尼心中也感觉自己终于得到回报。禅尼泪流满面。

"说得好。你能保住一命，并非人为，此乃佛祖的加护所致——有关此事，正如昨夜贫尼所言，因果有报，菩提常在，今生今世，你要好好为你九泉下的父母祈福。"

"……是。"

"万万不可对弓箭、太刀这等血腥罪孽再起杂念，即便有人从旁唆使，你也万不可听从。"

"是。"

"人言可畏，切不要自寻烦恼，再受绳索绑缚之苦——到了伊豆之后，你即刻便寻找一位适合的大师，剃度削发，万不可辜负了贫尼的一番心意……"

"是。"

禅尼一脸满足地微微一笑，扭头看了看宗清。

"是否还能再稍待片刻？"

"片刻倒是无妨，若是太久，恐怕便……至少，将行李搬运到车马上的期间的话——"

回答过一句之后，宗清便明白了些什么，口称要做些准备，起身走出屋外。宗清出门之后，禅尼轻声告诉赖朝："有人在下屋中等你，说是想要见你一面。你就去和那人道个别吧。"

是谁——赖朝来到下屋，只见三名熟人正在屋中等候着他。

其中一人，便是叔父佑范。

另一人，则自称源氏的浪人，名叫纐缬源吾盛安。

剩下一人，则是比企局。

——屋中等待着赖朝的，正是此三人。

比企局乃赖朝乳母，在二条院中时，人称丹后内侍。去年三月，与生母死别之后，见到乳母，赖朝心中不由更觉亲切。

"……"

为了抑制住心中涌起的感情，赖朝呆站在原地。比企局见到赖朝，泣不成声地道："少主，老奴是来为您梳头的。作为饯别，就让老奴再为您梳一次头吧……"

赖朝默默转身坐下，比企局含泪为他重新梳结了一番头发。她附在赖朝耳边轻

第九章　春晓

声说道：

"今日并非老奴与少主的最后离别。少主前赴东国之后，乳母依旧会追随您左右……"

纐缬源吾盛安也凑到身旁，飞快地说道：

"公子大人，公子大人——此番蒙得八幡大人保佑，公子终于才保住了性命。不管旁人如何强逼，公子都万不可削发为僧。公子可要珍视自己的头发。"

"……嗯。"

赖朝颔首答应。

禅尼劝他出家为僧时，他也回答了声"是"，源吾盛安让他万不可削发为僧时，他也点头应了句"嗯"。

常言道：人非圣贤。

赖朝确是个直率的孩童。

这时候，中门附近有人大声叫嚷了起来。

"佐少爷还在等什么？快些出门吧。时辰已到——快些吧。"

出声叫嚷之人，正是护送的监视人——平季通的属下。声音中丝毫没有半点情面。

下屋之中，正在梳头的赖朝道："乳母，罢了。"

然而比企局却依旧恋恋不舍，始终不愿放下手中的梳子。赖朝肝火一动，猛地站起身来。

之后，他扭头看了看身旁那为自己哭成一团的比企局和叔父佑范，责备道："为何哭泣？——若是常人遭到了流放，或许会心生悲戚，但今日我赖朝出行，乃是稀世罕有的良辰吉日，众人应当高兴才对呀。"

三人听赖朝如此一说，心中不由得一动，骤然止住了泪水。赖朝此时早已走出下屋，大步流星地向着屋外的人群走去了。

泉殿的殿口、廊门，一直到正门，聚集了一大群人。恰在此时，花顶山和如意岳等东山一带的轮廓，浮现在了破晓的天空中，旭日的阳光，从红色旌旗般的云间的缝隙间纵横流泻。走上大街，抬眼远望北山西山，京城镇上，加茂河水，还依旧沉眠于微黯的残月之下。

"——驾！"

"前列，向前。"

"驾，驾……"

整队人马即将启程。

众人围到了赖朝骑乘的马前——护送的青侍们的马匹竞相嘶鸣。

赖朝坐在马上——

"后会有期。"

冲着前来送行的泉殿的众人再次低头致意。

马蹄声嘚嘚响起。赖朝自己骑乘的马匹也迈出了脚步。他在马上不住回首。泉殿门前那黑压压的人群，久久不散。

或许是获得了特许的缘故，监督行程的十余骑中，也夹杂着叔父佑范和繦緥源吾的身影。

——今日真是良辰吉日。世间岂有如此值得庆贺的出行？

赖朝再次想起自己方才对身旁三人说过的话。抬头遥望被染成一片鲜红的破晓天空，赖朝总感觉想要发笑——同时，他的心中又涌起了一股纵情高歌的冲动。

——嘚，嘚，嘚，嘚。

马蹄步调一致。

十四岁少年的内心，此时正默默狂舞着。他心中所想的，并非明日之事。更不是昨日之事。不，他甚至早已将方才答应禅尼说甘愿出家的事也彻底忘到了九霄云外。

坐在马鞍上，赖朝小心翼翼地抱着方才禅尼送给他做饯行之礼的双六木盒。他揪住负责警卫的武士，不停地聊着有关双六的话题。

监视人季通不禁心中暗自起疑："这厮莫非是个傻子？"

一行人即将抵达粟田口。

行道树旁，不少路旁之人都来观看。许多僧侣、浪人和市井之人，都混迹于白色的朝雾之中，拜伏在地上送行。

这些人中，必定有许多隐姓埋名的源氏之人。或许也有不少在偷偷地抹泪——然而，这天清晨，闪耀着今春欢愉气息的，却是那被许多人哭着称为"天真烂漫"、"性情率直"的赖朝的脸庞。

第九章 春晓

第十章　砂金

每到年头冰雪消融之时，他都会远道由奥州而来。

每一次，他都会与一大群商人和随侍的奴仆、男子们结伴而来，而几十匹骏马的马背上，都绑缚着紧勒的捆包和牢实的箱子——驿路上铃声阵阵，人马蜿蜒成行，偌大的商队，正一路向着京城而去。

他是这商队的领队，奥州栗原乡人，名叫吉次。年纪四十出头，浑身上下散发着刚毅大胆的商人气魄。

"吉次路过——"

"金贩吉次上京。"

若是在街道大路上听到这呼号时，东海道已是时近四月，而京城中的樱花也已抽芽。

今年也同样——

仁安三年。平治大乱后的第十个年头，赖朝流放伊豆后的第九个年头。

他的商队抵达了京城。

一进都城，满身旅途风尘的人马就会暂时先屯驻到三条河原的空地上，一行人中的几十名商人便会开始取回各自的行李货物，核算支付一路上的各种费用，为此行能够平安抵达都城而彼此庆贺。

"那么，六月再见了。"

商队解散，各人相互道别，各自奔向市中的旅舍。这，俨然已经成为了一种惯例。

即便一道同来，各人的商品和销路、目的地也各自不同。

奥州产的细布、伊达绢。

用在箭支上的鹫羽。

水貂皮和其他兽皮。

漆器，金箔。

木板材。

在京城中大受欢迎的骏马——南部驹。

商队运送的商品各式各样,而吉次贩卖的则大多是砂金。奥州出产的金子,在都城之中甚为紧俏。

而其代价自然便是物品。回程之时,中央的物资,将会再次沉沉地载到马背之上。

如今,奥州的文化,寻求着大量的京都之物。从出自名匠之手的佛像、绘画,到活生生的美女,奥州始终都在源源不断地引进都城的各种物品。

"平相国?何足道哉?"

在那里,有人遥遥睥睨京都的势力。这个人,就是藤原秀衡。

通过藤原氏三代人的努力,他们用那些从都城引进来的文化和物资,在一处名为平泉的地方筑造起一座丝毫不逊于京都的大都府——每每听到商队的商人们这么说,京城之人都会一笑处之:"岂会有这等事。"

他们根本就从来没有相信过。

对于京城之人而言,东国的武藏原和伊豆的蛭小岛都已是遥不可及的荒山野岭,更何况,

"——从那里过去,还有几百里路程。"

在陆奥那里,是不可能会存在他们说的那种地方的。京城之人从来就没有把商人的话当真过。

"——不,小人可没瞎说,此话千真万确。要是小人觉得咱是在骗您,那么这次小人回去的时候,您就跟小人一起去看看吧。如何?"

初夏的某日,一条大藏卿朝成的宅邸中,吉次把生意的事搁到一边,一脸认真地说道。

"哈哈,哈哈哈。"

与吉次对坐而谈的,正是宅邸的主人大藏卿。听到吉次的话语,大藏卿大笑不止。

吉次噤口不语——他的脸上,已经流露出了不屑的表情。

葛布小袴,缥色小直垂,唯有途中护身用的野太刀,已经放置到了另外的屋中。不管内心之中再如何以黄金之力为荣,在都城的贵人眼里,吉次都不过只是来自陆奥的一届商人。吉次心中总感到愤愤不平。

不可动怒。一旦动怒,商人的损失便会被放大到最大限度——吉次根本就不需告诫自己,他心中早已熟谙此道。面对公卿武将时,装愣充傻,无动于衷。他其实

第十章 砂金

早已成了这方面的名人。

"——此番来京的路上，小人的马匹生下了马驹呢。"

吉次突然说起毫不相干的事，独自嘿嘿直笑。

"大人可曾见过马驹？刚一生下，便会走路了呢——实在是可爱。"

"还以为阁下要说什么呢，原来是说马驹啊。没意思。"

一条朝成打了个哈欠。

"敝人不想再久聊了——阁下若无要事，那么此番便先请回吧。阁下此次还将在都城逗留些时日的吧？"

"是的。直到夏末时节……"

"做生意吗？"

"正是……对了，敢问大人，前些日子小人向大人您请求之事，却不知如今情况如何了？"

"哦，阁下是说六波罗殿的土木工事？"

"这也是一件。小人还听说，小松殿也准备兴建伽蓝——两处工事，或许也将用到大量的金沙、金泥、金箔之类的吧？"

"这话倒是没错。"

"若是大人能为小人美言几句，让小人揽下这桩生意，小人吉次，甘愿到府上进献重礼。"

说罢，吉次终于驱散了几分心中的抑郁。扭头四看，整座宅邸给人一种贫穷的感觉。虽然公卿之中鲜有富者，但坐在这座宅邸之中，却能嗅到一种格外贫穷的气息。

为了充门面，出仕时虽然也乘坐牛车，但方才进门之时，吉次也曾瞥过一眼。一眼看去，那牛车至少已有五年时间未曾重刷过漆水，而拉车的牛，也同样瘦弱不堪。主人身上的粗衣，也已和那残破的厢房一般陈旧了。

"呃……御所用品的采购确实是由敝人负责，此事倒也可以想些办法，但六波罗殿那边，敝人却实在是说不上话。而若是敝人出面帮助黄金商人说话，那么其他的商人想必也会怨恨敝人了。人言可畏呀。"

"不不——其他大人的情况，小人倒是不甚了解，但大人您与六波罗大人之间的交情……"

"阁下为何会认为鄙人与六波罗大人相交甚厚呢？"

"呵呵……小人其实全都知道。从很久以前起，小人吉次便常常拜访九条院的。"

"九条的女院？"

"正是。"

"阁下打什么哑谜？"

"大人您可真会说笑……此事可是大人的夫人说的。或许世人都早已忘却，但每次小人造访府上，都会回想起来——当年，大人的夫人侍奉于九条院中时的身影。"

"阁下说的是内子由香里？"

"正是由香里夫人——不过这名字却是在她再嫁与大人您时更改的名字。小人记得，以前她似乎是叫常磐夫人。"

"……"

"——小人所言没错吧？"

吉次探出头去，说道。朝成两眼一翻，

"此事并无任何人隐瞒。六波罗大人下令，让她再嫁于敝人，此事尽人皆知——事到如今，阁下提这事做甚？"

朝成的脸色骤然一沉。每次有人提起他的妻子，他都会变得如此。左右这些不经世事的公卿们的情绪，对吉次这样的老练之人来说，甚至比哄骗婴儿还要简单。

糟糕——这药下得太重。

吉次心中刚起此念，立刻便说了声"失陪"，匆匆离开，从朝成的眼前消失了踪影。

"……"

朝成心中的不快依旧未能平息。他的心中就如同打翻了五味瓶一般，空虚的双眼，怔怔地盯着初夏时节，阳光耀眼的庭院。

事情都已经过去九年了——

那一年，清盛告诉朝成，说他身边有个身世凄惨的女子，希望朝成能够把那女子娶过门做续弦。一则畏惧六波罗大人的权势，二则心想若是自己迎娶了那女子，或许便能将那女子救出苦海，

"娶吧！"

出于这两条原因，朝成便将那个带着三个孩子的女子迎娶过门，让她做了自己的继室。此女并非他人，正是常磐。

作为正室，常磐改了名字，而孩子们也依照清盛的意思，另移他处安置，但世

第十章 砂金

人却总说——

"好事之徒……"

"此中必有隐情。"

"为了出人头地,至于如此向六波罗大人献媚吗?"

感觉就像朝成是为了自己的私欲才如此一样,人们背地里说了不少有关他的坏话。

当然了,从世人的角度来看,审时度势,即便是源氏之人,也必须极力去迎合平家一方,所以站在朝成的立场上,他倒也不一定非要把这个带着孩子、身世复杂的女子迎娶为继室。既然迎娶了此女,那么其中必定有相当的好处——世人这等平白无故的猜忌,也纯属理所当然。

正因为如此,较之先前,一条朝成才频频避开六波罗。

虽然朝成也很清楚,自己若想出人头地,就必须时常接近清盛,赢得清盛的好感,但他却总觉得世人总在用奇怪的目光看待自己,几年里,他一直在故意疏远——如今朝成家境贫寒,官位不升,友人远离——原因其实就在这里。

"也罢。哪怕家境贫寒,毕竟也有一妻,足以宽慰——"

娶了常磐之后,朝成自己却也深爱着他在御所中出任财务官的职位,和十年如一日的平凡生活——那些仰仗六波罗大人鼻息之人早已摇身一变,如今已是家世显赫,一身荣华。如此时势潮流之中,唯独朝成,始终守着自己的妻子和贫寒的生活。

正是因为看到了朝成这贫寒的生活,金商吉次才会拜访了他的私人宅邸。自前年起,吉次便时常会来拜访朝成。

"此乃敬献给夫人之物。"

而每次前来,吉次都会带来一些奥州的土产,如此对朝成说道。朝成收下之后,第二年吉次又来了。而今年,吉次第三次拜访了朝成。到了第三年,吉次这才说明了他这样做的真实目的。

"望大人能美言几句,将六波罗大人的修缮工事分些给小人来承担。"

想得倒美。这倒也罢了,吉次却还提起了常磐身世。说话的口吻,感觉就如同九年前世人背地里评论时一样。就算一条朝成性格再好,也实在是难忍心中的不快。

"……小人方才失言了。"

吉次再次飘然来到朝成所在的屋中。之后,就像往年一样,他在朝成的面前放上了十匹伊达绢和一桶漆水。

"大人莫怪。小人说话不知分寸——只是些和往年无异的东西，并没有什么稀奇，聊表寸心。"

留下礼物，吉次又闲聊了几句，之后便回去了。

吉次回去后，一条朝成无意间瞥了一眼伊达绢和漆桶，发现了一件出乎他意料的东西。

那是一袋砂金。砂金的分量，重得光靠一只手几乎都无法提到膝上。

"厚颜无耻……"

朝成当时勃然大怒，但随着日子的流逝，朝成却也开始觉得自己发火，其实根本就有些莫名其妙。

而且，在那一年里，吉次就仅仅只去拜访了朝成这一次。

由年底到初春，朝成已经动用了那袋砂金里的一半——积雪再次融化，眼看着四五月即将到来。或许，金贩吉次也差不多该来了吧。

生性直率的朝成甚至开始期盼起了吉次的到来。也罢，吉次要是开口，那便答应他的请求好了。再者说了，近些年来，自己也确实有些疏于拜会六波罗了。这种时候，正是绝好的借口。不如就走上一趟，向六波罗提一提吉次之前的委托吧。

乘上年底时刚刚刷饰一新的牛车，朝成启程前往许久未曾涉足的六波罗府邸。

"大人要去六波罗府上？"

跟随前往的杂役一脸惊异地再次向主人询问道。

"嗯……正是六波罗府。"

可是，等到走过西八条那华丽的大门之后，朝成心中却又开始打起了退堂鼓。他可是前些年的保元平治合战之前，还被众人乜着眼看低的安芸守啊——就是这样一个被人看不起的清盛，如今却在眨眼之间，已经由内大臣升任到了太政大臣——听来就跟痴人说梦一样的事，如今却已变成了事实。看到附近那豪奢的氛围，朝成不由得开始自惭形秽起来。

"哦，这可真是稀客呀。"

刚下牛车，朝成便去见了入道大人的三男宗盛。眼见宗盛还记得自己——朝成心中也长舒了一口气。

"相国大人可在府中？"

"父亲此时正在家中。"

"敝人已多时未到此拜会相国大人了。"

"嗯，阁下难得前来，但今日却算是白跑一趟了。毕竟家父事务繁忙，今日也接待了御所来的使臣，召集了一族之人，似乎正在评议国事呢。"

第十章 砂金

"……哦。"

尽管装出了一脸无事的模样，但相比之下，朝成却也确实有些无所事事。

"……既然如此，那也就没办法了。敝人不如就直接跟阁下说说吧。"

"若是大人不嫌弃，便请尽管跟在下说吧。一有机会，在下便会转告家父。"

宗盛将朝成迎入屋中，聆听了朝成的来意。

若是论起政治上的问题，或许宗盛还会有些兴趣，但听说只是想要介绍一个来自奥州的商贩，宗盛当即便看低了对方。还不等对方说完，宗盛早已听得心不在焉了。

"罢了，此事姑且不谈。看到大人的相貌，在下突然想起了一件事来。"

突然间，宗盛说出了一句出乎朝成意料的话语。

"并非其他，大人的妻子以前的孩子——也就是义朝的遗子中的一人，那个后来被送到鞍马去的幺子。如今他在山上，已被取名为遮那王……就是那个名叫牛若的孩童。"

"此人怎样了？"

"如今，鞍马寺的僧人和山中的官差，都时常会递来一些令人担忧的状书。"

"……什么状书？"

"说是此人厌恶僧侣，整日热衷于武道，稍遇事端，便会顶撞师父。"

"内子也时常为此事担忧，送去过不少规劝此人的书信。"

"若真是规劝，那倒也还罢了，莫不会是些煽动的书信吧？大人的夫人，是否曾将源家的家谱秘密送到山上去过呢……如今家父正在为此事怒发冲冠，若是大人此时拜会家父，那岂不是在火上浇油吗——嗯，如今之计，大人也只能暂且回避家父，让那鞍马山中的孩童早日削发为僧。若是那孩童不削发，家父心中的怒火便难以平息呢。"

第十一章　天狗风

六条坊门的白拍子翠蛾家，几乎已成了吉次每次上京的固定居所。翠蛾的妹妹名叫潮音。吉次就是潮音的男人。

七天前抵达京城后，今年吉次也同样落脚于此——眼下，他就只是和分离一年未见的潮音彼此倾诉了一番相思之情，暂时还未到外界露过脸。

吉次也不知朝成究竟是何时查知的。

"信使到访。"

一封一条朝成写来的书信，送到了吉次的手中。

"哈哈，是怕我找上门去，所以就先下手为强了啊？"

展信一看，果不出吉次所料，信里一开始就为头年的金子自我辩解了一番。之后朝成又提起了吉次拜托的事，说是他虽然也设法去六波罗殿活动过，结果却惹了相国不快，想来近来自己是无望出面操持负责此事了。至于具体情况，还需面晤详谈。

吉次当即提笔回了一封不怀好意的书信，递给信差。

大人之所以会招惹相国不快，想必亦是因由鞍马的那孩童，近来多有天狗① 出没之类的怪闻所致。如今谣传甚嚣尘上，小人对此亦早已有所耳闻。

故此，小人也不便再劳烦大人。为今之计，当谋定而动。小人也心生非商人当有之愚念，只盼能够加入天狗一伙，让世间之人大惊失色。

如此梦想，绝非砂金之囊足以容纳之物。

大人勿念。

之后，吉次一脸愉悦，再次在心中重复了一遍那封交杂着讽刺言语的回信中的一字一句。

"确实如此……此地距离奥州数百里，我每年都要赌上性命来回往返。既然同

---

① 天狗（てんぐ），原本是指中国古代预报凶事的流星，被视作一种神明。其后该词汇在日本演化，发展为"神通广大或神出鬼没之人"的意思。

样都需赌上性命，倒不如来谋上一番大事。"

空想在心中转为自信，吉次重重地抱起了双臂。

吉次闭上双眼，沉醉于空想之中，甚至就连太阳下山也未曾觉察。每年之中，吉次都会两次徒步由奥州远道赶赴京城，如一个毫无自然学识的坐禅和尚一般，长出了偌大的肚子。

"官人何事如此忧烦？"

潮音端着灯台走进屋中，放在吉次身旁，一脸不解地微微笑道。

"……已是掌灯时分了吗？"

"官人不觉得天色已暗了吗？"

"啊……"

吉次伸个懒腰，两只拳头直指天花板。

"既已掌灯，不若便再来行酒吧。去把翠蛾唤来。另外再去寻些艺妓同来吧。"

"姐姐她今明后三日，都被六波罗大人召去了。"

"接连三日？"

"对。"

"真是愚蠢。为何要如此受人束缚——如此这般，还有活着的意义吗？"

"但召唤的并非他人，可是御馆中人啊。若是不去，那可就会没命的。"

"既然如此，那就由你和在家的艺妓作陪吧。去把美酒和乐器都搜集来。"

"奴家待会儿也得赶快上妆，小松谷的重盛大人要款待贵客……"

"什么？你也要出门？别去了，留在家中。"

"奴家若是如此……"

"谎称患病便可。虽说京城的白拍子都是为了平家的子嗣和族人存在的，但即便拒绝了召请，也不致判定死罪吧？"

"这可未必。"

"胡说八道。平家算什么？武士又算什么？人世可并非就只是围着弓箭刀剑而转的。有钱能使鬼推磨——眼下这家你就别去了——不就是整个京都的艺妓吗？我只需一根小指，便足以养活她们。"

潮音急得直哭。

"……官人可真是为难奴家了。"

她躲回自己的屋中，啜泣声不断地传到吉次的屋中。

"无趣得紧。"

吉次手枕胳膊，横身躺下，然而哭声却始终萦绕耳际，经久不息。

吉次霍地爬起身来，咆哮道："去吧！为了去这一趟，你竟如此哭泣。"

只听对面屋中的帐后，"奴家不去。"潮音一边哭泣，一边倔强地说道。

"快去。"

吉次再次吼道。

"奴家不去。"

"叫你去。"

"奴家不管……"

"既然如此，那我先出去让着你闹。"

吉次大动肝火，信步走出翠娥家，漫无目的地走在大路上。

珠帘摇曳的贵人车辇。迎着晚风婀娜散步的美女人群。小薙刀夹在腋下，左手攥着念珠，站在织布店门口探头张望的尼姑。

京城繁华，都说整个都城内有九万余户人家。保元、平治之乱已经过去了十年时间，如今即便到了深夜，京城之中依旧是一派喧闹景象。但是，这里和奥州平泉的藤原氏的都市相比，"也不过如此。"吉次一边不服地比较着京都和平泉的一切，一边走在路上。

然而却有一事让吉次觉得悲哀。虽然平泉也同样是座都市，却并非皇都。此外，若是论及美女的话，却也只能设法引入京都的血缘。平泉根本就找不出像潮音那般貌美之人。

不光如此，不管大门多么显贵，官厅如何庄严，吉次都不为所动。他身上的叛逆，反而让他讪笑了起来。

"哼……却不知这景象还能延续到何时。"

今夜的吉次，就仿佛是中了邪一样。原本，他的故乡就处在继承了八幡太郎义家血缘的藤原秀衡一族的守护之下。就算平相国在中央权势盖天，对于奥州的天地，也没有丝毫的影响。若是论及其血缘更接近源氏还是平氏的话，那么该说他们的血缘更接近于源氏——而吉次，也是氏族中人的一个。

不知何时，吉次已经来到河原边上。眼望着加茂川明亮的河水，站在河边的微风之中，吉次心中的怒火也稍稍平息了几分。他在河堤上的青草丛中坐下身，抱住膝头，默然瞪着眼前的景色，心中想起了三十六峰的诗句。小松谷的灯火，六波罗的灯火，泉殿的灯火，武士宅邸和官衙的灯火，平家一门眷族的各处官邸灯火，神社佛阁的点点灯火，就如同洒落在大地上的宝石一般——果真是盛极一时啊。就连

第十一章 天狗风

一身叛骨的吉次也不由得在心中轻叹。

就在这时。

"……咦？"

吉次收回了望向远处的目光。

就在吉次以为空无一人的身下的河原上，突然站起了一个人影。那身形纤瘦、看似法师的人，似乎正在等待着其他的人。眼见无人走下河原，那身影便如同河蛙一般地坐回到了先前的石块之间。

"是在等人吗？"

那个年轻法师的身影，不由得引起了吉次心中的好奇。那法师在等的人，莫不是哪个美貌的京城女子？法师私会女子，这可是出好戏呀——吉次开始天马行空地猜想了起来。

与吉次的期待相反，过了一阵，只见一个人影同样沿着河原走到那法师的身旁，压低嗓门道：

"……是光严吗？"

即便在夜色之中，也能一眼看清那人影腰间悬着一把大木刀，看似是名山野武士。

"啊——兄长。"

那名身形消瘦的年轻僧人就仿佛遇见了恋人一般，猛地抱住了山野武士的胸膛。粗野的山野武士的手臂也轻轻地抱住了僧人，冲那僧人柔声说了些什么。看情形，两人似乎确实是真正的骨肉兄弟。

半晌，山野武士开口道："……莫不是常磐夫人今日又托了你何事？"

"是的，和往常一样，夫人又交给了我一封书信。"

僧人四下张望了一下，悄悄地将一封书信递到了其兄的手中——山野武士先用双手将书信高举过头，之后便将那书信揣入了怀中。

"只是此事吗？"

"对，今日便只是此事而已——不过，夫人却跟我说……"

"是转告给牛若少爷的话吗？"

"不，此事万万不可让牛若少爷听到。只是兄长与其他众位心中知晓便可——夫人当时告诉我说，这或许将是她最后一封送往鞍马去的书信了。"

"……嗯。近来我也听到了一些传闻，说是六波罗的眼线已经开始关注起一条大人了。"

"正是。常磐夫人此举，乃是为了丈夫和丈夫的族人着想。千万可别见怪。如今常磐夫人的丈夫，对牛若少爷他们三位义朝大人的遗子有着再生之恩。若是因此给她丈夫一家招来了祸事的话，那么夫人也会感到于心不安的。此外，同时也会破坏了再嫁之时，夫人与丈夫之间的约定。即便当着我的面，夫人也一直喟叹不已。看到夫人那副苦闷的模样，连我自己都感觉有些坐不住了。看样子，夫人此番也已是痛下了决心。"

"倒也确实为难她了……"

两人黯然抬头望着星空。

"光严，此事我已知晓。从今往后，我也不会再下鞍马山，到此来拿取书信了——牛若少爷身边，随时有我等旧臣陪伴，请夫人不必担心——下次你见到夫人时，便悄悄告知夫人好了。"

"是……只不过，今日夫人还对我说，让我近来也少到一条府去了。如此一来，那么我也只有等到秋日来临，于知恩院设席讲经时，再伺机告知她了。"

"无妨……对了，光严，你自己也要多加留心哪。"

"嗯，我会留心的……不过话说回来，十年之前，常磐夫人被押解到六波罗时，面对官差的无情盘问，她也始终没有透露过当年我曾暗中私藏了她和三位公子的事。时至今日，我依旧还常常为夫人的坚强意志而感到惊讶呢。"

"嗯……此地不便久聊，若是让人撞见，那可就大事不妙了。就此告辞了，光严。"

"兄长是要回山上去吗？"

"嗯，我打算趁夜回山。"

"兄长，后会有期。"

两个人影各自走散。

爬上河堤之后，光严依旧目送了一阵兄长远去的身影。

"……哦，是时常到一条朝成宅邸中讲经的那个年轻僧人啊。难怪总觉得有些眼熟呢……"

吉次藏身于老柳树的树影之下。待得光严从树旁走过，吉次用他那老练敏锐的目光，仔细看了看光严的身影。

而光严对此却浑然不觉，走过下游的板桥，向东走去——光严的身影刚到对岸，吉次便似乎想到了些什么。他突然加快脚程，大踏步地走上了那座木板不住晃动的板桥。

眼见光严已爬上了产宁坂，吉次从身后出声叫道："——光严大师。"

"嗯……施主是？"

"在下即便报上姓名，想必大师也未必知晓。在下是名由奥州上京来的金贩。"

"施主有何贵干？"

"咱们就先坐到那边的观音堂边的走廊上吧……方才是在下失礼了。"

"方才？"

"就在刚刚，加茂河原上。"

"哦，河原上啊。"

"在下全都听到了。其实在下并无恶意，或许是在下站在下风口的缘故，无心之间，在下听闻了大师与鞍马来的使者之间的小声交谈……"

"贫僧与兄长之间的谈话？"

"对，一句不漏。"

"全听到了？"

"听到了。"

两人在观音堂前的廊下坐下身。光严的心中交杂着疑惑、恐惧、杀意等诸多感情，他脸色苍白地瞪着眼前的吉次。

密探？

敲诈？

——听人说，近来有一伙强盗号称天城恶四郎，四处打劫寺院。此人莫不会就是那伙强盗的手下？

光严的心中猜疑不定，但其后对方说出的话语，却冲淡了光严心中的这份猜疑。

"好了，大师请坐吧。让大师见笑了。在大师眼中，在下或许就只是个往来于奥州的亡命之徒，但在下心中，却也有着自己的苦恼——若是能够聆听大师的开示，或许便能化解心中的纠结。在下就是心怀此念，才由河原一路追随大师到此的。解除我等凡夫俗子心中的烦恼，想来也是大师你们的职责所在。"

"……"

"大师可愿听在下讲述？"

"施主请讲。"

——虽然嘴上如此回答，但光严却话中带刺，丝毫不像是个沙门中人。他依旧紧皱着眉，身体僵硬。

"——此处地处深山，周围不见半个人影，那么在下也就开门见山了。其实，在下的忧烦，就是如何才能赚到更多——大师可别轻蔑在下。声明一句，在下并非武士,只是个彻头彻尾的商人罢了。"

"……"

"僧侣重法道,武士重弓箭,各人自有脚下之路,而在下也希望能走好自己的路。正因为如此,在下才会如此痛苦——如此以往的话,实在是赚不到什么。毕竟,光靠在下的这些财富,是无法左右整个人世的。"

"……"

"那么,到底怎样才能让我等商人更颜面有光呢?若是世间平静如水的话,那我等就不会有任何希望。倘若没有动乱,货物也就没法迅速流通了……所谓动乱,指的便是战争。而且,这动乱还不能像先前的保元、平治之乱一样,仅只限于京城之中。若是天下能够一分为二,或者一分为三,相互征讨的话,那么在下吉次也就有放手一搏的空间了。武门中人若是在战争中彼此消耗殆尽,那么土地也就会落到百姓手中了。而在下,也就可尽享天下之荣华了。"

"……贫僧本以为施主有何高见。听此一言,施主莫非失心疯了?"

"大师何出此言?"

"贫僧乃一介僧侣。金银财宝、战火和平——此等凡俗事物,贫僧一概不知。"

"不知?……哦……大师竟说不知……呵呵……呵呵呵……"

吉次笑了起来。

"光严大师——不必如此惧怕,也不必隐瞒在下。在下吉次,生意场上靠的是平家,但若是论及血缘的话,在下也可算是源氏氏族。今夜,在下还望和大师开诚布公地商量一件事。"

"一派胡言。"

光严的声音反而变得尖锐起来,

"贫僧静听了这许久,施主一会儿说要让贫僧开道说法解除烦恼,一会儿又说想要赚钱敛财……施主如此戏弄,莫不是想刺探贫僧?"

"在下吉次乃生意人,生意人赚钱敛财,难道不是天经地义?大师自然也可设法实现自己的心愿啊。"

"贫僧就只盼着做个彻头彻尾的佛门弟子。贫僧与施主,各不相干。"

"哪里哪里,大师与在下都是同样……大师心中,想必也一直盼着颠覆这平家的天下吧?"

"你、你说什么?"

第十一章 天狗风

"若非如此，大师身为僧侣，又何必冒着斩首的危险，接受常磐御前的委托，秘密与鞍马天狗会面呢……大师在河原上所说的那些谋反言语，幸好是让我吉次给撞见，若是换成其他人……"

"……"

"还有，在下听到一些奇怪的传闻，说是近来都城附近的鞍马时常有天狗出没。之前在奥州，在下也从未见识过。但凡提起奥州之人，都会人皆说熊袭野人，而如今这些都会人居然将天狗之事信以为真，这可真是让人吃惊呢。"

"……"

"在下还真想亲眼看看天狗究竟长何模样，带回去说给奥州的众人听听呢——之前在下还一直在心中念叨此事，不料今日却恰巧就让在下给撞见了两个天狗的密谈。其后，其中一个天狗回鞍马去了，而另一个天狗，此时就在吉次面前，正惊恐万状地与在下交谈……光严大师，你也是天狗的同伙吧？"

吉次用手一指光严，光严脸色骤然一变，就如同戴上了一张青色的愤怒面具一般——混账！光严口中喷火一般地大喝一声，从法衣下抽出短刀，猛地刺向坐在外廊之上的吉次。

吉次两脚往地上一蹬，跳上观音堂的外廊，之后便立刻跃下，用两只胳臂架住了光严的双臂。见光严依旧在死命挣扎，吉次把嘴凑到光严耳边，细声说道："同道中人，又何必自相残杀呢？在下也和大师是一路人……就让在下也加入天狗一伙吧。"

若是力敌，光严必然不是吉次的对手。光严患病在身，吉次则身强力壮。

"大师就别再挥舞刀刃了。如此行径，可是有悖佛门教义的哦。"

吉次从光严手中夺过刀刃，开口说道。

"在下能够理解大师心思。此事绝非大师一人之事。若是让世人知晓，那可就当真大事不妙了。六条河原之上，或许又将会多出几处埋放首级的坟冢来的——正因为如此，大师才会甘愿一死，也不愿据实相告的吧。更何况，在下乃是来自奥州的身份不明之人，大师也确实难以对在下推心置腹——为何六波罗会知晓先前常磐夫人写信上鞍马之事，将一条朝成此等老好人视作谋反的祸根呢？大师是否想过，其中的原因究竟何在？"

"……"

"光严大师。虽然大师处处小心，但大师毕竟还是太年轻了。你虽能披上法衣，号称说法，出入于一条朝成的宅邸，但你是否知晓，常磐夫人身边还有个伯父在伏见，名叫鸟羽藏？在下之前也曾见过此人一两面，光从相貌来看，便可知此人眼中暗藏凶光，绝非善类。此人身为常磐的伯父，也曾受过源家不少的恩惠，可先前平家提审常磐时，便是他向六波罗告的密。其后，此人颇受平家重用，如今家中养着四五十名武士，终日耀武扬威，出入于平家的问罪所。其行状，实在令忠义之人嗤之以鼻——如今这厮依旧以其伯父的身份，时常出入于一条朝成的馆府，饮酒作乐。"

"啊……原来如此，先前告密出卖常磐夫人的，就是她的伯父啊？贫僧倒也时常会遇见此人——此人名叫金田鸟羽藏正武，是名五十岁左右的武者。"

"之前，这厮还不过只是个连姓氏都没有的养牛人，后来他出卖了主子的公子和自己的亲侄女。因由这份功劳，这厮才人模狗样地给自己起了姓氏，实在是令人作呕——从之前起，在下就一直看不惯这厮，作为加入天狗一伙的大礼——同时也为了表现在下确实是心无二志的源氏族人——在下愿意好好收拾这厮一番。"

"如何收拾？"

"嗯，大师就等着看吧。光严大师，咱们就后会有期了——话虽如此，在下生意缠身，或许今年之内也不会再来了……若是如此，那就来年再会吧。"

话音刚落，吉次的身影便已消失在了黑暗之中——此时的吉次，早已如同一阵风一样，从产宁坂奔向了五条滢。

梅雨时节已过，绿叶骤然变得青翠欲滴。六月初的一个闷热夜晚里，佐女牛小路发生了一场火灾。

尽管周边临近七条坊门，盐小路、杨柳小路上，座座民宅鳞次栉比，但最终被烧掉的，却唯有一户侍奉六波罗的武士的宅邸。那户人家，正是金田鸟羽藏正武的宅子。

此事已足可算是奇闻。

而更令人不解的，还在于鸟羽藏一家老小尽皆遭人惨杀，在大火中化作了灰烬——不，其实不然，其后，众人又在六条河原的柳树枝头上，发现了被人悬挂在柳叶间的鸟羽藏的人头。

如此血腥惨案，已是许久未闻。此事甚至招来了整日闲游浪荡的公卿。而悬挂着人头的柳树下方，正是被杂草掩盖住的平治之乱时留下的坟冢。

每到夜晚，坟茔之上，柳树丛中，河水面上，都会飞舞着无数的萤火虫。

这场骚乱发生之时，奥州商人的大商队也如往年一样，集合于三条的空地上，启程向着遥远的故乡而去了。

第十一章 天狗风

第十二章　山之子

树上的嫩芽开始变红。春日已至。鞍马四周群山上的霞光，已经泛出微微的暗红。

承安二年。

牛若十四岁。

自七岁起，牛若便成了一个山中长大的山之子。血缘来自义朝，气魄承于山峦。

人常说，鞍马法师丝毫不逊于叡山、南都的僧兵。山上甚至设有武器库。可以说，整个山上的僧人都是僧兵，就连平常也随身带着薙刀。在山上，七年间从没有人庇护过山之子牛若，相反，他总是遭人肆意凌虐。

就仿佛积雪下的报春草一样，不管雪积得再如何厚，它们都会冲破重重积雪，冒出芽来。牛若如今已经十四岁。

牛若身形瘦小，却丝毫不显得畏缩。他长得肌肉结实，一脸精悍。一双眼睛圆得有如葡萄，不管如何训斥，头发都始终乱得有如鸟巢。牛若整天光着双脚，裤子和小袖上到处是破洞，模样搞得就跟只鼹鼠一样。即便如此，堂众们也实在拿他没辙。

——但是，站在牛若的角度上，这一切却都很自然。大山之中，几乎没有任何人在意他的家世。所有人都把他看成一个注定生活于大山之中的孩子。除了牛若，山里还有不少与他同龄的孩子。每次牛若在众孩童中表现出特异之处时，法师们偶尔也会指着他。

"据说，这孩童乃是义朝之子。"

"哦，是义朝的血脉啊。"

众人点头议论道。

即便是面对如日中天的平家，山中的徒众也从不心服。更何况早已灭亡的源氏，山中众人更是丝毫不放在眼里。

而牛若自己，却也并非那种惹人怜爱的孩童。虽然个头不大，却总是一脸英气。

"那小子，非要让他受点教训不可。"

法师们对他从来只有憎恨。

却从没有人觉得他可怜过。

牛若从不在乎这些。即便住在山中，混迹于僧侣之间，平日里牛若也更加注重行动。

今日亦然。

从清早起，便没人看到过遮那王的身影。所谓遮那王，乃是近年来师父东光坊莲忍给牛若起的名字。

"好。终于让咱们抓到机会了。"

三四名法师出门去寻找牛若。若是能够亲手抓住他，法师们想必一定会亲手好好惩戒他一番。众人全都在十王堂的山门前等候着。

本来众人都看牛若是向着山脚下去的，但没想到，牛若却从后山的山谷爬上了山。一名法师立刻便发现了牛若的身影，出声高叫。

"遮那——"

尽管虚岁已经十四，但从模样上看，感觉却只有十一二岁。牛若依旧和往常一样，赤着双脚，满身污泥。直到前两年，他的脸上才开始不再耷拉着鼻涕。

"何事……？"

看到牛若一脸毫不在乎的模样，一名法师冲着他吼道："还问何事？山中幼童无数，却没有哪个像你这般不敬师长的。"

"……"

牛若啃起了手指甲。

虽然就连鼻孔周围也黑黑的，但牛若那端正的鼻梁却微微隆起，总会令人联想起他的母亲常磐来。

法师中的一人两眼盯着牛若。

"你上何处去了？"

听到责问声，其余的众人也聚集而来，团团围住牛若小小的身躯，从他的头顶上俯视着他。

"遮那，为何不言语？说话啊？"

牛若嘟起嘴来，一脸不服地回答："我哪儿都没去。我现在不就在这里吗？"

"撒谎！方才你就不在。"

"在啊。"

"这小子。"

法师把手中的薙刀交到左手里，伸手想要去揪住牛若的衣襟，牛若往后一闪身。

第十二章　山之子

"我分明就在山中，却硬说我不在。难道说，僧侣就可以撒谎吗？"

牛若寸步不让。

"方才众人都看着你从后山的山谷爬上山来的。今日从清早起就不见你在中堂里，即便如此，你还要说你在山上吗？"

"当然要说……"

"什么？"

"因为我确实在山上啊。"

牛若挺起了胸膛。

"……"

法师们全都一脸哑然，不知该说些什么才好。

"……只要人在这座山里不就行了吗？平日里，师父和六波罗众都时常叮嘱我不可走下山麓半步，我又岂会越界？我做事循规蹈矩，又有何不妥？"

龙生龙凤生凤，牛若生就一身叛骨。他的这一身叛骨，打离开娘胎的那一年起，便见识了平治之乱的兵火，从母亲的乳汁中吸吮着与困境坚强战斗的坚强意志，其后又被鞍马的山峦和僧兵们不断磨炼，终于造就了他这强烈的性情——如今，社交那种优雅的外皮尚未覆盖得住他身上的叛骨，这年轻的牛犊就越发地不知畏惧了。

无知无畏。说到这一点，牛若对山外的人世可谓一无所知。对于世人，牛若心中就只有七岁前留下的那淡淡的记忆。渐渐地，明白了这一切之后——

"为何我就不可踏出这座大山半步呢？"

牛若的心中开始萌生了这样的疑问。

牛若渐渐明白了其中的一些缘由，而这一点，也让他自己的生命暴露于危险的方向。原本便已足够严厉的监视，如今也变得越发的严厉，而牛若那种与生俱来的天不怕地不怕的气概，也在这样的环境中经受了磨炼。

"今日之事，绝饶不过你。"

法师挥动薙刀的刀柄，猛地扑向牛若。

牛若没能闪身逃开，腰间被重重地打了一下。

"好痛。"

牛若大叫一声，跌倒在地。

"给他点颜色看看。"

法师们抬起脚来，用木屐的鞋底向牛若的背上重重地踩去。牛若心中不甘，使劲儿抱住僧兵们长满长毛的腿脚，可最后，却还是被僧兵们用草绳绑了起来。

"牵着走。"

僧兵们彼此下令,向着前方走去。牛若被带到了毗沙门堂下。见他毫不哭泣,越发激起了僧兵们心中的怒火。

"就这里吧。"

一名法师抬头看着钟楼,说道。众人将牛若扛起,绑到了一根四方柱上,又在柱子上钉了块木板,之后便离去了。

等众人离去之后,牛若扭过身子,抬头看了看木板上的字——他那无所畏惧的眼中,也流露出了一丝哀伤。

未获允可,不可擅解绳索。违者依山中规矩处罚。

东光坊执事僧了范

第十二章 山之子

刚一回到中院,了范等法师们便立刻去报告了牛若的师父东光坊。

"虽是六波罗托付给我等之人,但遮那王的行径,实在是令人无法坐视。眼下,我等已将他绑缚于钟楼,还望海涵。"

阿阇梨听后一笑:"……哦,如此啊?"

唯有这位老僧,还从未呵斥过牛若。

——牛若之所以如此,皆因为师父平日的纵容。

甚至有人如此评说过。

夕阳西垂。

听说遮那王被绑到了柱子上,中院的其他孩童都说:"去看看吧?"

孩童们呼朋引伴,都跑到了钟楼前窥视。

牛若靠在柱子上,抬头愣愣地盯着绯红的晚霞。

"遮那,你让人给绑住了啊?"

"怎么了啊?"

"今晚你都要待在这里了吗?"

"你干吗不道歉啊?"

众孩童都凑到牛若身旁。朋友们都出言宽慰,但牛若却道:"都一边儿去——都给我一边儿去。"

他似乎很不希望让人看到自己的这副模样,摇动着脑袋,脸上露出了倔强的表情。

远处传来法师的吼声。

"别靠近他。若是有人靠近遮那,便将他和遮那一起绑到柱子上。现在还有三根柱子空着的哦。"

听到吼声,孩童们一哄而散。

牛若的身边一个人影也不剩。太阳下山,周围变得一片昏暗。

离开鞍马三里左右,三四盏京都的灯火,点亮在眼前。

那灯火是那样的遥远,那样的微弱。牛若眨了眨眼。

"唉……在亮着灯火的那里……"

牛若叹了口气。

"好想见见她。"

每次回想起来,牛若就会再也控制不住自己。

好想见见她——见见娘亲常磐。

就算身后拖着吊钟,拖着吊钟堂,牛若也想立刻飞奔到母亲的身边去。他只觉得全身热血沸腾。

可是——牛若却很清楚,自己这辈子都注定无法再见到娘亲了。

七岁时。

在那之前,他已经注定将被托付到鞍马寺中了。而最终,七岁那年的春天,牛若终于被送到了鞍马。

当时牛若年纪尚幼,母亲临别时的话语,牛若早已记不清了。可是,分离时心中的那份悲伤,牛若却从未忘记过。

牛若依稀记得,离别之前的夜里,娘亲哭了整整一夜。

当着前来迎接的鞍马的执事僧和六波罗的官差常磐对牛若说道:"从今往后,你便再不是我儿,娘也再不是你娘了。"

娘亲的这句话,深深地刻在了牛若的脑海中,令他终生难忘——所以,每次想起娘亲时,这句话都会如同锥子一般,从心底涌上来。

"然而,此事却不能怪罪于娘亲。是平家,硬生生地把我们母子给拆散开来的。"

自从心中有了这种想法时起,牛若便已经再不是一个凡俗之人了。与此同时,他也开始痛切地希望知道,父亲当年究竟是怎样死的。而当真的得知了一切真相之后,牛若怒得瞪圆了双眼,冲着云彩高声叫嚷:"该死的老天!"

那一刻,在他幼小的心中,便盘踞下了一团复杂的感情。牛若咬着嘴唇,泪水扑簌簌地落下,但相反,他的内心中,却萌生了一种不畏上天的豪情。

第十三章　山谷与天空

《枕草子》云：若近又似远，鞍马路崎岖——

太阳下山之后，路上便再看不到半个人影。即便有，也都是些扛着偌大的薙刀的僧兵，或是猿猴之流。

此外，众人都坚信，如今山麓的市原野中，时有凶恶的强盗出没。昔日源赖光斩杀鬼童丸，《著闻集》中拦路抢劫的故事，全都发生在这一带。这些事，早已深深烙印在了村民和路人的脑海之中。

即便是面朝大路的山麓口也同样如此。而那些连道路都没有的后山后谷，就几乎全是一片想象的世界了。尤其是鞍马寺西北十町之处的僧正谷，自古相传，那里住着一个名为太郎坊的天狗。村民们坚信，每当那里射出光线，直穿云端时，各地的大小天狗就会在夜里会合。

切勿靠近。不可窥伺山谷。

不然的话，恶鬼便会作祟。

即便村民们口口相传着这样的言语，却不知一个来自何处的男子，正独自一人走过没有道路的山峰，向着黑暗的奈落而去。

"喊……该死。"

男子一路走，一边不时地在脚边探寻一阵，冲着树梢扔出石块。

或许是猿群吧。树梢上沙沙作响。男子逃跑似的滑下山崖。即便如此，那声音依旧紧追不放。

"——喊，没完没了。"

男子咋了咋舌，在半山崖上坐下了身。他解开头上裹着的黑布擦了擦汗，之后再用它重新包住了脸。

此人便是奥州的吉次。

吉次穿起草鞋绑上护腿，系紧了衣袂。他把革鞘的野太刀往腰间一插，灵活的眼睛和健壮的四肢，看起来就如同夜盗一般。

猿猴的叫声消逝在夜空，"哇"的一声，谷底的鸣声反扑上来，直冲面颊。那声音，是冰冷的风扑到怪石嶙峋的岩石峭壁上，和溪流低沉的吟声。

"怪哉。自打入夜之后，周围就只见到猿猴。莫非真如光严否认的那样，传说就只是传说吗？"

吉次一边喃喃自语，一边抬头仰望着星空。他似乎是在确认自己前进的方向。毫无疑问，下方正是僧正谷。

既然此地便是僧正谷，那又为何始终不见身影呢——话虽如此，但吉次心中期待的却并非天狗，而是人。

世间的风传和自己的猜测，到底哪个是正确的？为了确认这一点，今年春天，他比例年的商队早一步来到了京城。

去年也好，前年也罢，他都始终一年推一年。直到今日，这先前遗留下来的疑问，依旧未能解决。而今年，他鼓起了勇气，终于来到了这里。

都已经三年了啊。

揪住知恩院的光严，吉次似乎已经抓住了某个秘密的头绪。当时，光严答应吉次，说是翌日夜里，他会再次到这里来与吉次碰头，将一切的原委全都告诉吉次。吉次信以为真，翌日夜里等了一宿，后来他才得知，光严其实早已在当日自杀而死了。

死无对证。一切只能就此作罢。可是，吉次心中的野心，和对鞍马的疑虑，却并非光严的死就能彻底打消的。

涩谷金王丸和镰田三郎正近二人在巨大的岩石上坐下。

每次与同伴约定在僧正谷中碰头时，都会将地点定于此地。四面的山峰也与太古时一样，长满了松杉。天狗之堂这座魔王堂，便在这些山峰之中。溪流沿着二人的脚边淌过，扑向奇岩乱石，发出的怒吼般的声音，覆盖了整个山谷。

"……"

两人默然无语。金王丸抬头盯着星辰，而三郎则低头看水。此时此刻，两人的心中都感慨万千。平治之乱以后，两人都沦为了只能整天躲躲藏藏的源氏残党。

但是，他们的心中，却依旧燃烧着脱离阴暗之地，走向阳光之下的梦想。悲叹与愤慨，早已成为了遥远的过去。过了十多年不见天日的生活，各自踏上生存之道，相同境遇的人彼此联络。身处逆境之中，却越发地激发了心中的坚毅斗志和希望。

"……似乎来了。"

三郎低声道。

金王丸也望了一眼。

猿群般的人影，从对面沼泽的黑暗之中，向着溪流的星辰下，顺着岩石铺成的路，跃过水面而来。

"三人——四人——七人。"

多数都是一身土民打扮，其中也夹杂着武士，但大多看来都是些樵夫和猎户。甚至还有僧兵模样的男子。

"来迟一步。"

"根井、荻野等两三人随后便到。"

众人围绕着先到的两人，在巨大的磐石上坐成一圈，各自在岩石上坐下了身。

"今夜去迎接的人是谁？"

听到有人发问，三郎正近道："本该由在下前往的，但因在下邀约了涉谷大人的缘故，便改由箱田的小厮前往了。再过不久，想必便该带到了吧。"

众人似乎都在等候着某人的到来，彼此间闲聊了起来。虽然此地并无任何的忌讳，但众人之中，却也无人高谈阔论、豪言壮语。众人所聊的，全都是些轻松的家常。甚至有人还跟朋友打趣，相视而笑。

每个月里，众人都会到这山谷之间聚集碰上几次面。并非每次会面，都会频繁地传来新发生的事件和平家方面的情报。只要能看到对方平安无事，众人心中便都先放下了心。除此之外，就是在暗中保护和教育身在鞍马寺中的故主义朝的遗子牛若，等待着牛若成人那天的到来。

"——一定要守护着这位公子平安长大。"

众人都把牛若看作了一颗种子，尽心地抚育培养着他。看着牛若渐渐长大成人，既是众人的一种期待，也是这份盟约的中心。

每个月，众人都会几次将幼主接到此处。而这帮昔日义朝的旧臣们，也会将自己最擅长的本领，毫无保留地教给牛若。

有人讲解自古以来的历史，希望能够培养出牛若身为武将的英迈气概；也有人讲解军学，或是从源家兴起至义朝一代的事迹，让牛若早早明白了自己的身世。有的时候，众人还会手持木太刀，团团围住幼主，给他灌输不服输的灵魂和肉体上的磨炼。

牛若并没有辜负众人的期望。他似乎一直都在期待，在这样众人早已睡熟的夜晚，逃出严格的鞍马僧院，跑到这里来与众人见面。

"也太慢了吧？"

"平日从不会如此啊。"

第十三章　山谷与天空

就在溪谷中的众人聊尽了闲话，感觉到时间已久，终于忍不住开始念叨的时候，"到了。人来了。"

站在岩石上盯梢的一人说道。

过不久，前去迎接牛若的箱田小厮一路跑了过来。可是，他却并未把众人等候已久的牛若给带来。

众人大惊。以三郎正近和金王丸打头，众人齐声问道："嗯？少主呢？"

箱田的小厮道："少主遭到平日厌恨的众法师责难，今日说是要惩戒少主一番，将少主绑缚于钟楼的柱子上了——因此，小人这才来迟一步。"

"什么？少主被绑缚在钟楼？"

众人勃然变色。一种掌上明珠遭人损伤般的不安情绪，在众人心中渐渐高涨起来。

"再说详细些。光是这些情况，还不够清楚。你稍稍镇定下，接着说。"

金王丸出声斥道。众人所受的冲击颇大，一时之间，一场骚动似乎随时都会爆发。

"是。详细情况是如此这般……"

箱田的小厮将他从被绑缚于钟楼的牛若那里听来的情况，翔实地转告给了众人。

"在下本打算解开那绳索，将少主接到此处，但少主却说他今晚便不到山谷来了。在下问少主原因，少主告知在下，说是到了半夜时分，那些将少主绑缚起来的法师定会到钟楼去巡视一番。若是不见了少主的踪影，未能看住六波罗交托的人，众僧必定以为少主私自下山逃走了。如此一来，山中必定会引发骚动，搞不好甚至还会波及平日里聚集于山谷中的众位同伴……牺牲自己一人，暂且忍耐一晚，众僧明日必会解开绳索，倒也不致有性命之忧。少主还说，让在下请众位切勿担心……"

"嗯。如此说来，少主觉得比起他一人的痛苦来，我等众人被人发现，才是大事？"

三郎正近和金王不由得被打动。两人抬起头，双眼凝视着鞍马山峰的黑影。

众人之中，传出了啜泣声。听闻了牛若在遭遇上天赐予的考验时的言语，有人欣慰，有人心痛。同时，看到自己精心培养的苗子终于长成了一棵大树，众人都感觉胸口一阵发堵。

"无奈。此事就只能等待下次机会了。为了以防有个三长两短，还是派上两三个人去随身保护少主吧。"

"不劳费心。我等自会昼夜暗中伴随保护少主。"

四五人齐声说道。

以涩谷、长田为首，众人各自散开。这时，突然有人大吼了一声。

"是谁——有人！"

"什么？"

准备返回的众人全都转过身，向着声音响起的那团漆黑靠近。发现情况有异的那人率先跃到岩石背后，就如同擒捕野猪一般，抓住一名男子，将对方摁在了地上。

"带出来。带出来。"

周围地形狭窄，无法靠近的众人出声说道。摁住男子那人应了一声，揪住男子衣襟，拽住男子手腕，将男子拖到了溪流的水光旁。

"是六波罗的探子吧？"

众人围了上去，用天狗般的目光瞪着那名趴在地上的男子。

一时疏忽。未能全身而退。

吉次在心中暗叫不妙。脸被人摁在地上，他故意缩起身子，装得一副乖巧模样。

"周围并非是人，而是一群真真实实的天狗。"

吉次不住地告诫着自己。

若是将他们看作是人，或许吉次与生俱来的那种天不怕地不怕的性格便会表现出来。离开奥州，涉足京都，吉次常对他人扬言，此生之中，他还没有遇到什么足以令他畏惧的人——但眼下，若是自己表现出这份性情来的话，或许便会当场性命不保。

"小、小人……是、是个路人……路、路经此陌生的大山……在路上、在路上……迷、迷失了方向……小人平日里从来没有做过坏事。"

吉次双手合十，向众人拜了一圈。嘴里一边咒文般地念诵着"天狗大爷"，一边浑身颤抖地挨个儿向着人影拜求。

金王丸、三郎正近和同伴们全都昧昧地笑了起来。村里的传闻渐渐传开，甚至就连路人也以为自己是天狗。看到吉次可笑的模样，众人都感觉到正中下怀。

"嘘……"

有人轻轻拽了拽发笑之人的衣袖。众人立刻又换上了一副天狗般的表情。

"并非六波罗派来的人？如此说来，你究竟从何而来？"

"小人……小人是跟随奥州的众商人一同前来的运货小厮。"

"既然如此，你跑到这荒山之中来做甚？"

"小人是陪伴主人到山中的贵船神社来进献香火的，但半路上却和主人走散了。"

"你一路追寻主人，之后便迷失了方向？"

"正是……正是……"

眼见吉次如此夸张滑稽，有的天狗忍俊不禁笑了出来。为了圆场，其余的天狗开口说道："世间竟有如此说话小声，如同虫豸之人。"

说罢，众天狗哄然大笑。笑声回荡于山谷之间。

"太郎坊，太郎坊。如何处置此人？"

一名天狗冲着另一名魁梧高大的天狗说道。

大天狗一脸严肃地说道："看似个不值一觑之人。虽然此人于山谷中所犯之罪难以饶恕，却也不致取其性命。打回凡间去吧。"

"如何打回凡间？"

"你妥善处置便可。"

"得令。"

"且慢。打回凡间前，先剥去此人身上衣物，仔细盘查他的随身之物。"

"是。"

吉次立刻便被剥了个精光。

幸好，吉次身上并未携带任何让人起疑之物。可是，之后他却被天狗兜头罩上了一件不知是谁带来的红色破法衣，捆了起来。吉次一时间吓得心胆俱裂，不知之后将会如何。

若是遇到性命攸关之时，吉次也做好了说明自己身份，告诉众人自己认识知恩院光严的打算。可是，因为光严不久前才不明原因地自杀身亡，若是此时贸然说出，或许还会引来更坏的结果。

——打回凡间。

既然对方已经如此宣告，那么即便遭上些罪，却也不致有性命之忧——心中如此一想，吉次合上了双眼。过了不久，他只觉得有人扛起了自己的身子，疾风般地跃过山谷河川，冲过湿地沼泽，爬上断崖，感觉就仿佛在云间穿行一般。

翌日清晨——贵船神社的守卫和村民们都大吃了一惊。鸟居旁的乔木树梢上，吊挂着一个外面包里着红色法衣，被人五花大绑的人。众人议论纷纷，都说此人必定是触怒了天狗，才被吊起来做了神殿的神灯。祭拜了半刻钟之后，众人才将此人从树上放了下来。

第十四章　山祭

是年秋天——已经到了奥州的吉次返回故乡的时节。

鞍马谷异变陡生。近邻诸人不觉之间，六波罗的三四百士卒已由栈敷岳、云畑进入，包围了僧正谷。

天狗的嘶叫声与人的呐喊声在大战之中混为一片。

"挂了许多天狗的头——"

村里人特意远道赶到加茂上游去看。看了回来的人都说："跟人很像。"

事情的起因，似乎是有人投书向六波罗告了密。鞍马的寺院中一时议论纷纷，甚至有人说僧官莲忍应当引咎辞职。简而言之，"务必让牛若早些出家。"

众人的议论都归结到了这一点上。日后须当一方面严格监视他的一举一动，切断他与外部的来往，一方面见机行事，最好能让牛若早日削发——议定之后，众人向六波罗表示了谢意与谨慎之意，最终似乎也未遭责难。

难办的是牛若的出家剃发的仪式。即使本人迫切希望剃发，出家受戒，也需论年龄和修行资格，还得按佛门的规矩来办。比起时下的政令，自负的僧徒们更重视佛门的规矩。

就算他们也盼着"即便早一日也好"，但实行起来，却也存在着许多的困难。

而问题的关键，却还在于牛若毫无出家之意，学习怠惰。师父莲忍整日念着"罢了，罢了"，态度宽大。与外部的联系是完全断了，牛若留在僧官的里院，足不出户。虽然引起了众人的纷纷议论，剃度的事情却也被搁置了下来。

但事情却也并未搁置太久。次年春天，僧官莲忍唤来牛若，说道：

"遮那啊，你已经过了十六了。今年必须得剃度了。你虽说不想出家，但你应该已经懂得辨识自己与生俱来的宿命、经历和如今的时势。断了念，入了佛门做弥陀佛的弟子，抛弃寂寞的心吧！好吗？"

"嗯……"

"哭什么啊。都十六的人啦。"

"嗯……师父。"

"怎么了？"

"弟子知道了。可是，弟子很难过。"

牛若弯了左臂，挡着脸，抽抽搭搭地哭将起来。

"出家了的话，就要与这黑发和袖子这么美的和服分别了吗？"

"你明明知道。还把自己当孩童吗？！"

"求您等到鞍马的祭山大典之后。过了五月，弟子一定出家。"

"何故那之前就不行呢？"

"祭典的日子有很多参拜人来登山。那时被人看见的话，弟子会觉得甚为难过。弟子想像往年一样，盘个孩童的髻，再穿一次漂亮的和服……就算只有今年一次也没关系。就当是个纪念……师父，求您等到那一天过了吧！"

牛若呜呜地呜咽了起来。莲忍看着他的样子，有些讶异。——回想起自己也曾有过的少年时的感伤，嘱咐道：

"一定要做到哦。过了五月，不许再说'不'了。"

梅雨结束了。山里面，秋叶湿答答地落在地上。

闻初蝉之声，更显幽静。贵船山的奥之社平常极少有人来参拜。但是刚刚又好像有谁拍了拍手正要离开参拜的殿堂的样子。只听一声"神官"，一位旅人朝着神官所在之处的入口张望几下，走了过来。

"出去了吗？没人在吗？"

过了一会儿，"哪位？"一位似乎刚刚在午睡的老神职慢悠悠地走了出来。

"是奥州的商人吗？"

"好久不见了。今年敝人又来了。"

"欢迎，欢迎。进来吧。"

"那打扰了。"

吉次洗了洗脚，被领到一间房中休息。

"因为是要到山上来，怕重，所以没带什么礼物。这些，虽然有些唐突了，就权当是殿堂修缮之用吧。"

说罢，拿出一包金子做香油钱。

老神职笑道："多谢。前年和今年也是承蒙阁下慷慨的布施。"

"不必言谢。对敝人来说，此庙乃敝人生命的守护神。——敝人现在想起来仍觉得毛骨悚然。前年遇到天狗，要不是贵寺搭救，差一点连命都没了。这点香油钱，不足以报贵寺的救命之恩的万分之一。"

"哪里。那时的情况还真是危急啊！"

"深更半夜，被悬挂在两丈高的树上，真是有生以来的第一次啊。"

"谁也不会有那样的经历啊……那之后，六波罗一众人猎天狗，挂了很多天狗的头在山脚下的河滩上。暴晒了好几天。当中有容貌变了，根本认不出是什么的；也有几张脸是住在附近山里的炭烧的男人呀猎人们见过的。那几张脸并不是天狗，据说是源家义朝的旧臣。阁下在僧正谷遇到的到底是天狗，还是残党呢？"

"那绝对不是人。"

吉次断然否决道。

"首先，您想想看，若是源家的残党的话，为何要抓来这些势单力薄的人，挂在神社旁的大树上呢……如果做那样没人性的事而自得的话，倒是像天狗们常做的事。"

"老僧和乡里的人也都认为是天狗做的……"

"六波罗一众人，假若没猎到真的天狗，但因为与得势的太政入道① 大人有关联，不会是就取了山里的樵夫呀猎师呀山里的男人、这些庶民的头，说成是天狗吧。"

"原来如此。阁下虽是奥州人，却是个智者。想必是如阁下所言。"

"话说……神官。"

"何事？"

"有件事想拜托您。不知您是否愿意一听？"

"有何事托老僧呢？"

"上京参拜途中，同行之人甚多，起了点争端，很是扰人。我想在这里避个半月左右，一边休养休养，不知可否借住一间空房？"

这是隔了三年的计划。凭着自己平日里运筹使用空泛艰涩的商法，这么多年打拼而来的商业才能，这次的计划虽然可能很漫长，但是他想并不是十分困难。

即便如此，为保万全，他还是未雨绸缪，前年他回到奥州平原之后，通过当时受了商法上的事情之命、一样领俸禄进出的藤原秀衡的侧臣，偷偷地说了自己

---

① 太政入道（だじょうにゅうどう），"太政"为"太政大臣"之意，日本古代官职名，与"关白"、"征夷大将军"同为日本古代官职的最高职位，本书中的"太政大臣"为平清盛；入道，古代日本高官上年纪后通常会剃发，皈依佛门，但与中国不同的是却不需出家，可继续在朝廷中任官。本书中有多位"入道"，而如果是"太政入道""清盛入道"，那么指代的都是剃发皈依后的平清盛。

第十四章 山祭

的计划。

"真的很有意思啊。不过，要是让世人知道是贵府的怂恿可不好——到底不过是阁下一人的想法，若是牛若自己从平家逃走，无投靠之处，而投奔贵府的话，贵府老爷会庇护他的吧。"

这是藤原家的意向。这次计划须先确认了藤原家的意向，方可进行。

且能取得藤原家这样的承诺，也是因为他早有预见。

奥州藤原虽然表面上在自己的势力范围内装作平静，但是绝不是在冷眼旁观平氏一门的昌盛和太政入道的独裁。而是非常担心其扩张。虽如此，却想极力避开正面冲突。藤原家在心里默默希望源家和平家的势力平衡。如若二者起了争端，奥州便能积蓄力量，维持和平，甚至向西扩张。

在奥州，这么想的并不只有藤原一门，只要是有点思想的阶层，这可以说是常识。吉次的计划就是轻投一枚小石子，让波澜卷及中央——这是取到了平泉家老爷的默许的。

"吉次先生，您每日不闷吗？"

房间借住与他，已经一个多月了。

吉次枕着胳膊，听着蝉声，独自躺着。

"哎呀，打了个盹儿。"

伸了个懒腰，坐了起来。

"您说得是啊，有点闷啊。但是，人偶尔闷闷也非坏事。住在山里，想那平日里一起的商人们都把"闷"这个词抛到九霄云外了。睡着醒着都尽想着赌博。"

"哈哈，哈哈。到了这里，有钱也没处花了。"

"有点担心啊。就快跟山里道别了。"

"'担心'？担心什么呢？"

"如您刚刚所言，离钱和世俗久了，尽生出些菩提心来，难得自己与生俱来的俗气，也渐渐没了。没了之后，商人魂也会淡了。"

"哎呀呀，不要着急。不久还有鞍马祭典。"

"对了。那是几日来着？"

"这个月的二十日。"

"就是后天了啊。"

"一年一度的日子，旁边乡里的群众自是不用说，连京里的人也来。参拜的人是人山人海啊。"

"那我就以观人潮来消磨时间吧。"

那之前他也会时时独自出门。他跟老神职说前些天去看了龙王瀑布呀，去看了荧石什么的。老神职对他所说的话——相信，丝毫不怀疑他的去处。

到了二十日。吉次终日待在房内。到了祭典正中间的一日早上，他道了句"我出去看鞍马祭典，可能就直接告辞了"，便出了门。

山里的祭典上，鞍马的孩童们雀跃吵闹，好不开心。

天上的山也跟下界一样被人群淹没了。这座深山也跟世间一样被染了色。牛若亦在这人群之中。

"遮那啊，遮那！"

随着一阵跑过廊下的急促的脚步声，一位法师从执事僧的房内走了出来，怒吼道。

"哎。什么事？"

到处雀跃的孩童七八人聚集到了一处，转头看来。孩童髻、染成黎明色调的袖子、金线刺绣和深紫色的裙子都是一样的。但因为本就是山里长大的孩童，用袖子擦汗、搽鼻涕，好不容易化了个妆，弄得白粉和眉粉都乱七八糟，十分滑稽。

"不是'什么事'！你们不是应该好好待在阿阇梨先生的旁边听他吩咐的吗？！"

"阿阇梨先生的房里刚刚来了个从京里来的客人。我们在旁边的话很吵，先生让我们去别处待一会儿。所以我们在玩耍。"

"遮那，你已经十六了吧。在孩童们之中是最年长的。瞧你那衣冠不整的样子！把领子理一理！"

"是。"

"阿阇梨先生说了有事要谈，让你们退下的话，就退到远处的廊下，在那边候着。遮那这么大了，应该明白了。——山里的祭典不是为你们办的。"

"明白了。"

无论是训话的，还是挨训的，都已经惯了。牛若转过头，对着一起的孩童们说道："咱到那边去吧。"

他用手一指，刚准备迈步跑开，只听法师又在身后怒道："听不懂话吗？叫你别跑，静静地走过去。"

孩童们全都缩起脖子，缓步绕过了回廊。

转过拐角，前方的观音院和僧正坊的伽蓝环抱着宽敞的庭院。

观音院的外廊前，堆放着几束粗壮的青竹。再过不久，整山的法师众就会在此铺上法席，为其后举行的竹筏仪式做好准备。

除此之外，傍晚时分起，僧侣们便会当众展示法力，让一名村里的俗家人坐到僧正坊的大殿里，用咒语杀死此人，然后再用咒语让此人复生——如此这般，等候着那时刻到来的人群和参拜者们纷纷而来，山里呈现出了罕有的熙攘景象。

这时候，人群之中，一名轻佻男子突然学了一声鸟叫。牛若在回廊的转角处停下脚步，目光探寻着那声音发出的方向。

"……？"

方才学鸟叫的男子缩了下脖子，远远看到牛若，在人潮中抬起了一只手。

吉次探出了头。

看到吉次，牛若一点头，仿佛是在说："嗯。待会儿见。"

之后，他便紧追着其他的孩童，飞也似的跑开了。

不久后，竹筏的仪式结束，白色的晚星下，白天里的热闹也稍稍降了温。山里那无边的黑暗之中，点起了无数鲜红的巨大篝火。

毗沙门堂的正殿里，虔诚地端坐着一名俗家男子。准备运用法力让他先死后活的法师手里攥着念珠，全神贯注地念诵着咒文。除了他们两人之外，地板上空空荡荡。微微摇曳的灯火下，映出了两个朦胧晃动的人影。

然而，仅有一步之遥的回廊和空地上，却聚集着无数黑压压的人影。众人寂静无声，观看着大殿里的法力展示。整山的僧侣和孩童都咽了一口唾沫。今晚，一切尽皆在此。

用咒语杀人，再用咒语让人复生——虽然这仪式年年都有，但每一年，众人都会用迷醉的目光，盯着眼前这用法力促成的离奇景象。

口中念咒的法师，将法衣的衣袂结在背上，手中数着念珠，就仿佛天狗上身了一般，念经的声音变得嘶哑，手中画着印记，粗着嗓门呵斥着那个准备被咒语杀死的男子。

就在这时——

"呀。"

一声大叫被活生生撕作两半般的叫声响起。

不是男子。

也不是正在画印的法师。

这异样的声音，来自于毗沙门堂的屋檐——不，或许那声音遥远得就如同来自远处后山的山道一般。

"啊……？"

"……咦？"

天狗附身的法师和沉醉于法力中的男子似乎猛然惊醒，眼珠子滴溜溜地转动了起来。

这时候，"嗒嗒嗒嗒"，大殿背后，从山道上传来了雪崩般的脚步声。

究竟何事？

"呀？"

"怎么回事？"

回廊上的僧众全都站起了身。与此同时，挤满空地的人群也全都骚动了起来。

人类最敏感的血腥气味，就如同墨汁一样，不知从何处汩汩流出。毗沙门堂上方的山道之上，竖着一道栅栏。山麓下的官差，都会轮番巡山。祭典时期，警备格外森严，六波罗派来了几十名武士，严加看守着各处的栅门。

巡山的人浑身是血地逃来了。

他们大声地叫嚷着。

"一名孩童逃走了——一名披着水干的孩童。"

一听是孩童，"定是遮那！"整山的法师都异口同声地说道。平日里，众人全都想到了一块儿。一看到那个虽然年已十六，却依旧跟顽童一般，毫无半点成熟稳重的牛若，众人都会觉得，"迟早一天，必定出事。"

虽然心中早有预感，却还是被他那种淘气顽皮的天性所蒙蔽，始终只把他看作个孩童。

"速去将他擒回。"

众人一阵骚乱。

"他并非孤身一人。他身边还有武艺高强的男子。切不可大意啊。"

身负重伤的巡山人冲着飞奔而去的法师们的背影提醒道。

眼下，早已没工夫再去理会什么法力展示了。

大山咆哮，深谷呼号。

火把的火光，在黑暗中四处游走。

"……终于还是去了啊。"

唯有一人。

牛若的师父阿阇梨莲忍坐在空无一人的大殿之中，喃喃说道。

不知究竟是在为那个离去之人的未来祈福，还是在祈祷众人能将他给带回来。白色长眉，就只是那样沉沉地下垂着。

第十四章 山祭

第十五章　神隐

以步行的常识来看，早已并非可步行而过的地方。就只是心无旁骛地走着。
顺着山峰向前，拼命光出了断崖、溪流、暗黑与丛林的天地。
"牛若少爷，咱就先在这里歇口气吧。此地是贵船山。那边就是贵船的奥之院……哈哈，那些家伙正从山麓过去呢。"
吉次淡淡一笑。
火把的火光拖曳出数条尾巴，向着黑暗的山底冲去。
"……"
牛若回过神来，环顾着四周。他的目光中并没有恐惧。那是一种冲出牢笼的欢欣引发的不知所措。
"大叔。"
"嗯——到这里来。暂且在这拜殿的台阶上歇息片刻吧。"
"吉次……我想早些见到娘亲。你真的能让我见到娘亲吗？"
"会的。"
"之后，再前往奥州——照你说的，去投靠藤原秀衡。"
"只要脱离京城，到了武藏国附近，就可以暂且放心了。但在那之前，却还得辛苦一番。千万不可慌张。吉次我是个大人，你就放心把一切都交给我来办吧。"
"……嗯。"
"啊，你还光着脚呢，血……牛若少爷，你不痛吗？"
"不痛。咱赶快到京城去吧。"
"等等。"
吉次拾起身边的竹竿，在大殿的地板下掏了一阵。
是塞在麻袋里的一套土民衣服和一双草鞋。他让牛若脱光衣服，换上土民的衣服，用又脏又破的布包住了牛若的脸。之后，吉次又让牛若背上一副背荷梯子，往他的腰间插了一把短短的山刀。
"如此便可。"
吉次拿起挂在拜殿梁木上的破旧弓箭，夹在肋下。一切都按照先前安排的步骤顺利进展着。

当然了，站在他的角度上，这一切都是两年前都安排布置好了的。为了接近牛若，去年和今年里，他已经不知多少次地参拜了鞍马。

而为了说服牛若，他也不知费了多少口舌。

即便牛若生性容易信任他人，但要他相信陌生的吉次所说的话，却也并不简单。前年，六波罗的士卒开进了鞍马谷，彻底清除了住在附近的可疑人等，牛若也彻底陷入了孤独之中。

无人可以倾诉——就在牛若的心彻底沉到了孤独和绝望之底时，吉次悄悄地来到牛若身边，在他的耳边轻声耳语——如此一来，少年的内心，也就自然而然地转向了充满梦想的方向。

此外，"东国"这字眼，自小便已深深刻在了牛若的心中。据说，那里还有许多源氏之人。富士山高耸，盛产骏马，原野无边无际。

"——过不多久，我等必会让人来迎接您前往东国。"

那些住在鞍马谷的人，也曾无数次地对牛若如此说过。

日出东国！

每次看到日出，都会燃起牛若心中的憧憬——就如同月落时会想起京城的娘亲一样。

两人故意绕了远路，翻过西加茂的大悲山、满树崖，登上应峰。待得东方泛白之时，吉次和牛若从京都以北混入了镇上。

"喂，快起来。还不起来？"

站在朝雾尚暗的六条坊门的白拍子翠蛾家门前，吉次拍打着房门。

第十五章 神隐

这个家中，有一间可说是专属吉次的房间，只有在他出现时才会用到。

房间要从中庭的走廊过去。面朝主屋的一侧四周围着一圈墙壁，所以不管是仰面躺着还是饮酒作乐，都不必担心会让人看到。

"此处乃在下的亲属家，你尽可放心。"

吉次道。

自打昨日清晨带着牛若躲藏到此地之后，吉次甚至连主屋也未曾涉足过。

牛若孤零零地一直坐着。

山中气候凉爽。而京城的街镇上，却炎热无比。然而，牛若却从未放松过自己的坐姿。

"热吧？你就稍微放松些吧。躺下身躯，伸长腿脚，自由自在些——"

吉次在一旁劝诫道。

"嗯……嗯……"

牛若只是微微颔首，甚至都没有多说一句话。

成熟稳重。有礼有节。与之前在山里的行径相比，此时的牛若简直就判若两人。

然而，若是站在牛若的角度上考虑，他的行为却也不无道理——自打出生起，他还是头一次如此身处凡尘之中，而他的心中，想必也依旧还对吉次抱着一丝警戒。除此之外，主屋那边还不时传来女子们的笑谈之声。

此事此刻，牛若的心中，必定也在对眼下自身所处的场所和今后的去向感到不安。

"吉次。"

"在。"

"我何时能和娘亲相见？"

"请再等候一段时日吧。如今在下正在为此事设计安排。"

"我希望能早些和她相见。"

"在下知晓。"

"另外，咱们也尽早出发，赶赴奥州去吧。留在此处，不过只是在虚度光阴罢了。"

"非也。"

吉次决绝地否定道。

"你并非是在虚度光阴。近几日中，六波罗的搜捕必会颇为严密。此时此刻，六波罗之人必定在竭尽全力，四处搜捕你呢。"

"是吗？"

"是吗——此话就仿佛事不关己似的呢。即便身处屋中，在下吉次的耳目，也能看清屋外的动向，听到屋外的风声……所以，虽然让人感觉有些憋屈，但你还是再稍稍忍耐一下吧。"

"嗯。"

牛若果然明辨是非。

吉次也为此感到钦佩。可是，过了十天，山之子便又变回了原先的那个山之子，利爪再次长了出来。

某日，吉次午睡醒来。

"牛若少爷，你在做什么？"

吉次到邻屋一看，却不见牛若的身影。他霎时大惊，将翠蛾和潮音姐妹叫来询问。

"他不在屋中？"

姐妹俩也一头雾水。

"糟了。"

就连平日从不为那些小事物所动的吉次，此时也不由吓破了胆，赶忙红着双眼出门寻找——而到了上灯时分，牛若却又不知从何处独自一人回来了。

"大叔呢？"

看到吉次不在，牛若反而一脸怀疑地向翠蛾和潮音问道。

姐妹两人气愤不已，喃喃抱怨。

"这孩子怎会如此——吉次老爷怎会买来这样一个多事的孩童？"

其实，吉次并未对姐妹两人说出实情。当时，人们时常会在京城买下女子和孩童，带到奥州去，所以，姐妹两人似乎也以为牛若只是吉次买来的一个奴仆罢了。

没过多久，吉次也回到家中，看到了早已回到家中，一脸若无其事的牛若。

"怎么回事？"

伴随着疲累的声音，吉次露出了放心的表情，发泄出了心中的愤怒。

"之前在下曾千叮咛万嘱咐过你，你为何什么都不说便跑出去了？"

吉次半带责备地问道。

"吉次啊，若是总那样坐着，腿脚和心灵都会腐坏的。我只不过是到街上去逛了一圈罢了。"

牛若平静地说道。

"不，事情恐怕并不仅止于此吧？你到街上去，恐怕是有什么目的的吧？"

吉次故意引了一句，而牛若却又变回了一副少年心性。

"我就照实跟你说吧，吉次。我听说娘亲居住的馆府就在堀川附近，于是便过去看了看。"

"唔……你是去找一条大人的府邸了？"

"找人一打听，立刻就找到了——不过我却并没有上门拜访。我就只是站在远处……隔着堀川的柳树，远远望了一眼那宅子泥墙和屋檐，之后便回来了。"

"……唔。"

第十五章　神隐

"我很清楚,若是牛若我登门拜访的话,娘亲一定会遇上麻烦的。"

"……是吗……嗯,如此便好。"

吉次却也并未特意叮嘱过此事。但是,光听牛若这么一说,吉次也不由得心胆一寒。

"牛若少爷。但如此一来,你也感觉自己见过令堂了吧?现如今,你也感到心满意足了吧?"

"这是为何?"

"你不是已经看到过令堂所住的地方了吗?"

"光是如此,又怎能令我心满意足!"

牛若咬住嘴唇,两眼毅然瞪着吉次——吉次不由得一愣。

牛若的目光,看起来完全不像是个少年。他的目光有若燃烧的烈火,而双眸的炽焰中,却又饱蘸着泪水。

"……话说回来,吉次。"

牛若低下头,泪水扑簌簌地洒落到了膝头。

"我已经彻底死心了,也不希望让你为难。为了将我劝出山来,你最终撒了谎——不管怎么看,现今的状况下,我都是无法与娘亲相见的……而且我也很清楚,我这么做,只会招致娘亲的不幸。"

"牛、牛若少爷,你、你连这些事都考虑到了吗?"

"那是自然。"

牛若擦了擦泪。

"比起我自己,比起今后的事来,最该考虑的,难道不是如何才能让娘亲幸福地生活下去吗?这,难道不是身为人子的我理所当然的想法吗……虽然我的心里,依旧期盼着能与娘亲见面。"

"牛若少爷的想法,在下钦佩不已。"

吉次忍不住双手撑地,额头抵到了草席上。这是吉次第一次如此真心地向牛若行礼。

突然间,他感觉到自己身上背负起了重担——不巧的是,恰在此时,白拍子姐妹中的妹妹潮音来了。潮音伫立一旁,亲眼看到了方才的一幕。若是不将事情的原委对他说清,或许潮音便会心生疑惑。

"潮音,你来坐一下。"

之后,吉次将事情的大致情况告知了潮音。

潮音并没有表现得很惊讶。这并非是因为她在吉次开口前便已猜到是牛若。简而言之，她不过只是并未把事情看得像男人那般的重大。对于世间之事，她毫不关心。说到底，她不过就只是个在上流社会的宴会歌舞中献艺的白拍子罢了。

"明白了吗？潮音。"

"嗯。"

"此事休得外传。"

"是。"

"若是有人知道我将牛若少爷藏匿于此的话，那么你们姐妹二人也是同罪啊。"

"奴家不会告诉任何人的。"

"你将此事告知你姐姐吧。"

"我立刻便去。"

"且慢。"吉次压低嗓门，"今天夜里，我便会离开此处。"

"哎？今天夜里？"

"先前我去街上观察了一下情形，看样子风声也已经过去了。听人说，六波罗的武士宣称牛若的失踪是一场神隐。看起来，他们似乎一直都没能摆脱存在天狗的想法。"

"我们也时常听说。"

"你在何处听说的？"

"众位达官的馆府中。"

"关于牛若少爷的传闻吗？"

"对。不管是平家的大将，还是公卿大人都说，此事恐怕就是世间所说的神隐呢。"

"即便搬出了六波罗的权威，却也无法将一个年仅十六的牛若少爷缉拿归案。此事必然会关乎到平家的颜面——而若是将此事归结为神隐，那么不管是鞍马的寺院，还是当事的官差，就都不必再为此事负起责任了。从所有的角度来说，这都是最佳的选择。"

"你可真是个恶作剧之神呢。"

"我吗……不，我不过就只是个跑龙套的小天狗罢了。而真正的本尊，其实还在奥州的平泉呢。"

红颜祸水。吉次猛然发现自己说话太过轻率，赶忙改口。

"你立刻准备一套衣装，暂借与我。"

"为何？"

第十五章 神隐

"让牛若少爷穿上——你和翠蛾两人帮牛若绍特化妆，让人都觉得他是个女子。我也去做一下自己的准备。"

"我这就去把姐姐叫来。"

不多久，翠蛾也来了。

翠蛾比妹妹年长一些，虽然她也知道妹妹的这位老爷挣的是正道财，但平日里翠蛾便总觉得他是个危险人物。听说吉次要走，那么直到来年夏天，自己也就能够松口气了。

"听闻您今夜便要启程——真是让人不舍呢。"

翠蛾拿来自己的衣装，这般那般地为牛若打扮了起来。之后，她解开牛若的头发，重新结成女子的发型，又给牛若上了些粉。

"真是俊俏……"

姐妹二人呆呆地看着眼前的牛若，就像是看着自己的作品出神的人偶师一样。

牛若默然不语，任由姐妹两人摆布装扮。被年轻美艳的白拍子姐妹任意地摆弄，牛若只觉得浑身血液沸腾不已。女人香是如此强烈，牛若脸上发烫，心中悸动，几乎忍不住想要别过脸去。

"够了，够了。"

到最后，牛若实在难以忍耐。他掸开姐妹俩的手，独自一人做起了出行的准备。

吉次到同伴常住的地方牵来一匹马，填饱肚子，让人做好便当。他本打算连夜出发，但不知不觉中，黎明已近。

城中依旧天色黑暗，雾气浓重。

吉次牵着马辔。一身女装的牛若把斗笠和行李安置到马鞍上，紧紧地抓住马背。

吉次扭头提醒道："坐在马上，你要装得惧怕些，让人看起来感觉你是个女子。"

"无须担心。我也是头一次骑马，即便不装，心中其实也有些惧怕。"

牛若道。

然而，自昨夜起，吉次便已暗自决心，告诫自己万不可对这少年的言语掉以轻心——说到心里惧怕的人，其实反倒是吉次自己。

刚准备在十字路口转弯，扭头朝着出门的方向一看，只见翠蛾和潮音姐妹正站在门口，目送着二人离去。虽然此刻夜色未明，街路之上并无其他人影，却也不能保证就没有人从暗处看到。

——回去吧。回去吧。

吉次赶忙挥了挥手示意。

姐妹二人赶忙躲回了家中。牛若却依旧依依不舍地望着她们。沾在自己脸上的白粉、浸透于衣装上的香气，让他心旌动摇，感觉就像姐妹两人白皙的手依旧还在抚摸着自己一般。

"由此刻起，你可便是女子了———路之上，我不会再叫你'牛若少爷'了。"

吉次再三提醒道。

"嗯嗯。"

两人已经来到三条。

旭日东升。

白蒙蒙的朝雾渐渐远离了京城的街镇。

"吉次，稍等片刻。"

牛若在坡上勒住了马。之后，他便久久地眺望起了都城那鳞次栉比的屋檐。

"……"

吉次也默然不语，从下方仰头望着牛若。牛若并没有哭泣，眼里也没有半点临别时的留恋。

相反，牛若仿佛是在瞪着眼前的街镇，想要看清这一切究竟都是什么一样——吉次揣测着牛若心中的意念，但无论如何，他都无法摆脱牛若不过就只是个十六岁孩童的观念。他的心思，应该不会像大人那般复杂。到头来，吉次最终还是如此归结。

一路上，两人平安无事地抵达了各处驿站。穿过美浓路，从踏上尾张的原野时起，一身女装的少爷便开始闹起了性子。

"吉次，吉次。"

"何事？"

吉次看了看路边四周。牛若一身女装，却不时又会发出成人也难以企及的叱喝。每一次，吉次都会心头一紧。

"好热——我不想再穿这衣服了。涂笠也好麻烦……吉次，我可以脱掉吗？"

"脱掉了穿什么。"

"到下处驿站时，去买套衣角短些的凉爽衣服吧。就这么办吧。即便是百姓之子穿用的也无妨。"

"万万不可。"

第十五章 神隐

"为何不可！"

"女子……"

"我是男子。"

"啊，对面有人来了。若是让对方起了疑心，可是会立刻就去告发咱们的。"

"无妨。"

"岂能无妨！"

"我已经说了无妨了！你敢不听从我的吩咐吗？"

牛若从自己头上拽下涂笠，冲着吉次脸上扔去。

"啊！"

之后，牛若丢下愣在原地的吉次，放松缰绳，让胯下的马疾风一般地纵情驰骋了起来——他一面嗤笑着满脸露着惊讶，从身后赶来的吉次，一边和吉次拉开了距离。

第十六章　初冠

前方，是风驰电掣的骏马。

虽然吉次早已气喘吁吁，疲惫不堪，但他却还在追赶着牛若。吉次只觉得，自己每次呼气，似乎都会将心肺从嘴里吐出来一样。

"唔……不成了。"

吉次只觉得无比痛苦。汗水渗入了眼里。

或许是觉察到了自己的愚蠢，吉次拍了拍胸口，在路旁坐下了身。

身后是一座森之宫。青叶的树荫下，阵阵蝉鸣令人感觉到一丝凉意。突然间，牛若从小小的殿堂外廊上开口道："吉次，怎么了？"

马驹拴在一边，牛若早已在外廊上坐下了身。身上的女装已经解开，马背上的行李也已卸下，独自一人换上了轻快的衣装。他的脸上，洋溢着一丝笑容。

吉次从来没有如此生气过。就在他准备动手教训一下眼前这个顽劣不堪的可恨孩童时，只听牛若开口又道：

"吉次，我脱下的女装，是带走呢？还是扔掉？"

"那种东西……"

吉次恨恨地咬住嘴唇，低声念了一句。

"那不是潮音的衣服吗？潮音可是你的……"

牛若的脸上露出了揶揄的酒窝。

吉次再次在心中喃喃咒骂——居然说出这等话来。他本以为牛若根本就不经世事，结果却大错特错，这孩子简直就是早熟。

"吉次，吉次。"

"何事？"

"若是不再需要，那么干脆就把这些衣服卷成一团，塞到这大殿地板下的深处去好了。"

"是。"

吉次怒不可遏，终于忍不住回了一句。不知从何时起，这小鬼头已经变得对人颐指气使了起来。

他就像是一只幼豹一样，在他人喂给饵食和乳汁的时候，已经渐渐地长出了利爪。不同于鞍马的牢笼和京城的栅栏，这里就是一片自由自在的天地，所以他才会变得如此放肆——吉次心中，开始觉察到了这孩子绝非池中之物。

"嗯，汗也稍稍歇了。牛若少爷，在下这次可真是吃尽了你的苦头啊。"

"哈哈哈。"

"没什么可笑的。让恩人吉次如此难堪，可是会妨碍到你今后的武运的哦。"

"你生气了？吉次。"

"换成是谁都会生气。"

"我倒不觉得有何不快。我不过就只是假扮了一回神隐罢了。"

"……"

吉次一愣，怔怔地看着牛若的脸庞。离开京城的清晨，牛若还说他从未骑乘过马匹，心中有些畏惧。回想起这些来，吉次便越发地觉得，眼前这头幼豹绝对不能掉以轻心。稍一疏忽，或许还会被他给咬到自己的手。

"这座殿堂背后有口水井。你去找个器皿，汲些水来与我饮用。"

吉次不大情愿地用竹筒汲来了水。牛若一口气喝了个干净。

"吉次，给我送水来之前，你已经先喝过了是吧？卑劣之徒！"

牛若喝道。

还不等吉次答话，牛若便立刻又吩咐了起来。

"让马匹也饮些水吧。感觉炎热的可不光是人。"

吉次根本就来不及生气。他默默地将马匹牵到了井边。牛若跟在吉次的身后，开口问道："此地是否有与源氏有渊源的神社——你每年往返都会路过此地，应该是知道的吧？"

突如其来的问题，打了吉次一个措手不及。

然而，孩童生性便喜好在大人毫无防备之时突然提问，其实却并没有什么太深的根据。吉次一脸早已料定的表情道："嗯？不清楚啊。与源氏有关的神社，只要找人一问，应该也会有的吧。"

牛若闻言道："你不知道吗？"

这一次，牛若反过来开始用起了告知吉次般的口吻。

"我听人说，我同父异母的兄长赖朝的母亲，乃是名古屋附近的热田神宫大宫司藤原季范之女——如此一来，这神宫与我源家一族之间的缘分，必然不浅哪。"

"是谁告诉你此事的？"

"是僧正谷的天狗们。"

"唷，天狗还真是凡事都会告诉你啊。"

听到吉次惊讶之余的随口敷衍，牛若却较起真来。

"我虽然还没有见过这位同父异母的兄长，但据说在旗屋町里，还保留着兄长赖朝洗儿汤的井。看起来，我这位同父异母的兄长应该就是在热田出生的——我也希望能到那处与我源氏因缘深厚的地方去，成为一名堂堂男儿。吉次，接下来，咱就前往热田吧。"

"哎？你要如何成为一名堂堂男儿？"

"我要元服——十六岁时，我险些为人所逼，削发为僧，我现在要将头发视为男子汉大丈夫的标志，以行初冠之礼。"

"呃，这……"

吉次一下子着了慌。

"你就再稍等一段时间吧。你今后要去拜访依附的，可是国富民强，威势盖天，丝毫不逊于平相国的奥州平泉的藤原秀衡大人啊——你还是请求秀衡大人亲手为你戴上乌帽子，元服成人吧。"

"……"

"不乐意吗？"

"……"

"不光只是元服之事，凡事你都尽可依附恳求秀衡大人。若是没有了秀衡大人的庇护，你甚至都无法生存下去。不论何事，你就彻底依仗他吧——只要稍稍在人前示弱，他人就会动恻隐之心的。"

"我不要。"

眼见吉次重新摆起架子，牛若彻底对他的话语置之不顾。

"若是我请秀衡来为我戴上乌帽子的话，那么成人之后，即便有朝一日我能成为源氏一族的头领，我也是无法在秀衡面前抬起头来的。此事不光会让我那同父异母的兄长赖朝为难，同时也会成为源氏武士的痛脚——所以我不要。"

"绝无此事。"

"我说有便有。"

牛若坚不肯从。之后，他又开口说道："除此之外，如今我连秀衡此人是善是恶，究竟是何许人也都不清楚。即便去投靠他，我也不能请他来为我戴上乌帽子——我已经决定，要让热田神宫的神主来为我行元服之礼了。若是你不肯来，那

第十六章 初冠

我独自前往便可。"

牛若跃上马背，再不理会吉次，匆匆上了路。

吉次心中悔恨不已，悔恨之词恨不得冲口而出。除了紧追在牛若身后，设法讨好牛若之外，他已再无其他的办法。

到了驿馆，吉次也雇了马匹，快马加鞭地赶往热田——刚到那里，吉次便看到了被牛若拴在神宫树林外的马驹，而牛若自己，则已向着夏木林的深处笔直而去了。

牛若立于拜殿之下，拍响双掌，将合十的双手贴在胸前，祈祷了良久。

吉次也跟在他的身后，也连连击掌。虽然声音响亮，但他却有口无心，不过只是在做样子罢了。一阵风灌入前胸，

"好凉爽。"

吉次喃喃念道。

"吉次。"

"在。"

"社家在何处？"

"我也不大清楚啊。"

"我要元服，就必须请神官出面，你去跟社家提一下吧。"

"是——我该说什么呢？"

"就说我是个无名的东国武士之子，希望能在神明面前加冠成人便可。"

"或许对方会心中起疑的吧？"

"为何？"

"你不过只是一介旅人，身边亦无父亲陪伴，却提出要在此元服。"

"无妨。说我是个孤儿便可——而这一点也确是事实。"

"既然如此，我便自称是你叔父，去拜托神官吧！"

"也不必如此。你就自称是我的家臣便可。"

吉次再次感到愤怒不已。尽管之前已经说过不知社家人在何处，但此刻，吉次却大步流星地走开了。

离开之后，吉次久久不曾归来。但牛若却满不在乎，仿佛吉次就是个无足轻重之人一般，静静地在拜殿的回廊上等待着神主出现一般。

不久后，年轻的神主屈膝跪坐在了走廊上。

"是阁下说希望能在神明面前加冠成人吗？"

神主问道。

牛若回答了句"是的",之后神主又询问了牛若出生的故乡,父亲的名字,以及为何要在此神社加冠成人等问题。

"家父乃东国武士,因故不可告知其姓名。在下便与孤儿无异,于神社加冠元服,或可省却颇多麻烦手续,故而前来——此外,在下听闻,热田神宫此地供奉的乃是日本武尊,若能于自己平日崇敬的神明面前初冠,也乃男儿汉之梦想。"

"既然如此,还请稍候片刻。"

年轻的神主似乎也不敢擅自做主。说罢,年轻神主便转身走进了后堂。

过了一阵,神主再次露面。

"请进吧。"

神主在拜殿的地板上铺上青色的蔺草草席,让牛若坐下了身。

之后,他点燃神灯,奉上神酒,与另一名神主一同念诵起了祷文,在牛若的头上戴上了乌帽子,系上了乌帽子的帽绳。

神主用肖柃枝轻拂过牛若的身体。被白色的稻草绳和绿风飒飒一拂,牛若不觉身心皆为之一振。

牛若两眼怔怔地盯着神镜中的身影,在心中祈祷了起来。

"既已让我成为男儿汉,便请赐予我神明的心灵与神力之影吧。"

"感激不尽。"

牛若饮过土器的神酒,放回到白木盘中。之后,牛若殷勤道谢,准备起身。就在此时,一名看似此处的大宫司的老者,让另一人托着放有衣物的木盘,自己则手托着放有太刀的木盘,静静地从走廊的远处走来了。

老宫司叫住正要走下缘廊的牛若:"此乃庆贺成年的贺礼。"说罢,他把太刀和衣物放在了牛若面前。

牛若两手撑地:"阁下是?"他两眼紧盯着面前的老宫司的面容。

老宫司也毫不厌倦地盯着牛若的身影。

也不知是何时吩咐的,其他的年轻神官们已经全都离去。两人身边,就只剩下肖柃叶、神灯和神殿深处的神镜。

"老夫乃此处的大宫司藤原季范……阁下想必应该早已不认识老夫了吧。"

不过一阵,季范压低嗓门道。牛若轻轻摇头。

"不,我认识。"

第十六章 初冠

"……阁下认识老夫？莫不是阁下曾经听人提到过老夫？"

"虽未亲近，但在下却认识。阁下与在下，并非彻底毫无瓜葛之人。"

"唔……"

季范微微动容。

"阁下知晓？"

"在下岂能不知？阁下乃在下先父之岳父，亦是在下同父异母兄长赖朝的外公。"

"嗯——遮那少爷，自打你离开了鞍马之后，老夫便一直在为你暗自担心呢。"

"您是如何得知的呢？"

"老夫听闻侍奉社家的男子语气可疑，便悄悄于暗处观察了一番你的容貌。眼见如此相像，老夫也不由得大吃了一惊呢。"

"相像？像谁？"

"你的容貌，很像你父亲义朝大人。"

"啊……是、是吗？"

牛若用拳头擦了擦眼角。泪水扑簌簌地落到了蔺草席上。

"憾恨？"

"不。活至今日……竟然还会听人说自己与父亲长得很像，心中总觉有些欣喜。"

"今后你打算寄身何处？"

"我正赶路前赴奥州，准备去投靠藤原秀衡大人。"

"等到了奥州之后，再慢慢拟定今后的计划吧。不过路上可要千万留心。"

"是……那么您所赐之物，我就拜领了。"

"你就穿上它再上路吧。这些衣物，并不招人注意。"

那是一套适合旅途中的弱冠青年之人的朴素猎衣。牛若毕恭毕敬地换过衣服，将太刀悬于腰间。

"嗯，好一个飒爽青年。真希望泉下的义朝大人也能亲眼看看呢——话说，加冠之后，该叫你什么名字呢？"

"嗯。既已元服，依照习俗，我也必须改名了啊——听人说，源氏的先祖乃是六孙王经基——之后是义家、为义、义朝。诸如此类，且凡我源氏中人，代代必有个'义'字，我就，义——经……我打算给自己起名'义经'。"

"那么，称呼呢？"

"我乃义朝第八子，本打算自称'八郎'，但因为叔父之中已有'镇西八郎为朝'。若是将武名混淆，心中感觉似有不妥——既然如此，便叫'九郎义经'吧。"

"'九郎义经'吗？"

"正是。"

"好响亮的名号！大吉之日。附近平家之人众多，你最好还是速速里去吧。"

"感激不尽——告辞。"

走下拜殿，义经口中叫着吉次的名字，四处寻找起了他的身影。

"在下在此。"

吉次双手抱膝，正倚靠在拜殿下方的基柱旁。吉次办事历来滴水不漏。看吉次的表情，方才殿中的谈话，似乎已被他一字不漏地听去了。

第十六章 初冠

日复一日，两人不断前行。

盛夏的天空仿佛迫在眉睫。富士高岭的轮廓清晰，山际线从山顶缓缓滑下，消失在大地之上。

此处乃是足柄越的山路。

"吉次，稍稍歇息下吧。"

弱冠青年九郎在路边的岩石上坐下身。由于此地靠近山顶，一旦停下脚步，冰凉的山风便会立刻将全身的汗水吹干。

"九郎少爷。您所知甚广，想必心中应该也已知晓，此地北面以碓冰为界，南面以足柄山为界，向东而去，便是坂东了。也就是所谓的'东八国'了。"

"嗯嗯。"九郎连连点头，"终于来到此地了啊——吉次，此番真是辛苦你了。我不会忘记的。"

九郎破天荒地低头向吉次道了谢。

此事之前从未有过，吉次心中反而有些发慌。

"不、不敢当。九郎少爷既然如此说，那么在下也不知自己是否该当为之前的失礼行径道歉了呢。"

"不，礼是礼，恩是恩，恩是永世不忘的——话说，吉次。"

"在。"

"之前你曾经两次打算假借他人之手，想要教训一下我源九郎是吧？我历来不愿让你随意摆布，而你因此心中记恨，却又不便自己动手，于是便委托了驿站的盗贼熊坂，趁我熟睡之时袭击了我。此外，你还唆使山贼，想要威胁于我。"

"啊，这……九郎少爷。此事您便不要再提了。吉次惭愧不已……我确实曾一时心起，唆使了熊坂长范，但无论今后您再如何对吉次我颐指气使，我也再不会记恨于您了。"

"你即便记恨于我，也不过只是白费心机罢了。"

"您所言极是。"

"但是，吉次。抵达平泉之后，你休得在秀衡面前提起半句来。我希望自己能在五六年之内彻底成人。在此期间，我打算装傻充愣。"

"在下明白。在秀衡大人和馆府中的族人面前，吉次都会为您尽力美言的。"

"相对于此，等我长大成人之后，你尽可借我名义，图谋大利。但切不可以此满足一己私欲。"

"在下吉次原本便有图谋大利的打算。虽然在下自诩桀骜不驯，但在您面前，却不过只是小巫见大巫罢了。"

"啊，远处是相模的大海啊……还有伊豆的小岛也遥遥可见。"

九郎并未理会吉次的絮叨。他毫不厌倦地远望着那片朦胧的虹色云天之下的伊豆半岛上的群山。

那里，便是九郎同父异母的兄长赖朝的流放之地。

虽然之前九郎也曾听人提到，赖朝人在伊豆的蛭小岛上，却不知究竟何处才是蛭小岛。

他是九郎同父异母的兄长。一位素未谋面的兄长。

却不知赖朝是否知晓，其实他还有九郎义经这样一个同父异母的弟弟。

"……然而，我和兄长身上都流着同样的血。我也是先父义朝之子。而兄长心中的志向，想必也和我九郎一样。真是令人想念啊，兄长——今日，你的异母弟弟九郎，便会沿着这条足柄道向东而去。迟早一天，你我兄弟必会再有重逢之日。先父和源氏祖上的在天之灵，必会引导你我兄弟二人相见的。"

九郎在心中呼唤着。他坚信，自己心中的念头，必会翱翔于天宇之间，传递到身处流放所的异母兄长心中。

第十七章　龙胆

此国的地壳中，熊熊燃烧着的火脉，温泉喷涌之地随处可见。

此地的山峦，亦有着不知何时便会喷发火焰的性质。富士、爱鹰、箱根群山，尽皆如此——总而言之，半岛伊豆的这等风土与自然，同样也反映到了人们的容貌和气度上。

不论男女，人人热情早熟。然而，又因此地物产匮乏，此人的人们却也看重朴素而豪迈的风气——此外，或许是位置濒海的缘故，人们也总是充满着进取之心。尽管是处偏远之地，人们大多也都时常关注着京城的风闻和中央的政情。

如今已是安元二年。

安元二年，正是元服之后的九郎义经由此地翻越过足柄山，前赴奥州的两年之后。

屈指算来，右兵卫佐赖朝流放至此，如今已经过去了十七载春秋。

是年，赖朝已二十九岁。

"三十而立"。

到了这一年，赖朝也开始默默地在心中念诵起了这句古话。

然而，他所度过的这十七年的流放生活，却极为平稳，甚至可说到了和平得令人倦怠的地步。

今日，这种平安无事、碌碌无为的日子，依旧没有丝毫的改变。

只不过，山河之中，花落花开，鱼鸟来去，流放罪民的田地里，今年也同样盛开着茄子花。

"哦哦，可怕！"

瓜田之中，两名摘瓜的女童齐声叫了一句，捂住了耳朵。

"雷公来了。"

两人抬头远望着山头，眼看着疾风雨云包裹住了箱根连山，而身旁函南的大山中腹，阳光也映出了一片苍茫之色。

此地可说是箱根南面山麓下的原野。高耸的田地，周围全是断崖峭壁。而不管从何方看去，山崖脚下的泥土，都被狩野川所冲刷——河川中央，是一座长满野草的小岛。或许正是因为如此，当地的人们才会把它称作蛭小岛。

斩除杂草，开辟出的住地和田野上，建起了流放所。虽然四周围着土墙，面积颇为宽阔，但建筑却较为粗陋，空地也化作了田野。

即便如此，作为流放罪民的住处，却已经可说得上颇为完备了。以主屋为中心，既有佛堂，也有侍从的房间。寝室，灶房，女童房间，奴仆小屋，尤为引人注目的，便是马厩了。赖朝平日的出行，也被局限于特定的区域之内。不管是出门狩猎，还是泡澡歇息，都颇为自由。

——啪……啪。

雨滴斜斜落下。

甚至就连距离此地一里左右的骏河湾的静浦、江之浦附近，也已被雨云遮盖，而阳光之下的海面，就连一尺的水面也无法看清。

"啊，夕雨来了。"

女童抱起篮子，逃进了附近的马厩厢房之中。白茫茫的雨，瞬间倾盆而至。雷鸣般的雨声，仿似近在耳边。

"喵，好大的雨。"

望着片刻后便放晴了的青色云间，女童们安心地彼此对望了一眼。一名女童往马厩中窥视了一眼，之后立刻便狂叫了起来。

"咦？马匹不见了。大人分明还在，可龙胆却……龙胆究竟到何处去了？"

马匹的价值重于货币。一匹良马，完全就可以看作财宝之一，即便悬赏重金也难以求得。

这一点对武人而言尤为适用。虽然弓箭太刀也同样宝贵，但厩中豢养名马，也同样是他们梦寐以求的事。然而，从诸国的牧场牵到集市上的骏马，却是屈指可数，且凡稍稍有些名气的马匹，全都被财力深厚之人买到京城去了。

所以，为了彰显自家的豪贵，平家一门的公子们各自争相求购名马。为了争夺一匹名马，他们甚至屡屡争执打闹。在平家人之间，甚至流传着这样的话语："人聚京城，马匹亦然。乡下野地，绝无良驹。"

如此言语，实在是自傲至极。难道乡下便真的无人了吗？乡下之地，便再无良驹了吗？

然而，赖朝的这匹黑鹿毛，却是一匹即便放到京城之中亦属罕见的良驹。他亲自为此马起名为"龙胆黑"，豢养于马厩之中，下令马夫鬼藤次好生照料，终日爱不释手。

而这匹黑色的良驹，却正是奉了六波罗之令，负责照管流放所与赖朝身边一切事物的西伊豆豪门望族北条时政亲自从其马厩中挑选送与赖朝的。

当日，赖朝受邀，前往了距离流放所不远的北条家的官邸。

"没有马匹，凡事都颇为不便。"

听到赖朝的抱怨，初次见到赖朝的时政之女政子暗中央求其父："前些日子买来的那匹黑鹿毛，父亲您说它悍气太重，无法骑乘，至今依旧拴在厩中。不如便把它送与赖朝吧。"

回程之时，时政甚至附送了赖朝骑乘用的鞍具。

赖朝对政子印象颇佳，而驯服骑行了一段之后，赖朝也发现那匹获赠的马确是一匹良驹。即便是在半夜之中，只要听到马厩之中有任何响动，赖朝都会起身点亮纸烛，提醒与马匹一同起居的鬼藤次道："莫让蚊子叮咬到了马匹——莫非是它感到有些不适？"

主人对龙胆黑的钟爱之心，家中仆从无人不晓。如今，它突然从马厩中消失了踪影，仆从们自然大感震惊疑惑。

"鬼藤次，鬼藤次——"

两名女童连忙赶到马夫小屋，打算将事情告知鬼藤次，不料却连终日守在那里的鬼藤次也不见了。

鬼藤次不光从来没有放它去吃过草，更没有把它牵到流放所之外去过。每日早晚的遛马，都是主人赖朝亲自进行的。

而今日的赖朝，似乎也同样端坐于佛堂的窗边，誊抄着经文。方才在瓜田之中，两名女童还曾看到过他的身影，所以她们的心中便越发地起疑了。

"先去报告盛纲大人吧。盛纲大人人在何处？"

"或许是又到河原去垂钓了吧。"

"嗯，没错，必是如此。"

两名女童一阵狂奔，来到长满树木的崖边。往山崖下一望，只见被夕雨淋湿的树木之间，发白透亮的狩野川缓缓流过。

"盛纲大人——盛纲大人。"

女童将双手拢在嘴边，高声呼喊了起来。

方才的夕雨，使得溪流的水声变得越发的响亮。河边垂钓的年轻农夫转过他那张被太阳晒得黝黑的面庞，粗着嗓门冲着山崖之上喊道："何事——？若是有事，那就下山来说吧。"

骤雨刚刚停歇，崖土湿滑。两名女童缓缓下山到了河原。

"盛纲大人，马厩里的马不见了。鬼藤次也不知上何处去了。我们四处叫他，也不见人影。"

两人异口同声地说道。

"什么？龙胆不见了？"

一条鱼儿上钩了。

盛纲一边抬起钓竿，一边扭头望向二人。啪啦一声，鱼儿跃入了他的手中。他一边解下鱼钩，一边问道："当真？"

"当真不见了。"

女童睁大眼睛说道。

"鬼藤次那家伙，我早先就觉得他有些不大对劲了。啊……今天可是初四啊。"

盛纲攀上山崖，到马夫安寝的小屋查看了一番。

"我到集市去一趟。若是兄长问起，你们就说我夜里便回。"

盛纲突然对灶房的仆从说过，之后便飞奔离去了。

南条、中之条、北条，虽然各处的庄田各有名称，但附近的街镇却是以北条边缘的四日市为中心而建的。

集市的名称，也是因由每月初四的赶集之日而来。三郎盛纲突然想起，今日恰巧便是初四赶集之日。

谷物、兽皮、漆、纺织品，各色各样的物品，都会被人们拿到集市上，以物换物。集市之上，自然也少不了马市。鹿毛、栗、月毛、黑，数十匹各种马匹被并排拴在马桩之上。

其中，有一头鼻梁之上带着白斑的黑鹿毛。马背上的鞍子和马镫都已被卸下，若不留神，便会与它擦肩而过。然而，盛纲却绝不对看错。

"啊，是龙胆。"

盛纲刚把手搭到马身上，一名相马贩便飞奔而来，开口叱责道："你做什么？"

"问我做什么？这马是你的吗？"

"这可是今日我在集市用重金买来的良马。"

"那我便只能对你报以同情了。此马乃是我家主人的坐骑。"

"你说什么？"

"你是从谁人手中购得此马的？"

"我也不知是谁，反正有个年轻人牵着它到集市上卖，我便买下了。"

"那人名字可是叫作鬼藤次？"

"我也不知他叫什么名字。嗯,眼下他正在对面那挂着毡席的小屋之中,与集市的商人和买马之人一起赌博呢。"

"原来如此。"盛纲点点头。

"此马便暂时交由你来看管好了。只不过,若是你敢擅自把它牵走,我绝饶不了你。"

盛纲厉声说道。之后,他走向毡席小屋,悄悄探头往屋里张望了一眼。

"嗯?怎不见人影?"

盛纲喃喃说道。

屋里没有鬼藤次的人影。盛纲只得再往他处寻找。

众人沉溺于这等玩乐的地点,绝不止一处两处。保元、平治之乱后,伴随着平家的繁荣,赌博已成为一种举国上下的风潮。整日不务正业,沉溺此间的人,也绝非只有寻常庶民。

> 吾儿已二十,
> 云游走四方。
> 闻已化赌徒,
> 娘心却难怨。
> 住吉西之宫,
> 休教吾儿输。

不管走到何处,都时常可听到老妪背着孙儿唱诵这首歌谣。

世风日下,由富士驿到足柄的旅人也常常说起,即便在那陡峭的群山之间,近来也有人在茅草屋檐下垂下草帘,建起了数户夜里看去令人惧怕的游女青楼。那里原本便是终日只闻飞禽走兽鸣啼之声的深山,而青楼中的游女也大多是些年迈之人,故此,旅人们甚至将那里称为"山姥"。

即便是在足柄山的关隘,也有女子勾引旅人,而街镇和各国府城的放纵情况,自然也就可想而知了。

如此世道当中,诸乡的小生意人和马贩聚集的集市之日,即便在青天白日众目睽睽之下赌博行乐,或许也已算不得什么重罪了。

"哦。找到了。"

第十七章 龙胆

盛纲终于在一伙人中发现了鬼藤次。

鬼藤次依旧全神贯注地盯着赌局，直到盛纲伸手揪住他的后衣襟，他才如梦初醒。

"混账东西。"

听到耳边的喝骂声，伸手往身后摸去之时，鬼藤次早已被盛纲向后拽倒，在地上拖出了数十尺之远。

"饶过俺吧——俺知错了，盛纲大人。"

"废话少说。"

"俺愧对您……俺也就一时、一时兴起罢了。"

"废话少说。"

盛纲抬起脚来，狠狠地往鬼藤次脸上踹了一脚。

"你用马匹换来的银钱，给我全都如数交来。"

"银钱已经没了。"

"哪儿去了？"

"全都被俺赌输了。"

"浑蛋。"

盛纲厉声大喝，

"你居然敢如此。把剩下的全都交来。"

"一丁点儿都没了。俺一定会翻盘赢回来的，您就再稍稍宽限些时日吧。"

鬼藤次拼命求饶，却更加煽起了盛纲心中的怒火。他大喝一声"混账"，抽出腰间的太刀，一刀砍向了转身欲逃的鬼藤次的肩头。

鬼藤次惨叫一声，跌倒在地，幸好跌到了周围的人墙之中。

围成一圈看热闹的人们立刻四散逃跑。浑身是血的鬼藤次也乘乱逃走了。

"这匹黑鹿毛乃是我家主人的坐骑。购下窃来之赃物，乃买者的损失。总而言之，此马便由我带走了。"

盛纲从栓马桩上解开龙胆，跃上马背，趁着众人骚乱之际，箭一般地向着蛭小岛的流放所驰去。

第十八章　流放所之君

群山，平原，狩野川全都缭绕着浓浓雾气的清晨。

流放所的佛堂中，传出琅琅的诵经之声。

十年如一日，每日拂晓，赖朝都从未有过丝毫的倦怠。

少年时，赖朝曾被判处死刑，其后得到池禅尼的协助而得救。在赖朝启程离开京城的那天——

"纵使有人挑唆，也切不可修习武艺。心中要挂记着父母兄弟的来世，削发为僧，切勿再受这绳缚之苦了。"

池禅尼当时的一番训诫，至今依旧深深地留在赖朝的心中，从未忘却。

但如今，禅尼也已驾鹤西去，辞别了人世——赖朝琅琅的诵经声中，可以清晰地听出他为禅尼的来世祈求福寿的意念。

尽管如此，赖朝却并未遵从禅尼生前嘱咐他削发为僧的训诫。二十九岁的他，不但扎起了满头的黑发，反而还在为它的光泽而感到自豪。

而这每日诵经的功课，到底是钦慕菩提之心的表现，还是献给凄惨死去的父亲义朝、兄长和族人的供养，抑或是欺瞒世人的作态？光从赖朝端丽的身影来看，依旧让人无法分辨其究竟。

看到他的人，听闻诵经的人，还有整日围绕着流放所的人。众人心中的想法，也各自不同。

然而，事实却是难以动摇的。不管赖朝的心中有何想法，这平静如水的流放所生活，都——被人上报了京都。

也正因为如此，年复一年，六波罗对他的监视与拘禁也渐渐变得松懈，甚至还默许了在他身边留置侍女——近来，暗中在内堂服侍他的龟前，便是他的第二位爱人。

之所以说龟前是第二位，那是因为两年之前，伊东佑亲的女儿曾经与他一同坠入爱河，甚至还怀上他的骨肉。后来，佑亲得知此事，愤然将其子弃于深渊。一时之间，也曾引得众人议论纷纷。

佑亲乃伊东的豪族，其权势地位与北条家并驾齐驱。事发之后，被佑亲叱为囚犯的赖朝虽然也吃了不少的苦，但不知何时，赖朝的身旁却又有了其他女子侍奉，两人甚至还不时于众目睽睽之下互诉衷肠。

龟前不似伊豆女子，性格较为腼腆。当时，民间流传的戏谑歌谣有云：

不惧男子者，
加茂女、伊予女、上总女。

为何伊豆的女子不在其中？——有时候，这样的烦恼也会萦绕于赖朝的脑海中。对年轻的肉体而言，说到无聊，倒也确实无聊得令人难以忍受。

为了驱除心中的烦恼和内心的邪念，每日清晨的修行，对他而言完全是必要的。赖朝诵经的声音颇为响亮，甚至可以说，蛭小岛的拂晓是在他的诵经声中开始的。

"阿龟——拿水来。"

赖朝满头大汗地走出佛堂。从龟前手中接过一碗凉水，一气喝干之后，赖朝便再次迈开大步，踩踏着沾满朝露的冰凉夏草，向着马厩走去——这，同样也是他每天清晨必做的事情。

马匹平安无事地待在马厩中。谁也没告诉过赖朝昨日究竟发生了何事。刚一停下脚步，"鬼藤次。鬼藤次。"赖朝便冲着马夫小屋叫道。

三郎盛纲应了一声，从马厩背后走来。

"在下这便将马牵来。"

盛纲将龙胆黑从马厩里放出来，牵到了赖朝的面前。

"鬼藤次呢？今早是你照管马厩吗？"

赖朝问道。

盛纲一脸若无其事的表情，回答道："昨日深夜，鬼藤次说是患了急病，回到南条的山村了。夤夜之间，想必他也不便前去向您辞行的吧。"

这些下人之事，赖朝并不是很在意。他说了句"是吗"，之后便一脸毫不在意的模样，一如往日清晨一般，跨上龙胆的马鞍，策马到原野驰马去了。

等到人马都满身大汗地回转而来时，太阳早已冲破朝雾，升到了山顶之上。

"原来如此。"

也不知道是在感叹些什么，回程路上，盛纲一手牵着马辔，扭头望着赖朝说道："小人的兄长定纲常说，大人您虽然身形瘦弱，但食量却很惊人。他时常在小人面前惊叹说，大人您清晨能够喝下几大碗的汤汁。如今看来，也难怪会如此哪……小人盛纲今早也已经是饿得眼前发晕了呢。"

赖朝一笑。

"驰马也还罢了，清晨的《法华经》二部，倒确实是从肚底朗声念诵的，眼下，我这五脏六腑之中，早已是空无一物了。"

"嗯，自打到流放所来奉公算起，至今也已十年有余了。我们兄弟二人，也确实随着主人积下了些修行呢。"

"已经十余年时间了啊？"

"嗯。当初家父吩咐我们兄弟二人前来之时，小人还只是个拖着鼻涕的孩童，而兄长定纲也不过只是个弱冠青年罢了。"

踩踏在露水之上，盛纲低头看了看自己赤裸的双脚。那双脚，与寻常农夫并无任何的区别。

盛纲乃是家中兄弟四人当中的老三。其父佐佐木秀义本居住于近江，却因不愿屈服于平家而被赶出了近江，前去投靠了武藏的涩谷庄司重国——其后，他便从未间断过与伊豆的赖朝之间的音讯和赠物。最终，他将自己的长子定纲和三子盛纲两人送到了流放所来奉公，做了流放所的家仆。

虽是流放罪人，但依旧保留着贵族般的日常起居的赖朝，在面对流放所的家臣时，也同样表现得颇为任性。之前盛纲兄弟俩也曾不堪忍受，多次逃回过涩谷。而每一次，其父都会好言劝诫，让盛纲他们再次回到赖朝身边——这是一群同甘共苦的主从。正因为如此，如今，他们之间已经建立起了难以割舍的主君与家臣关系。

——回想起来，在这段漫长的时光中，还曾经发生过这样一件事。

兄长定纲，是个丝毫不逊于其父秀义的制箭好手。一天夜里，兄弟两人一同制作箭支，结果却让赖朝给撞见了。

"不知要到何时，我才能亲手拉开长弓，将你们兄弟两人亲手制作的箭支搭到弓弦之上啊。"

听到赖朝如此喃喃自语，兄弟两人只觉得心中一阵发堵，泣不成声。主仆执手泪眼相望，几乎直至蜡炬成灰。

"……也不知这双脚的指甲要脱落上几次，那一天才会到来。"

今日清晨，盛纲也是一边在心中思忖着这些念头，一边牵着主人的马回来的。

也不知究竟发生了何事，刚到流放所的门前，盛纲便见门口聚集了大批的杂役，吵闹不休。

第十八章 流放所之君

"哼,是流放罪人的主从。"

"来了啊。"

"回来了呢。"

闲人们表现出露骨的敌意,用手指指点点,高声叫嚷着。看样子,他们似乎是准备猛地围到赖朝的身边。

"发生何事?"

赖朝回头看了看盛纲。盛纲在马前摊开双手,回答道:"不知发生何事——小人这就去询问。"

主仆二人说话之时,杂役们也一直对他们骂骂咧咧,恶语相向。

"盗马贼。"

"这主仆俩狼狈为奸,贪污骗取了买马钱。"

"本性难移。"

"流放所的寄生虫。"

"把马还来。"

"还马来啊。"

闲人们嘴里一直不干不净地念叨不休。这伙人,正是集市的无赖和马贩。他们说话口音很浓,刚开始时赖朝几乎就听不明白他们在说些什么。等到听明白了之后,赖朝也不由得脸色一变。

"盛纲,这究竟是怎么回事?"

"是。"

"莫非是有什么误会?"

"是。"

"你为何默不作答?"

"这其中既存在有些误会,却也并非全都只是一场误会。"

"你知道其中的缘故?"

"稍稍有些了解。其实,是因小人忘记把买马钱付给集市上的马贩,他们才会说这些话的。"

"买马钱?"

"是。"

"什么买马钱?"

"小人实在是愧对于您。"

盛纲就只是一味地低头道歉。

在同伴的唆使下，昨日在集市上买下龙胆黑的那名男子颤颤巍巍地走上前来，
"就是它，就是这马。"

男子用手指着赖朝的坐骑道。

"什么？是这匹马的买马钱？"

赖朝跃下马鞍，默默地聆听了马贩们的讲述——听完之后，赖朝不由得为盛纲的迂腐感到纳闷。此事并非盛纲之错，为何盛纲却始终不发一言，就只低头致歉？

"休得吵闹。我将买马钱付给你便是。"

"只要你给钱，咱们也不跟你纠缠了。"

"你们稍候片刻。"

"行，等就等。"

一众人等在流放所的矮墙墙根和草丛里坐下身，依旧一脸不相信地念叨不休。

其实，也难怪他们会难以相信。平日里，即便只是透过栅栏稍稍一瞥，也足以看出赖朝的生活颇为穷困。给予流放罪人的口粮，除了数十石谷物、数斗油和数匹布料之外，就再没有其他更多的了。

"唉，这事可真是让人头痛啊。"

赖朝将盛纲留在门外，独自走进了流放所中。他的手上，根本就没有相当于买马钱的财物。

池禅尼在世之时，每年还会从京城送来些衣物、经卷和高价的念珠。有时，乳母比企局也会挂念赖朝，为他送来些身边的诸般杂物——然而，这些物事，却全都包含着恩人们的一片真情，赖朝实在不忍心拱手送人。而即便将这些物品全都加在一起，却也及不上买马的银钱。

"阿龟，笔墨伺候。"

赖朝坐在缘廊上，挥毫成文。之后，又在信封上写上了"北条府政子小姐亲启"。

龟前似乎也稍稍窥见了信封之上的文字。

只听赖朝再次吩咐道："把定纲叫来。"

龟前立刻起身，脚步匆匆地向着侍从小屋走去。

眼见兄长定纲骑着主人的龙胆黑匆匆离开流放所，门外的三郎盛纲连忙叫道："兄长要去何处？"

"我要去北条府一趟。"

第十八章 流放所之君

定纲扬鞭策马，匆匆向前赶去。

不久之后，带着写给政子的书信的定纲便踏访了北条家的馆府。定纲此番寻访的便是位深闺之中的千金小姐，对方自然也就不便直接会面。他就只能委托家臣，代为转交赖朝的书信。

"请将此物转交给令主。"

与政子的回信一道，家臣将一袭唐绫的小袖和一面唐镜交给了定纲。

定纲带上对方所给之物，又匆匆返回了流放所。

读罢政子的回信，赖朝立刻便将信纸撕得粉碎。之后，他把门外的盛纲叫了进来，说道："你去将这两件东西交给集市的那帮闲人。"

"不必了。那些马贩早已不在门外了。或许是他们见到小人兄长策马向着北条府而去，以为他是去叫官差来，所以便各自逃走了。"

盛纲一脸开心地讲述着。然而赖朝的心头，却划过了一丝悲悯。若是外头因此传闻说赖朝依仗权势，欺凌弱小的话，那么此事便将成为赖朝一世的污名。赖朝再次嘱咐盛纲，让盛纲将两件东西拿去集市，或者直接交给方才的那伙人，或者换成钱财，交到那伙人的手里。

盛纲刚走出门，定纲说道："大人若是没什么吩咐，小人便告退了。"

之后，定纲便退回了侍从小屋。

这件始料未及的事件，足足耗费了赖朝半天的时间。屋外的艳阳，仿佛已将青草和蝉声彻底烤焦了一般。

"若是此时出发的话，或许也没时间聊聊了……回程路上，天色便会变黑的吧。明日再前往吧。"

隔着房檐，赖朝两眼盯着夏日的云彩，在心中默默念道——近来，听箱根别当的弟弟永实说，高尾的文觉上人获罪，被从京城流放到了距离此地二里之遥的奈古谷山村的寺庙之中。

——对方也是流放罪人，自己也是流放罪人，若是前去一见的话，或许还能打听到些京城的近况。自打很久之前起，想去拜访一通的念头，便今日推明日地，成了赖朝心中的一道结。

"然而……此事是否也该思量一番？"

赖朝做事缜密的性格，使得他总有一种陷入多虑的倾向。比起与深闺之中的千金互换文书来，对于拜访文觉之事的影响，他反而考虑得更细心。

"……？"

突然之间，听到有人嘤嘤啜泣，赖朝赶忙扭头看了看自己的身旁。

啜泣之人，正是龟前。

至于她为何而哭，赖朝心中其实很清楚。必定是因方才自己派人给政子送信而起。若是说起买马钱的事，龟前必然会问赖朝为何不和她商量，又为何不派人去找她的父亲良桥太郎入道。

想必，龟前的心中一定是在为此事而怨恨。但凡女人，不管性格如何直爽，都是会有嫉妒之心的。龟前不过只是生性难以在动作和言语上表现，所以便只能哭泣了。赖朝其实早已看穿了一切，可他却故意露出了不耐烦的目光。

"哭什么？……男儿心怀，女人家是不会明白的。要哭的话，就到一边去哭吧……真热，吵死了。"

愈是叱责，龟前哭得便愈凶。

赖朝咂了咂舌，起身说道："如此炎热，光是蝉鸣便已让人心烦不已了……简直不可理喻。"

龟前拽住赖朝的衣角，终于小声地呜咽着说道："妾身打算暂且回乡住一阵子。"

"……回乡？"

赖朝故意用冷冰冰的目光看着她，反问道。

"可以。休说暂且，便是久住也无妨。"

"哇"的一声，身后传来了哭倒在地的声音。赖朝头也不回，快步走过了长长的走廊。

屋子的西侧，有一幢被树丛包裹于其间的房屋。或许是准备前去午睡，赖朝大步走进了屋中。

"……哦？"

坐在小桌面前的人吃了一惊，转头向着赖朝看去。

此人乃是由京城流浪而来的行脚画师藤原邦通。每次喝过酒后，此人便会起身跳舞，同时性格还有些轻佻滑稽。因见其有趣，赖朝便挽留了此人，孰料此人却干脆在流放所安居下来，度过了半年有余的逍遥日子。

"——我还说是谁来了，原来是大人您啊。可吓了我一跳呢。"

"在作画吗？"

赖朝立刻收起方才展现给龟前看的脸色，面带微笑地站到邦通的身后，瞥了一眼桌上胡乱堆放的画笔和颜料。

"我时常如此云游四方，饱览胜景，可提起笔来，却总是难以尽意画来啊。"

邦通解释道。

纸上所画的并非寻常的图画，而是一幅伊豆半岛的平面图。山川、道路、驿所、寺社的所在位置都标注鲜明，整幅图也已经完成了一部分。

"天气如此炎热，若是徒步，想必很是艰辛。若能在年内完成，那是最好。"

"年内定能完成。若是下起雪来，箱根和其他的群山中的道路在再难寻找了。因此，我便先行画下了山中的景色。"

"唔……"

牵牛花的枝蔓，悄悄地爬上了缘廊的角落。一朵白色的小花，在风中微微地颤动着。赖朝若有所思地说道："邦通，你能代我走一趟吗？"

"去何处？"

"龟前说她想要回乡去。你就带着她，到良桥太郎入道的府邸去一趟吧。"

"哎？她要回乡？"

"若是让她独自回乡，倒也确实太过残酷。你愿意代我送她回去吗？"

"行是行，不过，她要回乡，莫不会是她妨碍到了您？"

"其实也并无什么大事。"

"莫非你们二人之间发生了争闹？——说到底，女人毕竟是女人。您就散散心，晚上再来小酌一杯吧。到时候，在下邦通再来表演一番猿乐①为您助兴。"

"猿乐吗？方才我已演过了。真没想到，我居然也会表演愚笨的猿乐。"

说罢，赖朝便把自己关进了佛堂之中。每次遇到不快，他都会躲进佛堂里。身处佛堂之中，赖朝便会一心专念于誊经和诵经之中。他那二十九岁的豪胆和热血，有时也需要放置到这抹香的冰室中冷却一番才行。

不久，佛堂中便再次响起了每日的诵经声。龟前将手搭在屋外，本想向他辞行，但最终却只能啜泣一番，悄悄离去。

草穗之上，晚风渐起。

夜蝉鸣叫不休——

---

① 猿乐（さるがく），日本古代曲艺的一种，也是能乐和狂言的源流，室町时代成为"能"的同义词。

第十九章　异僧

深山之中，秋日早至。满山的常春藤和漆树已像见了霜一般，彻底红了。

"兄长，咱且回吧。"

"眼下日头尚高……"

"可我却已厌了。"

定纲、盛纲兄弟出门狩猎，行至韭山深处。

携来的箭支本便不多，兄弟二人的腰间，也只悬挂着四五只野鸟。

"今日怎如此不运。至少也该有只小山猪之类的啊。"

"如今时节还早。"

两人坐在草丛中，摊开了疲累的双脚——山谷之中，太阳虽已下山，但箱根的山顶上，却依旧悬着赤红的夕阳。

"兄弟。"

"嗯？"

"今日你也带着大人的书信，到北条府上去了？"

"去了。"

"近来可真够频繁的啊。"

"这可是大人的吩咐。"

盛纲一脸冷漠地说道。看那模样，意思似乎是在说：我也并非主动想去的。

不远处的山寺中，传来了诵经的声音。听到诵经声，定纲若有所思地独自喃喃说道："……真是让人头痛。"

"为何？"

眼尖的盛纲，已然看出了兄长心中的忧郁。定纲回望着他的双眼。

"你行事历来从容不迫、游刃有余，身为信使，你确实是再适合不过了。大人却从未吩咐让我定纲去过。"

"兄长，你莫不会是在嫉妒我？"

"一派胡言。"

"我当真是个从容之人？"

"你从不忧心。"

"即便忧心，又有何益——有时我也会想，这样子是否真的好。"

"连你也这么想吗？"

"也并非从未想过。"

"父亲还真是把咱兄弟二人送到了一位古怪的大人身边奉公呢。说来有些不敬，但我却时常听到大人叹息。"

"源家无福，平家命好。这也难免。"

"盛纲，你我二人在流放所中奉公，如今也已十余年了。你能放弃吗？我总是无法死心……你我兄弟二人，一同，规劝一下大人，试探一下大人心中的真实想法吧。"

"规劝？规劝什么？"

"先前，发生了伊东佑亲人道之女的事后，我本以为大人会引以为戒，可万没想到，不知何时，大人却又把龟前带进了流放所——这倒也还罢了，如今大人却又无缘无故，仅仅只为了心中的一丝愤怒，便把龟前送回故乡，转过头又和先前已经断了联系的北条大人的千金频繁联系了起来……大人这究竟算是何等行状？"

"这便是你想跟大人说的事吗？"

"为人臣子，必当如此。"

"我可不说。"

"为何？"

"男女情爱之事，我可说不出口……此事不论谁人，都不便提起的。"

"蠢货。不要本末倒置。我这么说，并非是在指责大人的此类些小行径。沉溺女色倒也无妨，但就我看来，大人他莫不会已经忘却了心中的大志？"

"你担心此事？"

"确实有些担心。"

"此事兄长无须担忧。"

较之兄长，盛纲似乎眼界更为宽阔。

"人言道，女人心，海底针。大人面对女人都能从容进退，至于其他的事，他的心中也必定早已考虑周全。也不需像兄长这般自寻烦恼，杞人忧天。"

相反，盛纲反而讥笑起了兄长的焦虑。

兄弟二人远眺着晚霞，始终默不作声。侍奉着同一主公，彼此的看法却各不相同。

"……我真搞不明白。"

定纲似乎还没说够，突然又独自念叨起来。

"若说他生性怠惰吧，可他却早晚生活规律，在武道文学方面，也比常人要用心一倍。若说他生性无血无泪、性情冷淡的话，有时却又颇为温柔，相反又总让人觉得或许他是个痴情种子——先前才刚与伊东入道之女八重姬坠入了爱河，转头却又移情别恋，相中了龟前，这事还没个结论呢，如今又开始和北条府待字闺中的千金互通起了书信……世间怎会有这等人……这事搞得就连我这么个旁人也看不下去，咂舌不已了……可他却都从未间断过每日百遍的诵经，也从未忘却过每月一次的参拜三岛明神。"

"兄长，咱走吧。"

盛纲一脸无聊地掸了掸身上的尘土，从草丛里站起身来——就在这时，不知盛纲看到了什么，他突然拉开长弓，搭上了羽箭。

定纲定睛往羽箭所指的方向望去，

"兄弟，你射什么？"

"……"

盛纲并未回答，就只是放开了紧拽着弓弦的手——羽箭穿过遮蔽住山崖下山寺的树林枝头，带落了四五片树叶。

"——落下来了。"

背上插着羽箭的鸟影，笔直地向着山寺后方落去。见盛纲一路冲去，定纲眼见也是回程的道路，索性也就跟在盛纲的身后，一路追去了。

山崖下的山寺以观音大悲为本尊，是一座名曰奈古谷寺的古刹。近来，寺旁似乎新建了一栋僧舍。薄暮时分，未曾去皮的板壁木料和白色屋顶尤为显眼。

盛纲拾起刚才射中的野鸟和羽箭，正准备转身离开——就在这时，诵经声突然停住——从僧房中走出的魁梧男子厉声大喝。

"是谁？站住。"

盛纲回头一看——看样子，应该是寺里的和尚。

"怎么？"

那和尚道："你擅闯山寺山墙，还问我怎么？"

"这寺庙还有山墙吗？我从后山一路下来，并未看到。"

"那就更不能轻饶了。毛头小子，往他人的庭院中放箭，连歉都不道一个，就想开溜吗？"

第十九章 异僧

"抱歉了。"

"——这就完事了吗？"

"那你还想怎样？"

"给我伏地认罪。"

和尚站在缘廊上，傲然说道。

那和尚满身隆起的肌肉，下腹肥硕，故意挺起了胸。一脸虬髯的和尚，露出了好斗的目光——看到对方如此咄咄逼人，不由得激起了盛纲心中的坂东倔性。本打算赔罪道歉的他，也再不愿低头了。

"我已经道过歉了。若我不愿伏地谢罪，你又当如何？"

和尚伸出长满黑毛的铁拳，说道："小子，你想尝尝这玩意是何滋味吗？"

"什么？"

盛纲手按太刀，走到和尚身旁。

"山野粗汉，要动手吗？"

和尚咧嘴笑道。

听到和尚的一句"山野粗汉"，远处的定纲似乎突然想到些什么，他跑到两人身旁，对弟弟叱喝道："退下。"

之后，定纲扭头向着和尚问道："敢问大师法号可是'文觉'？"

"正是贫僧。"

"果不出所料。"

"你们是哪里来的？"

"请恕我等失敬——盛纲，还不快来道歉？这位乃是高尾的上人啊。"

嘴里呵斥着弟弟，定纲的脸上却丝毫不见低头致歉的意思。他就只是怔怔地盯着文觉的脸看。

"罢了。"

文觉突然露齿一笑。听到"盛纲"这名字之后，或许他的心里也已有数。

文觉呵呵笑道："如此说来，你们二人便是蛭小岛上侍奉赖朝之人了？"

"正是。在下乃是佐佐木源三之子，名叫太郎定纲，此人名为三郎盛纲。"

"两位进屋说话吧。"

文觉转身走到炉火旁，自己先坐下了身。

"兄弟，怎么办呢？"

兄弟两人小声合计了一下,盛纲觉得进屋就进屋,没啥可怕的。

"你可千万别再在没必要的时候逞强了啊。"

定纲小声地责备了弟弟一句,走进了屋里。

文觉折了些柴火,扔进炉里。火红的炉火映红了他的面容。有关面前的这位上人,之前兄弟俩早就听过很多传闻。在京城,文觉便常常会被人们提起,而被流放到伊豆来之后,村里的人们又穿凿附会地说了不少有关他的传闻。

此人遁入佛门的动机,便与世人常说的出家有些不同。文觉俗家姓远藤,名盛远,乃上皇的北面武士。十八岁那年,因其斩杀了一位名叫袈裟的人妻,愧疚之余,便削发遁入僧门。

其后,文觉的修行也有异于常人,入那智山苦修,之后似乎又几遭遍历诸国的名山大川。尽管人们都称他为"高尾的荒法师",但来到伊豆之后,他却自称自己是"善相人"。

他果真一脸善相吗——既然他如此自称,那么也未必就不能理解他的好。可是,掩映在赤红炉火的火影下,他的脸看起来却反而带着一丝凶相。

此人获罪被流放至此地的缘由,说来也令人震惊不已。之前,为了修复废弃的神护寺,唤起佛法的兴隆,祈求父母冥福,他一直都在劝说号召京城的民众。一天,法住寺的法殿里集合了许多富绅,文觉听闻此事之后,便前去劝说富绅们布施,结果却无人理会他。

眼见如此,文觉便擅自闯入院内,大声诵读劝人布施的文章。当时殿上殿下的众人都在聆听笙歌乐舞,见文觉闯入,大吃一惊,想要将他拖出殿庭。一怒之下,文觉出手连伤数人——虽然已经落发,但远藤盛远的血就如同深渊中的蛟龙,丝毫未曾丧失其本性。因此,他之所以自称"善相人",或许也是因为若是他人不如此看待他的话,那条心底的蛟龙便会长出长牙、吐出火舌,故态复萌的吧。

第十九章 异僧

半晌。

"在伊豆度过了如此长久的时日,佐大人也已经安然成人了吧?"

文觉在炉前的兄弟两人脸上扫过,问道。

盛纲依旧一脸爱答不理的模样,定纲颇为担心此举会否招致文觉的不快,——殷勤回答道:"大人在流放所住下后,如今已经过去了十七载春秋,如今的大人不仅身体康健,为人寻常。"

"如今他贵庚几何?"

"年已二九。"

"马上就三十而立了啊。"

文觉沉吟了一阵。

"真是快呢。话虽如此,平家众人如今或许也已经习惯了治世与繁华,根本就不会再去计算义朝之子的岁数了。大概他们都没有任何人会对身在伊豆的佐大人心怀忧虑了吧。对源家之人来说,这也正可谓歪打正着哪。"

"……"

"难道不是吗?"

"是。"

"话说,你等这般大好青年,也不能终生待在这荒草丛生的流放所中,整日嚼着粟米,一辈子侍奉着一个流放罪人,跟随于佐大人身边的吧。"

"……"

兄弟俩不知该如何作答。六波罗也并非像文觉所说那般,对赖朝漠不关心。即便身处乡间,也绝不可大意。而眼前这位性情古怪癫狂的僧人,外界也盛传"言语颇多,德行不符"。定纲无法认定,自己是否能够相信他。

文觉果然正如世间所言——是个话语颇多之人——他根本就不管对方的脸色,只顾着自说自话。

"贫僧有句话,劳烦两位转告佐大人——贫僧听闻,佐大人朝夕诵经,如今已手抄了数卷的《法华经》。或许他的这种无聊的佛道游戏,不过只是做给京都方面看的一种策略,但还望他凡事适可而止吧——如今他已经二十九岁,也不再是做这些事情的时候了。"

文觉就像是在自说自话一般。不知不觉间,他的口吻变得就仿佛自己便是赖朝一般,夹杂了一种情热。他的话语中,虽然能够感受到一种超乎寻常的热心和顽固,但仔细听来,其实他早已将自己和他人的立场、感情全都混为一谈,将自己心中的想法奉作了唯一。他总是欲图说服他人,强加于世人,仿佛只要稍有不如意,他便会再次做出超乎常规的言行来。

"——罢了,日常行为都不过只是些旁枝末节。在这乡间野地里度过了十七载光阴,佐大人的眼界莫会便就此局限在了这伊豆半国,从而忘却了世间之大了吧。可忧可叹——首当其冲的,便是了解京城的状况,明白诸国的人心。这些事情,都有何人告知于他,他又作何想法呢?"

"大师的重重担心,我等感激不尽。我等回转流放所之后,必会将大师此言转告主人……眼下日暮西山,我等也当就此告辞了。"

定纲说罢，准备起身辞行，但分明已经听到了兄长的催促，盛纲却依旧没有半点起身的意思。

盛纲的目光，依旧如同刚刚见面之时一样，毫不客气地盯着文觉的脸。相反，他却嘴角带着苦笑，用一种冷冰冰的目光看着能言善辩的文觉。

兄弟的眼神，仿佛是准备争辩些什么一般。眼见如此，定纲更觉不便久坐，与文觉约定改日再来拜访之后，便硬拽着盛纲离开了。

"推开柴门，从房侧出去。你们就从山门下山吧。"

文觉在兄弟两人身后指引道。

穿过奈古谷寺的院内，兄弟两人脚步匆匆地踏上了归途。夜空已星云朦胧。走在山路上，黑暗中只闻虫鸣之声。

"未曾料到竟会如此之晚，大人必定甚为忧心吧。"

定纲似乎是在担忧自己不在流放所中，傍晚时节，必定琐事繁多。

"兄长，兄长。你我此时赶回，傍晚诸事想必也已经处理妥当。太阳下山，夜路上光线昏暗，不如走慢些吧。"

盛纲冷静地说道。

说来也是。此地距离流放所还有一里多地的路程。定纲也彻底放弃了。

"——话说，咱这趟可谓不虚此行啊。又有新鲜事说给大人听了。之前大人不也说过，打算抽空来拜访文觉的吗？"

"兄长，起身告辞之时，你曾说我等改日再来拜访，莫非你还打算带着大人来吗？"

"我觉得此人倒也确实是位近来难得的高僧，值得大人一见。"

"我盛纲可并不心服于他。"

"那是因为你从一开始对他就有些意气用事。"

"这也是原因之一。"

盛纲直率地承认，

"但除了这份嫌恶之外，我还是嫌恶他。若是他像我等一样，身佩太刀，武人便有个武人样儿，身份分明，那倒也还罢了，但他偏偏又是僧侣，却半点儿没有僧侣的样子。"

"这一点正是他的长处。如今那些一副僧侣模样的僧人，又有哪一个算得上得道高僧的吗？"

第十九章 异僧

"当然有。"

盛纲打断兄长的话语，

"京城的黑谷中，有法然上人。近来，法然房中的念佛声，甚至连乡下都能听到。"

"念佛、易行道、他力本愿，你莫非赞同这类的讲经说道？这可不大像平日的你啊。"

"非也。虽然僧侣与我等，所行之道彻底背道而驰，但对普罗众生而言，人世间有那样的人存在，尽管事不关己，却也难能可贵——而文觉之流，却是没有也罢。甚至就连我等武士，也并非一心追求修罗杀戮。若是能够避免，我等也不希望看到人世间变得血腥残酷。若不能超越，其后的治世便无法到来之时，我等武士才会踏上修罗杀戮之道。而那和尚却有如生来的痼疾一般，不择时势，不分地点，整日便只会狂吼不已——此人霸气太重，恕我难以苟同。"

"——但今日他所说的话，却也是因偏护源氏，方才如此霸气的吧。"

"对我等武士而言，他的那种偏护，反而却会带来麻烦，让我等感到碍手碍脚。我以为，最好还是莫让大人见他——若是让人得知大人曾秘密拜访过这大骂平家的狂僧的话，大人也会感到难办的。"

虫鸣声中，昏暗间灯火骤亮。不知何时，两人已然回到了蛭小岛——流放所门外，伫立着两个身披斗篷的人影。兄弟二人驻足细看，不久之后，便看到佐大人房中悄悄走出了一位用涂漆斗笠遮住脸面的千金小姐。而门外那两名侍女的身影，也伴着小姐一同踏上了草深露重的夜路，渐行渐远。

"……啊。方才那人是……？"

定纲倒吸了一口气，扭头看了看兄弟的脸。

盛纲平日时常送信，自然一眼便认出了那是北条府上的千金，但他却丝毫不动声色。

"管他是谁呢——"

盛纲一笑，率先踏进了流放所的大门，大声地与留守家中的家臣们谈论起了今日未能打到多少猎物之事。

第二十章　政子

初冬。

田里收割完毕。今日这般能分明看清富士山的日子里，风也已经开始微凉了。

"今年的收成如何？相较往年，还更好些吗？"

北条时政在马上扭过头，看了看嫡子宗时和义时。

"不，今年狩野川也泛滥成灾，再加上暴风雨肆虐，虽然算不得丰收，但百姓却也还不至于太过穷困。"

宗时回答道。

时政点点头，转头看着前方。跟随在父子三人身后的人马队列走在干燥的道路上，扬起了淡淡的尘土。

时政年近五十，身强力壮，筋骨强健，甚至还更胜于他的两个儿子。虽然眉毛颇浓，看上去甚至带着几分卑微，但眼眶中的双眸却透着一股倔强——话虽如此，但他却也时常前往京都，接触了解有关中央的情况与知识，所以在这乡间之地，看到时政此等风貌，也总有种超凡脱俗之感。豪迈的面容之间，也隐隐带着一丝知性的感觉。

"已经不远了。官邸的树林、狩野川的水、驿站的屋檐，都已经依稀可见了。"

宗时用手一指。

想来，在父亲眼中，这些事物也早已令人感到怀念了吧。

"嗯，嗯。"

时政点了点头。

放眼望去，眼前的山河全都是时政自己的领地。作为平贞盛的远亲后裔，可以说如今已经分为了伊东的伊东佑亲和北条家这两大势力。子孙满堂，家臣强盛，一族之中也没有半点的不和，每年的收获时节也安然无事。眼下，只要能让京都的清盛入道和六波罗放心，便可保得家门安泰——只要心中不再有更多的奢望，出兵侵犯其他豪族的领地，那么已过不惑之年的他，便可以安然地享受未来了。

时政心中，也早已拟定了自己老后的计划。有关这一点，他也早已想过。而其中的一环，就是长女政子的终身大事。而让时政未曾料到的，便是在此番出行的旅途中，此事也已经大致商定了。

前些年，他在京都出任了大番。如今任期结束，时政便返回了这片早已久违了的故乡。为了迎接父亲，儿子们一早便前赴三岛，围住平安归来的父亲，混在家臣和行李的队伍之中，兴高采烈地返还归来。

"政子可还安好？"

虽然膝下同样还有其他的千金小姐，时政却最先提起了政子的名字。之所以如此，也是因为他心中挂念着先前商定的亲事的缘故。

"是，她很好。"

听到宗时如此回答，时政身后的次子义时骑在黑马上补充道："好得很呢。父亲您不在家中，不知道每天家里的后院都有多热闹呢。"

——是吗，是吗？时政放下了心，颔首微微一笑。不管年龄多大，在他眼中，孩子们始终都还是些孩子。

然而，他对政子的看法，却在此番归来的路途中稍稍有了一些改变。旅途之中，时政已经承诺，准备把政子许配给一同前行的山木判官兼隆为妻。

面对自己的女儿，只有在许配给他人为妻时，父亲才会把她当成女子看待。

卸下行装的当天，天色已黑，其后的几天里，不是一族之人来访，便是询问留守之时家中的大小事务。身为一家之长的时政丝毫没有半点清闲的时光。

——好不容易，时政才抽出了一点短暂的闲暇。他来到女儿们居住的后院，打开了从京都带回的各种礼物。眼看着女儿们那一脸欣喜的模样，时政也度过悠闲的半天。

"北条大人多子多福——"

正如人们常说的那样，时政的年纪虽然还未至五旬，膝下却已经有了三个妙龄的女儿。

除了一对十六岁和十八岁的姐妹之外，时政还有个前妻所生的二十岁的长女。姐妹三人之中的大姐，便是政子。

从容貌上来说，即便站在父母的角度来看，三人也算不得什么羞花闭月之容。

唯有政子，还稍稍继承了几分过世前妻的姿色。

不光只是相貌各异，政子和两个妹妹在性格上也大为不同。或许是心里惦记着自己与妹妹们非一母所生的缘故，政子时常会让自己身边的侍女们，不让继母心中感到不快，同时，她也换来了两个妹妹对她的尊敬。

然而，对政子之父时政而言，最让他感觉重担在肩的人，便是这个美貌聪慧的政子了。从政子的女儿心思来看，想必她一定也希望自己能够嫁给京城男子为妻。站在父母的角度上，观察她的知性和日常的喜好，也不难发现这一点。

而作为家世显赫的都会子弟，却也没人愿意特意从伊豆这等乡下地方迎娶妻室。若是换作豆相邻国，那么倒也有不少年轻人希望能够一睹北条家深闺千金的芳容，但对住在佳丽如云的京都的公子们而言，

"哪怕再美，瓜花豆花，都带着一股土腥味儿。"

如今便是这样的一个世道。而近年来，中央文化盛行，即便只是个小小的官差，也与平家有着种种的关系。华美过度，反而疯狂地追求纤细的官能。北条家的三个女儿，没有一个能够迎合京城之人的这种审美。

——尽管如此，从政子的性情与喜好来看，她似乎也无意嫁给伊豆、相模、武藏这等邻国的土豪之子。她比任何人都更珍视自己的美貌与聪慧。除此之外，她对北条家的家世，还抱着一种甚至超越了其父时政的自豪。

平日里，她总是动不动就提起"坂东武士"之类的字眼。

从这一点上来看，那些性情刚毅、缺乏知性，浑身上下透着一股粗野精悍，仿佛便生自泥土的众多土豪之中，完全就找不出任何能够让她心弦一动的人选来。

二十岁，女子的春天已经过去。政子依旧待字闺中，这即便换在如今也同样令世人惊异的事，其原因便正在于此。

其父时政更为担心的，虽然还是在政子那两个相貌平平的妹妹，但要让她的两个妹妹出嫁，首先也必须先将长女政子给嫁出去才行。

"目代的山木判官大人差人送来了书信。"

正当此时，小厮将一封书信递到时政的手中。时政借机道："什么？山木大人吗——拿到正院去吧。待会儿我会给他回信的。"

时政赶忙起身离开了女儿们居住的后院，回到了自己的房中。

接过时政写下的回信，山木判官的信使离开附近土民俗称"御所堀内"的馆府，正准备跨过护城河桥返回之时——

"虽然时日仓促，但作为政子的夫婿，山木兼隆此人倒也算得上门当户对。翻过年去，政子便二十一了，想必她自己也已对此事开始焦心了。对于这门亲事，她应该也不会再摇头不允了……当务之急，大概便是婚礼的准备了。"

时政来到妻子阿牧夫人的房中，给妻子看过山木兼隆的来信，同时询问了日程安排和妻子的意见。

身为续弦，对于前妻之女的政子之事，阿牧夫人自然也希望能尽力表现出高于自己亲生孩子的关怀。

"既然是目代的山木大人，那么倒也确实说得上是段门当户对的良缘。不过话说回来，关于这门亲事，老爷您已经有所把握了吗？"

"由京都返回的途中，我曾与山木大人见过一面。聊了几句之后，我与他便聊起了有关政子的那些个风传。山木判官对我直言，说他自以前起便一直希望能够娶政子为妻——听他如此说起，我当时便一口答允下来了。"

"……原来如此。老爷您已和他约好了啊。"

"你这叫什么话？回来之后，我便立刻告知过你了。"

"可我却并未想到，此事竟会如此着急。"

"那，你想怎样呢？"

"我本以为，老爷您是想让我寻找时机，打听一下政子自己的想法……"

"如今她妙龄已过，早已再不是——询问她愿与不愿的时候了。你与她并非亲生母女，倒也难怪，不过我似乎却也有些太过宠她了。这些事就不必再问了。你就去告诉她说，是为父我为她选中的夫婿好了。"

"可这事却关系着女子的终生……"

"那就更不可有半点延误了。"

"可是……政子她优于常人，颇有远见，若是逼着她嫁给不喜欢的夫婿……"

"先嫁过去，日久自然生情——不管嫁到何处，都不可能再像留在父母身边一样了。"

"不若还是由老爷您亲自对她开口吧。若是由我去告诉她，而她又对这门亲事不满的话，那她必会向我哭诉。同为女子，我也不能彻底不顾她的心情，硬逼她出嫁。"

"什么……？"

时政稍稍感到有些惊异，

"就你看来，她会对这门亲事不满吗？"

"并无此事。"

"这可奇了……莫不是留守之时，政子做出过什么奇怪的事？"

"没有。"

"那她为何会不满？"

"我并没有说过她一定会觉得不满……"

"听说此事，最开心的人应该便是你才对……可你为何却如此一副困惑的表情？……不，莫非你有什么事瞒着我？"

"绝无此事。"

"不，此中必有蹊跷。若是因她并非你亲生，你便庇护于她的话，对她反而不好。而若是你要恪守秘密，隐瞒为夫，那你便大错特错了……罢了，此事不须再问你。去把宗时叫来。"

时政骤然拔高了嗓门。不久，长子宗时便被唤到了父亲面前——宗时不住地用目光打量着父母的脸色。

"父亲大人，您唤孩儿前来，究竟何事？"

宗时轻声问道。

第二十章　政子

"为父问你——"

"是。"

"为父不在家中之时，政子是否有过什么怪异举动？"

"怪异举动……？"

"譬如……"

身为父亲，时政一脸为难地撇了撇嘴，

"——如今她正当妙龄，莫不会……"

"啊，您是说妹妹的行径吗？"

"正是。"

"——母亲大人，那事您莫非已经告知过父亲？"

宗时直截了当地问道。

"……不，没有。"

阿牧夫人一脸困惑的模样，微微摇头。时政既有些同情妻子此时的立场，又觉得她有些碍事，说道：

"你先暂且退下吧。"

屋里只剩下父子两人。时政一脸严肃地向宗时再次询问。

"其实……"

"是。"

"为父方才与阿牧商议了片刻。此番回归家乡的途中，山木判官兼隆曾经提出，希望能娶政子为妻——而为父也答应了他此事。"

"父亲您是说此事吗？"

"你已经听说了吗？"

"母亲大人曾稍稍提起过。"

"她既已知晓，却又故意闪烁其词，不置可否。"

"倒也难怪。毕竟母亲大人心中其实也颇为疼爱政子的。"

"你率直告诉我——你觉得为父安排的这门亲事如何？"

"稍稍有些为时过早。"

"为时过早？"

"妹妹她必定不肯——虽然孩儿不知父亲您是怎样看待她的，但在这一点上，政子却与寻常女子有些不同。她在我等面前从不隐晦。"

"唔。"

"山木目代兼隆之流的男子，妹妹必然不喜。传闻此人酒品不端。且此人在中央虽然颇有权势，但他却总以目代为傲，飞扬跋扈。我北条家之人，也难以容忍此等人物。乡民对此人的评价，自然也好不到哪里去。"

"休得如此尽数他人短处。无论谁人，必有短处。"

"或许此人确实与父亲大人脾气相合。毕竟此人也可算得才子。"

"如此说来，你也不大赞同这门亲事？"

"较之孩儿与父亲的想法，更重要的还在于妹妹本人必定不肯。"

"为何你会如此一口咬定，认为政子必定不肯？"

"既然如此——母亲大人也确实难以开口，而让政子自己述说也太过残酷，那便由孩儿来告知您把。同时，还望父亲您能听孩儿一言——其实……"

宗时正色道。时政的脸上顿时覆盖上了难以掩饰的阴云——时政早已答允了山木判官，时至今日，实在是难以反悔。

"且慢，宗时。"

时政急忙摇头。虽然自知如此便会显得自己性情顽固，但此时时政却必须拿出严父的威势来。

"丑话说在前。这门亲事与其他事都有所不同。为父时政也曾仔细考量过，虽然山木判官兼隆此人多少有些缺点，但为了家门，更为了政子的将来，如今为父早已暗自开始准备，打算将婚礼定于年内举行——事到如今，为父自然也不能出尔反尔——你先搞清这些情况。若是你太过主张政子的任性和你等年轻人的想法的话，为父也会颇感为难。好了，明白了吗？"

第二十章 政子

宗时本打算全盘托出，结果却先被父亲叮嘱一番，搞得再也难以开口。

眼见父亲时政不管做什么——甚至就连自己女儿的婚事——也都立刻会与扶植豪族势力，推行政策之类的事挂上钩，平日总以年轻的热情和纯洁为荣的宗时心中感到了一丝不快。不知不觉间，这种反感，已然化作了对妹妹的一种同情。

山木判官此人乃是庸才，满身官僚气息——宗时方才的话虽然也多少带有些对父亲的不满，但时政自己却丝毫不觉得自己这种老谋深算的性格和自己的人格有任何不妥。

相反，他似乎反而把这样费尽心机的行为视为了对子女的父爱。

"宗时……你闭口不言，脸上似乎却颇有不满？"

"方才父亲您说的那番话，已让孩儿无说话的余地。"

"如此说来，莫非就连你也不赞同为父撮合的这门亲事了？"

"毕竟出嫁之人并非孩儿自己，孩儿也不可能对此事抱有异议。不过孩儿有言在先，政子她必定不会同意这门亲事的。"

"为何？"

"因为政子她早已心有所属。"

虽然看到时政的脸色骤然一变，但宗时却依旧心念妹妹，接着说道："——此人虽然眼下正生活苦闷，但即便在我等看来，此人也绝非俗类。此人并非他人，正是源家嫡流的佐大人——妹妹她其实一直希望能够嫁与赖朝大人。"

"……"

半晌，时政终于用干涩的声音低声向儿子宗时问道："……此事当真？"

宗时毫不隐晦地说出了近来赖朝与妹妹之间互送情书，深夜偷偷幽会的事。时政的脸色一阵青一阵紫，充满着难以名状的困惑与愤怒。

宗时担心之后父亲会波及政子与母亲，之后又安慰取悦了几句。

"——至于山木大人那边，不如就由孩儿宗时出面好言拒却吧。此事父亲大人尽可放心。同时也请父亲大人顺应政子的心愿，将她嫁与佐大人吧。孩儿身为其兄，也恳求您了。"

宗时两手伫地，代替妹妹说道。突然间，时政猛地站起身来，

"什、什么？为何就连你也说出如此蠢话——你还是先搞清佐大人此人的来头再说吧。他是六波罗的罪人，流放所的罪人。我时政岂能将自己的女儿嫁与这等人……更何况，为父时政之前也曾受太政入道大人嘱咐，要为父对此人严加看管……我岂能将自己的女儿嫁给一个流放罪人为妻……此、此事万万不成。就算你是痴人傻瓜，也应当明白此事断不可行。"

时政瞪着宗时低下的头，口沫四溅地说道。然而，光是怒吼一番，却根本无法驱除他心头的困惑。时政走到庭院里，默默在庭院的林中来回踱步。过了一阵，时政叫来下人，让下人到女儿们居住的后院去叫政子。

"老爷有请，请政子小姐独自过去一趟。"

政子正对镜梳妆。

"知道了。"

政子冲着父亲派来的人点点头，之后依旧镇定自若地扭头望着镜子。

隔着幔帐，政子的两个妹妹悄悄将头凑到一起。两人一个面对书桌，一个双手托腮，入迷地看着先前父亲从京城带回的绘卷绘词。

——然而，下人进屋，听到父亲叫政子之后，

"……只是大姐一人吗？"

"是的……老爷就是如此吩咐的。"

"不会是要叱责大姐吧？"

"小人不知。"

不安骤然袭来，幺妹悄悄从帐子的缝隙瞥眼看了看政子。

"大姐脸色如何……一脸惧怕吗？"

幺妹默默地摇了摇头。之后，她附在姐姐耳边小声道："一脸平静——不见半点惧怕之色。"

说话间，政子已然走进了庭院。政子驱退侍女，满脸笑容地独自一人向着庭院深处走去。

甚至这两个同父异母的妹妹，与政子也没有半点的不和。

方才，听闻在父亲的房中向长子宗时问起政子之前的举动，即便是在此处，众人也早已知晓，父亲此时必定愤怒不已。政子明白，她的两个妹妹也很清楚。

"父亲平日对我们颇为和蔼，从未如此生气过——而且，他还专门让阿山来把大姐独自叫去。父亲莫不是打算狠狠叱责大姐吗？"

姐妹二人跑过走廊，四处寻找着母亲。

阿牧夫人与长子宗时满面愁容地对坐着。不必说，两人此时担心的事，自然便是政子的问题。

"大姐被独自叫去小山了。要不找个人去看看？"

听到姐妹两人如此诉说，宗时站起身来，

"父亲大人也在小山吗？"

"是的。之前他在庭院中来回踱步了许久，之后便在小山的大日堂的走廊上坐下歇息了。"

"是吗？我去看看。母亲大人和两位妹妹都不必担心。"

宗时立即便要往庭院走去，只听阿牧夫人在身后殷殷叮嘱，告知宗时切不可心急失言，别惹得父亲时政更加生气。

"母亲大人尽管放心——无论如何，此事迟早必会有个了结。孩儿并非不能理解父亲此刻的立场。但事已至此，还是凡事都告知父亲，以为日后之计——此事皆因我宗时而起，宗时必会为此负起责任。"

宗时情绪激动。说着，他便大步流星地走进了庭院。即便从身后望去，也能看出宗时双耳发赤。

对宗时而言，此事的问题绝非仅仅只限于妹妹的恋爱，也不是家庭之中的一场争端。宗时的心中，泛起了更大的时代波澜。而冲过这片惊涛骇浪，完成壮举的船缆却依旧未曾解开，已被彻底拽得笔直。

大日堂位于御所之内的山丘上。时政之父时家在世时，将大日堂由守山的愿成就院①迁至了此处。

每当遇到重大问题时，时政便会到此处冥想。站在这里，先祖相传的领地一览无余。此外，敬拜过大日神像，时政便会感觉自己遇事动辄大怒的缺点。

——其实并非如此。

仿似也已经得到了宽谅。

"父亲大人，您叫我吗？"

政子上了小山，站在时政的面前。时政却依旧浑然不觉，仍然拢着两手，低垂着头，坐在殿外的走廊边上。

"……哦。"

时政抬起充血泛红的面颊。看着女儿那直率而惧怕的眼眸，时政心中不由得一阵心痛。

"是政子啊？坐吧……别担心，为父叫你来，也并非为了什么大事。为父只是觉得，若是周围无人的话，你或许也更方便说话些。"

"您莫非是有什么事情要问我……？"

"关于你出嫁的事。"

"……是。"

政子轻轻在父亲身旁坐下，两眼看着散落脚边的红叶。

"你应该也听说过山木兼隆的吧？就是目代的山木判官。"

"有过些耳闻。"

"此人也可算得一号人物，六波罗对他的评价也颇佳。为父看他今后必会大富大贵，所以便决定将你许配与他。对此，你可有异议？"

"……"

"没有异议吧？"

时政目光闪烁。他的双眼之中，既饱含着身为父亲的威严，又带有着怜惜子女的父爱，两者不断地矛盾冲突。随着时光的流逝，时政身上那种身为父亲，希望子女顺遂其心愿的身影也变得刚毅强劲。

"你……意下如何？……此人乃是为父亲自为你选中的夫婿，自然不会害了

---

① 愿成就院（がんじょうじゅういん），位于日本静冈县伊豆国市的高野山真言宗寺院，山号天守君山，为日本国家性史迹。寺院中供奉有佛师运庆制作的阿弥陀如来坐像。

你……你应该不讨厌此人吧？"

"……"

"没有异议吧？"

"……孩儿没有异议。"

政子叹气道。声音微弱。她抬起了近乎苍白的面颊。相反，此时的时政脸上，却露出了慈父的和蔼笑容。

"哦，你愿嫁过去吗？"

他的声音中带着一丝兴奋。

"如此一来，为父也就松了口气了。你愿嫁吗？"

"全凭爹爹吩咐。"

"如此便好。如今你已届妙龄，若要为你的两个妹妹寻找婆家，也必须先将你的亲事定下。"

"女儿也正在为此忧烦……父亲大人，女儿还有个请求。"

"嗯。何事忧烦？"

时政往前挪动了一下身子。

他未曾想到事情竟会如此的顺利。之前压在心头的重担骤然变轻，时政面露笑容，显露出了疼爱子女的一面。

"女儿既已决心出嫁，那便希望能早日完婚……此外，女儿生性任性，至今多蒙父亲照顾。若要出嫁，还望父亲您向山木判官大人询问一句，是否能够原谅女儿的任性脾气？"

听到如此询问，时政仿佛自己便是女儿的夫婿一般，挥手说道："不必了。有关此事，为父之前已多次在山木大人面前提起过——毕竟，你确实生来任性——山木判官说，他觉得此处正是你的长处，说你这是大方明朗。对于你的缺点，他甚至比为父更加了解。你也不必忧心，如此多番询问……哈哈哈，出嫁之人，也并非便是在世观音啊。"

时政站起身来。

他的脸上洋溢着幸福，已丝毫看不出身为父亲的辛劳。

"政子，回去吧。"

第二十章 政子

时政迈开了脚步。

政子依旧坐在佛堂的走廊上,低垂着头。

"我随后便来。"

"可别着凉了。太阳下山,天气便会转凉的哦。"

"是。"

"还不走吗?"

"女儿参拜一番便回。"

时政微微一笑,点了点头,两眼俯瞰着府中的屋檐和宽阔的庭院,顺着小径下山去了。

眼见父亲的身影消失在了树丛后,长子宗时便迫不及待地从佛堂的一侧走了出来。

"妹妹。"

宗时冲到政子身边,使劲儿紧拽住政子的手。

"你、你究竟打算如何?要嫁给山木判官吗?政子你……"

"安静些。"

政子斥责了情绪激动的兄长一句。

"父亲也有他的立场。同时这也是父母之命,需要照顾母亲和妹妹们的感受……我已决定出嫁了。"

政子的双眼之中,并没有半点泪水。

遇到这等问题,却丝毫不为自己着想,答应了父亲的要求。眼见政子如此,宗时心中感到愤懑不已。虽然政子是自己的妹妹,但看到她的冷静模样和若无其事的脸色,宗时却更加愤恨。

"嗯,如此说来,你是像个烟花女子一般,欺骗佐大人吗?这样做,你的心不会受伤吗?"

"即便你是我的兄长,这话也说得有些过火了吧?"

"什么?"

"兄长你竟然将政子我看作那样的女子……好委屈。"

"身为你的兄长,我才感觉委屈呢。你顾忌父亲的立场,又顾忌过我宗时的立场吗?——你是我的妹妹,我甚至连怨言也无法说上一句。可那些帮忙庇护你与佐大人之间关系,悄悄谈论你们未来大事的友人们又当如何?"

"政子心中已在思量。"

"怎样……有何思量？"

"请兄长少安毋躁。"

"混账，我很镇定。"

"听到兄长你这样火冒三丈的声音，政子便无法说出自己心中的想法了。"

"那是自然。此事又教我怎生不火冒三丈？即便你是我妹妹，但若有所差池，我也会提着你的首级，去向曾经互立誓约的友人道歉。嗓音尖些，眼神凶些，反而更能说明我这个兄长对你关爱。"

"……呵呵。"

政子笑了笑，用悲悯的目光看着自己这憨厚直率的兄长。

"兄长，看着你们的行事图谋似乎充满雄心壮志，而所作所为却又如稚儿玩火。如此蛮勇，随时会彻底坏事的。"

"休得自以为是。"

"不，并非仅只是兄长你一人。与兄长一道的众位青年，也未免太过血气方刚了吧。"

"混账。如此说来，你是觉得我这个兄长和友人的众位都还乳臭未干吗？"

"确实如此。"

"休得再多言！"

"没错，兄长你不觉得自己太过操之过急了吗？若是如此，那么政子即便说出心中的想法，也毫无意义了吧——便让我再去与佐大人见一面吧。我会将事情的一切原委都告知佐大人的。之后，兄长等众位再向佐大人询问情况好了。在那之前，即便你我是兄妹，我也不会说出自己心中所想的。"

第二十章　政子

第二十一章　一群青年

放眼望去，满目芒穗。函南的群山曳出缓缓的斜坡，向着山脚的原野延伸。冬日的阳光，洒落在山脚尽头的街镇的屋檐上。

"有人来了……"

芒穗丛中，有人抬起头伸长脖子，四处张望。

"是樵夫。"

人头再次沉入了芒穗丛中。

银色的麦浪泛过——风声逝去，鸠鸟啼鸣。

"——那么，佐大人有说过什么？"

仁田的住民四郎忠常、南条的小次郎、天野远景、佐奈田的余一等十四五名附近的年轻人屈身围坐在芒穗丛中，低声地彼此议论着。

"盛长，你来说吧——毕竟政子是宗时的妹妹，宗时也必定有口难开。"

土肥次郎实平道。

身旁，是北条家的长子宗时。宗时身旁，是时常夫妇一同照顾赖朝的流放所家臣的安达藤九郎盛长。

其余的年轻人则坐在三人的对面，远远地看着三人。

看样子，三人似乎是这群年轻人的头领。

——北条大人的千金近来将与山木判官成亲的风闻，如今已经再难隐瞒。亲事将于冬日的十一月中旬举行。

政子希望，出嫁前能与赖朝再见一面。然后，再将自己的真实心际告诉佐大人——昨日此事便已实现，因而今日众位心腹友人才会聚集一起，打算向佐大人询问一下，与政子会面之后，政子都与他说了些什么。

虽说是些友人，但众人却都是些一同生长于豆相的年轻人。这些年轻人并不像平家的公子们那样，整日戏耍恋情、歌舞宴游，虚度青春。他们有着更大的志向，希望能够凭借自己这强健的身体，让心中的欲望延伸到半岛以外的天地中去。

不，若是说得再直率些，他们希望彻底赶走平家，取而代之。但是，他们心中却都怀抱着创建一个新时代的抱负与理想。他们并非只是想要兴起大乱，篡夺天下。这信念，是在坚信心中的正义，奉百姓万民的幸福，和朝廷宗室的安泰为唯一之道。

尽管他们只是一群身份卑微的地头武士，但其中的北条宗时自不必说，土肥次郎实平也罢，天野远景也罢，仁田四郎忠常也罢，这些年轻人，全都是当时家系长久的世家子弟。

不知何时，这群年轻人便聚集到了年轻的赖朝身边。

"只待时运——"

他们时刻关注着世间的一切动向。

但凡是佐大人的事，即便是他那段花心的恋情，这群年轻人都会在暗中帮忙善后。尤其对他和北条大人千金的恋情，更加牵涉到了这群年轻人自己的目的——其原因就在于：若是在此地举兵造反，那么无论如何，就都无法无视北条家的势力。若是不能将时政笼络进来，众人就不能轻举妄动。

即便扛出了北条家长子的睿智与热情，众人都始终无法打动时政。就算本乡的年轻人团结到一起，设法说服，时政也只会说上一句"幼稚"，一笑而过。

然而时政平日便疼爱子女，对政子更是视如掌上明珠。以北条家长子宗时为首，这群年轻人都觉得，若是政子与佐大人能够缘定三生，那么毫无疑问，时政必然会起兵反对平家。所以，他们一直在暗中守护着从流放所到北条家的道路。

如今，政子与赖朝之间的缘分似已走到了尽头。不久之后，政子便将嫁给山木判官。

——就如此作罢了？

这群年轻人自然不会就此善罢甘休。问题的关键，并非只是佐大人的这段恋情。原本，佐大人便是个多情种子。这种小事，根本就不足挂齿。

——此乃成就大业的阻碍。

——政子小姐也清楚我等的企图。

——若是她嫁给目代为妻……

这群年轻人的心中，自然少不了这样的忧虑与愤怒。

宗时——拜访了众人，希望能让妹妹再见佐大人一面，阐明真相。若真是自己的妹妹变心，那么必将取下妹妹的首级，向众人谢罪。

如此劝解了一通之后，好不容易才过上了这几天安生日子，等到了今日的聚会——宗时并没有拿着政子的首级前来。

"既然如此，便由我来讲述吧。"

第二十一章 一群青年

藤九郎盛长客套了一句，向众人讲述了起来。

"昨夜，我等暗中设计，一偿了政子小姐的心中夙愿，让她与佐大人见了一面——其后，据佐大人说，小姐她是如此考虑的……请众位听我一言。"

之后——

藤九郎盛长便代替政子和赖朝，在众位心腹好友面前讲述了政子的"出嫁真心"。

若是政子拒绝了这门亲事，那么其父时政便是出尔反尔。即便山木判官再如何诋毁北条家，北条家之人便都无法再如武士一般硬着腰板说话，困苦无比了。

此外，面对母亲和妹妹们，父亲心中也有苦衷。更大的理由还在于，如此一来，北条家便会与目代的山木判官关系不和，说不定还会有些什么风言风语传到京都。

话虽如此，但更加重要的理由，还在于政子自己是恨不得尽早到赖朝的身边去。

且凡认识政子的人，都会赞扬她的聪慧，但陷入爱河的她，却也到了趁夜前往流放所的盲目地步，心中更燃烧着熊熊的热情。

不，从境遇和年龄来看，时至今日，政子的生存意义，也已经义无反顾地转向了那唯一的男子。而且，这名男子还是最为符合她的理想的名门世家的嫡子。他没有半点的乡土气息，身上带着一种贵公子的气质。不光只是武艺，同时善解人意，心怀大志。

俘获政子芳心的原因，还不仅仅只是那名男子的这些条件，同时，这贵人之子如今却身陷薄命——她爱上的，同时还有赖朝的薄命。

"你要守护好大人。"

面对兄长宗时在耳边的嘱咐，事实上，政子心中的热情却远远高于兄长。独处深闺，政子觉得，自己的这番恋情，是最大的成功。

——分明如此。

她又为何要嫁给山木判官？

出嫁之后，当夜潜逃。

藏匿形迹。

如此一来，罪责便不在父亲身上了。

父亲只能大光其火，斥骂政子是个不孝之女。再过不久，一切便都会陷于沉寂。

到了那时，政子再到赖朝身边，一同生活——自然，山木一方也会挑起战火。

那么北条一方也不会坐以待毙。

这是绝好的事由。

世间之人都会觉得，这是一场爱恨纷争。京都方面也会掉以轻心。借此时机，迈出成就大业的第一步，同时举旗兴兵。

"嘘……有人来了。"

就在盛长的讲述即将结束之时，只见一名放风之人在远处的芒穗丛中晃动了手。

"是目代的家臣，身后还跟着山木的手下。"

听到放风之人接连说了两句，

"什么？山木判官的家臣来了？"

年轻人们立刻露出了严肃的目光。众人手扶太刀，准备起身。

"别起身——若是起身，会让对方先发现的。"

盛长制止道。宗时也赶忙出声阻止。

"……"

众人再次变得沉默，在芒穗丛中蹲下了身。

晚风吹过。众人从麦浪的缝隙间望远方去，确实可见一队人马正从山上下来。

晚霞之下，马背上晃动的人脸被映得赤红，甚至就连白色的牙齿和杂乱的胡须也清晰可见。

来人正是奈古谷寺流放所的僧人文觉。跟在文觉马后的武士看起来似乎是目代的官差，正向着马背上的文觉说着些什么。

"咦？这是要上何处去？"

"看来似乎一身旅装啊。"

宗时和盛长等人满心疑惑地看着从山上下来的人马。过了一阵，人马斜斜地穿过了远方的乡野小路。

——就在此时，马背上的文觉突然望了这边一眼。即便屈身于芒穗丛中，骑在马背上的话，似乎也能看到年轻人的脑袋和背脊。

"且慢。"

文觉跃下马背，丢下马匹和官差，独自一人向着那群年轻人所在的地方走了过来。

"呀。"

眼见事情已经到了再无挽回的地步，宗时、盛长和实平大喝一声，站起了身来。

"这是怎么回事？北条大人的公子为首，众位齐聚一堂，莫不是在商议上何处去采花呢……聚集了如此之多的猛者，便是一郡也能轻易夺下了。若能夺得一郡，一国之兵便也唾手可得了。占据一国，奢望八州也就不再是什么难事了……哈哈

第二十一章 一群青年

哈,这世道可真不太平啊。"

也不知是在笑什么,一点也不可笑——年轻人们故意露出一脸纳闷的表情,丝毫不理会文觉。

平日里,这群年轻人就无人心服于文觉。光是听那些见过文觉的人传说的话,就没人会喜欢他。文觉平日见人便好大放厥辞,这已经成了他的一种癖好。他诋毁地头武士都是无能之辈,说都市全都如同蛆虫。而在鼓舞青年方面又操之过急,近乎煽动。因为巴结青年的口吻太甚,相反,青年们都不愿靠近他的流放所。

然而,文觉却从来不会感到落寞。他从不拜访他人,自顾自地独自生活。而走在路上便如今日这般——一旦遇见其他人,他便会凑近身旁,丝毫不顾对方的意愿,开口瞎说一气。

"行动起来。若不行动,一切便不会有丝毫的改变。自然的循环已然回转。虽然你等力量微薄,无以成事,但若熟视天之运行,便可知时辰已近。切不可将贫僧之言视作观星者的预言。贫僧所言,乃是地上之事。你等可曾目睹过京城如今的诸多状况?是否聆听过地方豪族、庶民的怨言哭声?动手行动吧,年轻人们。"

"……"

文觉转过头去,只见目代的官差已伸长脖子,看着这边。文觉就仿佛突然间想起了自己此行前往的去处。

"那么……贫僧就先告辞了。"他一反常态地低下了头,"其实,却也不知到底是怎么回事,京城传来了赦免贫僧的命令。贫僧准备离开这多有叨扰的山村,返回都城……直到最后,贫僧都未能有缘与佐大人见上一面,但还望众位替贫僧向他问候。文觉坚信,天下之大,迟早必会有一天能有缘与佐大人想见。还请诸位务必代贫僧转达此言。"

说罢,文觉转身离开,回到了等候已久的马旁。不久之后,他的身影便消失在了芒穗原野的尽头。

眼望着文觉的身影化作黑点,消失在了落日的绯红暮霭之中,年轻人的心中对他的喜恶之情也渐渐消失。唯剩他留下的那番话语,依旧萦绕在耳际。

看着文觉就此离去,年轻人心中不免感到有些寂寥。

"那位僧人,倒也颇有些风骨。"

众人惋惜地远眺着原野的尽头。

数日之后,再度加入了新面孔的这群年轻人,再次聚集于守山西麓的愿成就院的院内。

此地与北条家御所之内的地域，便仅隔着狩野川的一条引水渠。

是夜，宗时和弟弟义时都露了面。

前次集会时未曾看到的面孔之中，除了三浦一族的和田小太郎义盛，还有据说前不久方从京都归来的三浦大介义明的幺儿义连。

"近来京都的状况如何？"

众人围绕着义连坐下了身。

不论是谁，但凡有人从京都带回消息，众人都会详细询问聆听。他们就如同一群采蜜的蜜蜂一般，聚集到了能够听闻到最新情报之人的身边。

义连回答了众人的问题，举例讲述了近年来平家一门的横暴行径之后，给众人提了个醒。

"此番随家父义明上京之时，恰逢大庭景亲也在都城之中，便与此人见了几面——当时景亲悄悄告知家父，某次景亲拜会东国的武士奉行上总介忠清时，骏河的长田入道给忠清送去了一封书信。书信中说，近年来，北条时政与比企扫部介等人正打算拥立如今已成年的赖朝，图谋造反，望六波罗万不可疏忽大意——据说，那封长长的书信中便是如此进言的。"

"哦……是长田啊……"

此事竟然连骏河之人也已知晓。年轻人既感觉到胆寒，同时又感觉心中热血沸腾。如今，便连六波罗也已经知晓了自己的存在，众人之间也变得越发团结了。

"大庭景亲告知家父，那封书信是忠清让他看的——身为东国的武士奉行，忠清此举，恐怕是想要暗中劝诫家父，让家父切勿轻举妄动，贻误终生。他想告知家父，毕竟家父膝下亦有子嗣，族中年轻子弟甚多，望父归国之后，也务必训诫子孙，切勿与此等谋反之人勾结为伍——当时，景亲曾多番告诫家父。如此看来，我等的集会，也不可太过频繁。在下以为，众位眼下还是多为自己考虑一些吧。"

听过义连的意见，众人无不点头称是。事实上，当初这不过四五人的集会，如今已经发展到了三五十人。虽然并未亲自出面，

"就由你们去吧……"

背后却也有着两三位位高权重的中老年土豪参与其中。

被这群年轻人称为"大祖父"的三浦大介义明便是其中一人。虽然此人已经年过八旬，但其精神却丝毫不逊于孙辈。此番上京归来，义明更加坚定了打倒平家的意念，非但没有劝诫孙儿们的行动，反而还激励了一众年轻人。

"春日纵然灿烂，却转瞬即逝。若能一扫花园的尘土，夏日的青青天下，便会由年轻人来接手。为土施肥，为树剪枝，天地之气，必当一新。"

第二十一章 一群青年

第二十二章　雨中轿

白日间，阵雨淅淅沥沥。

——雨歇的刹那，明亮的冬日阳光，便照进了新娘的屋中。

十二月。

黄道吉日。今日便是政子出阁之日。任谁都不可能选择一个大凶之日。

御所之内的馆府之中，满是前来贺喜的人马。

天色一沉，白色的雨丝再次倾盆而下。

"此乃吉雨啊，可喜可贺。"

"出阁之日的雨，乃是吉兆啊。"

每位来到时政夫妇面前贺喜的宾客都这么说。

夫妻两人一直沉浸在没有丝毫间断的欢愉之中。宾客们自由行动，不断地跑到新娘的屋外去窥伺。宽敞的三四个房间，几乎全被绚烂的新娘嫁妆所淹没。柳、樱、棣棠、红梅、萌黄的裇子、唐衣，镜台之上，杂乱地堆放着钗子、口红、白粉等物。

政子站在花团锦簇之间。

围在身旁的侍女和奶妈，为她裹上了白丝缎。

听到纸门拉开的声音，政子转过头去，看到父亲的脸出现在门口。

欢愉的表情已从时政的脸上彻底消失，再不像前些日子大日堂相见时那样。他的脸上，稍稍带上了一丝落寞的阴影。

"……二十年。"

政子想起父亲对自己的养育之恩，眼眶变得湿润了起来。

她低下了头。

时政也茫然伫立着。

两个帮忙的妹妹说道："父亲大人，今天您可不能到这里来啊。您还是到那边回避一下吧。"

说完，两人便推拥着时政，把他给推到了走廊的边缘。

"哈哈哈。有何不可。哈哈哈！这又有何不可呢？"

满怀着爱女之心，被女儿们推拥离去，时政独自一人被丢在一旁。一股心酸涌上心头，不争气的泪水几欲滑落面颊。

——然而，立刻，时政的目光便落到了御所之内的一族之人、近乡的各位武士，还有喧嚣不已的人马身上。年轻人居然如此之多。自己的亲兵、亲戚的孩子、知己的子弟，感觉伊豆的年轻人似乎尤其之多。不，这应该也属于世间常态，但他总觉得，一个老人竟能把握住那些青年的全部力量，这是何等的不可思议——时政虽然还并不认为自己是老人，但他却也不属于青年一伙。不知不觉间，他开始出神地思考起了未来人生的事。

"宗时，宗时。"

突然间，时政大声叫道。他看到，长子的身影出现在了走廊的另一端。

时政冒着细雨，来到父亲所在屋宇的楼下。

"您叫孩儿吗？"

"嗯。"

不知为何，时政又闭口不言了。他看了看四周，之后开口道："天一黑，你便立刻安排好，在韮山的西之洼埋伏一百名兵士，在山之木乡南边山丘的林子埋伏八十人，再在北连的木无山后也安置五十名——行事务必隐秘，切不可让人知晓。"

"……？"

"你没听懂吗？"

"听倒是听懂了……"

"将武器收集到一起，遮蔽妥当，打包运送到关要地点。之后再安排人手便可。"

"可这埋伏……"

"武门之人出嫁，不知事情还会出现什么变数。若是事情有个什么意外，为父便无法向女婿交代了……为父这么做，不过只是以防万一罢了。你身为长子，与其出面列席婚礼，倒不如暗中运筹一切，避免出现任何的意外。"

宗时抬起头时，父亲早已不在他的面前了。

众人都在热闹与忙碌中来回奔忙，唯有时政闷闷不乐，表情僵硬。

眼看政子便将出嫁，身为父亲，时政的心中未免有些担忧。向长子宗时交代完毕之后，时政径直从仆役们往来不停的走廊上走过，在自己的屋前驻足停步，

"阿牧……阿牧。"

第二十二章 雨中轿

时政叫起了妻子的名字。

少顷，见阿牧夫人走到面前，时政又吩咐道："等政子梳妆准备完毕之后，进大厅去之前，让她先到我房中来一趟。"

说罢，时政坐下身去，隔着厢窗，默然地看着守山的云来云往。

庭院之中，暮色渐深。交杂着树叶的骤雨，不时洒落在走廊和栏杆上。

分送蜡烛的侍女们都用袖子护住了烛火。

"老爷……您方才吩咐，说让政子先到您这里来一趟。"

听到阿牧夫人的说话声，时政这才睁开眼睛。女儿身穿嫁衣，两手伫地，拜伏在时政的面前。时政两眼凝视着女儿的身影，怔怔出神。

"……"

时政目不转睛地看了女儿许久，之后他轻叹了一口气，说道："要走了吗？"

政子似乎回答了句什么，可是时政却没有听清。因为政子回答之时，声音之中带着哭腔。

"时至今日，为父也再没什么可说的了。只不过，如今你既已嫁人，身为女子，除了夫君之外，就再没有可依可盼的了。为父乃是平贞盛的后裔。自不必说，毫无疑问也与京城的太政入道大人同样，出自平氏一族……但是，"时政压低嗓门说道，"女子却要等到出嫁之后，才会跟随夫君定下自己的氏族。若夫家是藤原氏，那么你便是藤原家的夫人；若夫君是菅家，那你便是菅家的内人了。"

"……是。"

政子抬起头来，眼眸湿润。

父亲的这番话语，究竟只是字面的意思，还是说，其中另有深意——？

"哈哈哈。"

时政大笑起来。

"你哭了？毕竟还是个孩子呀。"

说完，时政扭头看了看阿牧夫人。

"方才为父不过只是随口举例罢了，并无什么太深的含义。幸好，如今你即将嫁给的山木判官兼隆此人也是平氏同族之人——你要永远记得恪守贞节。"

"……"

眼看着政子低下头去，时政站起了身，

"你快去重新补补妆吧。大厅之中，如今一族的众人都在等待着向你道贺呢。"

阿牧夫人陪伴着政子，两人在幕帐后低声私语了几句。

大厅之中鸦雀无声，庄严地举行了新娘出阁的仪式。仪式结束，众人的笑声、拍手声、祝歌便骤然响起。在一门中人的簇拥下，新娘坐进了花轿之中。

新娘坐进花轿之后，傍晚篝火的火光之中，新娘的无数嫁妆与陪嫁人马一团混乱，迟迟未能列队成行。恰在此时，入夜之后的冰凉骤雨，再次晃动了火把和燎火的火光。

政子的心中只感觉到一阵发堵。花轿一起，政子心中一阵晃动，眼泪就如同装满盆的水一样，流个不停。

——请您原谅我这不孝之女吧。

政子不断地在心中默念着。她在向着自己的父亲，不，向着一族全体，从远祖先人，直到破旧的馆府大门致歉。

这位出嫁的新娘心中，深藏着奇妙的决心。抬轿之人，随行之人，还有送行的一族之人，都坚信她即将嫁入山木判官的府邸之中，无人起疑。然而，政子却并不准备到山木判官的府邸中去。

从跨出娘家大门的那一刻，新娘的队伍中便已暗藏了破镜悲歌。政子的泪水，也与世间众多的新娘离开娘家时流下的泪水截然不同。

在下定这番决心之前，聪明的她自然不会没有想到这件事到底将会招来怎样的后果，而受到影响到的也不仅仅只是自己这一个女子——北条家是统率一族之人的武门，山木判官也同样是武门。最终，事态必然会将一切都引导到刀光剑影的修罗杀场之中。只是为了一段任性自私的恋情，便导致九族之人大动干戈，将黎民百姓卷入战火之中，自己的罪孽，是何等的深重——她并非是个连这些事都想不清楚的无知女子。

"不忠不孝之子。"

心中明白了自己的深重罪孽，新娘不由得全身颤抖。不顾一切，心中充满着悲切——然而，在这悲伤的泪水中，却暗藏着政子心中那无人知晓的无情智慧。

"如何逃走……逃走之后，又该藏身何处？"

陪嫁队列中的人丝毫没有觉察，一路唱着祝福的歌谣。不久之后，花轿便晃动着走过了御所之内的唐桥。无数的火把从桥上划过，映得沟壑中的水也一片火红。馆府的燎火熊熊燃烧，染红了满山的树木——祝歌声缓缓流过——町中民家的家家户户，也都点燃了篝火。包围在祝歌声中的人马和花轿灿烂的华盖，就在这美丽的火焰中缓缓前行着。

然而，刚一走过驿站，前方的路便已变得一片漆黑。唯有负责警卫的武士手中

第二十二章 雨中轿

的火把，依旧还在星星点点地燃烧着。

唰——一阵骤雨从原野上横扫而过。

道路变得泥泞不堪。

身上华服被雨水打湿，人们都冷得发抖。

然而，距离山之木乡的夫家，就只有不到二里的路程了。前方的夜空之中，隐隐可见漆黑的韭山山麓。

不久。

韭山的山脚之下，也开始亮起了无数星星点点的灯火。大概是山木判官邸的林子吧——而比那些灯火更为明亮，有如漩涡般晃动的火光，或许便是出迎到村口的人吧。

再过不久，花轿便会抵达村口。出迎的灯火，便会与队列中的灯火汇合，向着目代邸流泻而去。寺院和神社中，都焚起了篝火。远处，传来了铃笛钲鼓的乐声。面对那吵吵嚷嚷的人声和人影，花轿中的新娘不由得感到头晕目眩。

从身后赶来的父亲时政和一族的人马，也同时来到了山木家的门前。

这是座岩石峭立、树木稀少的山。石山颇多，正是伊豆此地的特征。这些低矮的小山，突兀地耸立在田野之间。

"——来了，来了。"

"火把的队列来了。"

"是小姐的花轿……"

匍匐在岩山石脚的侦察士卒彼此谈论着。两三个人滑下了身后的山谷。

从傍晚开始，七八十名士卒便被小雨淋得浑身湿透，静静地屯驻在岩石的阴影和树木之下。

"宗时大人，宗时大人。"

听到探子的声音，"哦。"不知何处，传来了一声回应。

既没有篝火，也不见星辰的雨夜之中，人们彼此就几乎只能依靠声音了。

"您在何处。"

"我在此处，杉木之下。"

"哦……方才，政子小姐的花轿与随行队伍已经抵达山之木乡了。"

"到了吗？"

"似乎马上便会进入目代邸了。"

"好——你们各自回到先前的地方，继续打探侦察。若是山木府有任何异常，你们便立刻回报。"

"是。"

兵卒立刻攀上岩石，登上了原先所在的山峰。

遵照父亲时政的吩咐，入夜之后，长子宗时便在山之木乡附近的群山之中，分别安排了七十、五十人的两队暗携武器的兵卒，以备万———父亲为何不让自己出席婚礼，而要自己如此准备——宗时实在搞不明白父亲心中的想法。

从父亲平日的主张来看，是不可能预料到今夜的婚礼会有变数的，可他却为何让家中的家臣身负武装，设下伏兵呢？想来想去，宗时始终无法解开其中的矛盾。

啪嗒，啪嗒。杉树树梢上落下的雨滴，透过了背上的战铠，渗透到了宗时的贴身衣物上。

"……妹妹啊，却不知你此时心中作何感想。"

宗时心中暗自思量，随着无声无息的兵卒们一道，抬头仰望着骤雨稍歇的黑云。

"站住。"

"是、是谁？"

是下方的狭窄溪川附近。负责步哨的兵卒刚一出声大喝，立刻便传来了有人从下方冲上山来的脚步声。

"来了。"

宗时率先站起身来，不等跟来的步哨兵卒发话便开口问道："是土肥大人和仁田大人来了吗？"

"正是。"

"带过来。"

看起来，宗时似乎等候已久。立刻，下方的人影攀爬了上来。正是土肥次郎实平。

另外一人，则是仁田四郎忠常。藤九郎盛长、天野远景也一同来了——然而，众人身上的甲胄之外披着蓑衣，脸上缠着黑布，让人无法辨认。

"是宗时大人吗？"

"嗯，都到齐了。"

"我等已经依照之前的安排处理妥当。宗时大人，你为何没有出席婚礼，带着如此众多的兵卒潜伏到了此地……方才接到传报，我等全都大吃一惊，未能来得及开口询问，无奈之下，便只得绕道至此相会了。"

众人既没有接到时政的命令，也不知道宗时此举乃是遵照了时政的吩咐，自然

第二十二章 雨中轿

全都一脸怀疑。

听说今夜出兵之时并非出于自己的意愿,而是奉了其父时政之命后,众人仍旧惶惑不解。

"什么?是北条大人示意,在此设下伏兵的吗——如此说来,我等密谋,莫非已经被对方觉察到了?"

土肥实平等人全都面面相觑,依旧满心狐疑。

宗时心中其实也早有戒备,觉得父亲在隐隐之中,或许已经觉察到了包括自己在内的这群年轻人的密谋。然而,这一切也应该只是平日里之事才对。不论父亲目光再如何犀利,也是不可能会得知今夜之事的。绝不可能。宗时心中只能如此认为。

他向着躁动不安的众位友人说道:"不,只是巧合罢了。毕竟对方是临乡的土豪,家父必定只是为了以防万一,所以才设下了兵卒的。如若不然,家父必当首先将宗时我这个密谋之首囚禁起来,方才合乎情理。"

宗时坚信如此。

他接着又道:"即便山木判官和家父隐隐有所觉察,事已至此,我等也再难更改策略了。我等只能彻底将此事实施到底了。即使有什么闪失,眼下四方还有二百余名的兵卒。我等便依照先前拟定的方策,尽力而为吧。"

宗时激励了一番众人。

而众人心中惧怕的,却并非自己的身家性命。相反,他们更担心宗时与其父时政发生正面冲突。听到宗时说的话——

"好。既然宗时大人心中也已做好如此准备,那么我等便再无任何犹豫了——既然如此,那么之后见到山木的目代邸中闪现火光时,便一同行动吧。"

土肥实平说完,藤九郎盛长、仁田、天野等一群刎颈之交都浑身一颤,抖落了蓑衣和斗笠上的雨水,再次向着昏黑的小雨中迈步而去。

"……"

宗时默默地目送着一群人的身影消失在远方。半晌,他回过神来,转身爬上了石山的顶端。

山顶上,山之木乡的目代邸灯火通明。燎火与篝火的火光掩映在低垂的雨云下,漆黑的天地之间,便唯剩这朦胧之美。

妹妹大概已经下了花轿。此刻的她,又是怀着怎样的心情,走向山木家的内院的?她虽然相信自己这个兄长,和兄长的这帮友人,但即便如此,这华美的燎火与屋中的灯火映在心间，却不知她的心中又是多么酸楚？

"……快了。快了。"

宗时紧紧咬住牙关，心中惦念着政子。雨暂时停歇了片刻。大雁鸣叫着从空中飞过。

每过一刻，宗时心中那与身处婚礼席间的妹妹一样的悸动便会加重一些。只是短短的片刻，感觉便如同已经过了半夜一样。

突然间，"啊，是火光，火光！"身旁的卫士高声叫嚷了起来。

"嘘，安静。"宗时出声制止，两眼却凝视着目代邸中那微微闪现的火舌。

看起来，火光是从宅邸的灶房和纳屋附近亮起的。奔忙不息的人影，便如同火光之中的蚊虫一样。

第二十二章 雨中轿

北条家的双亲坐在首席，一门中的亲戚和山木家一族在宽广的花烛大厅里分坐两侧。

新郎还尚未落座。

新娘也刚刚下了花轿，在屋中歇息等候着。

亲家公北条时政和新郎官的老父正亲密地交谈着些什么。

面对其余的一族之人，时政也用擅长社交的口吻道：

"如此良宵，实在令人欣喜无比。只不过，因为此女整日便如同幼儿一般，先前老夫也曾叮嘱过她，成家之后，便须恪守妇道，而她却哭得有如婴儿一样，实在让人不知如何是好……哈哈哈，想来今后，老夫也必将会失望一番。将膝下之女抚养到了二十岁，老夫自己也可算是上了年纪了啊。"

就在众人彼此闲聊杂谈之时，宽阔的宅邸之中，远远传来了"起火了""起火了"的叫声——四周突然响起了仆役们四处奔走的脚步声和叫嚷声。

"什么？"

"失火了？"

大厅之中一片哗然。山木家的众人更是满脸狼狈，赶忙起身观望。灯台和烛的火火光昏暗摇曳，伴随着火源方向传来的声响，整个宅子立刻陷入了凄厉的鸣响声中。

——新娘静静地环顾了一下四周。

在房中陪侍的侍女们全都离开了新娘身边，跑了出去。

"……"

她微微一笑。

之后，政子吹灭了烛台的火光，身影似水般溜出了无人的屋中。

山木家的武士偶然看到了新娘的身影，心中起疑，暗自跟在了她的身后。政子走到大厅旁，看到厅里的灯火，转身回到走廊上，一袭白衣地奔向了庭院。

"啊。您要去何处？"

有人从身后拽住了她。政子并未出声，扭头看了看对方的面容，眼见是山木家的家臣。

"避火。"她静静地说道。

"眼下众人已在动手灭火。您不必担忧。您如此装扮，切不可离开宅邸。"

"放肆。"

"岂敢。"

"放手。"

"不，请您回屋吧。"话音刚落，那名武士便粗暴地推搡起了政子的肩头。

政子感觉疼痛，不由得叫了起来。然而，那名武士却也同样发出了异样的呻吟。有人从身后用利刃刺穿了那武士的脾腹。

"政子小姐，在下来背您。"一名单手持刀的蒙面男子将她背到了背上。正是土肥次郎实平。

灶房里的火，自然便是实平的同伙所放。实平背负着政子，跑到土墙边。树荫之人，又跟上了几条人影。

众人全都只顾救火，再无暇顾及其他。这群年轻人轻而易举地带走了新娘，跨过了土墙之外的壕沟。

"我从马厩里抢来了马匹。实平，实平，让小姐上马吧。"

是仁田四郎的声音。藤九郎盛长连说"大功一件"，实平则抱着小姐跳上了马背。

众人也跟着马匹飞奔了起来。来到山脚，实平再次背起政子，连滑带爬地攀爬起了半岛脊骨的伊豆山的险峻山道。

第二十三章　恋之旗

治承二年。

翻过年去，春日降临伊豆。然而，去年因新娘失踪而引发的纷争，依旧在这片领国上笼罩了一层阴云。

"必定是北条家将新娘藏匿起来了。"

"此乃时政的奸计。"

"不，看来此事必是北条父子合谋串通所为。"

山木一方的人，自然免不了大动肝火。众人向政子之父时政问责。

"若是对方不肯认错……"

一族之人愤怒不已，即便大动干戈，也一定要为新郎官判官兼隆讨回颜面。

"老夫必不会让女婿颜面受损。"时政信誓旦旦。

身为父亲，他只能谢罪到底。

"说再多的言语，也不足以道歉。老夫实在是无颜见人。本想切腹谢罪，但死倒是容易，而若是老夫时政一死，却也只会给一家之人徒增困惑，毫无意义——倒不如忍辱偷生，严惩罪女，以保全女婿大人的颜面……还望再稍忍片刻。"

其间，双方的亲属曾多次集会，讨论商议善后处理。

"万分抱歉。老夫深感愧疚。"时政也总是这么句话，低头道歉。

匆忙慌乱之中，时间飞逝，然而时政所谓谢罪的证明，却丝毫没有实现。山木家自然也等得不大耐烦，

"他到底何时献上政子小姐的首级？"

"身为父亲，他又岂会不知？"

"如此也配称为北条家的家主，也配做武门当家吗？"

"简直蠢材。他都还没到老糊涂的年纪呢。"尽管所有的耻辱和强烈的催促都集中到了时政的身上，但他却总说，老夫眼下正全力寻找小女的下落。

或是，"还望众位再多宽限些时日。"

——到头来，每次坐到山木家众人的面前时，时政都只能彻底抛下颜面，低头谢罪；而每次迎来商议的使者时，时政也只能言辞恭敬地道歉。

有时候，"求生不得，求死不能。我究竟是造了什么孽，才遭此报应？"时政也不禁老泪纵横。

——形容憔悴。

——夜白首。

即便是那些情绪激动，叱责北条家无能无心的山木家众人，看到近来的他，也不禁会心生同情。

事实上，自打事情发生以来，箱根伊豆的群山自不必说，北条家甚至分派了人手到附近的领国探寻过政子的行踪。

时政将手下人分成十人二十人一组，搜山一般地四处寻找。

却始终没人带回过半点消息。

"竟然如此疏忽。"

山木一方自然也向四处派出人手，红着眼四处找寻政子。尤其是众人认为最为可疑的蛭小岛附近，更是不分昼夜，在各条道路上埋伏下了探子，随时监视着人们的出入。

转眼间，已经到了三月。

伊东入道佑亲给山木兼隆送来了一封书信。书信之中，指明了政子的藏身之处。

伊东入道信中说道："政子如今藏身于伊豆山权现的一处庵之中。此事北条一家想必定然知晓。而婚礼当夜的闹事之人，或许便是时常聚集于赖朝的流放所附近的近乡的不良之徒。"

此外又道："赖朝此人乃是个令人头痛的流放罪人。先前，老夫家中之女也曾与此人有过瓜葛，如今，此人又夺走了贵家的新娘，其行径简直可谓无法无天。若让此人生存于世，便无法再保得伊豆之和平。不若将此事诉诸六波罗，尽数列举其罪状，另一方面，则派遣兵卒上伊豆山权现。出于平日与阁下之情谊，在下愿自己率兵把守热海口，以免二人潜逃。"

从信文中来看，藏匿于伊豆山中的，不仅仅只是逃走了的政子，似乎赖朝也已经到了那里，与政子一同起居了。

"混账。"山木兼隆怒不可遏。

"立刻出发。"数百名家中的手下一接到他的命令，便争先恐后地登上了十国崖。

另一方面，接到快报之后，伊东入道佑亲也率领着手下，越过网代，堵住了热海口。

——然而，就在山木军沿着崖，准备进入伊豆山之时，途中却被一队人马挡住了去路，无法前进。

"若要过去，便先将我等射杀之后再过去吧。一个都休想活着回去。"

这队蛮勇之人在高原之上布下阵势，高声叫嚷着。

人马之中既没有旗号，也没有大将。完全就等同于一群乌合之众，虽然武器和战甲也同样杂乱，但却都年轻有力。而他们眼中闪现的那股凌厉杀气，让山木军心惊胆寒。

"众位究竟是何人的手下？"山木一方有人出言相询。

"我等并非任何人的手下。"对方也只是如此回答。

"为何要挡住我等去路？"

"说了不能让你们过去，那便不能让你们过去。若想由此通过，那就来大战一场好了。"

言辞颇为粗蛮无理。

山木一方一听此言，自然也气血上涌。

"那便硬闯过去好了。"

眼见对方绝非自己人的对手，众人之中，也有不少人如此叫嚣。

其后，山木一方的兵卒开始吵闹起来。

"那些人中，必定混有北条家之人。平日整天口称四处搜山的北条的家臣竟然混迹于乱军之中，阻挡我军去路，此事必有蹊跷。"

若是仔细观察，非但能在其中发现北条家之人，还有土肥实平的家臣、仁田的亲属，宇佐美、加藤、天野等人的家仆和伊豆土豪的次男三男之类的人。

"好，既然此事乃是有所预谋之事，那么我等自然也会设法应对。若是退兵，非但有损山木一族的名头，有碍目代的威严，而且还可能会惨遭砍杀。既然如此，那就放手一战，硬闯过去好了。"

最终，交涉决裂，先前一直压制着自己人的那些年老武士们也开始如此叫嚣之时，只见高原的远处出现了一群僧兵，振臂高呼着冲了过来。

是箱根权现的别当行实，和跟随其后的十余名僧兵。

一众僧兵簇拥着别当行实，立于两军之间。

"我等虽不知你们究竟为何争执，但此地接近箱根、伊豆的两权现的地域，若

第二十三章 恋之旗

是你等于此地交兵，我等自然也无法坐视——既如此，便先请山木大人说说此中缘由吧。"

一名年长武士从山木一方的队列中走出。

"我等奉主人兼隆之命，前来捉拿传闻藏匿于伊豆山权现的政子小姐——然而，眼前这些杂兵却持刀阻碍，迫不得已，我等这才准备一战。"

听闻此言，"如此传闻，真当奇怪。政子小姐藏匿于伊豆山权现之事，究竟是谁人所言？究竟是此人亲眼所见，还是有何证据？"别当行实撇开事理曲直，一副袒护对方的口吻。

也不知是谁人前去通告的，再次前后赶来了两拨伊豆山温泉的僧兵。

众僧兵嚷道："竟然说我等藏匿了北条大人的千金，此话可不能置若罔闻啊。若是你们定要如此胡搅蛮缠，践踏山中领地，那么我等自然不会坐视。"

事情拖得越久，情势就对山木军越不利，不但刚开始的气势被挫，稍有大意，甚至就连退路也会被人截断。不论中央还是地方，若有人与僧兵发生争执，从来都难以得利。

"你们便率军回去，问清楚山木判官的意思吧。若是即便大动干戈他也执意如此的话，我等随时奉陪。"

耳中听着僧兵们的辱骂之辞，无奈之下，山木军只好退兵——听闻山木军已退兵，驻守热海口的伊东入道的兵卒也无法再继续布阵驻扎了。

"——这可如何是好？"

山木判官心中的愤怒无处宣泄。事到如今，他的颜面早已荡然无存。越是挣扎，就越会往自己脸上抹黑。

"都怪平家的政道。"

最终，他心中的这份愤怒，向着中央的无能爆发了出来。

身为目代，先前他也曾多次向中央报告。伊豆此地的人心，尽皆倾向于打倒平家，而少壮的土豪子弟的想法，也极为不稳。

若是不趁早铲除这恶芽，便难保今后会酿成什么祸事。可是，光凭目代的法令，根本就难以压制，若要诉诸武力，兵员也不足——还望中央尽快发下指令。

山木早已派出了火急使者前去催促。

然而，六波罗却依旧没有任何的动静。相反，却下令调查临近诸国的武将。尤其令山木判官感到不快的是，六波罗还向北条家要求了上疏，让他们禀明事情的一切原委。

若让北条家来禀明事情的原委，他们必定会想尽办法，歪曲事实。而眼下，或许此疏也已经提交到了六波罗处。

中央的官员对地方的情况自然不甚了解，或许是为了以期公平，他们将山木方的控书与北条家的解释放到桌面上评判，耗费了不少的时日。

"怎会如此？"

山木兼隆恨得咬牙切齿。日子一天天过去，山木始终郁郁寡欢。他甚至连复仇之事都不再去想，不愿见人。

"先前一直都将庶民的诉讼与争端当成他人之事，随意处置，如今事情到了自己头上，方才得知吏道的恶弊。这或许也算是一种天谴吧。"

心中如此反省，他甚至便连自己身为目代，凭借权利君临于地方民众头上的六波罗官吏的工作也再不热心了。

第二十三章 恋之旗

不论世间如何纷扰，流放所中始终一派幽静。众人都安安静静，一脸不知何事的模样。

然而在流放所中，却发生了一桩奇事。

云雀的蛋孵化了。

可爱的雏鸟渐渐长成。

赖朝并不喜好小鸟。即便整日待在流放所中无所事事，他的心中却并没有丝毫的闲暇。

而既爱享受着闲暇时光，又时常论及天下之事的人，已经成为了长期逗留于此的食客，不知何时，还成为了赖朝的右笔。此人正是耐心绘制着附近乡中地图的画师藤原邦通。

云雀也正是此人孵化。

"邦通，地图还没有画完吗——我看你整日就只顾着云雀了。"

"倒也并非如此。"

邦通将云雀的笼子放在缘廊之上，怔怔地看着笼中之鸟出神。见赖朝走来，邦通连忙坐正了身子。

"正如您之前所见，在下亦在尽力。"

"再抓紧些吧。"

"是……您急着需要？"

"倒也不急。"

"再过一两年也无妨吧？"

"却也不知何时便会需要。"

"去年年末——发生了政子小姐那事之后，山木家周围便时常有探子走动，因而那附近的地形，至今未能有机会详细查探。"

"也差不多了吧……眼下此事也大抵平息了吧。"

"——话虽如此……"

"你还是去查探一番吧。"

"不，还是免了吧。此时前去查探山木家附近的地形，若是让人抓住的话，那么好不容易才平息的事端，就要重燃了。"

"倒也有些道理。"

"您觉得无聊吗？"

邦通抬头看了看赖朝的脸。隔着厢窗，天空中飘荡着接近夏日之时的云彩。然而，赖朝的眼中却看不到那云。他的目光，早已投向了一山之隔的伊豆山权现的天空。

"……不如今夜再悄悄出行一趟？"

邦通看穿了赖朝的心思，轻声劝道。虽然流放所中也有家臣，每日出入于流放所之人也不在少数，但敢对赖朝说出此话的人，却也只有他一个了。

因此将赖朝为奉盟主、奉为明君的严谨之人中，也曾有人蔑视邦通。

"不可将邦通此人留在身边。此人精于游艺，伶牙俐齿，不过只是个阿谀奉承之徒。"

可是，赖朝却很喜欢他。至少，相对于云雀，赖朝更看重邦通。

"……我倒是想去……"

听到邦通的劝诱，赖朝直率地喃喃说道。

在身边的那群青年设法夺走政子，藏匿到伊豆山权现的庵中之后，虽然先前也曾有人设计安排，让赖朝去见了政子几面，但身处监视之下，与其说谈情说爱，倒不如说只是形式上的面谈罢了。

"在下陪您前往吧。"

轻佻的邦通立刻便开始着手准备了起来，而赖朝却依旧有些犹豫不决。

"我也不能瞒着盛长、定纲和一众家臣独自前往。而若是告知了他们，他们又不免要啰唆一番。"

"他们都是您手下的仆役，您又何须如此拘礼？众人之所以会如此啰唆，也不过是在担忧途中发生意外，至于这一点，您大可放心。"

邦通接着说道："在下平日徒步勘察山势地形，拜此所赐，在下对附近的地势早已了然于心。今日便由在下带大人您走一条无人的小路吧——在下这便去告知一众家臣大人出行之事。"

说到底，邦通都是一个行事轻佻的乐天之人。

第二十三章 恋之旗

温泉的法音比丘尼人称不可侵犯的圣尼。此人居于男子止步的林中，便连附近伊豆山权现的僧人都不得入内。

尼庵的庭院虽然平坦，但东临伊豆山的绝壁，南至热海的渔村，位于沿着山际缓缓入海的半岛突角之上。

每当起风，风势都会很强——然而若是遇上晴天，风景倒也极佳。

政子从未厌倦过此地的风景。

每天，她都会怔怔地——眼看去似乎如此——坐在尼庵的缘廊上，眺望大海。

在这里，不分昼夜，都能听到大海的声音。静坐在大海的声音之中，她的内心方才能够得以平静。

"政姬小姐心中必定颇感寂寥吧。"

或许是想要出言宽慰，看到政子呆坐的身影，法音比丘尼来到她的身旁，出声问道。

先前，比丘尼也时常出入于北条家。她与政子之间的感情尤其深厚。政子年幼之时，比丘尼曾经教导过政子和歌，也曾为政子解读过《法华经》。两人之间的情谊，便有如师姐师妹一般。

"不。"

政子摇了摇头。

别人问起是否感觉寂寞时，政子从来不会回答说"是"。看到政子性情如此倔强，不愿在人前落泪，比丘尼的心中也不禁感到怜惜。然而，政子却并非是在逞强。

老实说，自从婚礼之夜逃离了山木家之后，她就从未感到过半点的寂寥。半夜之间，伴随着阵阵大海之声，即便心中有过气血翻腾难耐的时刻，她却从未感觉到过半点的悲伤与寂寥，也从未自哀自怜过。

对她而言，处女般的感伤，不过只是一种愚蠢的情感。她的青春，是为了更加实际的事物而燃烧的。即便有过青春之梦，但梦境却丝毫不能令她的内心泛起半点的波澜。

提起梦来……

曾几何时，妹妹曾说她做了个好梦，政子曾开了个玩笑，买下了妹妹的梦。然而，政子这么做，却并非是要将自己未来的命运托付于那转瞬即逝的梦境。说到底，其实她也不过只是把这事当成了姐妹之间的一场玩笑罢了。

如今——姐姐遭遇了如此境遇，那些留在家中的妹妹们，又会作何感想？

"本来以为是吉兆的梦象，或许其实是个凶梦。正因为如此，才会遭此大难——"

或许，妹妹们会如此天真地认定，心中感怀到无限的歉意。

虽然与妹妹们年纪相差无几，但在政子看来，妹妹们完全就是些天真无邪的人偶——离开家门，身处此境，回首想想，这种感觉便更加强烈了。而那些世间深闺之中的少女，却也如此让人可怜。

不光只是妹妹。世间众多的良家女子也同样如此。不是遭人利用而出嫁，便是被人以武力强夺而去。看惯了如此世风的人们，对此也早已见怪不怪。至少，从很久之前起，政子便已对这样的风气感到了反感。

"唯有自己……"

政子心中有着这样的理想。她追寻着嫁给自己想嫁之人的命运。

第一次接到赖朝的情书时，她的心中并没有半点的慌乱。相反，从很久之前起，她便已对赖朝芳心暗许了。

不光只是对赖朝那贵公子一般的人品倾心，同时——她也恋上赖朝那身为流放罪人的坎坷境遇。

——为何？

此刻，政子独自沉思之时，法音比丘尼再次来搭讪。听闻比丘尼询问是否寂寥，政子回答的那句"不"，其实正是她内心的真实写照。

"政姬小姐。"

"嗯？"

"您可别净想不开啊。"

"我什么都没想。"

"您也不必隐瞒。近来您形容憔悴，贫尼也颇感心痛。"

法音比丘尼两眼含泪地说道——自政子年幼之时，比丘尼便对她多加关怀，所以比丘尼也始终把她当成孩子看待。

政子本想说些什么，但看到比丘尼为心疼自己而落泪，政子心中总是反而感到困惑。

比丘尼似乎把政子所做的事，都当成了一种出于少女之心的盲目冲动。在她看来，政子或许是在为了自己犯下的那不可挽回的过失和罪孽而感到恐惧。

政子的心，其实早已飘向了远方。她一脸纳闷地注视着泪流满面的比丘尼，心中只觉得："恩师已经上了年纪了吧。"

"——恩师，您大可不必为我担忧。我这样做，自然也已经下定了坚定的决心。"

"您真是太好强了。"比丘尼抬起头来，"自幼小时起，小姐您虽然生为女儿身，却始终是个争强好胜之人。"

比丘尼的语气中，自然而然地带上了往昔那种说教般的口吻。

"人世之间，再没有什么比女子更弱小了。活在当世，即便是那些手执弓箭的男子，也难以在众多的敌人之中立足。女儿之身的您，却招惹了强劲的敌人，结果只得躲藏起来，性命堪忧——您的心中，又何尝不为此担忧？"

"我不要紧的。"

"为何不要紧？"

"兄长宗时一直都在暗中保护着我。兄长的众位友人也早已约定，今后也同样会与兄长一道，齐心协力保护我的。"

"您把对方当成什么人了？"

比丘尼强忍着悲伤，厉声斥道。

"六波罗的目代。若是与其为敌，那便等同于与天下为敌。"

"没错。"

"……没错？"

比丘尼一脸疑惑地盯着政姬的脸庞。她的目光微微地颤抖着。

政子只觉得一阵心烦，不想与眼前这个弃世之人再费口舌。青叶满山，海水湛蓝，她只想独自呆呆地享受这种仿佛便连心肺也被青岚渗染的感觉——她只想静静地思前想后，彻底理清不久之后即将化为事实的一切。

"师父，日金牧场的阿萱来了。"

这时，一名弟子前来禀报。法音似乎已经无意再劝慰政子，她趁机无力地站起身来。

"是来拜会政姬小姐的吧。把她带进来吧。"

说罢，比丘尼便回到了冷清的尼庵深处。

阿萱虽是日金牧场主人之妻，但以前却也曾经侍奉过北条家。其后，每次前往三岛或者五日市时，阿萱也会常常拜访北条府，与昔日的友人们叙叙旧情。

"小女阿萱。小姐您别来无恙吧。"

不多时,看到一名女子战战兢兢地在庭院中屈身行礼,政子立刻一展欢颜,迫不及待地示意她在缘廊上坐下。

"哦,是阿萱哪。十来天未见,我还真替你担心呢。不必拘礼,快坐吧。"

阿萱依旧伏在地上。她环顾了一下四周。

"除了小姐您之外,此处便再无旁人了吗?"

政子也四下看了看,低声问道:"何事?"

阿萱立刻凑到政子身旁,将一件物事递到了政子手中,低声道:"是老爷写来的书信。"

之后,她便立刻返回先前所在之处,双手伫地。

政子展开父亲写来的家书。

每一次,父亲时政都会差遣牧场的夫人阿萱给政子带信。

表面看来,父女两人似乎早已彻底断绝了关系——打那以后,尽管时政一直表现得愤怒不已,叫嚷着说已与女儿恩断义绝——但实际上,时政对政子的爱,却丝毫没有过半点的改变。

不,相反,身为父亲,对女儿的怜爱之心,反而使得这份爱更深更沉,整日为政子忧心不已。

而每次写信来,必定会有的一句话便是:

——别来无恙吧。

或者,——切不可自寻短见。静候时机到来。

政子莫不会心中绝望,自杀身亡?——每次的书信之中,父亲都一直为此担忧,从不曾忘记在信中提起时机未到。

然而,今日的来信之中,却稍稍具体地提起了此事。世间的传闻,也已逐渐淡去。而对方(山木家)的感情,如今也不再似以往般强烈。因此,整个事端也如同自己的猜测一般,正渐渐地迈向解决——而换作以往的来信之中,"切不可自寻短见,切不可自寻短见。"

言辞之中,总是充满着这类的叮嘱。

读罢来信,政子立刻便将它撕得粉碎,搓成了一团。之后,她把纸团轻轻抛到了阿萱面前。阿萱立刻起身拾起,将纸团藏匿了起来。

"小姐……"阿萱站起身来,将带来的探望礼物放到政子的身旁,劝道,"若总是将自己闷在屋中，是会损害到身体的。您便出门散散心，到我们牧场去走走吧。如此一来，您的心情也会好些。小女阿萱，甘愿为您带路。"

话语都不过只是些形式。阿萱用眼神示意了政子些其他的意思。

"……"

政子默默点头。

她的脸上泛起了红晕。由此来看，她应该已经领会到了眼神的含义。

政子避过后院的法音比丘尼和旁人，偷偷地溜出了尼庵的后墙外。

阿萱走在前边。

"——这边。"

冲着政子招了招手之后，阿萱便又顺着陡峭多石的细小山道往上爬去。

尼庵的屋顶便在眼下。下方的温泉权现的堂阁也清晰可见。白色的浪花，扑打在半岛尖端的乱石之上。

"能上来吗，政姬小姐？"

"嗯。"

阿萱既是牧场的夫人，自然也早已习惯了走山路。她不时地回头去看不擅登山的政子，政子拼命抓住山上的树枝和草根，始终紧跟在她的身后。

二人来到深山之中。

寂静的树林，对政子那狂乱的呼吸等候已久。

自不必说，此人正是蛭小岛的赖朝。

第二十三章 恋之旗

赖朝看到了政子的身影。政子也发现了赖朝。两人面无表情，悄无声息地彼此走近。

两人默默地在树根旁的草丛里坐下，彼此依偎着。良久，两人未有说过只言片语……

不论使用怎样的言语，政子都无法表达出自己此刻的心境。

——我心亦然。

看到政子沉默不语，赖朝也怀着同样的心思，默然不语。

此处已是日金牧场的正下方。周围没有半个人影。更没有世人的目光。陪同赖朝前来的藤原邦通和牧场夫人阿萱也早已从两人身旁消失了踪影。

两人尽可倾诉衷肠。而这样的机会，也实在难得。

政子轻启朱唇。

"您是否已经准备妥当？妾身每天都盼望着那一刻的到来。你我二人，究竟何时举办婚礼？"

"……再稍等些时日吧。"

"您每次都这样说。"政子对赖朝这不温不热的口吻有些不满，"打那之后，已经过去了半年时间，您依旧尚未做好准备吗？"

"婚礼本身并没有什么太多可准备的，但要举办婚礼，却要下定很大的决心才行。"

"这一点妾身自然明白。然而，此事却并非今后的准备，而是该当从一开始就有决心……自从妾身与您相识之后。"

"我也早已有此打算。"

"时至今日，您究竟还有何事可惧？若是终日瞻前顾后，又何来实行之日——自打去年年底逃离山之木乡时起，妾身便早已彻底下定了决心。而如今，事情也已发展到了如此地步。之后，就全在于您的决心了——莫非，您心中依旧还在犹豫不决？"

"我倒也未曾犹豫过，但此事却必须见机行事。此乃人生的重大转折——绝非只是你我二人之间的一段恋情——天下大事，尽在男儿心中。"

"可是……如今时机不是早已成熟了吗？刚开始时，家父时政严厉告诫我等，万不可参与此事，而妾身甚至有了背叛家父之心。但时至今日，妾身却已明白，家父其实正是比任何人都理解你我二人的坚强靠山——家父在世人面前展现愤怒，背地里却包庇藏匿了妾身。仔细想想，自出嫁山木家之夜起直至今日，事情能够发展到如此地步，与其说是妾身自己的勇气，倒不如说是家父一直在暗中保护妾身，引导着你我二人走到今天……所以，只要大人您下定了决心，家父必定会助您一臂之力，随时都能兴兵起事。"

"有关此事，先前我也曾听宗时说过……然而，我的目光，却并非仅只停留于伊豆一国。"

"……"

"女儿之身的你无法看到。时政也难以看到。等到彻底看清了这广阔天下的势态之后，我赖朝方会兴兵……你等生长于伊豆，眼界尚自狭窄。"

两人又交谈了许久。然而，话语之中，却丝毫没有恋爱的甜蜜——不管是对赖朝而言，还是对政子而言，恋爱都不过只是其次。只不过，因为政子身为女子，较之其父与赖朝，心思都更为纯粹。从一开始，政子便已豁出了自己的性命。

第二十四章　白衣使者

　　流放所的柿子，几乎已经全都被流放所之人从枝头摘下吃尽。
　　唯有在手臂和竹竿都无法触及的树梢尖头，还残留着两三个仿佛是为乌鸦而留的鲜红熟透的柿子——树梢枝头上，伊豆的夕阳，今日也早早地冷清来临。
　　"哦……此处吗？"
　　一名修行僧手持拐杖，站在流放所外，窥伺了一番院内的屋宇的模样。
　　"哦，便是在此度过了漫长的岁月啊。"
　　修行僧的脸上，充满了对往昔的无限追忆。
　　不久，修行僧拖着脚步走进了门内。
　　栅栏之内，有田有地，有马厩，也有灶房。
　　灶房里升起了晚饭的袅袅炊烟，却不见人影。
　　"嗯？"
　　修行僧找寻了一阵玄关，向着一旁拐去。
　　看到白色的人影，三郎盛纲心中起疑，从马厩里冲了出来，而修行僧却依旧浑然不觉。
　　"有人吗？"
　　修行僧再次将拐杖拄在地上，从玄关向屋中问道。
　　"阁下何人？"
　　盛纲从他的身后发话道。
　　"呀。"
　　修行僧扭过头来，
　　"敢问阁下可是此处的家臣？"
　　"正是——若是化缘，还请绕到灶房。"
　　"非也。贫僧此来，并非是为化缘。"
　　"既然如此，大师到底是何许人？"
　　盛纲追问道。
　　修行僧双目放光，盯着盛纲看了一阵。

"待得贫僧见过佐大人之后,阁下自会知晓。阁下既是此处的家臣,那便劳烦通报一声吧。"

"大师不愿道明来意,在下也不便向大人通报。还请大师报上名来。"

"贫僧并非可疑之人。至于姓名,待得见到佐大人之后,贫僧自会告知。"

"大师语气虽然听来与主人熟识,却看似并非临近诸国之人,身着修行僧衣装,我等身为家臣,自然不免心中怀疑。若是大师不愿报上姓名,便请恕在下难以通报了。"

"阁下究竟何人?"

"在下乃佐佐木源三之子三郎盛纲。"

"是吗?原来阁下便是源三义秀之子啊?先前贫僧也曾有所耳闻,说是佐大人身边有不少优秀的年轻人,看来此事并非虚言啊——既然如此,那贫僧便报上姓名也无妨了。贫僧名叫新宫十郎行家,乃是佐大人的叔父。"

盛纲一惊,为先前的失礼致歉之后,便脚步匆匆地奔向了后院。

片刻之后,散发着黑色光泽的廊板与柱子间灯火摇曳。全身焕发着贵公子风采的赖朝亲自走出了门外。

赖朝站在门口,在黄昏的暮色之中找寻了一阵人影。

"是陆奥的十郎叔父吗?"

赖朝问道。

修行僧走近身旁,抬起头,两眼怔怔地盯着赖朝直看。

"……是佐大人吗?新宫十郎行家乃是我新近改换的名字,若非报上以前的陆奥十郎义盛之名,您或许便不知道的。正是叔父十郎啊。"

"哦,是您啊。"

"我身负十万火急之事,故而才如此装扮远道而来。可以进屋说话吗?"

赖朝一扭头:"盛纲,盛纲。快去给叔父打些水来……好了,您便先冲个脚,进屋说话吧。"

说罢,赖朝便走在前头,伴着行家进了屋。

"您大概也已经累了吧?"

赖朝说道。

言语之中的感觉,就如同是在对待寻常的宾客一般。行家一脸意犹未尽的表情。他的心中,实在是感慨良多。

赖朝十二三岁时，行家便已认识了赖朝。兄弟义朝家门于六条繁荣兴盛之时，行家便时常会见到幼年的赖朝。

如今，已经过去了十七八年的时光。

忆往昔——

那确实已是一段很久远的过去了。岁月茫茫，光阴荏苒。而当年的那个赖朝，如今已在这伊豆的山中长成了一名三十岁的堂堂男儿。赖朝与其父义朝总有些相似之处，但其气质却更胜其父。智慧从容，温文尔雅。

行家心中，不由得感慨万千。然而赖朝却并无此感。面对行家，他的态度与平日中接待其他客人毫无二致。

"——有何贵干？"

赖朝的表情，就仿佛是在催促一般。

但仔细想想，这倒也并非该怪赖朝缺乏热情。对赖朝而言，行家这位叔父，其实就只是在幼年时曾与自己有过数面之缘罢了。行家心中的追忆与赖朝心中的追忆之间，因二人年纪的差距，自然也存在着极大的差别。

"叔父近来是在京城逗留，还是居住在家乡呢？"

见行家始终不发一语，赖朝只得开口说道。

"身居此地，根本无法得知世间之事。今夜还盼叔父多多赐教……虽然没什么好招待的，叔父您便先泡个澡，放松一下吧。"

如此言语，听来也只能当作主人的款待之意。刚开始时，行家还稍稍有些不满，但回想一下，赖朝自十四岁起便来到伊豆此地，十七八年未见，今日突然造访，倒也确实难以让他表现出太多的血肉亲情，

"不，在那之前，"行家也换上了一副客套口吻，开口讲述起了自己此番的来意，"我有件极为机密之事相告，能有劳您暂且屏退旁人吗？"

"小事一桩。"

赖朝站起身来，带着行家来到了佛堂之中。

"此处便再无他人出入了。"

直至方才，赖朝才刚刚在此念诵过晚课的经文，坛前还依旧点亮着灯火。

行家走进佛堂之中，看到义朝和族人们的牌位，潸然泪下。他朝着牌位拜了一圈，突然抬头发现除了源氏一族的牌位之外，另外还有一块供着红白糕点的小牌位。

"这是何人的牌位？"

行家扭头向赖朝问道。

赖朝也抬起头，答道："此乃我毕生难忘的恩人——池禅尼的牌位。"

得知赖朝从未忘记过十四岁时的恩人，至今依旧为那位恩人供奉着香火牌位，行家心中暗想：

"果然，我这侄儿并非是个无情无义的刻薄之人。"

他心中的那股温情，再次复苏了过来。

然而，片刻之后，行家的目光变得炯炯有神，严肃地说道："——其实，我此次来到东国，所为的并非私事，而是携带了宫中密诏，为打探诸州武人心中的想法，秘密探查东国动向而来的。"

听闻叔父实际上是宫中来使，赖朝大吃一惊。

"请稍候片刻。"

赖朝冲着叔父行家说了一句，之后便转身离开了佛堂。

净过手、漱过口，更换了一身乌帽子和衣服之后，赖朝再次回到佛堂中坐下。

赖朝退身坐远，两手伫地，道："不知圣上对此流放所究竟有何旨意？"

行家将贴身藏好，装着宫廷御书的锦囊拿出，贴在额上拜了拜，招手示意赖朝上前接令旨。

赖朝两手伫地靠近行家身前，高举双手，捧接过了锦囊。

——然而，还不等赖朝打开锦囊，就听行家提醒了一句。

"两封谕旨中，一封乃是钦赐的赦免令状，而另一封，则是颁与汝和北条大人两位的谕旨——因此，你还是与北条大人一同接旨吧。"

赖朝一怔。

赦免——

此外，行家还提醒赖朝，让他与北条大人一同接旨———刹那，赖朝的脸上交错着大喜与大惑的表情。

十余年之后，他终于冲破了流放罪人这道幽暗的墙壁。然而，更胜欢喜的困惑之情，却是来自政子事件以来，自己还尚未与时政会过面这一点。照政子近来的说法，时政非但从未记恨过政子和赖朝，反而还在暗中设法成全二人之间的恋情——话虽如此，但现今的赖朝，却总觉得自己无颜面对时政。

翌日清晨。

昨夜的客人尚未醒来，赖朝便派出了使者，叫来了时政的长子宗时。

"这可如何是好？"

赖朝向凡事尽可敞开心扉的宗时问计。

宗时年轻的双眼中目光闪烁。

"虽不知此番宫中遣使来究竟所为何事，但既然圣上颁下诏令，此事必不在小。在下以为，眼下时机已到。又何必为些小感情之事而举足不前呢？"

"既如此，那么在下赖朝即便突然造访北条府上，令尊也不会感到不快的吧？"

"哪里哪里。"宗时一脸自信地说道，"在下先回家中，与家父时政说明此事的缘由。既是宫中的密使，家父也无由推却。"

"可是，拜接谕旨之后，若是时政对谕旨心存异议，他又是否会去通报六波罗呢？叔父行家假扮修行僧，秘密前来，从这一点上来看，谕旨之中所言之事，也必定是万万不可泄露的机密。"

"……"

宗时俯身沉思了片刻。之后，他抬起头正视赖朝，一脸沉痛地小声说道："那在下便大义灭亲。我等欲行之事，上为皇天，下为万民——我等不是曾一同发誓，要克行大义的吗？"

"那是自然。"

"……既如此，那便请佐大人放心。在下宗时早已下定决心，此事就交托于在下吧。"

说吧，宗时便回去了。尽管宗时走时一脸悲壮的表情，但他的背影却丝毫没有慌乱的感觉。隔着走廊，赖朝目送着宗时离去，更加坚定了心中的意志。

当夜，行家与赖朝一同密访了北条家。

馆府已清扫过。主客都藏入内室，武士仆从都远远避开，屋外由长子宗时把守。

其后，以行家为主宾，时政设下了小小的宴席。参与之人，尽皆是些时政身边的心腹。

"不若便趁此时机，将政子小姐许配与佐大人，让他们二人完婚吧。"

行家作为赖朝的叔父，向时政提议道。

"眼下时机已到，老夫并无异议。"

时政说道。

宗时看了看赖朝。赖朝眼中一热，低下了头。此事他本打算自己亲口提出，而眼下，恋人的父亲正式承认了自己与其女的恋情，心中也不免感到欣喜。

宴席之上，赖朝和时政都未提到过半句有关行家携来的以仁王的谕旨。

若是在宴席上提起，实在是有些不敬，而且此事也绝非随意提起之事。

然而，众人却不难觉察到：虽然还不知道到底是什么具体内容，但对于密使带来的这份诏书，时政已经表示了同意。

对于这个重大的计划，不管是赖朝的志向，还是时政的考量，都没有丝毫的分歧。这一点，完全可以从两人觥筹交错相谈甚欢的模样中看出来。

虽然赖朝对时政心中的想法感到意外，但更加令他觉得意外的，其实还在于：当初在将政子许配给山木家之时，时政的心中便早已认定：政子与赖朝之间的关系是绝对无法切断的。

明知如此，那又为何还要将政子许配给山木判官——虽然时政自己并未对此提起过半句——

"既然山木判官提了亲，那么若是拒绝山木判官，将政子许配给赖朝的话，不管是六波罗还是临近的诸国，都会怀疑北条家心怀异志。但是若真是为了恋爱，那么不管多么盲目的事情都敢做，如此一来，世人便会谅解，再不怀疑。若非假借盲目恋情的名义，二人便永远无法结合。"

时政心中，或许早已认定了这一点。也就是说，其实他从一开始便已预料到了结果，只不过他所用的"方法"，却是将政子送上山木家的花轿。

"岳父此人不可小觑。"

赖朝对他的深谋远虑虽然心怀畏惧，但若能将这位岳父拉入帐下的话，紧急关头，倒也反而颇让人安心。

"既然北条大人也已答允，那么在下倒也盼望能够有幸亲眼看着他们两人成亲呢。"见行家再次提起。

"如此便好。既然如此，那便定在近日完婚吧。"宗时也赞同道。

事情立刻便已商定。即便迟早一天山木家都会得知消息，事情却也不便搞得太大。万不可主动煽动山木一方的情绪——此外，面对外界，时政早已将政子赶出了家门，女婿也是流放所中的罪人，尽可能朴素、隐秘些较好。

依照时政的忠告，十天后，在流放所的一间房内，两人举行了一场朴素的婚礼。

政子悄悄从伊豆山尼庵搬到了流放所，身上依旧一袭粗布衣裳。新郎赖朝也同样一身朴素——然而，虽不精彩，却也让人感觉清丽。流放所的寒灯也格外明亮。

时政隐秘出席，政子的兄弟姐妹也全都参加了婚礼。看到两人的身影，那些长年于流放所中辛劳的家臣们全都不由得流下了欣慰的泪水。是夜，厢窗外静静地传来了下雾的声音，让人回想起了去年年末时的那个阵雨之夜。

第二十五章　蓬壶之人

今年秋天，西八条的清盛别邸显得格外寂静。八月，重盛病重，终于四十二岁而亡。之前一直精神百倍的入道相国，如今看来也已变得年迈体衰。

"……已是秋日了啊。"

入道坐在屋里，两眼望着满院的葱绿秋色。园中种了不少的艾蒿蓬草，房屋便被命名作了"蓬壶"。

"老夫如今也六十有二了啊。"

重盛过世之后，入道也开始说起了如此认老服输的话语。

换作以往，若是子嗣与族人顺嘴不留神说出"毕竟已经上了年纪"之类的话，入道必然会故意用年轻人般的口吻反驳道："胡说八道。"

而今年的秋天，蓬壶之中便再也没有听到过入道的这种反驳。

依旧不曾改变的，还是他那厌恶抹香气味和诵经之声的脾气。经历了重盛的死，入道心中无比悲痛，精神也变得一蹶不振，但众人却从未见他走进佛堂，念诵过经文。

"重盛是个好孩子。对老夫而言，他就是老夫的左膀右臂。"

虽然入道也会在众人面前如此哭诉，但他却从未为重盛祈求过冥福。

可是，他虽然已经剃度出家，穿上了僧衣，自称"净海入道"，但这一切在他看来，似乎都丝毫没有半点矛盾。照他自己的说法，"与其蓄留白发，倒不若剃掉清爽；老夫已年迈体衰，与其身着华服，碍手碍脚，倒不若一身法衣来得轻快方便"。

然而，他厌恶抹香，却也并非是对佛法的根本原理抱有不同观点。一直以来，他便对自己曾经所见所闻的佛者心怀反感。自打年轻时起，他便抱有着这种顽固的观念，而上了年纪之后，这种观念也就变得越发根深蒂固了。

"——世间之事，都须尽如入道相国之意。"

尽管世人如此传言，但对入道自己却时常喟叹："——世间之事，无一事如老夫之意。"

大山与寺院便是其中一例。叡山与三井寺等地，便盘踞着僧徒的势力。尽管表面上他巧妙地操纵着明云僧正等人，似乎已然将这些势力全都拉拢到了自己一边，但事实上，凡事却都是他强忍着心中怒气，才保得了一时的太平。

若是入道显露出其本性的话，必定会在一朝一夕之间烧尽那些僧人的伽蓝堂塔、金泥金襕，在灰烬之中放上唯一的阿弥陀如来，道："这才是真正的佛。"

如此一来，或许他才会心中颇觉痛快。平日之中，他的内心之中便是如此地痛恨唾弃僧兵的势力和装扮。

毕竟，叡山与三井寺的僧徒坐拥着强大的兵力财力和信仰之力，即便是入道，也拿他们奈何不得。在武力和财力方面，"简直儿戏。"

虽然入道一直没将他们放在眼里，但若说到信仰之力的话，入道也很清楚，自己在这方面根本无法与他们比肩——休说信仰，其实入道自己也并非没有觉察，如今的他，已经是到了集世人恶评于一身的地步。

可入道却并不知道，除了他所憎恶厌恨的这等腐败堕落的末法的世界之外，就如同隐匿于草间的清流一般，近年来，在黑谷的吉水禅房中，法然等僧人正在振臂疾呼，希望能够唤回真正的佛法。

尽管入道常年都在用他那敏锐的目光观察着世间的一切，但百密一疏，这位蓬壶的主人，如今已经彻底成了一名贵族，而不再是一介庶民了。

若要让入道对此说上一句，那他必定会说："老夫对宗教并不憎恶。老夫如此，不过是在唾弃错误的信仰罢了。信仰若能善导尚好，而若是像如今这般对普罗大众弊风甚大，且动摇朝廷的恶因袭，便让老夫无法坐视了。"

入道厌恶佛徒的性情，或许便是由此而来。他是个天生性情激烈，从不掩饰内心感情的人，一旦表现出来，总会让人心怀恐惧，皱眉颦蹙。

比方说，曾经有过这样一个例子。

承安四年，从春天起，旱灾便一直持续不断，虽然众人也曾在清凉殿祈雨祭祀，但不论谁来祈祷，天空中都始终不见一滴雨。

而当山门之僧澄宪祈祷完毕之后，大雨倾盆而下。大雨连下了三天三夜，甚至就连加茂川也涨水泛滥了起来。

"澄宪这等名僧，简直就是世间罕有。"

"名不虚传哪。"

百姓万民都对他的法力赞誉有加，而澄宪本人也因此名噪一时。

"简直胡闹。"

唯有蓬壶的净海入道，始终嘲笑不已。

第二十五章 蓬壶之人

"此事便如一名久病之人，听医生说自己已经时日无多，摆脱了生死的烦恼，早已死心放弃。然而，突然一日，心中早已放弃的病人却摆脱了病魔。而此时，为此病人下方的医生，便幸运地成为了起死回生的名医——旱灾自春天起便一直持续，而到了梅雨季节，观察天色，祈雨祭祀，自然大致便会遇上降雨——而把此事说成佛力、神通力云云——信者愚昧自不必说，而澄宪这等沽名秃驴，也实在可恨。"

之后，这话传到了山门之中，以澄宪为首，整山僧徒的愤怒，都宣泄到了净海入道的头上。众僧毁谤道："上至天皇，都为了黎民百姓之苦而睡不安枕，而他却自恃荣华，如此这般，丝毫不为黎民百姓着想。"

不管是朝臣还是民众，都立刻附和此言，怨恨起了六波罗的残酷无情。净海入道无以反驳，只好沉默。

最终，还是入道在口舌之争中输了一筹。

过世的重盛也时常将其父入道驳倒，可见清盛此人可谓不善辞令。每一次，他都会在宣传战中败下阵来。因此，每次他自以为正确的事被人以理论驳倒之后，他便会派出六波罗的精兵，执意施行。因此，不但众人皆说他对黎民百姓缺乏同情，而朝廷的百官也都皱眉说他是个"暴虐无道之人"。即便是他个人的私生活，也会成为众人中伤的标靶。

六波罗一带的经营与华丽庞大的西八条的别墅，根本就不足为道。而在政权上的专横跋扈，和一门之人占据高官尊位，才是引来众人非议嫉妒的重点。

自然，全盛时期的藤原氏，也曾经独占过阀族，但入道却因为同时掌握了兵马大权，所以他的权势，甚至便连曾经吟过"此世既吾世，如月满无缺"的藤原道长也无法望其项背。

家弟经盛任参议，赖盛任权大纳言，子重盛任近卫大将——诸多种种，无须赘言，光是升任公卿者便十余人，被称作"殿上人"者更超过三十余人，平氏一族的受领国多达三十余国——入道自己虽然认为此事尽皆与当初令藤原氏失势的外戚政策相同——但他自己却也拥立了自己的妻妹建春门院之子为高仓天皇，又让女儿德子做了高仓天皇的中宫。入道身兼了人臣、天皇外戚的身份。既为武家，却又把持政权，地位极为特殊。

眼见平家一门荣华富贵，世间之人自然心生嫉妒，
"迟早一天，必定盛极转衰……"
众人心中都暗自抱着这样的期待。

而这种从不说出口的怨恨，还引起一种风潮——不就是依仗着入道大人的势力吗——但凡平家一门之人犯的事，众人都会把账算到清盛的头上。

曾经——虽然已经是很久之前的事了。

一次，重盛之子资盛曾在大道上遇到摄政的藤原基房。资盛并未下车行礼，而比资盛身份更高的摄政家的下人自然看不过去，责难道："为何不行礼？身为小松大人那般贤者之子，绝不可能不懂路上之礼的。"

——清盛听闻此事之后大怒："竟然在大道之上侮辱老夫的孙儿，不可饶恕！"

清盛立刻派出暴兵，向摄政家展开了报复——这些事也不知是真是假，却传遍了大街小巷，让世人都觉得他性情傲慢，但实际上却并非如此。

确实，平家一门也的确为此事报复过，然而派人报复的却并非入道，而是资盛的父亲重盛。

重盛不若其父入道，是位君子贤者。不管院中还是世间，都对平家一门之中的重盛评价甚佳，所以尽管其实此事是重盛所为，但世人却都只看到事情的表象，

"定是入道干的好事。"

众人的臆测立刻化为了传闻，任谁都没有对平日颇有君子之风的重盛的人品有过半点的怀疑。

如此这般，不光只是重盛，即便是宗盛、维盛的过失，人们也会全都怪罪到入道的头上。虽然不时也有风闻传到入道的耳朵里，但入道却只会气恼一阵，之后便念起骨肉情深，苦笑着轻叹了一句"真是个让人没办法的家伙"，就此作罢。

偏袒自家人的确是入道最大的短处，可这种性情，或许也是因由他年幼时饱受饥寒之苦所致。在那个一家人一贫如洗、备受欺凌的时代中成长起来的这份血浓于水的骨肉亲情，和他总是比常人更易陷于烦恼的性情，也时常为人所见。

——话虽如此，他的志向和欲望，却并非像他在私生活方面一般，拘泥不前。即便是前人未曾施行过的政策，只要他自己觉得不错，便会深怀信念，贯彻到底。

自打入道执掌政权之后，中国宋代的文化便开始源源不断地传入。而入道所关注的绝非仅仅只是物资，他同时还引入了许多宋代的历史经济的书物，敬献给了朝廷。入道倾注全力，开拓了濑户内海的航路，修筑了兵库港，和船、宋船往来不绝。

修筑兵库港之时，工匠们风传，若是不向大海敬献上活人祭品，海底的基石便无法安稳。入道嗤笑了工匠们的愚昧，命人在巨石书写经文，之后又将巨石沉入了大海，筑起了经岛，问道："如何？"

入道便是如此打破迷信，展示给世人的。

依此法没收寺社领土，削弱僧兵势力，也是入道的方针之一。

尽管此政策明显有益于国家，但世人却并不认为这是一件好事。所有的一切，全都被发泄向他的私生活和权力的反感所抵消。有人说他坏事做绝，有人说他十恶不赦，不管怎样，入道的心中，永远都带着一抹擦拭不去的寂寞。

第二十五章 蓬壶之人

今年的秋天，更加让入道心感凄凉。重盛之死，令入道情绪低迷。他时常会独自陷入沉思之中，叹息不已。

而就当他老泪纵横，独自静坐于蓬壶之园，聆听着虫鸣之声时，只听走廊上传来了一阵急促的脚步声。

入道赶忙抹去脸上的泪痕，换上一张比往常更加可怕的表情，喝道：

"是谁？脚步放轻些。"

"是孩儿。孩儿只念着早些将事情告知父亲大人，故而……"

儿子宗盛——和入道之孙——资盛两人双手伫地行了一礼。

"何事如此慌张？"

"父亲大人……兄长重盛刚刚过世，朝廷便发出诏书，说是要没收本当由资盛继承的越前的领地。不知父亲大人是否知晓此事？"

"什么？没收重盛的领地？"

"孩儿原本也以为只是讹传，于是便去询问了一番，才知此事并无差错。"

"……是吗？"

尽管克制着情绪，想要保持冷静，但入道的脸色却早已改变。

"不仅如此。"

宗盛正打算借机告状，"休得再言。"却只听入道一声厉喝。

"无须多言。先前鹿谷之事亦如此。退下，都退下——不过你们先别回去，暂时到一旁去候着。"

不明就里之人，大多都会说他胆大蛮勇，但实际是，其实他是个事事小心之人。每次情绪激动，再难克制之时，入道都会晃动身体——为此，重盛生前便常常劝他，"父亲您身为太政大臣，还是改改以前这'穷抖'的恶习吧。"

但他却生性如此，估计这辈子都难以改掉这恶习了。入道的额上布满鼓起的血丝，再也坐不住。他站起身来，开始在屋中来回踱步。

尽管生性脾气暴躁，而事后又会彻底烟消云散，但他却并不缺乏理性。不，正因为位高权重，所以入道其实很清楚，若是任由自己的脾气胡为，之后又会引发怎样的结果。

眼下也如是。

为了压制住满面的愤怒，他走上走廊，凭栏而立。可是，他的身影却开始变得如同栏中之兽一般，时而低吼，时而昂首，四处游走，狂态毕现。突然间，

"来人！宗盛——宗盛。"

入道冲着远处高声怒吼，只吓得邻室的侍从们心胆俱裂。

宗盛和资盛一惊，匆匆来见。侍从们也尽皆陪侍于走廊上。

"前赴福原。"

入道心急火燎地说道。

"——京城无趣乏味。凡事总令人郁闷焦躁，丝毫没有半点活着的乐趣。前往福原的庄园，游船寻乐。夜里便赏一赏宗盛的舞、敦盛的笛和资盛的鼓吧——立刻去着手准备。"

说罢，入道走出屋子，率先迈步向前。

侍从们根本就无暇答话。众人赶忙随后奔出，随侍左右，

"大人出行。"

"准备车马。"

通知其他人着手准备。

若是此时启程的话，到得福原之时，应当也是翌日清晨了。夜路之上，自然需要准备火把。而若是不带上五七百名的武者随行的话，那么路上也不甚心安——因此，众人全都为入道这突如其来的命令而忙碌不堪。

——然而入道却丝毫不管这些，立刻便钻进了车里，迫不及待地往座位上一坐，说道："宗盛和资盛也一起来。"

入道叫了几个家人，之后又突然想起似的，随意指了几个人的名。

入道自己以为，此行必是众人心中所愿，不光只是他自己，他还想把自己心中的欢喜分享给儿孙女眷，但实际上，女眷儿孙们却根本无人为此感到过半点欢欣。既刻板又拘束，若是惹了入道的不快，那可就大事不妙了——即便难得出门去一趟福原，众人心中却都怨声载道。

然而，入道自己却毫不知晓。

"都上车了吗？什么……尚未梳妆完毕？不就是梳妆吗，到车上再弄吧。"

入道兴致颇高——不，其实他也只是做出一副兴致颇高的模样，即便是些可以交给侍从去办的杂事，他也——在车帘内发号施令。

终于，众人都做好了启程的准备。

十余辆牛车，一同出了西八条的大门。牛车之后，蜿蜒跟随者侍女和女童的文

车和手持弓箭长刀的侧臣。走上大道，不知何时，前后便已拥来一群护卫的骑马武者和千余人的兵卒，排成了一列。

摄津的福原别庄中，兵库的大海被引到了园前，逆濑川的水也被引至了殿宇楼下。京城的白拍子和浪华的名妓都坐上画舫，撒下网子。夜里，廊下万灯相连，敦盛吹笛、宗盛起舞，今年夏天，满门中的贵公子们都争相展示风流与才艺，入道相国。

——夏夜苦短。

还曾如此抱怨过。

唯有一人，却看不到这夜色下的欢乐。此人便是自夏日起身体已感不适，即便身体舒适也不愿参与的长子重盛。

只要这个被世人看作君子，被称为灯笼大臣的重盛在场，入道相国便会闷闷不乐。然而，如今重盛已然不在，他的心中又感觉到了无尽的寂寥。

"他独自一人，又在做些什么呢？莫不会又是将自己关在佛堂之中，诵经念佛了吧。也或许，是在独自聆听杜鹃啼鸣吧？真是个奇怪的孩子。"

宴会中途，入道自言自语般地轻声问道。

第二十五章 蓬壶之人

只要提起前往福原，一门的公子女眷自不必说，甚至便连入道那些一把年纪的儿子心里都只有游玩的念头。然而在入道本人的心中，却一直在描绘着一座拥有由兵库津至福原一带的巨大港口的大都市。

自以前起，入道心中便藏着一个抱负。

"令与海外的交易更加兴盛，摄取更多的新文化，让繁荣兴盛的不再只是自己一门，使庶民也更能繁荣起来。"

若想让与宋船的交易更加兴盛，那么便需要更好的港口。为此，入道虽然兴起了筑港的工事，同时也着手开始计划兴建都市，但在他的设计图中，想来也必然掺杂着政治方面的考量。

而且，他也将平家的永久繁荣编织到了其中。

"不若干脆迁都福原吧。"

甚好——虽然这想法不过只是一厢情愿，但处在入道的位置，手中掌握着如此重权，入道也在不觉之间，将自我和天下混作了一谈。然而你——入道却从未反省过，设想过若将自己的想法转化到政治上的危险。因此，执政之人很少会像他这般，把自己的感情——毫无任何包装掩饰地，露骨地表现到政治上。

若要说为何入道会觉得迁都福原的想法甚好，那么其原因就在于：实际上，他比任何人都害怕——都感到困顿不已——只要一有机会和借口，一众公卿便会与三井寺和奈良的僧兵势力相互勾结，密谋打倒平家。从多年以来的各种事件与纠纷上，也能清楚地看出这一点。

"若要让这两股势力彻底分离，那就只能抛弃京都这充斥着各种因袭的京城，将所有的一切都迁移到新兴的都市与文化中去。"

入道心中暗自思量。

而这一切，如今也在逐步地化为现实，甚至就连政治机关的一部分，也已经转移到了福原。

发展通向海外的交通，设法阻挠僧徒的武力与政治运动。虽然这一切都利大于弊，同时也可谓是正确的国策，凭谁都能一眼看穿，入道如此提案的根本，却是在于巩固平家一门的安泰。

"迁都福原？简直就是一派胡言。有何必要——"

入道的提案，立刻招致了天下众人的反对与不满。

若是换作藤原氏的做法，"此举并非是为了巩固一门的荣华富贵。此乃富国为民的国策。"

他们必定发表上这样一通政治性的发言，但入道却并无如此手段。他只是在这片桑田依旧、沧海为邻的广大地域上，筑起了一门之中的庞大别庄。

这倒也还罢了。

将政治机关的一部分迁移的同时，入道还把儿孙与一门子女全都带了过来，让福原成为了浪华京城的名妓聚集之地。光从这一点上，便足以看出入道此人总会将自己心中的烦恼与国政混为一谈。

说到入道的头脑，虽然当时的公卿与僧侣们都觉得他心怀大志，颇有革新的思想，但仔细想来，其实入道的大脑和小脑完全就像是一间毫无间隔的厅堂，其间根本就没有半点的阻隔。

"竟然匆匆前赴福原去了？真不知入道大人心中到底在想些什么。"

事情发生在入道离京大约一个多月后。

十一月七日夜间戌时。

入夜，云层的缝隙光亮犹如白昼。虽已是冬夜，温暖的风却奇妙地四处吹拂，大道上被风卷起的干涸尘土，在家家户户的灯火上都笼罩上了一层赤色的薄雾——其后，乾向之地传来了巨大的轰鸣——大地发狂般地晃动起来。一场大地震，降临到了京中九万余户人的头上。

侥幸，地震中受害的民家与死者并不如想象的那般众多。数日之后，就在人们长舒一口气，为了灾后的重建而奔忙之时，阴阳师安倍泰亲却照惯例查阅了易经，叹息流泪，上奏折道："卦文所示，此事绝不在小。"

"除此之外，尚有更大的灾祸？究竟是何等天变地异？"

信者大惊失色。

虽同为公卿，不信此言的年轻之辈却笑道："泰亲一派胡言，实在可笑。"

当月十四。

"大事不好了。"

不知起自何处，京中四处响起此等惊呼。而殿上众人还未弄清究竟发生了何事，便已乱作了一团。

朝中派了下人到镇上四处打探，下人却只回报说："打听不出究竟何事，但镇上却喧闹不安。"

真相依旧未明。

然而，没过多久——事情的真相，便由纷纷上朝觐见的朝臣口中传了出来。

关白基房脸色苍白，脚步蹒跚地上朝觐见，声音颤抖地奏报道："福原的入道相国不知到底在想些什么，聚集了大批军马，由福原上京来了。"

朝中之人，无人不对入道心怀畏惧。因此，十人之中，也有九人对入道心怀厌恶怨恨之情。

可是，虽然心中畏惧，却也有极少一部分人深知入道不为人知的一面，对他并不怨恨。更有甚者觉得，凭借入道如今的权位，只要他能布施仁政，便是无可厚非。

而这些人们听闻了此消息之后，也不禁脸色骤变，既惋惜又惧怕地说道："想必相国的火暴脾气又发作了，但此事诚为可惧。莫非是因为先前的地震而心性大乱，以致如此发狂？"

"只愿莫再发生不祥之事。"

甚至便连京中百姓也都在如此祷念。但最终，净海入道的狂暴，却依然在京城之中化为了事实，展现了出来。

入道怒不可遏，于愤怒的火焰之中发布了正常人绝不会有的指示。他一口气削去了三十余名法皇近臣的官职，以前关白基房为首，藤大纳言实国、按察大纳言父子等人被接连赶出京城，流放远方。

"此举究竟是何等恶行。"

现如今，百人之中，已再无一人支持入道了。

第二十五章 蓬壶之人

第二十六章　老将

一阵剧烈的咳嗽。一旦咳起来，就再也难以平息下来。
"关上……来人哪，快把板门给关上。"
源三位赖政一边猛烈地咳嗽着，一边痛苦地说道。
小厮立刻跑了出来，确认道："要关上吗？"
听到小厮询问，赖政呼吸急促地点点头，把厚纸贴在唇上，半晌说不出话来。
时下已是四月时节。宅邸后边不远处，今年的花朵也已随着加茂的河水流逝而去，而年轻人们，也已更换起了衣装。
——河风也已不再彻骨。
冬日里始终未曾离开屋中半步的赖政，也突然罕见地怀念起了世间的天空。从刚才起，他便一直隔着庭院，两眼眺望着河原的流水和京都四山的嫩叶。风中的寒气渗透了他全身的老骨，咳嗽鼻涕齐下。
"无奈，老夫如今……"
赖政独自回想起了自己的年龄。
今年，他已经七十有七了。
不仅只是年岁。此处的住宅也早已破旧。平治之乱后二十年里，他就如同一只鼹鼠一样，居住在近卫河原的这座宅邸之中——赖政心中回想起了以往。确实，自己的人生确实有如鼹鼠一般。
不论如何，义朝于六条兴盛之时，他也曾作为源氏名门中的一人，一同享受过荣华与富贵。
既然如此，那为何在平治之乱时，原本约定协助义朝的他，却在合战爆发之时背叛了义朝，虽为源氏之人，却投奔了六波罗，与清盛并肩站到了一起？
战后，每天之中，都有无数的源氏中人被拖到眼前的河原斩首，各地的源氏也遭遇了无情的扫灭，而赖政自己，却一直袖手旁观，明哲保身。
胆小怕死之徒。
这样的人，丝毫没有半点武士的风骨。
衣冠禽兽。

根本就是禽兽不如。若是禽兽，还会知恩图报。

莫将他当人看待。

武门之耻。

站在源氏一边的人们，对他可谓极尽了世间所有的轻蔑之辞。不，甚至就连平家的武士也会如此斥责他。

二十年里，他就一直生活在世人的唾骂之中。

不论世人如何评说，他都始终默然不语。

他一直默默地自己舐舐着伤口，心中抱持着毅然的信念。

诚然。平治之乱时，他确实舍弃了义朝，加入了六波罗的阵营。他背叛了族人。

然而，他却并未背离过武门之道。即便曾与自己的族人为敌，他却从未与国家的根基为敌过。

以义朝为首，一门之人的憾恨，皆因只顾着源氏的兴亡，而怠慢了国本。这一点，可谓当年源氏败亡的根本原因。

清盛却有所不同——清盛晚年的种种行径，简直让人感觉不像是清盛——听闻京中大乱，他立刻便在前赴熊野的途中掉转马头，仅率着区区五十骑人马返回。回到六波罗的宅邸中后，便立刻设下计谋，设法于乱兵之中迎奉了上皇与天皇的车驾，举兵迎战。

——如此时势下，老夫又怎可与他为敌？源氏也好平氏也罢，这一切都不过只是私名罢了。为了私名而争斗，绝非盖世之雄所为。

"老夫无愧于天地。"

如今，赖政依旧心怀此念，紧紧咬住了他那二十年来未曾发过只言片语的双唇。

第二十六章 老将

"——他投靠平家，为的就是荣华富贵。根本就是个出卖节义的叛将。"

世人们依旧抱着如此的观点，寻思不久之后，平家必定会对赖政有所封赏。平治之乱后，伴随清盛所率六波罗一门的日渐兴盛，人们都关注起了对赖政的处置。

但赖政却独自在心中答道："非也。老夫早已知晓自己今后必定郁郁不遇。如今老夫已尝尽了生不如死之痛，夫复何求。"

然而，即便有此心志，

"如此一来，年轻的仲纲、兼纲，还有那些跟随老夫的孩子们便太可怜了。"

赖政心中，却也不禁为儿子和家臣们这如坐针毡的立场感到心痛。

休说封赏，赖政如今的宅邸和俸禄，也一如当年。以入道相国为首，平家一门之人无不加官晋爵，兴盛不已。而即便要在世间找寻不平之人，赖政也常常被人忘却。唯有近卫河原的一座旧宅，依旧残留至今。

即便偶尔有人想起，也只会唾上一句"叛徒应得的下场"，而荣华的门阀却根本不屑一顾。不管再过上多少年，在平家人的眼中，都永远抱着"赖政乃是源氏之人"的观念。

正是因为这一点，虽然长年身处禁门的卫府，却唯有他，始终未能得到上殿的许可。

对于自年轻之时起便守卫御所的赖政来说，这是长年藏于心中的一件恨事。一次，他不经意间将述怀的和歌展示在了殿上之人面前，传到了圣上的耳中。

——忠心可鉴，便准他上殿吧。

圣上颁下了谕旨，赖政这才终于得以上殿。

当时，感怀于圣上隆恩，赖政恸哭了整整一夜。

"迟早一日，老夫甘愿为朝廷献上这身老骨——"他的心中，也越发坚定了忠君守国的武士的意志。

"管你世人骂猪狗还是畜生，老夫自当恪尽职守，无愧于后世。"

赖政老后，心中依旧坚持着如此信念。

面对赖政，平家一门之中，唯有一人心怀同情。

"年逾七十古稀，却依旧停留于下位官职吗？实在太过可怜。便让他升任三位吧。"一次，清盛突然想起了他，开口说道。

入道相国的恩赏来得是如此之晚。即便这只不过是相国的一时兴起，对于长年不遇的赖政而言，却也是件令人欣喜之事。

"入道大人本非近年所见之人，却让天赐的顺遂和周边之人所贻误了——而这错误，若只是入道大人一人和一族之人的错误的话，那便还好。"

直至今日，赖政依旧对清盛怀着感恩之心。他不希望看到入道失足犯错。然而，无奈的是，入道终究还是走到了被人称为"狂人"的地步。但在赖政看来，如今入道如此无法无天，其中一半的罪责，却还在于整日毁谤非议入道的世人——当年入道面对赖政时心怀怜悯，如今却轮到赖政来怜悯入道了。

不知是谁，敲响了后门的门板。

"贫僧求见府上的公子仲纲少爷，不知仲纲少爷是否在家？"

后门外，一名肤色黝黑、满脸虬髯的修行僧说道。

第二十六章 老将

不管是向阳还是背阴处，地上都爬着毛虫——侧耳细听，庭院树丛深处的破旧屋中，传来阵阵赖政的咳嗽声。此处与主屋颇为接近。

"阁下是？"

往乌帽子中拾入红色樱桃的小厮探出头来询问。

"劳烦阁下传句话，便说新宫的修行僧前来祈祷便可。"

"此处可并非入口。家中也有正门。阁下若是有事，便请走正门吧。"

"不，之前曾有人告诉贫僧，说是让贫僧走厮门，敲响面朝南面空地的小门。话中所说的，便是此门吧？"

"是谁说的？"

"是仲纲少爷在信中说的。"

"既然如此，那阁下就是仲纲少爷特意从新宫邀请来的修行僧了啊……是为了我家老爷的病情而来的？"

"正是。"

小厮脸色一变，赶忙向着院内跑去。不多久，赖政之子仲纲亲自出迎，

"哦……这……"

两人再未多说其他。仲纲默默打开木门。修行僧走进木门，闪身进入了宅院之中。

许久之后，仲纲凑到其父赖政身旁，低声道："新宫十郎行家回来了。"

立刻，一身修行僧装扮的行家也走了进来。

赖政看了行家一眼。

"若是不自报姓名的话，老夫都已认不出来了呢……诸国的情形如何？阁下既然去过伊豆，想必也曾见过流放所中的赖朝大人吧？"

赖政停止了咳嗽，想必他早已等候行家多时。憔悴的面容上，也泛起了近来稍有的红光。赖政接连又问道。

"此地是否方便说话？"

等仲纲到屋外探查了一番情形之后，行家方才开口回答。

"在下并未涉足西国，但从京城到东北的陆奥，在下已然遍历了一圈。在下前赴伊豆，亲眼见过了已故的义朝大人的遗子——同时也是在下行家侄子的赖朝大人。在下已将宫中的密旨转告了赖朝大人，并与当地的北条时政相谈了一番。在下以为，此地的基础已经打好——此外，坂东、木曾、北陆诸国之中，也不知有多少期盼起事之人在装聋作哑……只不过，与他们之间尚未有过任何联系。另外，若是少了赖朝，或许他们便再无公然独自起兵的勇气与实力罢了。"

"这些人有多少？"

"多得数不清。之后，在下会将名册呈与大人。另外，虽然在下也有未曾涉足之地，但近年来净海入道暴行日甚，各地武门心中，起兵讨伐平家之念也渐渐稳固。眼下机不可失，故而在下回归了此地。赖政大人，不必再等了。之后，便等在下再次出发前往伊豆，大人便同时起兵吧——想必大人您也早已做好准备了吧。"

晚霞笼罩四野。嫩叶背后的月亮仿佛也已被浸湿。四月九日半夜，三条的大路上不见半个人影。

"稍等……"

马背上的人影冲着向前而去的马驹叫道。

——扭头一看，身后那名一身破旧贵族衣装的老武士手执缰绳，在马背上蜷缩起了身子——咳，咳。老者全身扭动，不住地咳嗽着。

"父亲大人，您不要紧吗？"

嫡子仲纲掉转了马头。

"快去，快去……为父并无大碍。"

赖政摇了摇头，匆匆策马向着仲纲赶去。

三条高仓之地上，有一片一眼看去就如同巨大树林的区域。此地便是后白河法皇的第二皇子以仁王的御所。先前已到的行家就站在御所的小门旁，见到两人，他赶忙挥了挥手，回头看了看四周。

赖政父子闪身进了御所之内——之后的事，就再无任何人知晓了。事后来看，当夜之间，必定是以仁王召见了赖政父子入宫觐见，连夜一同商议谋划讨伐平家之事，颁布令旨，让诸国的源氏尽皆参加。

以仁王的处境也已长久不佳。自不必说，这也同样是因平家的专横而起。

"老臣卸甲已逾二十载，而今再赴沙场，定是天地有命于老臣——如今六波罗虽已腐朽，然单凭已逾八十的老臣赖政之力，却也难以将其颠覆。尽管如此，若老臣一朝起兵，诸国的源氏也必将挺身而出。老臣自当马革裹尸，也算老臣再尽忠义……"

赖政慷慨而言，真情流露，打动了以仁王的决心——赖政心中，其实一直在向神明呐喊。自己的话语尽皆出自肺腑，而绝非请出令旨而说出的花言巧语。奏禀以仁王时，赖政激动得全身颤抖，老泪纵横。

新宫十郎行家虽为纪州新宫之人，但在逗留于京中之时，他便与赖政相交甚厚，阐明了心中的计划。首当其冲之事，便是观察诸国的动静。自去年起，行家便游历诸国，仔细探知了伊豆的侄儿身边的情况。

九日夜中觐见之时，行家便将相关的情报报知了以仁王，进行了最后一次密议。

次日，十日夜里，十郎行家便再度换上了修行僧的装扮，离开京城，匆匆踏上了近江路。

出了美浓、尾张，进入伊豆，行家在赖朝的流放所虽然只住了一晚，但他却会见了北条时政。之后，他便立刻赶赴了甲斐、信浓，绕道前赴奥州平泉的御馆，拜访了藤原秀衡，秘密地会见了已经成年的源九郎义经。

——然而，在他走在这段旅途之中时，京城中却发生了一件大事。

行家的故土——新宫武士的动向，却让这场围绕着以仁王的计划的全貌，彻底泄露到了平家一方。

得知此事之后，净海入道大为震怒，立刻由福原赶赴京都，将以仁王流放到了土佐，又派遣武将前赴了御所。出乎意料的是，奉命前往御所的武将之中，竟然还有赖政的次子兼纲。

入道做梦也不曾想到，老将赖政便是此番密谋的主谋——入道如此，绝非出于其好心的一面。正如其行状一般，自此时起，入道的头脑已经彻底罹患了热病，陷入了癫狂之中。

第二十六章　老将

第二十七章　邻国夏日

"政子——政子。"

如今的赖朝，早已习惯了把她当作妻子叫唤。

流放所的清晨依旧到来得很早。趁着相公还在念诵每日的经文，政子已经打扫过了居室，走进伙房里开始忙碌了。

事情做完，相公也诵经完毕之后，她这才钻进帐后，梳妆打扮了起来。

"您叫我吗？"

四月清新的清晨，打扫得干干净净的房间。在赖朝的眼中，新娘政子的脸依旧是那样的美。

"——虽说事情颇为突然，但由今日起，你还是暂且藏身到伊豆山中的温泉去吧。你先住到法音比丘尼的禅房中，至于警卫，昨日我已派遣信使携带书信，全都交托给阿阇梨觉渊去办了……听到了吗？"

"是。"

妻子直率地答道。

——然而，其后必定还会抱怨两句。夫人的聪明劲头，时常会盖过赖朝。

"女子累赘。先前新宫十郎行家大人来时，无意已在妾身面前提起过，说是不久后或许会如此处理。妾身其实早已做好了准备。相公不必为妾身担忧。"

"哦，是吗？"

——其实，把话挑明之前，赖朝心中一直在暗自担忧，说出自己要和政子暂时告别的话，她会不会潸然落泪。

"切莫为我心中挂记。"

听到妻子的一番激励之辞，赖朝心中松了口气。但同时，他却又感觉心里有些空空的。

"还有一事——此事也是在昨日的书信中提到之事。为了供奉二十年前离世的父祖恩人们，我曾立誓要诵读《法华经》千遍，如今我累计已念诵了八百遍，只剩最后的两百遍了……如今大事当前，我自然也就无法再每日诵读了……尽管如此，诵经八百遍，却也并非易事。先前我每日不懈念诵至今，却在仅剩两百遍之时突然停止，却也教人心中遗憾。我为此求教了觉渊大师，大师只说我那诵经千遍，乃是所立之志，而心意已到。另外，'八'字也是吉兆，诵读了八百遍，其实却也挺好。"

政子在一旁默默听着。见相公心中竟然还会为了此事担忧，之后又为了吉兆而喜，政子不觉微微一笑。

作为修养之一，虽然政子自己也会修习《法华经》，但听说相公之所以朝暮诵经，竟然因当初相公曾发下过如此誓言而起。听闻此事之后，政子也不由得为了相公的坚定信仰而惊讶。虽然政子自己心中也将此视作了常识，但她却发现，原来自己心中的信仰，还远远不及相公。

"——顺带说一句。"赖朝继续吩咐道，"等你到了那边之后，见过觉渊大师，还要劳烦他去一趟伊豆、箱根、三岛的三社，献上成就素怀大愿的祈愿文——此外，'八'乃大吉之字，米八石、绢八匹、檀纸八束、药八袋、白布八反、漆八桶、绵八捆、砂金八两——还要请大师以我赖朝的名义，进献这八种物品。"

"遵命。"

"万事就拜托你了。"

"是。"

听过赖朝的吩咐之后，政子又道："——如此说来，今日的早饭，就成了你我二人暂且离别之前的一餐了啊。"

政子的双眸之中，流露出了新媳妇伤别离的目光。赖朝凛然点头。

"正是。之前你我虽已习惯了对面用膳，但由今早，此事也暂不可行了……若是武运不济，这一餐，或许还会成为最后的一次。你还是开心些吧。"

政子离开流放所之后，出入于流放所的人骤然变得多了起来。而且，半夜之中的往来尤其多。

以北条家的长子宗时为首，佐奈田余一、天野远景、仁田忠常、大庭景亲亲兄弟的年轻友人们轮番到访。即便是在附近的道路上，也能看到他们那副生龙活虎、大步往来的模样。

第二十七章 邻国夏日

北条时政也会不时前来。

以往的他，行动总会成为当地之人关注的目标，所以平日里出行，他都会故意悄悄前往。

而访客之中尤为少见的，还是涩谷、庄司、重国等高龄老者。

——近来，他将长年侍奉于流放所中的佐佐木定纲的弟弟经高收作了养子，特来致意——老者的来意似乎便是为此。

"不知不觉间，斗转星移，人世沧桑啊。如今已经是年轻人的时代了。夏日将近，世间之人，都无法阻挡住夏日的脚步。相模的夏日，也悄悄逼近了啊。山野之中，到处都是生机勃勃的新绿——佐佐木家的年轻人也罢，老夫之孙义清的妻舅也罢，大庭景义、景亲兄弟也罢，实在是羡煞老夫———切都在今后了。都看今后的了。"

说罢，老者便转身回去了。

一月之后，身在京都的河边庄司行平派来了快马。

虽然行平常年居于下总，但此时却恰巧人在京城，所以才能及时将这场急变转告给了赖朝。

——信中说道：

以仁王、源三位赖政等诸位已准备就绪，然揭竿而起之际，计划却为平家所知。此事致使情势急转，事态恶化。三条高仓的亲王御所立刻便遭到了平氏士卒的包围，然而幸好负责指挥之人乃赖政之子判官兼纲，事先将此事秘密告知于其父，故而赖政为亲王护驾，逃离御所，遁入了三井寺。赖政的手下放火烧近卫河原的主人宅邸，其后虽立刻追随亲王而去，却因贻误了战机，守备不利，只得一路转战，前赴南都。一众僧兵与亲王一同前行至宇治，平家大军二万余骑活用地利，将众人团团包围。众人虽竭力应战，但终究力有不逮，老将赖政自刎，亲王也于光明山鸟居旁身中敌军流矢，薨毙身死。

如此，眼见策谋于一朝之间破灭，平家众人得意扬扬，皆道：胆敢与平家对抗之人，皆如此下场——此事实在令人憾恨万分。眼下京城战乱未平，仅此告知。还望赖朝大人好自为之。

书信之中，宇治川旁阵亡的赖政的面容和其他众位先驱的英灵，跃然纸上。

当日夜里，赖朝秘密前往北条家的御馆，拜会了时政。破晓之前，他又再次返回了流放所中。

"……唉。"

整日之中，赖朝一言不发，双目无神地呆坐着。

时至六月。

乳母妹妹之子三善康信等身处京都的亲友的飞书传报接连而至。

书信之中，众人详细地述说了此次的事态，一致提醒赖朝留意自身的安危，说道："虽远在伊豆，却也不可疏忽大意。保重身体，以防万一。"

赖朝自己也时时会警觉到危险。他感觉自己的身家性命也无法再继续藏匿于草丛之中，安然保全。

与此同时。

置身无事之中，却又令人难以奋起——成败尽在此一举——同时，这份危险却又让他不可避免地心怀了勇气与决断。这令赖朝感激不已。

他比任何人都清楚自己的本性。若是周围并非陷入如此状态，那么自己必定会对新婚燕尔的生活心怀眷恋，无法斩断。自己生来的那种懒惰好闲的习性，或许会令意志动摇，因而错过千载难逢的良机——赖朝自我反省，心知自己其实有着这等自甘堕落的一面。

如此看来，所谓的危险，与其说是来自生命以外的事态，倒不如生命以内的心境，还要更加危险得多。

——然而，如今的赖朝心中，却早已果断地下定了决心。自打让政子转移到伊豆山，只剩自己孑然一身的那天清晨起，赖朝便已感觉到，自己已经再不是往日的那个凡夫了。即便是独坐于无人之地，心胆之中有了这份"断然"，他的身上便已散发出了威严的气氛。

"——大人身为源家的嫡长子，平家势必将会借机向大人兴师问罪。大人还是尽早逃遁至奥州，方为上策。"

三善康信的第二封来信，其措辞便已似是火烧眉睫。

先前事变发生之时，三浦三郎、千叶六郎等人前赴京都之人便已接连返乡。返乡路上，众人纷纷顺道至此，告知赖朝道：

第二十七章　邻国夏日

"赖政起兵之事，令六波罗变得神经敏感。近来，他们频繁地向东国的平家发送通告书信。还望大人早做准备。"

如此事态，自然也会传到北条的御馆之中。却不知时政心中作何想法。

行事慎重的赖朝按捺着自己的内心，留意观察着依旧没有丝毫动静的北条时政。

赖朝一直在极力避免亲自登门踏访北条家。因为，时政此时表现出的态度也与赖朝一样。虽然时政并未说出口，

"若是缺少了老夫的协助，光凭阁下一己之力，恐难以成事。"

但时政却已隐然表现出了其态度。

赖朝同样也是位机敏之人，故意摆出了其气度："若阁下不愿与赖朝共同起事，那便请作壁上观吧。而赖朝却也唯愿阁下与在下为敌，放手一战。妻子是妻子，岳丈是岳丈。既然身处武门之道，便也不必顾念私情了。"

然而，赖朝的心中，却一直将时政的实力与门第，看作了眼下唯一的力量。

时近六月底的夤夜之中，时政亲自到访了流放所。

岳丈与女婿二人共同密谋，直至破晓将近。席间，赖朝还悄悄地召来了家臣藤九郎盛长。

趁着天色未亮，时政偷偷返回。

东方既白，藤九郎盛长也一身轻装地踏上了旅途。

——后来，众人方才知晓，当时藤九郎盛长身携以赖朝名义写下的檄文，

——时机已到，尽皆奔赴吾之旗下。

藤九郎盛长周游了先前新宫十郎行家曾经踏访过的诸国，四处召集源氏的武士。

"邦通，你在做什么？"

赖朝再次走进院子深处的屋中，向着食客藤原邦通问道。

"哟，是大人啊？"

邦通正如女子一般，用针缝补着什么东西。

眼见此景，赖朝苦笑了一下。

"你还做针线活计吗？如此看来，你倒也算是巧手之人。"

"针线活计也同样是武者的心得之一。战阵之中，或许也会带上一帮专门洗衣

执针的女子，而若是没有这帮女子的话，那么遇到战铠袖口的破开，或者其他不便之处，又当如何？"

"原来如此。如此说来，你通宵歌舞，也是为了以备阵中的不时之需了？"

"在下以为，世间其实并无无用之事物。正因为如此，大人才会将在下这等无用之辈收作门下食客。"

"正是……如今已经过去了数年时光，想必你的图纸也已经完成了吧？"

"早已完成了——只是先前大人尚未叫在下拿出此物，故而在下也一直在等待时机，将它妥善收藏在了筐底。"

"让我看看吧。"

赖朝坐下身去，看了看邦通取出的附近的地图，一脸满足地说道："你立刻再为我誊画一份。"

"誊画此图吗？"

"不，还需将此图之中未能画出之物也标出。即便不算详细，也要大致画出山木判官兼隆宅邸的内部结构。"

"遵命——但这可绝非易事啊。"

"要豁出性命吗？"

"那是自然。不过幸好，不管是山木家的家臣，还是兼隆的族人，都无一人见过在下。在下乃他乡之人，没有半点身份官阶，这倒却也侥幸。在下这便着手去办。"

其后，也不知到底是走了什么门路，邦通利用他那三寸不烂之舌和游艺之才，接近了山木家，甚至还出现在了目代的判官兼隆的宴席之上。

自打藤九郎盛长身携赖朝的施行状，前往诸国召集源氏之后，时政便开始频频夤夜到访了。

现如今，赖朝已经与兴兵起事无异了——事已至此，若是失败，时政却也不同于孑然一身的流放罪人赖朝一般，他有地位有财富，有妻有子，族人众多——而先前若是没有参与，那么或许时政还能安享余生——因此，时政对此事极为心急。

"时政，若我等一朝起事，究竟能够凑集多少士卒？粮草又能坚持到何时？若是首先兴兵讨伐的是山木判官，那么其后的目标，又当定在何方？"

不知不觉间，在询问这等事务之时，赖朝已经舍弃了尊称，直呼起了时政之名。

如今的赖朝，早已未将时政当作岳丈，而把他看作了一名臣下。

第二十七章 邻国夏日

时政心中暗想："此人少年老成，交涉之时，还需多费心思。"

然而，如今他的立场，却已经不容他再多费心思，去思考如何与赖朝相处了。

此外，虽然时政颇为自负，认为自己的势力遍及伊豆半岛，但实际上，相信他、愿与他共生死的却没有几人。毕竟，在这里，大部分人的脑中，对平家的崇拜和畏惧，是一份根深蒂固而难以拔除的力量。

源赖朝

第二十八章　雨地·月天

入秋。

清晨，邦通飘然归来。伙房和马厩之人纷纷询问道："离开如此之久，你究竟上何处去了？"

邦通微微一笑，径自走进内院深处，向翘首企盼着他的归来的赖朝报告了情况。

八月七日清晨。

不知究竟是想到了何事，赖朝突然叫来了藤原邦通和住吉昌长，吩咐道："我此生的崛起之日，究竟何日方为吉日？你们帮我占卜一番吧。"

两人闻言一脸震惊，低下头道："还请大人稍候片刻。"

说罢，两人便转身退下了。

二人沐浴更衣，执卦占卜一番，奏报赖朝道："本月十七，正是毫无忌讳之吉日。"

"本月十七……"

赖朝睁大了双眼。双眸之中的目光，让二人一惊。但也或许只是错觉。

"本月十七吗？好吧。"

赖朝又无甚大事般地独自嘟囔了一句。

十三日，佐佐木定纲、盛纲兄弟二人刚从赖朝屋中退出不久，"我们兄弟俩有事要回相模的父亲家一趟。"说罢，兄弟俩便立刻从马厩中牵出马匹，策马而去。

"小人乡下家中有事。"

"叔父派人送来了书信。"

"我要到三岛去买些物事。"

紧随兄弟二人之后，家臣们纷纷告假离去，整个流放所中变得空无一人。

然而，相对于此，土肥次郎实平、工藤介茂光、冈崎四郎义实、宇佐美三郎、天野远景、加藤次景廉这些平日里常常露面的众人，却又一人接一人地被请到了赖朝的屋中。

"各位可有异议？"

赖朝向众人道出了内心中的计划，告诉众人他准备于十七日起兵。

自不必说，至于将来的大计和当日的战略之类的机密，就只有赖朝和时政两人知晓了。

"事已至此，我等还有什么异议。若是大人决心起兵，那么即便定于今日，我等也自当立于阵前，遵守平日里发下的誓言。"

所有人的回答之中，都听不出半点的犹豫与疑虑。相反，面临事起，感觉各人的决心反而更加的坚决了起来——好，如此一来，赖朝心中也开始有了一分坚信，认定了这份计划确实可行。

他只觉得备感安心，全身充满力量。

这份四溢的力量，反而让他夜里辗转难眠。

"如此绝非长久之计。"

赖朝虽然暗自叱责了自己，但兴奋的情绪却也难以平静下来。二十年里，唯有近来的几天，少有的再听不到流放所传出的诵经之声。

十五日黄昏时下起的大雨一直下到了十六日——雨势如此之大，甚至连富士和箱根连山都很难看清。原野之上，刮过阵阵白色的雨雾旋风。

"明日便是十七了。"

众人全都默然无语，面色凝重。十六日傍晚，赖朝戴上斗笠，身披蓑衣，带上几名随身侍从，悄悄离开流放所，前往了北条家。

期盼已久的日子终于即将到来——然而，心中同时却也掺杂着一丝焦虑。躺在北条家的屋中，每次睁开眼睛，潇潇的雨声便会充斥于赖朝的耳间。这一夜的黎明，仿佛迟迟不肯来临一般。

鸡雏的叽叽叫声响起。灰白的阳光从客房的门缝中射入。黎明已至。赖朝无声地呐喊着，一脚蹬开棉被，坐起身来。

"——治承四年八月十七。"

赖朝一边披上衣服，一边喃喃说道。

他把这一天刻成一种想念，在内心的正中央，竖起了一块丰碑。

"佐大人已经起身了吗？"

有人匆匆走来，站在门外说道。赖朝应了一声，那人便再次脚步匆匆地离去了。

御馆之中，早已充满了肃杀的气氛。夜中冒雨而来的年轻人的面容和身影就在眼前。对北条家的家人和手下而言，今日清晨，便是决定大事成败、一门兴亡的时刻。

"哦……天色转晴了啊。"

赖朝走到廊边，深深地吸了口气。虽然天色依旧还有些昏暗，但天空却已是一片沉静。美丽的晴空，出现在了天空的一角。

"老爷何在？"

赖朝向着走廊深处走去，开口向一名年老的侍女问道。

"老爷已经到山中的大日堂去了。"

难怪主屋和客房依旧像平常一样，看不出半点的变化。大玄关附近也同样一片静谧。赖朝一边点头赞叹着时政的安排，一边跟在侍从身后，登上了庭院后的小山。

接连两天的大雨之后，树木的叶片已经彻底覆盖了地面。折断的树枝随处可见。虽然山不大，但山上四处冒出的水流，化作了无数小小的瀑布，注入了御馆的护城河中。

大日堂的屋顶高高地悬在清晨发紫的昏暗天色中。旭日的赤红晨光冲破云层，洒到了屋瓦、大柱和走廊上——聚集在缘廊周围的身披甲胄的人影上，也散发出了熠熠的光芒。

"众位都已到了啊。"

赖朝停下脚步，冲着众人高声说道。

"众位都挺早的啊。昨晚我睡得很熟——直到今早醒来之前，什么都不知道呢。"

说着，赖朝一笑。

虽然事实并非如此，但赖朝还是如此说道。面对眼前的重任，他一改平日里的谨严态度，展现出了一身豪放的风骨。

相反，并肩而立的众人看到赖朝，全都转身朝向着他。原本站在走廊上的人也下了走廊，凑到伫立在院中的人群身旁，跪地说道："吾等谨遵誓约，静候起兵之日，愿将吾身献主君，肝脑涂地，虽死无憾……"

赖朝从武士们闪身让出的路上走过，踏上大日堂的台阶，在堂中一角披挂上了战甲。

堂中只有北条时政和阿牧夫人两人。听到母亲的召唤，走廊上的次子义时走进堂中，与母亲一道帮赖朝穿上了战甲。

"……"

时政待在一旁，默默地数着堂外聚集的人数。比起他预料的数目来，人数似乎少了许多——时政的脸上流露出了这样的脸色。

第二十八章 雨地·月天

尤其，今早的众人当中，少了几张必定会出现的面孔。时政心中不由得暗自担忧。

今早没看到的人，就是以佐佐木定纲为首，次郎经高、三郎盛纲和四郎高纲的兄弟四人。

不，若只是区区四人，那倒也还罢了，而他们四人的袖手旁观，莫非意思是说，他们的父亲、养父、姐夫，还有堂兄弟等相模国一方的势力，已在此时表现出了要与此事划清界线之意？

时政心中，一直在对此事忧心忡忡。

涩谷庄司重国也罢，大庭景亲也罢，若要追溯其家世根源，比起源氏一方来，他们的血缘都更接近于平家。虽然佐佐木兄弟之父秀义至今依旧在顽固地夸耀着其近江源氏的血缘，但自打平治之乱爆发，一家人被驱逐出近江，迁移到相模来之后，秀义便一直受到涩谷庄司的照顾，从这份关系上来看，他似乎也并无任何背叛的义理。

一族之中的大庭景亲等，则是些平家色彩更为浓厚之人。若是此人从佐佐木兄弟的行动之中，查知了今早众人聚义之事的话，那可就大事不妙了。此人或许便会派出快马传报，将事态告知与六波罗。

"是否曾经见到过定纲、盛纲等人？"

赖朝似乎也颇为担心此事。准备完毕之后，他坐在大堂的走廊上，一边检视着聚集于此的众人，一边向身旁的义时问道。

"似乎不在此处啊。"

回答之人并非义时，而是其父时政。

"……这可奇了。"

赖朝的脸色也骤然沉了下来——正如方才时政所想的那般，听闻他们兄弟二人未有前来，或许赖朝已经开始担忧，疑心邻国的一大势力将会缺阵。

"先前他们兄弟二人曾经那般忠诚地侍奉了我多年，时至今日，却……？"

更让赖朝心中疑虑的，却还在于一种多年间的主从信念受挫，遭人背叛出卖的心境。

"究竟怎么回事？"

"佐佐木兄弟还未到来吗？"

"未曾到来啊……"

"时辰已到。清晨的时机稍纵即逝，再过不久，日头就会高悬了。"

聚集于此的众人都面面相觑，议论纷纷。

赖朝的心中，只感觉到无限的憾恨。

"是我大意疏忽了……最终为他们的志向所打动，将此大事告知了他们，莫非竟是我此生最大的错误吗？"

时政的眉宇间微显焦躁。

"先前佐佐木兄弟二人究竟回相模去做什么呢……大事当前，他们却说要回家去一趟，此事之中，莫不会有什么蹊跷？"

时政一脸苦涩地问道。

"十二日深夜之中，我曾将聚义起兵之事告知过定纲、盛纲兄弟二人。当时二人兴奋雀跃不已，说是要回家取来甲胄——十三日的清晨，两人便一早就回相模去了。"

从赖朝的话语中听出懊悔之意，时政的脸色也沉了下来。

"……既如此，他们二人想必是不会来了。亲属与族人定会找他二人询问，即便他们二人想来，估计也是无法前来了吧。再或者，二人或许是被吓破了胆，临阵脱逃了吧……"

时政暗中责难了赖朝的疏忽大意。

——然而，聚集于庭院中的不足百人的年轻人们，却丝毫不以此事为意，

"快些出发吧。太阳已经升起了。"

众人意气风发。

第二十八章 雨地·月天

不知何时，赖朝和时政两人已转身走开，藏身到大日像后悄悄商议了起来。

"还有什么可犹豫的？若是再耽搁下去，就会错失拂晓出击的时刻了。"

大堂之外，义气风发的众人议论纷纷，等待着两员将领的号令。

——然而，不光时政没有出面，赖朝也迟迟没有露面。

渐渐地，摩拳擦掌的将士们心中开始不安了起来。而一众青年中最为年轻的佐奈田余一、南条小次郎、仁田四郎忠常等人则故意高声叫嚷道："莫非大事就此中止了不成？时至今日，北条大人和主公究竟还有何事可商议的？"

倒也难怪众人如此。眼下日头已高。唯有发动夜袭或是清晨出击，打敌人个措手不及，攻击方才能够奏效。而若是再如此拖延下去，今日的攻击，便会成为一场白昼战了。

"众位少安毋躁。"

过了一阵，堂后传出了赖朝的声音。赖朝的身影出现在大堂的走廊上，向众人宣告道："除了佐佐木兄弟之外，还有众多迟到之人。此外，兵略之上，还稍稍有些变更的必要，因此，我等决定延迟此番的清晨出击——在接到新的命令前，尚请

众位切勿离开此处，稍稍歇息等候片刻。"

　　说罢，赖朝和时政便转身再次向着御馆走去了。

　　众人前夜就未曾安睡过，天色未亮便又冒着风雨由三四里地外赶来。听到赖朝此言，一时间，众人尽皆面露愠色，望着赖朝、时政两人转身走远——其后，众人便如泄了气一般，

　　"罢了。"

　　"困死了。"

　　"不如趁机打个盹吧。"

　　众人彼此说道，围绕着大堂，各自放松了起来。

　　赖朝和时政都回到御馆中歇息了许久，然而，直到当天的正午，两人都始终相对无语。

　　"还未到吗……佐佐木兄弟二人还未到吗？"

　　二人心中，其实都在翘首等待着二人的到来。

　　正午已过。

　　休说佐佐木兄弟，之前未到之人也不曾有一人到来——若是有心前来之人，自然不会延误时刻，早已到来。

　　"如何是好？"

　　时政向赖朝问道，只盼能够问出赖朝最终的决心。

　　"不若就以院中聚集的众人起兵吧？据说，眼下已经到了八十五骑人马……区区八十五骑。"

　　"自一开始，我便未曾期望能够凑齐乌合之众。即便只有一人，只要此心能够打动神佛，世间也必会为之所动。若有了铁石之心，便是区区八十余骑，又有何事无法办成？"

　　"此外，既然中止了清晨出击，那么计划自然便转为夜袭了，今夜乃三岛明神祭，明日十八则是观世音的净斋日，对你而言，自然不宜杀生……如此一来，计划便会迁延至十九日。如此拖延，只怕夜长梦多啊。"

　　就在此时——

　　"佐佐木定纲大人、经高大人为首的四位弟兄眼下已经来到门前了。"

　　一两名御馆的武士匆匆冲过走廊，冲着两人所在的屋中叫道。

　　"什么？佐佐木兄弟等人已经到了？"

二人心中欣喜无比。一听到此讯，赖朝便道："人在何处？何处——"

说罢，立刻便随同前来禀报的武士们一道，大步流星地匆匆冲出了走廊。

兄弟四人伫立于门内的厅堂之中，犒劳着两匹疲惫不堪的瘦马。

兄长定纲、次子经高、三子盛纲，还有幺子四郎高纲全都穿着武装，就如同刚从池塘中爬出来的一般，满身泥水。

"哦。"

"哦……"

见赖朝走近，兄弟几人全都跪到地上，良久不曾言语。

"——就因为你们几人，我等已经错失了宝贵的清晨出击的良机！你们究竟在磨蹭些什么！"

眼见兄弟四人来到，赖朝本想厉声斥责一番，但眼角渗出的温热泪水，却令这番话语全都消失到了九霄云外。

兄长定纲解释道："我等迟来的罪责，任凭大人处罚斥责——趁着今夜天色尚未破晓之时，我等兄弟也曾连夜冒着风雨，拼命赶路，但豪雨却将沿途各处的桥梁尽数冲毁，又遇上道上的山崖崩落，挡住了去路——此外，我等兄弟四人并未对涩谷大人和家父提及过此事，悄悄前来，故而未能多准备些良马，就只能四人换乘这两匹羸瘦劣马赶来，因而在路上耽误了许多时间……我等实在是无以谢罪。"

听着几人的讲述，赖朝的泪水如滂沱大雨，倾泻而下，难以止住。他再次感觉到，主从之间那血浓于水的深情。赖朝不由得为之前自己对几人的猜疑感到愧疚。

"好了好了……都不必再说了。战事已经改到夜里了。歇息会儿吧，你们几人想必都已经累了吧。"

赖朝也吐露了信中的真情。

眼见主公口吐真情，兄弟几人也忘记了疲累，

"为了主公……"

几人心中的信念越发坚定，在心中暗自发誓要将功赎罪，

"待得夜幕降临之后，我等必当奋力杀敌，以补偿这迟到之罪。"

十七日的正午，便在平静之中过去了。伊豆的群山、田野、町人们都无从知晓，今夜将会有何事到来。唯有暴风雨后的夏云，将西方的天空烤得一片赤红。

残光稍稍淡去之后，太阳落山，紫色的昏暗逼近山麓。探查情况之人，也纷纷回到了北条家中。白天里饱饱睡了一觉的八十多名武士的身影，再次聚集到了蝉鸣声声的大日堂周围。

一轮明月缓缓从狩野川上游升起，只照得树梢生光。时政和赖朝也都出现在了

第二十八章　雨地・月天

众人的面前。时值夏日，却不知为何，众人只觉得夜凉如水。发青的脸色，也并非只是因为月光的缘故。

"出发！"

时政一马当先。

八十余骑的黑影开始晃动起来——赖朝则遵照时政的意思，暂时留在了后方——佐佐木三郎盛纲、加藤次景廉、堀藤次亲家三人则留在了赖朝身边。

赖朝一个箭步冲上走廊，目送着众人奋勇向前。来到御所内护城河前，一口气冲过吊桥，众人向着通往驿站大路的相反方向前进。远远望去，感觉人数似乎更加少了——如此区区数十人，当真能够做出一番惊天动地的大事来吗？甚至就连赖朝，心中也没有丝毫的把握。

时政身先士卒，离开御馆之前对众人道："不巧今夜恰逢三岛明神的祭日，因此，若是我等由大道行进，必会被他人撞见，将我等的行踪通报与敌方——不如抄蛭岛小路，如何？"

他曾经忧心此事，与赖朝和儿子们商议过。然而众人却一致说："此乃我等成就大业的第一步，若是走小道的话，便没意思了。我等还是由大路坦然而行吧。"

"既如此……"

时政便遵从了众人之意，沿着夜晚的大道，率兵向着山之木乡而去。

半道上，来到肥田原，时政在马背上扭头向定纲说道："山木判官的后盾堤权守信远居住于山木家北的山中。传闻此人勇猛善战，而我等若以此些少人数进犯，必会遭到敌人的团团包围。老夫期望你兄弟几人与老夫协力作战，直奔信远宅邸。"

定纲兄弟几人应了一句"得令"，之后便率领着极少的别动队，于牛锹改道而去。

时政派去协助兄弟几人的源藤太深知地形情况，率兵包抄了堤信远宅邸的背面，突然放箭袭击。

而就在宅邸背面响起阵阵杀声的同时，佐佐木兄弟也出现在了正面，冲着宅中高声喝道："信远何在？"

面临突然来袭之敌，宅邸之中乱成一团，狼狈至极的人影四处逃窜。宅邸的屋顶之上，八月十七的月亮，将夜空照得犹如白昼一般。

"哦，敌人在此！"

看到兄弟几人的身影，六七名信远的手下，便如同寻找到了猎物一般，挺身迎战。月光下，飞溅的鲜血一片黑紫，洒向大地。

"呜！"

正与敌人酣战之际，次子经高的大腿却被羽箭射中，

"我中箭了。"

说时迟那时快，正当敌人猛然跃起，准备扑向经高之时，

"浑蛋！"

定纲纵身跃来，由身后砍翻了扑向二弟的敌人。

飞箭如同倾盆大雨，从四方不停射来，但杀到面前的敌人却并不多。敌人之中，依稀可见一人往来冲突，令己方众人难以招架。眼见此人必是信远，经高忘却了自己身受重伤，大喝着"取你首级"，一路向着信远而去。

"什么人？"

信远大喝一声，挥刀向着经高砍去。

经高情势危急。就在他竭力迎战之时，正在宅中四处寻找信远的定纲、高纲二人跃下走廊，兄弟三人合力包围，一阵厮杀，终于阵斩了信远。

此时——

时政所率的大队人马，则已经渡过了山木家山脚的天满桥。接近中腹的土墙门前，众人避开了正面的石阶，由左右的山崖徐徐向上攀爬——除了树枝间洒下的点点月光，风中的丝丝细雨之外，周围再无半点声息。

第二十八章 雨地·月天

屋中的烛光，只映得整间屋子更加昏暗。明亮的月光射入屋中，照得横身躺在屋中之人全身泛起白光。

躺着的人身上散发出的阵阵酒气，仿佛已经化成了一股白雾。两名侍女默然坐在他的身边，为他驱赶着蚊虫。两人苍白的脸庞和深锁的眉头，就仿佛是在为自甘堕落的主人感到悲凄一样。

"——大人。大人。"

突然间，走廊上传来阵阵脚步声。

"有刺客。"

"敌人夜袭。"

屋外传来慌乱的叫嚷声。

睡眼惺忪的山木兼隆愕然抬起了头。

"何事？"

就在他睁圆醉眼，四处查看之时，一支无力的箭"咻"的一声划过了屋外。

"——啊。"

兼隆猛然跳起身来，

"拿刀来，拿刀来。"

他连声大叫，但两名侍女却早已逃得不见了踪影。兼隆连滚带爬地四处逃窜。他的脚边响起了惨叫声，但此时的他，却早已对此充耳不闻了。

咻——

不知何处，传来了飞箭划空的声音。得知自己的手下已经奋起迎战去了，兼隆想起了自己身上肩负的族人之长与六波罗目代的双重重担。

同时想道："怎会如此疏忽大意？"

悔恨，令兼隆全身毛发倒竖，怒不可遏。

"那个自暴自弃的流放罪人终于化作流寇，率兵袭来了吗？"

兼隆心中暗想——遇到如此紧急事态，他的心中便只能如此判断。

即便被赖朝夺走了政子，兼隆也只能自我安慰一番，却避免了将纷争表面化。

"我乃六波罗的地方官，若与一介流放罪人争风吃醋，成何体统？"

兼隆历来自视甚高，丝毫未将赖朝放在眼里。

六波罗的目代这一官职，令他身负起了平民百姓根本无法想象的官僚态度。因此，尽管兼隆对乡土青年围绕着赖朝展开的那些行动也有所耳闻，却只在心中想："反正也闹不出什么大乱子来。"

而对于青年们的头领赖朝，他也同样只怀着"嚣张跋扈的不良之徒罢了"的感慨，反而整日纠结于法规的旁枝末节，想方设法折磨为难，反而未能看穿那群围绕在赖朝身边的青年心中的意欲图谋。

打倒平家。

即便有人在事发前夜冲着兼隆耳边怒吼，他也只捧腹大笑一场。

"趁人之危——"

即便是在抓起长刀，冲向正门时，兼隆也未曾想到，北条时政此等明辨是非的年长之人，居然也会混迹在这群暴徒之中。

是夜恰值三岛明神祭，山木家家臣中的大半，都出门参拜去了。往常的归途之中，众人都会到黄濑川的客栈中玩乐一宿，因而御馆中并未留下多少手下。

攻防双方的箭矢都在一瞬间戛然而止，御馆之中石块如雨而下。紧接着，大门被人冲破，兵卒翻过围墙入内，宅邸之中立刻卷起了一阵死斗的旋涡。

就在此时，阵斩了堤信远的佐佐木定纲、经高兄弟将信远首级挑在刀尖，自北山方向赶来，

"敌人已死。"

"信远已死于我等刀下。"

眼见佐佐木兄弟高声叫嚷，率军赶来，指挥攻城的时政也竭力叫道："北山已被攻陷，友军旗开得胜。休放走了山木兼隆，时刻留意围墙周围的动静。"

面对身披战甲的追兵，山木判官且战且逃，已经彻底化作了一副夜叉身姿。时政的呼喝声，愕然划过了山木判官那双已然发红的双眼。

"哦？——这声音是……"

说着，他手提大长刀，大步向着时政所在之处冲去。

山木判官睁大眼睛，冲着人影问道："啊……是时政？"

直到此时，他依旧不敢置信地呻吟了一声。但最终，他还是彻底死了心。

"上当受骗了。"

山木判官万念俱灰。他紧咬着牙，挥舞起长刀，纵身跃到了时政的正对面。

赖朝静静地伫立在大日堂的走廊上，遥望着山之木乡的上空。

北条家的御馆中寂静无声。家中的男丁几乎已尽数跟随着时政出阵，女眷们居住的厢房中，只剩下几盏微微摇曳的灯影。

比起随军出战之人来，留在家中之人心中的悸动反而更甚——每一瞬间，都仿佛刻在了她们的身上。

"此番出兵，究竟是胜是败？"

众人都坐立难安。

若是我军战败，那又该当如何？

这一切，赖朝自然早已考虑在内——唯有一死。自打一开始，他的心中便已经下定了如此决心。而到了今夜，"不，此事万万不可。若是能退，那便暂且先退避一时。君子报仇，十年未晚。"赖朝却已改变了初衷。

尽管心中早已开始谋划，我军战败之际自己该当如何解救留守于御馆之中的时政妻女，但无论如何，赖朝却始终期盼祈祷着此战能够获胜。他那二十年来一直坚持着信仰与修行的内心，虽然表面上依旧保持着平静，但无论如何，赖朝也无法克制住咬紧牙关的冲动。

第二十八章　雨地・月天

"大火还没有烧起吗……浓烟还没有升起吗？"

赖朝不时昂头仰望天空问道。而坐在大树枝头上的马夫新平太，正专心地探查着周围的情势。

若能顺利杀掉山木兼隆，便立刻在目代宅邸中纵火烧屋——

而若是见到了火光，便说明首战告捷。临行之前，时政曾与赖朝如此约定过。

然而，火光却迟迟未现。

明月高悬，夜深人静。对世间而言，今夜不过也只是一如往常的平静夏夜。静夜之中，唯有子规鸟不时啼鸣。

"这可奇了。"

赖朝终于再忍不住。他走下缘廊，迈开焦躁不已的双脚，大步向着远处的大树之下走去。

赖朝抬头看着树梢之上，叫道："新平太。"

"在。"

"还未看到火光吗？"

"还未看到。"

"看仔细些。月光明亮，莫不是你看漏了？"

"不，并无此事。"

赖朝在大树下沉默了下来。树梢上的新平太每次挪动身子，枝头的露水都会扑簌簌地洒落而下，溅到赖朝的战甲肩头上。

"景廉，景廉。你们二人也一同过来。"

突然间，赖朝冲着身后叫道。

侍奉于大堂一旁的加藤次景廉、佐佐木盛纲，和堀藤次亲家三人都赶到了赖朝的身旁。

"大人有何吩咐？"

三人跪于赖朝面前，抬头看着赖朝的脸。

赖朝将手中的长刀交给景廉，沉声说道："眼下依旧未能看到火光，说明我军正陷于苦战之中。若是错失了良机，那便大事休矣。你等不需再守候在此，我并不需要他人护卫。你们几人也即刻奔赴战场，前去助阵吧——切要记得，定要在此刀上，涂抹上山木兼隆之血。"

"是"。

听过赖朝的一番言语，三人全都抖擞起精神，猛然起身——其实，三人也一直在为错过今夜的首战而心痒难当，摩拳擦掌了。

——然而，仔细一想，

"可若是我等三人也离开此地的话……"

三人心中又开始惦记起了赖朝的安危。

"还犹豫什么？快去。"

听到赖朝这从未有过的高声厉喝，三人立刻跑上大路，飞一般冲过御所内的护城河吊桥，投入了茫茫的夜色中。

然而。

三人虽一路飞奔而去，但还不等他们到得山之木乡——青色的月光下，夜空的一角中，淡淡地映出了一丝仿佛黎明曙光般美丽的光芒。

"啊，火光。是火光。"

树梢之上的新平太忘乎所以地大声叫嚷了起来。

"——哦。"

赖朝的双眸之中，也已映现出了远方的火光。

"大人，是火光……是火光……起火了。"

狂喜之余，树梢上的新平太已然哭了起来——而他，却迟迟未从树上下来。

赖朝也如同大石一般，贪婪地注视着天空中的淡淡火光。然而，方才还在焦急不已的他，此时却反而变得面无表情。面对着火色渐浓的天空，赖朝的双眸之中，也灿然湛放出了同样的光彩。

"……好。"

说罢，赖朝便沿着幽暗的山路，默默地向着御馆走去。新平太赶忙从树上滑下，快步向着主公的背影追去。

第二十八章 雨地・月天

第二十九章　石桥山

尽管心中一直坚信——

"自己很冷静。应该没有任何的不对。"

但即便是回顾一番今日之事，也会感觉到有太多的事想不起来。

自十七日的夜里起，最近七天里发生的事，都令赖朝有此感觉。

二十三日的夜里，赖朝一直坐在漆黑的洞窟之中，等待着二十四日的黎明的到来。

"我还没死。"

在自己心中那口静谧的泉水中，他发现了倒映在水面上的自己的生命。他总会忍不住想要去凑过头窥视一番。

当天夜里，丝毫没有遭遇敌人袭击的危险。

同时，我军之中也不见半分主动向敌人出击的意愿。

人的存在，竟会变得如此的渺小无力。天地之间一片黑暗，只剩在伊豆山中四处肆虐和呼啸的狂风暴雨。

"——十四岁那边，我没死，又苟活过了其后的二十年。如今，我奋起反击，于血雨腥风之中斩杀了山木兼隆。而七日之后，我也依旧没死。"

赖朝暗自闭目冥想。

"看起来，我的运气似乎还算不错。不，或许是上天的神明在守护着我的这条命吧。如此看来，今年三十三岁的我，或许还能活到五十岁，甚至七十岁、八十岁。"

洞口泻下了一片白茫茫的水帘，一瞬间，洞窟之中化作了一片真空。面颊之上，能够感受到一种令人窒息的风。

"——我还活着。"

身处自然的暴虐之中，他看起来似乎正寂寥地活着，然而赖朝的心中，却体会到了一种难以言喻的爽快感觉——今夜的狂风暴雨，似乎已将盘踞蜗居于平日那纤细的神经和躯体之中的胆小彻底吹到了相模滩的彼端。

"我的命很硬。我是一个在这片大自然中，与山野一同呼吸之人——平家的性命，是依靠门阀与人智来支撑的，而如今，它已经变得腐朽，迎来了末期——这是**矗**立于暴风雨中的阁楼，和大自然之中的洞窟之间的区别——能赢！一定能赢。区区平家，又能算得什么。"

他的心里，丝毫没有把濒临伊豆的那三五千人的平家军放在眼里——赖朝在脑海中描绘着年幼时依稀留在心中的京城景象。那里的文化，那里的旧势力，赖朝把他能想起来的那里的宿怨，全都看作敌人。

"大人……大人……"

有人从洞中深处呼唤道。

可是——洞外的大雨如瀑布般倾泻而下，水声如雷，狂风呼啸。赖朝并未听到洞外之人的呼唤。

呼唤声再次响起。

不可思议的是，对赖朝而言，今夜却是自山之木乡亮起火光那夜之后的又一个愉快之夜。再辅以冥想的快乐，赖朝甚至对洞外的风雨之声也充耳不闻。

啪唧，啪唧——佐佐木高纲趴在水中，从洞中深处爬近。

"雨水已经积起。您所坐的盾已经如小舟般浸在水中。请您再往深处挪一挪吧。"

"高纲吗……"

"是。"

"你还没睡？"

"在下是被水淹醒的。"

"其余的众人呢？"

"众人都沉沉睡卧于深处。"

"——既然如此，我便留在此处吧。若是我过去的话，或许便会将众人惊醒。众人如今已经疲惫不堪。昨夜之中，我睡得很香。今夜已无心睡眠。我在此便罢。在此便罢。"

不觉之间，黎明已至。

"哦——"

天色泛白之后，山谷之间便立刻响起了呼号之声。

"哦——"

山峰回应着。

赖朝走出洞窟。

狂风暴雨与黑暗一同消逝，万里无云，晴空满天。放眼望去，从伊豆的大海到房总的海面上，只剩下狂澜的水波与阵阵海鸣。

"天色转晴了！"

"醒醒。"

武士们从岩缝和树荫之后匍匐爬出，伸着懒腰，彼此互相呼唤着。也不知昨夜究竟藏身何处，眼看着数百名的士卒和数十头的马匹，全都聚集到了赖朝的身旁。

"时政，别来无恙吧。工藤介茂光年事已高，身体也无大碍吧？"

听到赖朝如此询问——

"不必担心，战事才刚刚开始。大人不必挂心。"

年迈的茂光和身旁的北条时政对望一眼，相视一笑。

时政上前问道："令旨并未弄湿吧？"

赖朝摇摇头，小心翼翼地从怀中掏出了以仁王的令旨，拜了一拜。之后，他将令旨交到时政手中，吩咐道："将此令旨拴于旗杆尖头，高举于众将士的头顶。"

时政郑重接过令旨，扭头唤来了中平四郎惟重，吩咐道："此乃已故亲王所下令旨，其中写明了亲王的心志。同时，此物也是我等的心魂所在。务必小心保管。"

"承蒙吩咐如此重任，属下实在荣耀至极。赴汤蹈火，在所不辞。"

平四郎惟重跪下身去，双手捧过。眼见自己的儿子担负起如此光荣重任，其父中赖隆不由得热泪盈眶。

"单凭犬子一人，实在难以担当如此大任。老夫也愿与犬子一道，父子二人协力护旗。"

赖隆的战甲背部背负着偌大的御币，挺身上前。

"探子还未归来吗？"

听到赖朝询问，时政回答道："昨夜大雨倾盆，探子也难以前行，或许已经躲到山中暂避去了吧——不过，今早应当也会现身。"

说罢，时政看了看赖朝的双眸。

"趁着探子未归，不如我等便先填饱肚子吧。"

"嗯。"

赖朝的双眼，正远眺着波涛汹涌的大海。水波映着晨曦，礁石周围泛起一阵金色的水雾。

"解开粮草。"

"给马上料。"

命令一下，众将士全都解开了随身携带的粮食，各自找地方坐下了身。

除了炒米和涂过味噌的干麦饼之外，炎热的天气和雨水，已经令大部分粮食都腐坏掉了。

然而，每个人却都默默地吃着。不知为何，赖朝只觉得眼角一热，心中暗想——事成之日，自己又当用什么来犒劳今日的众将士呢？

攻打山木家的首夜里，虽然只有区区的八十余骑，但离开伊豆，越过三浦乡，抵达相模的土肥前，三浦次郎义澄的兄弟与和田小太郎义盛的族人等便纷纷率着十骑或十五骑的自家子弟来投，不知不觉间，赖朝一方的总人数已然超过了三百余骑。而且，在这三百余人之中，并无一人是被逼而来的。

第二十九章 石桥山

同日清晨。

旭日东升。与赖朝等人一样因为昨夜的狂风骤雨而偃旗息鼓的平家一方的士卒们，也纷纷出现在了山巅之上。

"那不是敌军吗？"

"叛军正向着山顶而去。"

士卒们有的抬手遮挡着晨光，有人则伸手指指点点。

从源氏一方所在的位置来看，平家的士卒也有如豆粒一般，星星点点。

隔着通往古滨村的小路，平家一方在星山连峰一带布下了阵势，旌旗招展，随风飘扬。远处看去，那闪耀着白光的，或许便是平家战阵中的长刀太刀。朝阳之下，战盔和战铠上，也笼罩着一层星云般的朦胧光芒。

平家的阵地分作几处。居住于东国的平家众人之中，只要是稍有名气的大将，全都率领着各自的手下家臣，会聚于此。

"区区螽贼作乱，又能算得了什么。"

首当其冲的，便是相模的大庭三郎景亲、河村三郎义秀、涩谷庄司重国、糟谷权守盛等人。

而曾我太郎佑信、泷口三郎经俊、长尾新五郎为宗、新六定景等众多武士之中，如俣野五郎景久、熊谷二郎直实等豪勇之人，便如同欲图振翅高飞前的鸷鹰一般，则静静地伫立着，凝视着山谷对面的敌人。

"大庭景亲之兄景义此人与赖朝素来交厚，据闻此番他也身处叛军之中。骨肉兄弟二人，相隔一谷之遥，彼此身处敌我阵中，却不知他们兄弟二人此时究竟作何感想——此事实在令人心中不忍哪。"

黎明的空气刚刚散去，战意还并不浓厚。众武士们彼此闲聊着。

"不，不光只是大庭大人。涩谷庄司重国大人心中，想必也抱有如此苦衷的吧。敌军阵中的佐佐木四兄弟之父佐佐木秀义与重国大人素来交往深厚，又是亲戚。但重国大人平日深受平家厚恩，如今他不辞年迈，舍弃私情，毅然奔赴战场而来了。"

"此事理所当然。若如敌方的北条时政之流，先祖出自平家，代承平家厚恩，如今却为老不尊，受人挑唆，参与协助了此等年轻无知之徒的玩火儿戏。不过听说如今负责叛军阵头指挥之人正是时政，却也不知是否是他主动挑唆的呢。真是个莫名其妙的老糊涂。"

"如今叛军已经接连胡闹了七日，想必他们心中的郁愤也已散去。今明数日之间，此谷必将成为敌军葬身之地。时政也好，赖朝也罢，以及其他为此二人所驱使的众人，都必将立刻化作土中的白骨——胆敢兴兵作乱者，当遭此报。"

平家一方丝毫未将战事的胜败看作问题。面对三百余骑的敌军，己方的兵力远超三千骑，处于绝对优势之中。

众人都未曾想到，近日来的这番山林野战，竟会成为一阵将整个日本卷入战乱之中的疾风。眼下的战事，甚至还不及先前已于宇治川剿灭的源三位赖政掀起的兵戈，众人就只把这看作一场地方骚乱罢了。

因此，即便兴兵作乱的主谋是赖朝，平家军也从未将敌军称为源氏军。他们觉得，若将眼下这帮与己方为敌的敌人称作源氏军，便会将敌人抬高到与己方对等的地位上。

唯有北条时政，让平家众人不敢小觑。从门第、年龄与平日的为人上来看，平家众人也不得不承认此人的分量。同时也正是因为如此，平家众人也无法理解他为何会参与到这帮心怀不平的年轻人当中，就只能满怀着讶异和奇怪，从阵中远远地向着时政望去。

隔着山谷，两军的对峙由清晨持续到了午时。

平家军显得颇为镇定，虽然尚未开战，他们似乎便已经觉得自己胜券在握了。到了午时，平家军如此认定的原因终于水落石出。

那就是——

他们似乎一直在等待着从先前起，便与赖朝结有宿怨的伊东佑亲入道的到来。伊东二郎佑亲所率的三百士卒赶到之后，并未登上平家军布下阵势的星山，却故意登上了赖朝、时政等源氏众人布阵之地前方的另一座山头。

源氏阵营所在的山头，和己方占领的高地之间，恰巧形成了夹攻的态势。

"伊东入道来了。"

"万事俱备。"

"一口气出击，彻底击溃敌军。"

就在星山之巅开始显露出阵阵杀气之时，只见远处丸子河下游濒海的树林之中升起了股股黑烟。

"嗯？何处起火了？"

"那不是大庭大人的御馆附近吗？"

"正是。是大庭大人的御馆起火了。"

就在众人乱作一团之时，只听探子来报，说是尽管先前已经派遣了儿子义澄协助赖朝一方，但被三浦一族奉为"大祖父"的三浦大介义明却依旧不顾自己已届八十高龄，召集了留守家中的家仆和亲属，组成了一支一百七八十人的部队，火速沿濒海道路而来，于丸子河原布下了阵势。这支一百七八十人的部队首先焚烧了大庭景亲的御馆，其势头锐不可当。

"嗯？是那老头？"

平家军众将面面相觑。树林上空的浓烟也还罢了，更让他们心中惊疑不定的，还在于那位年逾八十的白发武者，对赖朝此番的起兵竟会如此支持。

义明这等年届老龄的一族之长，时政那样的成熟稳重之人，为何会如此竭尽全力，甚至不惜赌上族人的性命，支持这场"年轻人玩火自焚"的暴举呢？

如今，即便听闻义明率军来袭的消息，平家军三千余骑依旧毫无动静。

众人之中，甚至还有些人还暗中表现出了理解。

涩谷庄司、熊谷直实等虽身在平家阵营之中，却并未将对方的那股精神，看成是"年轻人玩火自焚"，反而觉得他们的举动，是受到了天启。

明知如此，却还是与这群坚信时代精神的敌人为敌，其实也皆因世间的复杂与武士的立场所致。

众人之中，有一名名为饭田五郎之人。尽管此人乃是大庭景亲的家臣，但他的心中，却一直恨不得"飞奔而去"。平日里，此人便感觉自己与赖朝志同道合，虽然此刻与源氏众人隔山对峙，但这却也是因自己必须听从主家景亲的号令所致。

而在这三千的平家军中，却不知到底有多少人心怀此念——究其因，就在于：平家只会夸耀平家的既成势力，而赖朝一方，却无人依仗赖朝或者时政这区区一人。

他们都将上天视作了靠山。

所谓上天，自然就是时势。审时度势，力行正道，伫立于大地之上的众人头顶上，是一片光芒四溢的天空。

——确实如此。

山谷之间，暮色渐浓。敌我双方的兵将齐声呐喊，回声响彻山谷。一队队的兵卒们，手中挥舞着太刀长刀，争先恐后地冲下了薄暮之中的山谷。

傍晚时分，合战爆发。

白日之中，彼此对峙的两军都不知这一战将会因由何等契机，由哪一方率先发起挑战。

而且，今日的对峙之中，双方都惜箭如金，甚至都未浪费过一支箭。

或许这也是因为两军之间隔着山谷，羽箭无法射至的缘故吧——双方之人似乎都颇为谨慎，并无任何人贸然出头，胆敢向对方军中射箭。而若是贸然上前，羽箭未能射到地方所在的山头，空落谷间的话，说不定便会成为众人的笑柄。

尽管这一点同样也是两军彼此对峙的原因，但另一个原因却还在于：若要向对方发起挑战，自己就必须先冲下山谷去。一旦下了山，敌方的滚木礌石必会如倾盆大雨般兜头而至。因此，率先挑战的一方，必定会陷入不利的境地——这等兵法，可谓显而易见。

因此，即便山谷间的最后一抹夕阳泛起了淡紫，暮色渐沉，两军也依旧耐心地彼此对峙着。突然，源氏一方盘踞的曾被暴风雨冲去泥土、岩石外露的山崖上，传来了一阵泥土岩石滚落而下的隆隆响声。

"来了。"

"敌军冲过来了。"

立刻，源氏一方的众人冲下了山，而平家军也冲了下去——若要说起这场合战的契机，或许便在于此。

"喊。"

"射中敌军了。"

"羽箭。快拿箭来。"

将近一半的平家军依旧还留在山上。袖手旁观的，就只是一部分的老将和其帐下士卒。武士们齐举长弓，顷刻之间，背上的箭壶便已变得空空如也。

"勿要误伤了自己人。敌我难辨。危险啊。"

第二十九章 石桥山

大山的中腹，有人提醒道。山谷间越发变得昏暗。两军众人乱作一团，彼此都要凑到眼前才能分清敌我。

"快上。"

众将士纷纷放下手中的长弓，为了增援己方，向着漆黑的山谷前进。

有人失足摔落。

也有人为流矢所中，从半山崖上跌落。

其中的几支，正是伫立于对面山上的赖朝所射。

当地的土民，将赖朝当时伫立的那座山称作"石桥山"。

一整天里，石桥山上的众人全都紧绷着脸。众人心中没有半点的杂念，也没有半分的疑虑。三百余人团结一心，只是偶尔会默默地抬头看看竿头的白旗，和上边高悬的以仁王的令旨。

此刻，这群人中的绝大部分，都在谷底浴血奋战着。赖朝的身边，就只剩下加藤次景廉、大见平太、佐佐木高纲、堀藤次等五六人的身影。

"高纲，高纲。"

赖朝刚一放下长弓，立刻便从堀藤次的手中接过了长刀。

"麻烦。跟我来。"

"啊，请您再稍等一会儿吧。"

高纲和景廉放下长弓，赶忙拦住了赖朝。

"眼下敌我两军一片混战，天色又太过昏暗。"

"如此境况，却教我怎生袖手旁观。"

"您可要自重啊。"

"十四岁那年，我没死。后来的二十年里，我也没死。若我死于此地乃是天命，那么即便藏身于此，也同样是在劫难逃——听啊，这肃杀的回声。我军的将士以一当十，正在与敌军奋力拼杀——走吧。南无八幡大菩萨，究竟是要助我赖朝事成，还是要让我赖朝命绝于此？便请明示上天之意吧。"

年轻的赖朝一声狮吼，游龙般地冲下了山头。

第三十章　碧血

顷刻之后，此役便已宣告了终结。源氏一方败北。

身处乱军之中，根本无从知晓战事的胜败。更何况，山谷之中还一片漆黑。

"前往椙山，前往椙山。"

听声音，应该是己方之人。看样子，此战已以失败告终了。

还没回过神来，身上的战铠便已碰到了另外的战铠。彼此都必须凑近眼前。

"这家伙。"

或是立刻挥刀砍杀身边之人，或是遭到他人的斩杀。敌我两军，彻底混战到了一起。

此战之中，佐奈田余一义忠、武藤一郎等，不管是对赖朝而言还是对世间而言都颇为令人惋惜的年轻武士，尽皆战死沙场。

众人踏上了到处是石子和杂草的河原。西侧和南边，都有通往谷口的道路。己方将士的大队人马，或许都已经择路离去了。

赖朝连滚带爬地往前奔去。每次跌倒，他的心中都会一阵发凉。

"莫非，我今日便将战死于此？"

不知为何，赖朝心中的求生执念是如此淡薄。每次觉察到危险，他都会感到自己的身体疲劳已极。那种让他无法再坚持向前半步的喘息与疲累，无时无刻在他耳畔轻诉着死的安逸。

"这点疲累，算得了什么！"

比起身后紧追的敌军来，更大的敌人，其实就盘踞在赖朝自己的内心之中。紧咬牙关，奋然起身，蹒跚着向前爬去。然后，再一次地摔倒在地。

战盔早已抛却。赖朝伸手想要解开战甲——就在这时。

"嘎——"

只听身后传来一声干涸嘶哑的声音。

扭头一看，只见一名骑着高头大马的敌将正紧跟在身后。发现赖朝，敌将策马赶来。敌将张大嘴巴，挥舞太刀，似乎想要说些什么。可是，在方才的战斗之中，他也曾大声呵斥激励士卒，喉咙早已喊破，出口的声音，已然不成言语——就只是发出了"嘎"的一声异样声音。

"啊——景亲。"

赖朝手里的长刀下意识地划出了纵横的闪光。闪光从敌将的马匹鼻尖上掠过。那马一惊,猛地跃起身来——然而敌将却并未被马给甩下来,相反,敌将纵身一跃,再次从马鞍上挥刀向着赖朝砍去。

就在这时,一名貌似平家武将手下的男子突然冲到主人身边,用刀背横扫马匹的前蹄。自不必说,那马重重地往前摔去,而马鞍上的武将也被甩离马背,摔到了石子之上。

"纳命来。"

就在赖朝准备再给敌将一击之时,只听方才那男子高声叫道:"佐大人手下留情——休伤吾主。"

男子一把推开赖朝——之后立刻拽起赖朝,一阵风似的向着椙山谷的方向逃走了。

"是谁?"

"在下之后再报上姓名。"

"是敌人?"

"在下并非佐大人之敌。"

"是己方之人?"

"在下也并非佐大人的己方之人。"

"那……你究竟是何人?"

"迷惘之人——先前,在下还是大庭三郎义亲大人的家臣。"

"啊,是饭田五郎吗?"

"正是。"

"是五郎啊。"

"……对。"

赖朝停下脚步,看了看扶住自己身体的那名男子。先前,此人曾陪伴着大庭景亲之兄景义,到流放所去过一次。而在志同道合之人的集会上,他似乎也曾出现过一两次。因为众人曾经提醒赖朝,说此人来历不明、性情古怪,其后景义便再未带他参与过集会了。

"在下虽然一直对大人心存仰慕,却恨不能舍却主君妻小,前来投奔,因而今日一战之中,在下也身处平家一方的阵营之中。但深思熟虑一番之后,在下知晓大人此番兴兵举事，实属不易，若是于此遭遇挫折，那么眼下这等腐朽世道，或许还将再延续上十年二十年之久。此乃江山社稷之害，黎民百姓之苦，只会致使人心更趋邪恶——若是如此，说来不敬，但此事必会危及朝廷的存亡。"

饭田五郎竭力说道。眼见他那副不知该如何道出自己真实心愿，让赖朝宽容，绞尽脑汁的模样，赖朝心中不禁涌起了一丝怜悯。

"……因而，在下前思后想，迷茫困扰，理清了大义与小义，决心投奔源氏一方。就在在下伺机投奔之时，偶然发现大人遇险，于是便舍弃了前主景亲大人，前来投奔了——从今往后，在下愿跟从大人鞍前马后，克尽忠义。"

说到这里，饭田五郎的声音中带起了一丝哽咽。

"眼见我赖朝兵败逃亡，却还甘愿前后投奔跟从我这败军之将，可见真心。此事真是可喜可贺。"

赖朝眼中含泪，立誓愿与饭田五郎永为主从。

然而既非源氏亦非平家，不过只是一届小卒的饭田五郎之所以会投身敌营，却也并非仅仅只是因对赖朝此人的景仰之心所致。正因为他是个既无家产又无家世的平民百姓，所以反而更能清楚地看到现状与世间，对未来充满渴望——比起人来，更重要的还在于"革新精神"这面旗帜。

"啊，若再如此下去，必定还会像方才一般，再次身陷重围。在下收集了些羽箭。请大人再稍稍忍耐片刻。"

五郎再次出言激励扶持赖朝，一路向着椙山深处逃去。

天明之后，二十四日。

查知赖朝的所在之处后，已方士卒再次聚集到了一起。赖朝登上身后的山峰，打算重新布下阵势。

众人自然无人反对。

"今日必定要一雪昨日之耻。"

众人的斗志非但没有受挫，反而变得越发的旺盛。众将士彼此默然对望，相互诀别。他们早已下定死战一场的决心，准备如即将凋零散落的樱花一般，轰轰烈烈地血战半日。凛然的心意，已然超越了"悲壮"这等充满血腥的感情。

"上。"

"上啊。"

众人手抓岩壁，仿佛是向着天上攀行一般。

以敌将大庭景亲为首，三千敌军的呼喝声立刻逼近了眼前。

由于阵型不整的缘故，源氏的部队再次陷入了四分五散、各自为战的境地。

加藤次景廉、大见平太等人一边与敌军白刃相交，一边高声冲着己方将士呼喝道："此处由我等来断后，众位暂且退避，占据有利地形，重新布阵。"

三十六计，走为上计——尽管众人心中都很明白这一点，但面对己方的此等将士，又有谁心中不为所动，难以割舍？以赖朝为首，甚至就连时政父子也坚守在大山的中段，拼命向着敌军不住地放箭。

景廉之父加藤五景员担心儿子，坚守到了最后。

大见平次之兄政光也忧心兄弟，加入断后的部队，冲入了乱军当中。

除此之外，加藤太光员、佐佐木高纲、堀藤次、堀藤四郎、天野远景、天野平内等人都留下来奋勇抵御敌军。

"唔。"

"哦。"

"喝。"

呼喝声与甲胄、长剑之声相互交织，唤起了人世罕见的凄怆回音。山谷河原之上的石头与夏草上，全都染满鲜血。

羽箭放尽，众人全都抽出了太刀长刀，与敌人白刃相交。以大庭景亲为首，平家一方的众将大多都骑着战马，走在石子较多的山谷间，名驹的快蹄，反而遭到身手敏捷之敌的砍伐，为了不使马失前蹄，反而失去了灵敏迅捷的动作。

"马上极为不利。"

平家众将彼此提醒，纷纷弃马而战。

面对源氏一方，尽管平家一方占据着以十敌一的优势，但在这份优势发挥出来之前，却耗费了很长的一段时间。死伤者的数目超过敌方的十倍以上，长此以往，甚至就连自身也会难保——直到濒临险境之时，

"可恶，就只是这么几个敌军。己方众将士，如此下去那便颜面扫地了。宁可战死，不可后退。"

平家一方的众人愤然咆哮，发疯似的与敌人血战起来。

两军之人扭打作一团，落入水中。

有人砍下敌人的首级。

"快看——我取下敌人的首级了。"

刚一跃起身来，高举着手中那鲜血淋漓之物，正四处邀功，

"混账。"

第三十章 碧血

却冷不防被人从身后一刀砍来，手里依旧提着敌军的脑袋，自己却也成了无头的武士。

"啊，大人——混账。"

乱军之中，发现赖朝正与一名无名敌人厮杀搏斗，天野远景不由得怒上心头。

"一群小卒。"

远景将怒气全都发泄到了那四五名围困赖朝的敌兵身上，挥舞着大长刀，将敌人砍倒在地。

"大人快逃。"

之后，远景又虎着脸冲赖朝呵斥了一声。

战场之上，敌军武士抛弃的马匹背着马鞍，放牧一般地四处奔逃。它们根本没把合战当作回事，有的低头饮水，有的啃食草料，还有的疯狂地嘶鸣着。

"大人，快上马。"

远景拽过一头鹿毛，牵到赖朝面前。己方的众将士如同雪崩一般汇聚到了赖朝身边。

"啊，大人为何还在此处？"

众将士一边为赖朝的平安无事感到惊异，一边团团围护住赖朝，牵着赖朝胯下的马匹向着大山深处逃去。

"别放跑了他。"

"此人正是赖朝。"

景亲等平家军士立刻惊觉，摸黑追来，但在高纲、景廉等人烈火般的羽箭之下，平家众将死伤惨重，充当先锋只得伏下身去，待得箭风驰过之后，方才猛然起身，奋力追赶。

"时政呢——有人看到时政父子没有？"

逃亡的路上，赖朝不知曾多少次地询问左右。

"方才冲回战场断后之时，我等便与他们父子走散了。"

同行众人回答道。

土肥次郎实平也在这些人当中。看到实平还在，"你也在啊？"赖朝的脸上稍稍显露出了一丝放心。

待得众人逃至椙山深处，实平已经彻底放弃了此役的胜败，提议道："敌军势众，不论我等藏身何处，恐都难以避开敌军的眼线。众位不离不弃，护主至此，忠肝义胆可鉴日月，但依眼下情形，众人分散开来，方才是为了主公着想。"

"……"

无人应声。每个人都低着头，一脸阴惨的表情。战败的憾恨之情，令众人紧紧咬住嘴唇，强忍着眼眶之中的热泪。

实平克制着心中的感情，努力不让自己颤抖的声音化作呜咽，接着说道："今日一别，必将成为后日之幸。我等便暂且就此拜别吧——哪怕是一两个月的时间，在下实平都会设法保得大人安全无事——不久之后，我等便会卷土重来，一雪会稽之耻。"

不知是谁率先哭出了声，一瞬间，众人全都抬起胳臂，擦拭起了眼角。

赖朝并不想哭，相反，他却在为自己的无德无能而感到愧疚。他在内心之中叱责自己，将此番的惨败全都归结成了自己的责任。

然而，即便如此，"此事绝不会就此作罢！"

这希望，比任何人都更坚强地存在于赖朝的信念之中。眼下，并非是他初涉荆棘之道。自幼年之时起，他便无数次地领教过了"山穷水尽疑无路，柳暗花明又一村"的境地。

"我等愿伴随大人，一直走到最后。"

尽管这是身处此地众人的共同心愿，但赖朝却下令众人暂且分别，以期他日之谋，众人也只得各自分散离去。

就在赖朝只留下实平一人，其余众人已各自逃离之时，先前于乱军之中走散的饭田五郎气喘吁吁地追了上来。

"在下拾得一串念珠。这串念珠，想必应是大人您的吧？"

看到念珠确是自己丢失之物，赖朝心中格外欣喜。饭田五郎哭求赖朝，希望能与他同行。

"今日一别，绝非最后。若是他日再次看到我的旗号，你便立刻赶来吧。"

赖朝一番劝慰，执意赶走了饭田五郎。不知为何，赶走五郎之时，赖朝的内心却要比赶走其他众人时更为心痛。

另一方面，与赖朝走散了的时政父子踏上了另外的道路，由箱根路越过汤坂，欲图逃往甲斐，但三子三郎却在由土肥山前往早川的途中，遭到了伊东佑亲入道的士卒的团团包围，战死沙场。同行的工藤介茂光年迈体衰，精疲力竭。

"老夫已尽力而战，唯死一途了。"

工藤介茂光高声呐喊，切腹自尽。

与实平一道，于山后逃亡的赖朝眼中，随处可见这等四散开来，最终毙命于此

第三十章 碧血

的己方将士。

"在那座山峰之上。"

"是，是逃往山谷之间了。"

不论赖朝如何躲藏，敌方的大庭景亲的兵卒始终纠缠不放，追随在赖朝的身后。

"喂，我方的众将士，赖朝并不在此山之中。在下已率手下彻底探查过。在对面的山里。对面的山谷和山麓之下，颇为可疑啊。"

不知为何，平家之将梶原三郎景时两眼盯着赖朝藏身的树丛，站在岩石上冲着己方的将士挥手示意，高声呼喝着。

第三十一章　启航

"今夜……依旧一片火红吗？"

政子凝视着夜空——她将目光投向了距此不过数里之遥的石桥山、椙山方向的天空。

相较于那些掩映着战火的云彩，燃烧在她双眸中之物，反而还更像是一团烈焰。

"却不知情况如何了……"

她突然想起了父亲和兄长——心中更挂念着赖朝的安危。

前些天的那个暴风雨的夜晚中，政子在尼庵的佛像前整整坐了一夜，只为祈祷能够战胜敌人。

她派出了所有的人手，去探查打听军队的消息。

对于我军在石桥山遭遇的惨败，她也详细地听说了。

"——只要他们能够保住一条性命。"

如今，她的心中就只剩下这一丝愿望了。

她在心底告诫自己："他们不会如此轻易便丧命的。"

若是相公赖朝遭遇了不测，那么父亲也会送掉性命，兄长也会战死沙场——她的心中，也早已下定了殉死的决心。

正因为如此，她一直在告诫自己千万不可轻率行事。她很清楚自己相公那种深思熟虑的性格，所以她坚信——相公一定会坚持活到最后的最后。

"政子小姐，夜露有伤身子，您还是先回屋吧。今夜您便好好歇息上一晚吧。"

温泉的法音比丘尼走上缘廊，冲她说道。

"好的……"

院墙的角落里，传来了政子的回话。然而，她却丝毫没有转身回屋的意思。

"……却也难怪。"

远远地望着伫立于草丛中，双眼一直盯着天空一角的政子的身影，法音尼双手合十。

向着她的身影双手合十，默默祈祷——除此之外，老尼再也找不出半句宽慰政子的话语了。

夜色渐深。

或许是战火的影响，伊豆的海上，看不到半点渔火的影子。方才的狂风，也已彻底消失得无影无踪。

"政子小姐。您可在院中？"

"是谁？"

"我是牧场的於萱。"

"是阿萱啊……等你很久了。你可曾探听到些消息？"

"是。方才，我终于打听到了众人的下落。"

牧场之妻於萱悄悄从院口潜入，走到政子身旁，屈身跪于夜露之中。

她，也是为了政子，冒死前去打探战后消息的一人。

"——二十四日战后，赖朝大人与我军众将四散别离之后，由实平大人一人陪伴，由椙山逃往了箱根。路上，恰与其岳父北条时政大人相遇，暂且藏身到了箱根权现的别当——其弟永实大人处……众人已并无性命之忧。永实法师与行实法师兄弟二人，均是自先前便与源家有着深厚渊源之人。"

听着听着，政子眼中的泪水夺眶而出——此刻，她的心中充满了对上天护佑的感激之情——她甚至都不知自己该如何出言犒劳於萱了。

如此说来，一场恶战之后，相公今夜也终于可以拖着疲倦的身躯，久违地躺倒在屋檐之下了。

——心中一起此念，政子便不由得突然想坐下身去。

"夫人。佐夫人。贫僧是温泉权现的觉明。此处乃是尼庵，贫僧不便入内，还请夫人借一步说话——贫僧已经探知到战场的情况，以及其后众人的消息了。"

恰于此时，围墙之外再次传来了另外一人低声回报的声音。

昨夜，是牧场之妻和温泉权现觉明的报告——今日，前来拜会政子之人也络绎不绝。他们把战后的各种情形，巨细无遗地报告给了政子。

虽然各人的所处所闻有所不同，但若将众人的情报综合到一　便可大致归结出以下的几条。

一向被众人视为源氏有力后援的三浦义澄一族未能及时赶至石桥山。由丸子河向由比滨进军的途中，三浦一族与平家的畠山重忠狭路相逢。重忠一方损兵五十余人，三浦一族死伤甚重，被迫率军返回三浦乡，固守衣笠城。其后，以畠山重忠为首，河越太郎重赖、江户太郎重长等平家军，再度大举率军围攻衣笠城了。从情形上看，三浦一族恐怕已难以久守。

从一开始便将赖朝视为眼中钉的大庭景亲，于二十五日黄昏向众将士发布了命令。

"胆敢包藏赖朝者，或疏于闭户者，皆以极刑论处。"

景亲于各处要道竖起告示，通往诸国的客栈、驿馆自不必说，甚至就连山间小道、海滨上也设立了岗哨，盘查极为森严。

战事似乎已由富士山麓波及了甲州。眼见甲斐的武田、一条等土豪皆欲呼应赖朝而起的情势，为了制敌机先，骏河目代橘远茂和俣野景久等平家之人于二十四日率军前往讨伐。结果却在行军途中于富士山麓露营一夜之后，翌日清晨竟发现所携的百余张弓弦皆被野鼠所咬断。

屋漏偏逢连夜雨。

赶至石桥山时，此军恰与源氏方的安田义定、工藤景光、工藤小平次等人的部队遭遇，两军恶战一场。由于平家军弓弦尽断，对方飞箭如雨，而平家军却无力还手。一群野鼠，使得平家此部队最终只剩三分之一的人生还——此事，眼下已彻底成为了各处驿馆客栈中众人闲谈的话题。

据闻，先前暂且藏身于箱根的赖朝主从，其后又突然逃往了土肥方向。

其原因，是与赖朝联手的那位别当的弟弟良暹，先前便是山木判官兼隆的祈祷师，此人似乎有意将赖朝等人行踪暗报与平家。

城破之日，据守于三浦一族的衣笠城中，被一族之人尊为"大祖父"，时年八十九岁的大介义明将一族的子孙召集至其面前，道："吾欲烧却此古巢之城。此举乃是为了尔等。尔等各自振翅高飞，离巢而去，翱翔于广阔世间去吧——老夫义明，累代生为源氏御家人，也不枉老夫活至八十余岁，如今终见佐大人举兵，心中甚喜……如此，老夫死而无憾矣。城落之火星，正如为子孙之出人头地而播种一般，老夫亦能含笑九泉矣。"

说罢，目送着子孙纷纷逃亡离去之后，八十九岁的老将便轰轰烈烈地战死沙场了。

与主子分道扬镳后，佐佐木定纲、盛纲、高纲三兄弟秘密造访了涩谷庄司重国

第三十一章 启航

的御馆。重国让兄弟三人藏身到仓库内，供给饮食。

重国问道："为何不见二郎经高？莫非已战死？"

兄弟三人答道："非也。他安然无恙，却因故无法前来贵府，独自一人不知上何处去了。"

听罢兄弟三人的回答，重国合上双眼道："先前他为投奔赖朝之事向我辞行时，我曾劝诫过他，但后来他不听劝告，最终还是投奔了赖朝。想来此番他定是因为此时感到羞耻，故而不愿前来的吧。"

其后，重国便立刻派出家中众人，四处探寻次郎经高的下落——正如此，虽各称平家源氏，彼此战场相见，但其血却源自同支，同为一国之民。彼此之间，也各有心痛悲伤之情。

政子已不再终日伫立于庭院之中。二十六、七的两日之中，政子几乎始终端坐于小桌与佛像前。

二十七日贪夜之间。

一名年迈武者俯身拜于政子面前，哽咽道："这数日之间，夫人您必是心急如焚……"

"哦，阁下是？"

政子定睛细看。眼前之人，正是加藤次景廉之父景员。

"犬子等人已逃往甲斐。老朽寻思自身年迈，若跟随而去，必定会耽误行程，故而别过犬子等人，于今日黎明之时，潜藏到此温泉权限之中。"

细细一看，景员此刻已然剃去头发，换上了一身法衣。

这位老者，正是参与了先前那场实战中的一人。他对先前情形的了解，想必甚为详细。

政子开口便问："家父呢……家父是否依旧安然健在？"

"时政大人顺利寻得舟船，已走海路前往安房去了。"

"前往安房去了？"

政子脸上并无丝毫喜色——景员并未说起，赖朝也与其父在一起。

老者察言观色，立刻便接着又道："——此外，佐大人亦将于二十八日，即明日黎明之时，乘坐舟船，同往安房的平北矶……此乃机密之事，还望夫人切勿让他人知晓。"

"……是吗？"

直至此时，政子脸上方才露出了一丝安心的模样。虽然要与相公悲痛别离，但她似乎也看到了一抹微弱的曙光。

景员告退返回僧房之后，政子也立刻转身回到了卧房之中。然而，她却并未上床就寝，而是即刻换过衣装，暗中离开尼庵，独自一人走向了漆黑的伊豆山顶。

政子来到了高原的牧场。

她轻轻敲响小屋的门扉，由牧场之妻於萱带路，继续前行了数里。

"於萱……此地是何处？"

"此地乃是汤河原的北山。下方便是吉滨、锻冶屋乡。"

"既如此，便再稍稍前行一段吧。"

说罢，政子再次迈步前行。

"政子小姐，不可再前行了……前方乃是立壁千仞的悬崖。"

"那海滩是？"

"真鹤。土肥乡的真鹤。"

"……"

政子的身上早已沾满了露水和草籽，脏污不堪。她默默点头，在倒在地上的朽木上坐下身，两眼望着黎明将至的海面。

除去海浪击打岩石的声音外，四下之间万籁俱寂。安房、上总的远方，云、雾、海，混沌一片。

——然而，不知何时，水、天和云却已变得模糊可见。波光浩淼，唯见浓雾的海面之上，也开始跃动起了金色的光芒。

"於萱……！"

政子站起身来，极目远眺。

"看不到吗……看不到吗……今晨，大人便将扬帆远航了。"

"小女什么也没看到啊。"

"……那是什么？"

"海滨的岩石。"

远方重叠相连的山影，正是安房、上总的半岛。一轮巨大的红日，正从山间徐徐升起。

时间一刻刻地逝去，眼看着，太阳便已离开了半岛之上。阳光在海上洒下一片灿烂炫目的波光。在这片光芒四射的海面之上——政子的双眸之中，出现了一个小小的黑点。

自打那一天起，政子便藏身到了秋户乡中，再未返回过尼庵。

第三十一章　启航

第三十二章　孤雁

九月的天空，海水碧蓝，万里无云。秋日的白昼。

下总的寒川岸边，一名商人模样的旅人来回徘徊。男子在桥口走来走去。

自七月起，桥口上便出现了轮流站岗的武士身影——伊豆半岛与此处隔海相望，晴朗的日子里，甚至可以清楚地看到对岸。

在伊豆扬起的波涛，自然也会拍打到此处的岸边。

下总、上总、安房，各自都开始明确起了自己的派别。不，即便他们想要独善其身，不偏向任何一方，也已经是不可得之事了。

"某人偏向源氏。"

"无论如何，谁和谁都不会背叛平家一方。"

就这样，人们分别给他人涂抹上派别的色彩，观望情势，而且，对于赖朝起兵之事，也做出了过度的高估。在此处，"源氏方"已经成为了相对于平家方的反义词，口口相传。

相较于伊豆，此地对赖朝的个人评价还要更高一些。先是与伊东佑亲入道的女儿坠入爱河，其后又将龟前拽入流放所中，最后又和北条家的政子传出绯闻——正是因为这些片面的小事未能一一传到此地，所以比起伊豆当地的人来，此处的人们才会对赖朝更为敬仰。

而在听闻赖朝于六月底起兵的消息后，"终于起兵了……"众人都对此心怀同情。

此外，"不愧是名门之后，二十年卧薪尝胆，做得好啊。"

众人还会想起赖朝的血缘，甚至再加上崇拜之念。每次聚到一起，人们总会把双方分别称为"源氏方""平家方"，整日聊着与双方有关的传闻。

赖朝一败涂地，下落不明——这份消息传来之时，即便是在此地，年轻人的脸上都蒙上了一层失望的阴影。

不久之后。

"据说，佐大人流亡到安房或是下总附近来了。"

当众人全都听闻到了这消息之后，俄然——或许就该用这样的词语来形容吧。

总之，房总一带的人们的面庞、眼神、话题、生活，都变得活跃起来。尤其是年轻人，更是摩拳擦掌。

然而，此处的旧势力和秩序，也出现于此相反的行动，

"休得让那些残军败将流亡至此。"

旧势力的各人都坚守着各自的地盘，极力想要避免台风的来袭。

以寒川、五反保为壕沟，城中武士宅邸大门林立，在山丘的猪鼻台上坚守着族人御馆的千叶介常胤也不例外。

于客栈町通往城内的桥口设立岗哨，便可谓是其表现之一。自长元年间平忠常平定关东之乱，立下赫赫战功之后，千叶一族历代都是平家的御家人，同时又是此地的一大豪族。千叶一族，就是最希望能够保持现状，长久安泰的家门。

"奇怪。这名行脚商人好生可疑。方才，他已在此来回穿行三次了。"

"把他抓来问问吧。"

坚守桥口的武士刚刚用手一指，扭头看到武士手指自己的行脚商人便立刻加快了脚步，转身拐向了街町的方向。

第三十二章 孤雁

千叶介常胤的次子胤赖刚由外边归来。在他向着壕沟之内走去时，恰巧看到值守桥口的十四五名武士正乱作一团。

"喂，发生了何事？"

胤赖在马背上高声问道。

听到胤赖的声音，那名被武士们团团围住、摁倒在地的行脚商人一声欢呼，险些跳起身来。

胤赖似乎并未认出对方，"你是何人？"胤赖扬起马鞭，若是对方靠近，便准备使劲儿挥下。

"是在下啊。阁下莫非已经忘了？"

"……你是？"

胤赖凝神细看了一番，其后方才发现对方其实乔装打扮了一番，

"是藤九郎盛长吗？"

胤赖睁圆了眼睛。

先前，藤九郎盛长曾经身携赖朝的书信，到访过此处的御馆。当时，藤九郎盛长虽未能亲见其父常胤，但胤赖与兄长胤正却同席迎接了他。

"休得无礼！"胤赖向众武士呵斥了一声，"亏得你们还能平安无事。若是此

位大人真心抵抗，你们就算上来十个二十个，也早已下壕沟喝水去了——幸好双方都安然无事。阁下手下留情，在下感激不尽。"

看到胤赖跃下马背，向着对方殷勤致意，守桥的众武士都不禁心中犯疑，寻思起了这名行脚商人究竟是何方神圣。

"不不，此事全怪在下。我等如今的境遇，即便上前求见，想来众人也是不会通报的。因此，在下只得在此来回徘徊，等待大人或者胤正大人出门。众武士眼见在下如此，自然不免心中起疑。"

"此地不便说话。还请大人进馆中一叙。"

胤赖将马驹交与武士，与一身行脚商人打扮的盛长并肩走进了御馆。

本打算落座之后再详细询问，但心中却已再难忍耐，一边走，胤赖一边简单地询问了起来。

"佐大人是否安然无恙？"

"佐大人蒙上天庇佑，安然无事。"

"既如此，佐大人如今身在何处？"

盛长扭头看看身后。同行的武士牵着胤赖的坐骑，远远地跟在二人身后。

"佐大人如今身在安房。"

"世间众人也已大致猜到此事了……他在安房的何处？"

"经由安西三郎景益大人的计划安排，佐大人如今便藏身于其宅邸附近的寺院之中。"

"唔。北条大人呢？"

"也与佐大人在一起。"

"是吗？听闻此事，在下便也放心了。"

"其实，在下此番前来，身上携带了一封主公写下的密函。"

"且慢。"胤赖赶忙打断了盛长的话，"此事之后再谈——在下还有一事必须先行道歉。去年和今年春天，伴随令旨，佐大人曾两次差人送信来，而我等却并未回复……关于此事，还请佐大人见谅。"

"请勿如此。主公其实很清楚此中情由……对千叶一族而言，此事关系重大。更何况，阁下与胤正大人之上，还有令尊常胤大人。阁下无法轻易背叛平家，也是情有可原的。"

二人的人影，踏上了有如寺院山脚一样，覆盖着树荫与青苔的石阶。

"总而言之，还请您见此人一面吧。"

胤正、胤赖兄弟二人极力游说父亲——于情于理，二人都已阐述过了情由。

"既然你们兄弟二人如此恳求……"

其父常胤最终答应了两个儿子的请求。

兄弟二人欢欣雀跃。不多久，两人便将赖朝的密使藤九郎盛长带到了常胤面前。

在胤赖的御馆中，藤九郎已经换过了衣装——就连用挑剔的目光望着藤九郎的常胤，心中也不由得暗自赞上一声"果然仪表不凡"。

"初次承蒙赐见。在下乃源家已故统领义朝大人之嫡子赖朝大人之家臣，名曰藤九郎盛长。"

眼见藤九郎的态度毕恭毕敬，"是吗？老夫便是千叶介……"常胤淡淡地回应了一句。

只需一眼，藤九郎便已看出，千叶介必是一位不拘小节的老者。方才藤九郎已听胤赖说起，常胤今年已是六十有四了。

己方的北条时政等诸位年长之人，虽然还尚未迈入暮年，却脾气怪异，固执己见，欲望不减，非但时常与年轻众人发生冲突，丝毫没有世间所说的不惑之年的模样——然而，眼前的这位老者，却是一副仙风道骨。尽管已经年迈，老者却双颊泛红，面带笑容，给人一种颇为慈祥的感觉。

"阁下曾经去到京都？那可是个好地方啊。"

两人之间的对话，便由此展开了。

合战之事，源氏之事，平家——诸如此类的传闻，丝毫未在话语中出现过。

藤九郎盛长端坐许久，以致两腿发麻。而常胤却依旧还在絮絮叨叨地聊着家常。

常胤似乎饶有兴致，甚至还提到了他年轻时，收到过京都女子写来的恋歌之类的秘事。

"对了。"

藤九郎几次想要插嘴，却都被常胤轻描淡写地回避了开来。

其后，家人们便端上了酒肴。

情况更加不妙了。

酒至三巡，从孙儿们开始，家臣的某人某人某人——接连地出现，"好了，请畅饮一杯。"众人纷纷向藤九郎劝起了酒。

盛长原本就是个粗人，行仪难以久长。此时，盛长便已下定了决心。干脆不如就彻底放松，开怀畅饮一番好了。

千叶介趁着酒兴，开口道："如此方是坂东武士啊。先前，老夫还不敢相

第三十二章 孤雁

信，阁下竟是佐大人派来的使臣——人世变迁，即便到了新的太平之世，众人却也依旧效仿平家众人，整日风花雪月。若是如同今日一般，离开伊豆的坂东之人和年轻人也总是看人脸色行事的话，实在是令人难以安心哪……好了，今晚便饮个一醉方休吧。"

说罢，常胤命人端来大鼓，让女眷们击鼓助兴。

老者似乎早已看穿了一切——从他的言语之中，也可感觉到他似乎有意接受赖朝大人写来的书信。

盛长心中虽然如此认定，"且慢。他莫不会是想参照我的行事容貌，来试探源氏之人的风骨，推断我等众人究竟如何吧？"片刻之后，盛长便又暗自警戒了起来。

盛长心怀警戒，却依旧豪饮不已，终于沉沉睡去。

此地濒临大海，再加上时值秋夜，身处山丘之上的豪族御馆之中，感觉倒也颇为惬意。

"……盛长大人，盛长大人。"

深夜，胤赖摇醒了沉睡的盛长。

"家父请阁下秘密到里屋一叙。还请阁下移步。"

眼见事情进展如此顺利，盛长不禁感觉热血沸腾。

"还请稍候片刻。"

盛长走进院中，漱口梳发，整理衣冠，随后便跟着胤赖走进了里屋。

第三十三章　奔赴镰仓

"久居安房，亦非长久之计。"

赖朝焦心不已。

久居——话虽如此，但实际上登陆安房之后，却也不过仅只是半月时间，但对赖朝而言，似乎却已经过了很久。

每日碌碌无为之际，他总觉得，每一刻，良机都在从眼前逝去。

然而，这半月之间，赖朝却也绝非束手无策。就如同先前派遣藤九郎盛长携密信前往下总的千叶介常胤处一般，赖朝秘密令人将同样的书信，送往了四面八方。

——奔赴吾之旗下吧。

——有志之士，结伴而来吧。

小山四郎朝政。

下河边行平。

丰岛权守清元。

葛西三郎清重——以上诸人尽皆与源氏有着渊源的众人，赖朝只盼众人能够协助自己。

众人之中，葛西清重最先送来回信，在信中苦叹道："因江户、河越等地平家耳目众多，在下虽必定前往，但或许会稍稍迁延些时日。"

赖朝即刻回信道："若陆路艰险，则可渡海而来。若迁延时日，或将酿成千古之恨。"

赖朝的心中，便是如此的焦急——先前声称甘愿助赖朝一臂之力的上总介广常也只是让人带来口信，却至今未派人前来迎接。

"时政。"

"在。"

"不若我等主动动身，前赴上总去吧。置身此等偏僻之地，即便众人有心投奔，也极为不便。"

"——还请大人再稍待些时日。毕竟，眼下此地的安西大人出门未归。"

"受安西三郎的庇护，我等平安在此度过了半月有余，若我等不辞而别，倒也确实有些对不住他。但如今的情势，即便只是迁延一日，也会对我等不利一分。"

"话虽如此，如今前赴下总的藤九郎盛长尚未归来。此外，众豪强的动向亦不甚明了。"

"汝何出此言！"

商议军情之时，即便面对的是时政，赖朝也丝毫未把他当作岳父对待。

"眼下又岂能再去顾忌众豪强的动向？时至今日，哪怕有人不愿效力，也不论谁人将会与我等为敌，我赖朝的方针都已不会再有丝毫改变。即便只剩下我赖朝孤身一人，我也只有向前突进这一条路可走。"

此时的他，一旦话说出口，便再不会听从他人之言了。自起兵后起——尤其是石桥山一战之后，先前他那种温文尔雅的贵公子姿态，早已彻底被坚韧的皮肤与信念所遮盖。有时，甚至就连时政和土肥实平也不免会遭到赖朝的叱责。换作以前的赖朝，是绝不会如此严厉地斥责他人的。

"——既如此，若率众前往，必会引人耳目，大人不如先率领五六骑人马，秘密前往上总介的御馆。如何？"

时政终于妥协让步。赖朝蛰伏已久，心中早感乏味难耐，当夜，赖朝便率人启程离开暂居的寺院，由安房踏上了上总路。

第二日晚间。

眼见四周并无可投奔的人家，赖朝只得在湖沼之畔的一户农家中暂住一晚。到得半夜之间，忽闻喊声四起——同行的三浦荒次郎义澄尚未解下行装，正倚柱值守。听到喊声，义澄赶忙出门查探。

屋外，掺杂着骑马武士的六七十条人影已远远地围住了农家，呐喊不已——人数虽然不多，弓箭手正不绝地向着农家射来飞箭。

一名居于附近，名曰长狭六郎的平家武士，于傍晚时分探知了赖朝借住于此的消息。

"机不可失时不再来。"

为取下赖朝首级，长狭率众发动夜袭。

三浦二郎义澄冲着农家高声呼喝："主公，快些醒来。"

但屋中却不见任何响动。

"众位，众位。"

义澄从后门进入农家，叫醒众人。

然而，从梦中惊醒过来、吵嚷不息的，却只是这户农家的家人。婴儿的哭泣声，老人的呻吟声，尽皆被屋外的飞箭破空之声所掩盖，听来是如此的悲戚。

"主人家，莫要惊慌，切不可到屋外去。你等只需静待片刻，便可保得安然无事——却说，我家主公与众侍从究竟上何处去了？"

义澄匆匆问道。

"借宿客官皆在那边。"

怀抱婴儿的农妇张口结舌，战战兢兢地用手一指。

穿过屋后的农田，便是湖沼的岸边。赖朝此时早已藏身到了湖沼上的小舟之中。

"义澄，快些上船。找你许久了。"

"啊，是大人吗——大人您快些到对岸去吧。"

"我叫你上船。"

"不，在下断后。大人到得对岸的村落之后，还请稍候。在下将绕行陆路赶至。"

说罢，义澄旋即毅然返回农家门前，与接近而来的敌军刀剑相交。

"休教义澄战死于此。"

赖朝身边的两人站起身来，其后又站起三人。五人一同冲上前去。

"众将士，随吾来。"

最后，甚至就连赖朝也跃起身来，与敌人展开了正面冲突。

尽管敌军人数是己方的六七倍之多，但稍一接战，才发现敌军其实不过只是一群乌合之众。不，或许这也是因为己方先前在伊豆久经战阵，方才会觉得敌人羸弱无比的吧。

"休得追击。切莫穷追。"

赖朝率众一阵掩杀，追击了五六町远，之后便率众折返到了农家门前。

"去安抚一番这户农家之人。"

赖朝下令众人将随行之物赠予农家，不等天明，便已乘着小舟渡过了湖沼。

翌日。

安西三郎景益听闻赖朝启程出发，赶忙于旅途中改变行进路线，追赶而至。

"前路艰辛。此行之中，必定尚有无数昨夜那样的宵小，为向平家邀功而追杀前来。一路之上，切不可轻率行事。还望大人速速返回。"

景益虽苦苦进谏，但赖朝却只是一笑，并不肯听从。

赖朝道："阁下为何只提前路危险，却不言后路也未必安全？阁下之所以会如此认为，恐怕也是阁下平日的观念所致。"

第三十三章 奔赴镰仓

见赖朝毫无返回之意，无奈之下，景益也只得加入到赖朝一行之中。既然事已至此，景益也只得遣人将情况告知安房的北条时政与众人，并言道："我等将于途中等候，还望众位速速赶来。"

时政接报后，立刻收拾行装，离开安房，率领三百余人一路赶来——如此一来，此番的行程已再无法避人耳目，而成为了源氏众人的公开行动。自登陆安房之后，此次的路途，已可算得上是源氏的初次"行军"了。

武器、装备，原先就不甚齐备。而三百余人的小小队伍，其人数也实在是令人担忧不已。

然而，既然赖朝不肯听从劝诫，那也就再无他法了。一路之上，时政面色阴沉。此时此刻，他的老谋深算早已再无用武之地。他只能任由着固执而年轻的赖朝牵着鼻子，一路向前。

然而，先前派往千叶介处的藤九郎盛长，却于返回下总的途中听闻了赖朝出动的消息，一路寻访而至。

对于盛长的归来，赖朝早是期盼已久。听说此事之后，赖朝立刻传唤了盛长。

"千叶介做何答复——愿意，还是不愿？"

"千叶介大人已经答允了主公的恳请。刚开始时，千叶介大人虽对此事面露难色，但其后，由于千叶介大人几位公子的鼎力相助，坚决支持我方，故而常胤大人也终于答应协助我方了。"

"是吗？"

听闻此事，赖朝必定是心花怒放。然而，表面之上，他却只是绷起嘴角说了这一句话。

盛长继续复命道："——此外，常胤大人以为，安房、上总两地，皆非要害之地，望佐大人即刻启程，挥师前往相模的镰仓，如此方为上策。"

"前往镰仓？"

一语惊醒梦中人。赖朝骤然睁大了双眼。

"——前往镰仓？唔，前往镰仓啊……"

赖朝沉吟不已。

其后，赖朝犒劳了盛长几句，便让盛长退下歇息去了，而他自己，却又立刻召集了时政和其他将领，商讨了起来。

其结果，众人急忙变更了行军的方向。

先前，众人一直都将上总介广常的御馆看作了前行的目的地，同时也将该地认定为其后行动的根据地，但如今，赖朝却突然彻底改变了方针，向众将言道："前往镰仓。"

　　"镰仓此地，可谓源氏发祥之地——征讨平定了后冷泉院的御宇安倍贞任后，先祖源赖义朝臣便成为相模守，于镰仓建造了居所——其长子陆奥守义家亦在此——据闻，鹤冈八幡宫，也是于康平之秋，为祈祷此父子二人出征奥州能够旗开得胜，由石清水请至此地的。"

　　赖朝回头看了看一脸迷茫的众将。为了能够说服众人，道出自己心中的一腔热血，赖朝接着又道："当时，赖义公之威德，颇受坂东武夫敬仰。此地不但百姓臣服于我源氏，且弓马门客亦时常自诸国往来于镰仓，以能够受到赖义公的接见为荣。赖义公求贤若渴，乐善好施。至于其嫡子八幡太郎义家公则更不必多言——故此，我认为，镰仓方为与我源氏渊源最深之地——地利方面，此地也难与镰仓相提并论。"

　　赖朝滔滔不绝，极力主张进军镰仓。他的语调，早已不再是与众人商议。为了灌输自己的信念，让众将都抱有与自己相同的一腔热血与信念，赖朝口若悬河地说个不停。

　　听到"镰仓"二字，众将也不禁暗自赞同。对于该地的地利和与源氏之间的渊源这两点，众人心中并无半点的异议。然而，若只听赖朝的一番说辞，自然也会像他那般，将镰仓认定为最佳的落脚之地。但是，对于由此处行军前往镰仓之举的困难——究竟可行还是不可行，对于这一点，赖朝却丝毫未曾提及。

　　实际上，赖朝自己也没有考虑过这一点。此时此刻，只要心中对此稍做半点考虑，便再无法向前迈进一步了。他只能坚信"如此甚好"，心中怀着"立刻奔赴"的想法，一心向着镰仓而去——其后，赖朝言道："甘愿跟从吾之人，尽皆紧随跟来。"

　　赖朝再没多说第二句话，而是站到了三百余名士卒的最先头——奔赴镰仓，奔赴镰仓。众人变更了路线，沿着海边一路向前。

第三十三章　奔赴镰仓

第三十四章　隅田川

赖朝率众抵达下总国府后，千叶介常胤率以其子胤正、胤成、胤道、胤赖为首的一族三百余人出门相迎。

"此乃老夫送与佐大人的见面之礼。"

刚与赖朝会过面，常胤便立刻命人带上了一名俘虏来。

"此乃何人？"

赖朝问道。

"此人名为千田判官代亲政，乃是本国千田庄的领主。因此人乃是平忠盛之女婿，故而老夫以为，此人必会于佐大人前来的路途上设伏，故而我等便制敌机先，由吾孙小太郎成胤将其生擒。"

言语之间，老者面带得色。

"阁下之孙，现在何处？"

赖朝问道。看样子，他似乎准备为常胤的夸耀之词再锦上添花一番。

"小太郎，小太郎。"

老者唤来其孙小太郎，令其参见赖朝。

小太郎是名年纪十六七岁的青年。眼见青年，赖朝又说了一些当年自己遭遇平治之乱，兄弟数人初次上阵之时的情形。其后，赖朝便将老者常胤的几位公子一一叫到跟前，说道："众位皆是一副英武面容，今后相比亦能竞相为光耀家门而战。从今往后，在下赖朝必当坦诚相待，常胤大人自可放心。"

如今，赖朝麾下仅剩区区三百余人，更是一名居无定所的流亡败将，如此讲话，确实让人感觉他似乎有些大言不惭。然而，常胤却似乎将他的这番大话信以为真，当即便与赖朝定下了主从之约。

"老夫的子孙，尽皆甘愿为佐大人效力，佐大人尽可随意驱使。"

当日，千叶城中送出了供给赖朝所部众将士的便当。

一番长途跋涉之后，众将士当场便在野地中打开便当，品尝到了久违的米饭滋味——众将士根本未曾想到，自己竟能在今日此地尝到此等米饭的滋味——有人甚至以为，"今日一旦进入下总，想必立刻便会是一场恶战。"

于是，将士们早已提前调整好弓弦，齐步前行至此。而对于千叶一族甘愿支持己方之事，在来到此处之前，众将士心中一直都是将信将疑。

甚至就连将士心中也抱有此念，所以，虽然脸上丝毫不动声色，但赖朝心中却其实早已乐开了花——或许也正是因为心中这份四溢的欢愉所致，当夜，出席猪鼻台御馆中的酒宴之时，赖朝执其常胤之手，言道："在下感觉，常胤大人对待在下，便如同对待亲生儿子一般。从今往后，在下甘愿将常胤大人奉为在下之父。"

明知此话不过只是赖朝的一番奉承，常胤却还是禁不住喜形于色，言道："如此一来，老夫膝下便又多了一名有出息的儿子了。这可是日本第一的儿子啊。"

此时，赖朝身旁的北条时政却阴沉着脸——或许，时政是想起了先前，赖朝也曾面对自己说过同样的话的缘故吧。

在城中过了一宿之后，十八日清晨，赖朝便启程离开了此地。

刚走出御馆大门，就见一名身穿绀村浓直垂，外佩战甲的年轻人跪拜于赖朝面前。此人既非常胤之子，看起来似乎也不是常胤之孙。

"你是何人？"

眼见赖朝开口询问，常胤赶忙期待已久般地向青年说道："过来——赖隆大人，快过来吧。"

第三十四章　隅田川

"此人名曰毛利冠者赖隆，乃是阁下亡父义朝公伯父之遗子。"

常胤介绍道。

先父义朝之伯父，且居于东国之源氏？——赖朝一拍大腿，言道："莫不是陆奥六郎义隆之子？"

"正是。"

身形魁梧的青年垂首答道。

"在下又岂会忘却……"赖朝喃喃道，"平治之战时，先父义朝战败，逃离京城，翻越叡山北麓龙华时，先父率军转身追击的敌军，是时，替代先父义朝战死沙场之人——正是汝之先父六郎义隆大人……在下听说，当时义隆大人曾留下了一名刚刚出世五十多日的遗子。当时的那婴儿，莫非便是阁下？"

"永历元年二月，两岁时，在下便随家人流亡到下总此地。蒙常胤大人开恩，秘密收养了在下——如今，在下终于能在源氏大旗之下拜会大人……实在是欣喜万分……此事便如梦境一般。"

年方二十的多感武夫心中感慨万千，之后便始终双手伫地，拜伏不起。

"常胤,多年来,多亏阁下心怀慈悲,善待此孤儿。在下也向你表示谢意——准备出发。赖隆你也跟上吧。"

说罢,赖朝走出御馆,大步流星地走下了猪鼻台的山丘。

紧随赖朝之后的武者们身上的战甲,在秋阳下散发着灿灿光芒。城门边上,林立着武士宅邸的城郭内的街头上,站满了前来送行之人。

武者挥旗而过。身后,常胤一族与北条时政等诸将簇拥着赖朝而至。伫立于街头的人影,尽皆拜伏于地——众人之中,并无一人亲见赖朝容颜,只能看着从眼前匆匆踏过的有力脚步,心中暗自揣测:"莫非……?"

赖朝的阵势日益壮大。

与常胤合兵一处之后,赖朝手下的兵卒总数已然超过了七百。清一色的源氏白旗之中,混杂翻飞着几面千叶家的月轮家纹旗帜。

由此日起,源氏一方声势大振,短短半日之间,其人数便超过了千人。

"既然千叶大人也参与了其中——"

队伍所过之处,不时会有五人十人结伴来投,而先前赖朝送去书信的葛西领、丰岛领附近的僧侣也率领着二三十人前来加入。

——奔赴镰仓!

——奔赴镰仓!

全军的步伐渐渐变大。抵达武总边境的隅田川河原时,又加入了在河原便等候赖朝与乘舟逆水而来之人,整支队伍已一跃成为了二千余骑的军队。

是夜,赖朝命众人于河原上布阵,各人尽皆仰天远眺着秋日的夜空。

河面虽宽,但河水却可涉水蹚过。有些士卒用河水洗涤着连日暴露于酷暑之中,被汗水弄脏的贴身衣物,也有些同伴在河中捞起河鱼,以篝火烤熟享用。

——然而,今夜之中,武总之地的平家却随时可能率军夜袭。河水萧萧,夜色渐浓,步哨仔细查探着四周的动静。

突然间,只见先前派往隅田宿打探侦察的二三骑人马口中呼喝,扬鞭策马,向着河原冲来。看样子,探子似乎发现了些什么。

"大军逼近。"

刚到河边,探子一边跃下马背,一边冲着步哨说道。

"什么?是敌军吗?"

即便听闻了步哨的惊愕之声,探子也并未答话,而是踉踉跄跄地向着土肥次郎实平的营帐冲去。

实平赶忙拜访时政，时政立刻叫醒常胤，中军的篝火骤然变得明亮。赖朝的身前左右，众将早已到齐。

——大军正向着我方逼近。

众将刚刚听闻了这通情报，之后又接连接到飞马传报，详细地向众将报知了大军的装备、人数、旗号等事宜。

大军人数约莫二万余人。

这支大军，正是先前赖朝驻留于安房时，一早便写下回信——我等将出迎追随。

与赖朝相约，令落魄境地中的赖朝最为欣喜的上总介广常的部队。

两万。

光是听到其人数，众将的脸上就不由得露出欣喜之色，两眼中散发光芒。

"有此大军加入我方……"

众人无不觉得，今日破晓之后，源氏彻底时来运转之时便将到来。

破晓的天空下，唯有隅田川的河水泛着淡淡的白光。

广常的大军以隅田宿为界，便如云彩一般，由河原延伸到原野之上。

眼见破晓晨光已至，中军之中，一位赭颜白发的老将，在一门的骑马武士的簇拥下，以二十名兵卒为先驱，缓缓策马而来。

"哦，上总介大人前来拜会佐大人了。"

伫立于赖朝营帐之外的士卒们，远远眺望着新来部队威风赫赫的身影。

四五名将领上前，向众人指示道："让道。将此马群牵到一旁去。"

不久之后，广常来到赖朝帐前，侧身下马——其后，广常令士卒于远处等候，仅带着嫡子等数名血亲向着营帐而去，

"在下上总介广常，今率一族及周边之众两万余人抵达。还请向佐大人通报此事。"

被朝露浸湿的帐幕，便仿佛是在雨中淋湿了一般，沉沉地低垂着——传报过广常的话语之后，武士屈身跪于赖朝营帐的门口。

"……"

见赖朝始终不发一语，众将的目光全都聚集到了赖朝的脸上。大河河畔，破晓泛白的晨曦下，赖朝的面容早已不同于身处流放所中之时，变得黝黑而坚毅。

"启禀主公。上总介广常大人率二万余骑前来投奔……"

传报的武士再次开口。突然间，赖朝以自石桥山谷间后便再未听闻过的厉声大

第三十四章 隅田川

喝道:"不可。让他们回去。"

尽管相距尚远,但赖朝的声音却已足以传至上总介的耳中。

"我赖朝自安房进军起,如今已经过去数日之久。倘若其间爆发了战事,休说两万,便是十万兵卒,也是救援不及——姗姗来迟,此乃武士之第一大忌。如此人等,不足与我赖朝共期大事。不见,让他们回去!"

源赖朝

主从之分姑且不论,即便是那些与赖朝同甘共苦之人,也从未料到赖朝竟会说出此话。

千叶、土肥、北条等众将尽皆脸色大变。

恐惧。

他们担心,赖朝之言是否已传全上总介广常耳中。

担忧。

他们担忧这难得的两万援军,会为此而离去。

怀疑。

他们怀疑赖朝脑中的怒火。

众人顿感茫然。沉闷的氛围中,唯有赖朝依旧怒不可遏。众将只能盯着赖朝那勃然大怒的面庞,干咽一口唾沫。

言之有理。

如此便罢。

大喝过方才那一声之后,赖朝双耳赤热,再次绷起了嘴唇,唯在心中向自己说道。

先前进帐传报的武士仓皇退出帐外,将主公的话语一字不差地传报给了立于帐外等候引见的上总介。

"此事确实为难大人了。"

传报过后,武士又说了一句。想来,广常方才应该也已经听到了赖朝的言辞。

"大人似乎心情欠佳。此事确属在下广常之失,方才招致了大人的不快——在下还盼大人能够赐见一面,让在下亲口于大人面前致歉。劳你再行通报一声,也请左右众将为在下进言几句。"

广常冲着传报武士低头行了一礼。

尽管话语平静,言语慎重,但上总介广常此时却已是面如土色。一眼便可看出,他的心中此时必然极不平静。

亲率二万兵卒，携子抱孙，远道前来参见，却遭到赖朝如此当头棒喝，又教广常怎生离开帐前？老将的心中，必定已然感受到了生来从未有过的耻辱——广常身子发颤，紧咬双唇，按捺着躁动不已的内心。

"……既如此，还请老将军稍候片刻。"

武士似乎对广常心怀同情。之后，他便转身再次走进了营帐之中。

武士的身影刚一消失——

"父亲大人！"

"主公。"

"广常大人，我等不如便回去吧。"

广常身边的儿子与异族之人，尽皆从左右拖曳着广常的手和战甲衣袖，愤然催促道。

"岂、岂有此理。率领不足千人的小股部队——佐大人先前不是还在伊豆吃了败仗，千辛万苦逃至安房，其后幸得千叶相助，方才重整起了队伍的吗——欺人太甚。广常大人，咱回去吧。"

甚至就连一族中年纪与广常相当的老者也咬牙不已，如此说道。而那些儿辈孙辈的年轻武者的眼眸之中，也早已露出了敌意。

"佐大人又有何能？听闻方才的厉喝，感觉便与痴傻无异。如此大将，又能成得了什么大事？早知如此，我等也不必来此帐门之前了——我们回去吧，祖父大人！"

"父亲大人！"

众人围住一动不动的广常，欲图将他拽离帐前。

"……"

然而，广常却依旧伫立不动。

此时，只听赖朝的帐中再次传出厉喝。

"——不可。休得为广常求情。我已说过，让他回去！"

听到帐中传出的厉喝，围在广常身边的一族之人全都大喝一声，伸手握住了佩刀。

"你等做甚！休得无礼！"

广常厉声呵斥。之后，不知心中究竟在想什么，广常坐到地上，两手伫地地向着帐门拜伏了下去。

第三十四章 隅田川

虽然传报之人已在广常与赖朝之间来回往复了两三次，可赖朝的愤怒却依旧未曾消解。

或许是感觉广常的处境实在可怜的缘故，第三次传报之后，土肥实平也随传报之人走出了帐外，劝慰道："广常大人今日不如便暂且回去，改日再来参见如何？其间，我等亦会察言观色，为广常大人求情。"

然而，广常却依旧还在坚忍着。尽管遭到了赖朝的如此呵斥，他却依旧拜伏于地，久久未曾起身。

"不，广常深知，佐大人心中怒火并非毫无来由。大人西进之时，迟迟未能率军来援，此乃广常之失，惭愧万分。若是广常起身，那便是对大人的愤怒心怀不平的表现，因此，广常甘愿拜伏自省，直至大人怒气平息。"

不知何时，日头已上三竿。

马匹上料，士卒换岗。

传令自对岸而来。

又是一队骑马武士涉水而来。

这些人马，尽皆是先前派往江户、河越、秩父等地的使者，以及带着对方书信而来的先行官。

石滨宿的居民泛着小舟，送来了在隅田川中打捞起的鲜鱼。又过不久，附近神社的神官和土民长老也礼拜完毕，结伴归去了。

日头更高了。

"听说了吗？"

马厩旁，四五名兵卒正大声地谈论着。

"据今早的快马传报说，本月九日，带刀先生义贤大人的次子木曾义仲大人也奉了以仁王的令旨，兴兵起事了。木曾大人自山道地方出击，一路直逼京城，大败平家军将，正率军前往京城而去呢。"

"哦！此事还是头一次听闻呢——话说，我也听说了一些吉报呢。"

"怎样？"

"在伊豆，因偏向平家方的三浦大人而恼怒万分的畠山重忠以数名族众为使，奔赴大人帐下，与大人商议一番之后，已然归去——我倒觉得，这或许便是畠山大人欲投奔佐大人麾下的前兆呢。"

"以武田太郎信义大人为首的甲斐源氏，据说也已于某地会合。想来，江户、河越等地近日间也将下定决心。"

兵卒的闲谈，绝非只是传闻。即便只是这半日之间，也常有三四十人结队，乘舟由海口逆水，或骑马自对岸蹚河，络绎不绝地奔赴而来。

前来归附的兵卒，立刻就奉命开始了劳役。即便只是半日，却也奔忙不堪。破坏附近的民家，搜集小舟架设舟桥，征集军械，缴收兵粮，众人各自奔忙劳作。

"……"

广常依旧拜伏于地。

先前，接到赖朝诏书之时，广常心中尚自还有些迷惘。然而，今日清晨来到此地之后，他便已彻底下定了决心。

——假扮前来投效，以两万兵卒包围住对方，之后再一举歼灭。

他的想法，前后早已更改了三次。

——不必见了。让他回去。

听闻赖朝竟然如此叱喝，广常的想法再次彻底改变——此等人物，令这位走过了漫长人生的老将，重新审视了赖朝一番。

第三十四章 隅田川

"门外的老者，究竟是何人？"

不知究竟是为了下达何等指令，赖朝走出帐外。看到拜伏于地上的上总介广常。

"这是何人？"

赖朝仿佛早已忘却了今日清晨之事——他的脸上，一副似已忘记的表情——赖朝扭头向身旁的土肥次郎实平问道。

"此乃上总介大人。"

土肥实平答道。

"什么？是广常吗？"

"正是。"

"他还在此处？"

"上总介大人说，若主公不能息怒——"

"啊，又何必如此。"

赖朝一边说，一边走到广常身前。

"老人家，腿脚难道不觉疼痛吗？"

赖朝伸手轻轻拍打广常的肩头。

"——啊，岂敢。"

广常赶忙双手伫地，赖朝随即伸手扶起，

"请到帐中相见吧。阁下之心，实在可谓坚忍。如今，赖朝兴兵起事，自需以不惧死之心和严明的军纪统率众人，即便过于严厉，也实不可掺杂半点平日的私情与妥协——亏得阁下能够如此遵从军纪。如此一来，众将士也必将更加严于律己。好了——这边请吧。"

说着，赖朝伸手欲去拉起广常。他一边好言抚慰，一边带着广常向着帐门而去。

如此，广常终于加入了源氏一方，返回了自军阵中。

然而，广常的血亲诸将却依旧心有不服——是夜，众人于营中围住广常，声泪俱下。

"大人您为何要受此屈辱，忍耐至此——莫非，您这是让他彻底放松戒备，以图日后一举取下赖朝首级，为泄心头之恨而设下的计谋？"

众人为了打探广常心中的真意，询问不休。

广常摇头。

"并非如此。老夫活至今日，第一次如今日般感到心胆俱裂——对于佐大人，老夫实是由衷敬佩。你等今后也休得再有二心，皆当死力报效佐大人。"

其后，广常又例举了一件自己所闻之事，说与了一族中的后进之人。

天庆年间，平将门于此东国之地起兵作乱时，一名名叫藤原秀乡之人，为了探明平将门究竟是何等人物，曾假意前往投效。

听闻此讯，平将门欣喜若狂，甚至未曾束发戴冠，便匆匆出门相迎。然而，看到平将门的此等轻率模样，秀乡只觉得此人难成大器，于是便转身返回了。

与此相反。

赖朝今日的态度，实在是令人刮目相看。当今之世，皆为平相国之领地，天下之大，却遍寻不出半寸与平家彻底无干之地。赖朝身为一介罪人，起兵后仅只短短三十余日，麾下武士不足五六百人。眼下，广常亲率两万大军来投，较之将门迎秀乡，赖朝心中必当更为喜悦。

姗姗来迟之事，实是怠慢至极。

赖朝虽为此震怒，但怒中却亦感欣喜。身为将帅者，皆当有此胸怀。或许，其实赖朝早已看穿我等心中的盘算，只是为了试其效果发怒，但无论如何，此人必定有着值得性命相托的大将之才。

今后，此人必能成就大业。你等休得再有任何犹豫——虽然，先前老夫心中比任何人都更感犹豫，但从今往后，我上总介广常必忠心报效，愿为赖朝大人之股肱。你等也千万莫要误了此生的方向——广常滔滔不绝，一直说到了深夜。

第三十五章　忘却惊惧的众人

九月一日，相模的大庭景亲派出的快马，抵达了京都。

六波罗中。

"事端必已平息。"

众人丝毫不以为意，立刻便将传报递到了太政入道手中。而另一封传报，则由官员们自行开封。

先前不久：

流人兵卫佐赖朝谋叛，遂围困山木御馆，

杀戮判官兼隆，放火烧毁御馆。

虽有如此飞报传来：

凶徒仅三四十名。

却因传报中有此一言。众人尽皆笑道："区区小事，何须如此大惊小怪。"

其后再次传来飞报：

——凶徒得势三百余人，死守石桥山。

虽然如此，但面对如此少数暴徒，伊豆、相模、武藏的平氏已有千人奔赴剿灭，"小题大做……"平家众人依旧嘲笑不已。

如今，打开景亲第三次送回的报告，果不其然，文中写道：

二十四日晓天。

赖朝难以久守，遂率军撤离，不知行踪。

或者曰，已掘穴自埋。

又者曰，已抱石投水。

巷说纷纭，虽难寻其首，却当已灭亡。

"哈哈哈。抱石投水——妙哉。所谓飞蛾扑火，正是如此。"

众人对此一笑而过。其后，便开始议论起了该当如何封赏惩处凶徒的景亲。

据侍奉于太政入道身边的大将说，听闻赖朝谋反事宜之时，入道相国曾面露愠色，破口大骂："恩将仇报的毛头小子！"

然而，其后飞报传来之时，入道早已对此再不关心。唯有在看到景亲的最后一通飞报时，"混账东西！"入道相国方才露出了于炎炎夏日中喝下一瓢凉水般的表情。

今年夏天，知盛、维盛、忠度、敦盛等一门的大家族尽皆亦纷纷前往福原海岸的别墅避暑。秋风一起，对游玩已感厌倦的千金与公子们，便都返回到了京城。

即便身处京城，时值秋日，赏月之宴、管弦之会、诗歌三昧，众人依旧清游度日。歌者风花雪月，语者恋心佳肴，众人相互揭底，说人坏话。整日之间，总是如此。

人世不过只是为了让他们游戏人间，而百姓黎民也只是为了任由他们鱼肉——众位公子虽然也曾不止一次地听清盛说起，当今太政入道年轻之时曾一贫如洗，为了濒死的父亲而四处求医，却因无钱看病而遭到了医者的拒绝。冬日寒风之中，清盛身上只有一件破旧肮脏的直垂。他一边吸着鼻子，一边号啕大哭，大声叫嚷着"等着瞧""等着瞧"。

但这样的故事对于如今的平家公子而言，已是恍如隔世，更无一人会去立于自身的角度思量此事。

眼见子孙此等无可救药的生活状况，太政入道也时常会独自愤愤，忧心世事。

"不如有朝一日，上天责罚，兴起海啸，将此等痴儿痴女尽皆吞没。"

而正值九月下旬之时：

兵卫佐赖朝，其后依旧生存，于武总之隅田河原布阵，说得千叶、上总、甲信、武相诸地源氏，闻其兵员三万余骑，其势逐日炽烈。

眼见如此传报，清盛勃然大怒，并将矛头转向东国。为了维护平日唾弃不已的京城现状与一门之人的荣华富贵，清盛立刻召集众人，商议讨伐赖朝的出兵事宜。

世间无人相信此事。

即便想要相信，却也难以相信。

先前于石桥山变得下落不明的赖朝，在短短一月之后，便率领着三万余人马，越过隅田川与大井，西进而来。

不，情况还不仅止于此。

每次飞报传来，赖朝的兵力都会剧增。三万变五万，而后又是七万，最终传出了十万大军的传闻。

"绝不可能。"

"众人太过惊慌失措。"

"岂有此理。"

一旦事情变得"岂有此理"，平家众人便不会承认。而且，若其理论未以自己心中的观念为基数，那么他们便会拒绝肯定。

不知何时，身处最高位的平家之人，已将这种习性当成了知识，夸耀不已。

此外，平家众人的知性之中，还带着另一种不可思议的病症。

那就是——

从不惊讶！

这是一种奇怪的麻痹之心。

不论发生了何事，平家众人都从不会感到惊讶。

比方说，连年持续大旱，诸国民生凋敝，道旁尸臭扑鼻，京中粮价暴涨，百姓面有菜色，御所谷仓空乏，世人叹息不已——即便听闻了此等消息，平家众人也丝毫不会面露惊讶之色。

贫者益贫，富者则效仿平家一门之风，奢侈淫逸——即便听闻此等消息，他们也不会感到惊讶。

即便是在今春源三位赖政那般现实、那般血腥地向他们展现世间之苦时，这群早已忘却惊讶的人们，也丝毫不为所动。

"看吧，事情不是早早便结束了吗？"

相反，骚动过后，他们却将此作为谈资，露出一脸乏味感稍稍消解的表情。

从所有的角度来看，世人之心，都稍稍改变了些方向。不管是街头巷尾的童谣里，还是百姓无力的脸色中，乃至满脸厌倦的市井之人的眼里，这一点都明确地彰显了出来。然而，面对如此之众的敌军，平家众人自然也不会为之所动。

不为华美所动，不为美食所动，到头来，平家众人那种不为身边任何事物所动的神经，即便到了如今，即便听闻了木曾义仲起兵的消息，即便听闻了赖朝自西东

第三十五章 忘却惊惧的众人

进的消息——平家众人也依旧不为所动地商议着。

"近来，在下听闻了一些奇怪的流言。"

商议之时，众人的言语也与平日间毫无差别。

"流言生流言。街头巷尾风传，说是先前为赖政所鼓动，于宇治身死的以仁王，如今依旧尚在人间。"

"的确有此流言。阁下莫非也已听闻——尚在人间倒也还罢了，众人传闻，以仁王前赴赖朝阵中，亲自指挥作战。因此，所到之处，立刻便聚集了数十万的源氏之人⋯⋯却不知是真是假呢。哈哈哈。"

"哈哈哈。"

军情会议之中，众人却如此嬉笑不已。在座诸人心中，无不只盼着速速离开此间，今夜再寻一处良所，饮酒作乐，歌舞升平。

身处如此不为所动的众人之中，唯一一个虽已老迈，却尚自有着惊讶神经的人，便是太政入道清盛了。

一边听闻着时常来往于自己身边，时时进言的斋藤别当实盛的言辞，清盛一边频频摇头叹气。重盛亡故后日渐消沉的他，也在震惊之中骤然苏醒，脸上焕发出了与生俱来的矍铄的生命光芒。

一时之间，赖朝声名鹊起，普罗大众方才留意到了赖朝此人。

"此等人物，如今尚在东国活着？"

事到如今，人们重新回忆起平治之乱和保元年间。回首二十年前的往昔随员，众人都不由得为人世的沧海桑田而惊异不已。

"正是。此人乃当时六条义朝大人的遗子，于粟田口被官差押解流放到了伊豆之国⋯⋯"

"此人之下的吃奶幼儿，则被赶至鞍马，长大成人，却不知何时又逃离鞍马，遁往了陆奥。"

"将门虎子啊。"

"时光荏苒，眨眼之间，已经过去二十年了啊。"

尽管谈话颇为投机，但黎民百姓却也只将此事当作了他人之事。他们却根本未曾想到，自己眼下的生活正在一刻刻地不断变革着。短短两年之后，众人便已经生活在了赖朝的治下，而京都也已改由义经守护。

即便如此，在六波罗召集起五万大军，打着"征讨赖朝"的旗号离开京都的当日，民众们却也在街头巷尾聚集成群，为如此壮观的场面而面露意外之色。

"难不成赖朝麾下竟有如此大军，非得如此大动干戈，方才能够将其剿平？"

瞬时之间，众人方才意识到了赖朝的存在与事态的严重。

许多人都还记得，二十年前那个曾被不足十人的官差押解着，身边仅带着五六名随从，被流放到伊豆去的少年的可怜身影。

"那一天，也同样是在此处啊……"

眼看着浩浩荡荡的平家大军，许多人都不禁回忆起了当年的情形。

道路，也同样是由六波罗的大陆到粟田口——蹴上、大津关隘，奢华的军马队列，正缓缓前行。

五万大军，由平维盛、平忠度两人统率。由于深知东国情势之故，斋藤别当实盛也成为幕僚诸将之一，随军前行。

其中每一个人的装扮，都让人感到豪华无比。战盔战甲自不必说，黄金太刀，白银短剑，甚至就连箭壶马鞍也尽皆出自能工巧匠之手。哪怕便是一支箭，箭羽也是鹰的翅羽，漆水必须为某人所涂，箭头必须为某人所铸，皆有讲究，足以夸耀——而当此箭射中坂东武士的粗铁铠甲之后，究竟能够贯穿对方的战甲，此事便又另当别论。

大军沿海道前行，于兴津之滨布下阵势时，维盛、忠度两名大将将领路的斋藤别当唤至帐前，一脸严肃地询问道："赖朝所率众军之中，若你这般弓马娴熟的武者，究竟有几人？"

听闻此言，实盛不禁突觉毫无颜面。虽然眼前的两位大将实在可谓毫无见识，但辅佐此二位毫无见识之将，便是多年有恩于己的入道相国托付于自己的重任。

"二位大人何出此言？两位莫不会是以为，在下实盛已可算得弓马娴熟？"

实盛口无遮拦地说道。

"——赖朝军中，轻易拉开三五人方能拉开硬弓，一箭足以射倒二三人之勇士，可谓不胜枚举。便在平日训练之时，赖朝手下之人也可轻易射穿二三层战甲，且箭无虚发。而军马则由牧场上精心挑选，朝夕驰骋于山林野间，百经历练——此外，坂东武者之天性，沙场之上，父死子继，子亡亲赴，即便脚踏一族血亲之尸，众人也必将奋勇向前。"

实盛的一席话，只听得维盛、忠度二人将信将疑，心中惊惧不已。

第三十五章　忘却惊惧的众人

第三十六章 鹤冈

奔赴镰仓。

奔赴镰仓。

这，既是每一名士卒心中的目标，更是一句浅显易懂的口号。

立刻，它便成了当时的一种呼声，也成了一种步调。不仅只是军队。不经意间，它甚至化作了百姓的生活目标。且凡与此步调不一之人，都会感觉到自己似乎已被潮流所淘汰。

——奔赴京都。奔赴六波罗。

若是赖朝如此号召的话，或许众人心中便会感到畏惧，从而无法步调一致了——然而，镰仓却是源氏的发祥地——坂东武士心仪的故乡——天险的地势——百姓们都希望能够置身于这片新鲜的泥土香气之中，去设想如何展开新的建设。

每一张面孔，都被秋日的阳光晒得黝黑。但人们的目光却炯炯有神。身上的甲胄，大多都是些粗陋之物。弓箭也是亲手自制，却大多坚硬耐用——此等将兵，已不知走过了几千几万。

山谷间的小溪也好，草丛中的细流也罢，海纳百川，赖朝所过之处，人们纷纷归降。加上那些出迎的乡军，十月六日抵达镰仓之时，人和马，已经彻底掩盖住了民家稀疏的渔村和农地。

当地的郡司和村中的族长，全都一同前往出迎。赖朝在马背上淡淡一瞥，突然问道："龟谷在何处？"

北条、千叶、土肥和其他众将皆是头一次听到如此地名，脸上不由得露出了狐疑的表情。

"离此地不远。不如就由我等带您前往吧。"

"嗯……既如此，那我便到龟谷去走上一番吧。上前引路。"

龟谷位于稻田与松树林的南侧，就只是一片山谷之间的寻常湿地罢了。赖朝一脸失望的表情。

"此地实在太小！"

赖朝跃下马背，回头看看身旁的北条时政、土肥次郎和千叶常胤，颇为失望地说道。

"太小……？大人莫非打算驻军于此？"

"非也。一路之上，我一直在脑海中暗自描绘设计，准备在此地构建居所……到此一看，才发现此地如此狭小，实在是失望至极。"

"若大人想要选地建居，那么整个镰仓之地，皆任由大人挑选。"

"不。我曾听说，先父义朝在世之时，曾经在龟谷此地暂居过。因此，我才想要建居于此……为何此地都并无当时的残垣断壁？"

"大人可见，那边尚有一座破旧庙堂？"

"如此说来，那里便是先父殁后，冈崎义实所建的庙堂了吧？"

赖朝大步走到庙堂之前——他默默地合十一拜，之后便又立刻退回了原地。

抵达镰仓的第一晚，赖朝在民家之中暂住了一夜。翌日，他便亲自在镰仓走了一番，选定了大仓乡的土地。自选定地点之日起，赖朝便立刻命人凿崖填河，运来巨石建材，奠定了建设的基石。

第三十六章 鹤冈

赖朝指令频发，所有的方面，都给人一种感觉。

——难以喘息。

离开安房，于隅田川出发，即便是在抵达镰仓之后，也从未有任何一件事拖延到过第二天。

前进。前进。前进！整齐划一的打破和建设的步伐，从来未有过丝毫的松懈。

自不必说，赖朝本人的生活，也时刻处在这步伐的最先头。若是他自己忙中偷闲，稍作喘息的话，全体的步伐就无法如此迅速了——镰仓幕府建成之后的情况姑且不论，此刻的他，完全就是一个创业之人。他必须成为处在革新风潮浪尖上的时代志向的化身。

在民家借宿，度过了镰仓的第一夜之后，清晨时分，赖朝便检阅了自己麾下的十万大军，会见了诸将，聆听了诸将报告的昨夜之间前来投奔的新兵人数。其后，赖朝对老将千叶介常胤和上总介广常下令道："教百姓安居乐业。下令士卒要严守军纪，竖起告示，颁布命令。"

其后，赖朝立刻又道："我要前赴鹤冈参拜。"

众将早已料到，近日之间，赖朝必定将会前赴鹤冈。因此，车马队列很快便已备好。畠山次郎重忠打头，千叶介常胤断后，护送着赖朝前赴鹤冈。

道路由山之内村的耕地延伸到了树影遮天的杉树林。由巨福吕坂坡下沿河水干涸的谷川前行，不久之后，眼前便出现了一座以圆木为栏的破旧红漆板桥。

"此地便是鹤冈？"

"正是。"

听到左右之人的回答，赖朝飞身下马，大步流星地走过了那座红漆板桥。

然而，立刻，他便又停下了脚步。

"……便是此处啊？"

赖朝抬头仰望着前方的葱郁山林和树影间的晴朗秋空。

"竟是如此的幽静。"

赖朝回头看了看诸将，低声念道。其后，他将目光投向了大地。大山之上，随处可见渗着山间清泉的泉眼。泉水汇成几处小小的水潭，水面上漂着几片破败的莲叶，红色的小蟹嬉耍其间。

"——想来，在下的祖先，赖义公、义家公，乃至先父义朝，必定都曾多次由此路上走过。其中更因义家公曾于此宫祠前元服之故，得名八幡太郎。如今，在下赖朝再次参拜此地，将灭亡平家奉为毕生之愿。"

满山的树灵仿佛也如懂得人心一般，发出葱郁之声，轻轻摇曳。黄叶红叶，尽皆由树枝飘落——赖朝移步走向小溪，净了个手。

此时，突然急使来报。

来人由伊豆的秋户乡而来。一听"秋户"二字，"叫他过来。"赖朝便迫不及待地传见了来使。

来使远远拜伏于地。据说，此人身携御台所的亲笔书信。赖朝使个眼色，令畠山重忠从来使手中接过了书信。

——令人怀念的发妻来信。

赖朝面露思念之色，但他却并未当场拆信，而是将书信揣入了怀中。

"政子可还安好？"

赖朝问道。

"近来夫人身体康健。"

使者答道。

"你转告与她，便说今后之事我自有主张，让她安心等待便可。"

说罢，赖朝便在出迎的神官的带领下，静静地走向了鹤冈神社的门前。

当夜，赖朝亲笔写下书信一封，派遣急使携信前赴伊豆。

一封写给其妻政子的书信。

站在女子的角度上，不知这两个月的时光究竟多么漫长，又是如何的艰辛——夜里，赖朝不由得思念起了自己的妻子，想起了女子心中的酸楚。

两日之后。

"却不知地形是否已然打整妥当？"

赖朝出门查看了大仓乡的地基。

虽然才只过去了短短四天，但那片宽阔的宅地却已大致整理平整。

"真快。"

赖朝褒赏了负责作业的大庭景义。其后，便又接连不断地吩咐了后续之事。

"景义，其后便可奠定基石，构建房屋了吧。"

"正是。但若要装饰大门石垣，那便还需再耗费些时日。"

"眼下并无观赏庭院，装饰大门的工夫。只需能够住人便可——前日，见我心急，众人皆言，可将此地知事兼道的宅邸整个地由山内搬来，重组便可。兼道也说，那座宅邸自正历年间起，从未遭遇过一次火灾，虽然破旧，但甘愿拱手献上……若如此，工事还需几日？"

"大概七日。"

"七日。"

赖朝如此，却也并非急于住下。其实，赖朝不过是想早些让其妻政子住进他自己建造的家屋，令其安心。

"你继续负责作业，越快越好。"

当日黄昏起直至深夜，景义征调了大量的牛马和木车，令超过千人的苦力与兵卒点起火把，拖曳木石料，山内与大仓乡的道路上火光通明，喧闹不休，其情状便如战场一般。

"让道。"

这时，一队武士护卫着载着妇人的小轿，从道路上走过。

"何事？来者何人？"

"此人究竟是何处女子？"

指挥苦力的一名将领上前询问。

"休得无礼。这位乃是御台所政子夫人。我等由伊豆秋户乡出发，刚刚抵达镰仓此地。"

"……啊，是御台所。"

众人一惊，立刻牵开牛马，纷纷下跪。

第三十六章 鹤冈

轿舆之中，似是一名美貌女子。隔着轿帘，政子向外望去。火把的红光之中，无数武士队列整齐，民众匍匐在地，迎接着自己的到来。不知为何，政子的泪水夺眶而出。

眼前的一切，都仿佛昭示着官人的权威与伟大。两个月前，唯只带着数名兵卒，乘着一叶孤舟，落荒而逃前赴房州的官人，如今已竟然以如此盛大的阵势迎接自己的到来。这一切，让政子感到如梦似幻。

当夜，一间毫无任何装饰的普通民家中，政子见到了官人。赖朝，也见到了娘子。

静夜，寒屋之中，唯见白烛的摇曳火光。对二人而言，较之新婚之夜，此夜的清净情爱，更令二人心中感慨万千。

二人心魂相拥。翌日清晨，夫妇二人便再次参拜了鹤冈——赖朝此举，也是为了让先父与祖先见一见自己的妻子。

七日为限的大仓乡居馆也提前一日竣工。当月十五日，政子和赖朝一同住进了这处对赖朝而言已经阔别了二十余年的"自家"之中。

然而，赖朝却仅仅只在自家之中住了一日。

第三十七章　水禽

赖朝夫妇搬入为政子赶造的新宅的两天前，即十三日，维盛和忠度二将率领的平家大军，已经抵达了骏河国的手越宿。

接到快马传报，赖朝却依旧在新宅之中与妻子共度了一夜。

——我是为了你。

尽管赖朝如此告诉妻子，但身为男儿，赖朝心中却另有打算。

逃离石桥山后，许多己方的将士都奔向了甲州或其他地方。加藤次景员、景廉、伊泽五郎、逸见冠者长光等都与甲斐源氏的武田一族，或是安田义定等人合兵一处，其后又率军开赴骏河方向，准备与镰仓的本部大军汇合。

此外，此番与京军的对阵，也与先前的局部性战事有所不同。这是对方的主力与己方的主力战场相见的一场大战——面临如此境况，赖朝似乎也不敢草率行事。

"我已分出二千士卒留守镰仓。其中又分出三百人守护这座御馆。如此一来，想必也就不会出现先前那种情况了。我准备暂离此地一段时日。"

十六日——出发当日的清晨，赖朝对妻子说过这番话后，离开了御馆。

出征的命令，早已发出。

以鹤冈为中心，数万兵马，正等候着赖朝的一声令下。

赖朝三度登上鹤冈，跪拜于神社前。

当时的出兵祈祷，正是这座大神中的首次盛事。

温泉权现的良暹率多名僧侣诵读法华、仁王、军胜三部法典，祈求镇护国家。

当日。

镰仓海面大浪滔天。然而，初冬的天空却冷风彻骨，山下的数万兵卒寂静无声，万众一心，祈祷己方能够旗开得胜。

不久——

出发的号角声响起。

旌旗、长刀，沿着山路蜿蜒向前。然而，身后的兵马却始终看不到尾。

与别动队加藤次景廉、甲斐源氏的众人于骏河国会师之后，队列变得更如奔流一般。

二十日——全军抵达了骏河国的加岛。

"哦，就在眼前了。"

武者们纷纷极目远望。阵地前方，便是富士川的大河。然而，此刻却已再看不到流水。对岸上的无数帐幕、木盾和防垒，一直延伸到了四面的树林和民家的背后，再加上随处可见的翻飞红旗，情状可谓蔚为壮观。

"喂，快看！"

听者不由得睁大了双眼。

然而，在坂东武士眼中，这种感叹立刻便化作了苦笑。

"不愧是平家，有够奢华。"

"莫不会便是先前听闻的那些福原的游船画舫？"

"射上一箭，问候一下吧。"

"且慢且慢。如今大人尚未下令放箭，若是此时擅自放箭，只会招人轻蔑，以为你实在夸耀自己的弓箭技术呢。"

当日，为了布阵，源氏一方一直忙到黄昏。

"咦，怎不见敌军趁虚而入，发动突袭的迹象？"

夜晚，士卒们走出阵地的围栏，来到河原之上，远远眺望着对方阵地上那火红的篝火。

若是高声呼喝一声，似乎敌人阵中便会高呼响应。

十几天来，此地并未下过大雨。富士川的河水清澈见底。向远方望去，河中可见几处露底的沙洲。如此看来，即便是河水最深之处，想必马匹也应该能够轻易蹚过。

"喂……你可曾听到风中的笛声？"

"何处的笛声？"

"对岸。"

"休得胡言。眼下可是大战在即。"

"不，似乎还伴着阵阵鼓声。"

"你听错了。"

"是吗？"

如此说来，似乎也确是如此。能够清楚听到的，就只有淙淙流水和兼葭摇曳之声。

不知何处，传来了嘈杂的人声。声音来自河水之中。马匹跃上岸边，向着河岸惊驰而去，而人影却在湍急的水流中沉浮。

"混账，怎么回事？"

众人赶忙抛出缆绳，将那人救上河岸，却是一名洗马的杂兵。杂兵见河水寂静无声，只以为水流甚浅，却不料失足落入水深之处，险些溺死。

"啊哈哈。眼下尚未对敌军放出过一箭，若是此时溺水而死，又有何颜面去面对故乡的父老与世间的苍生？你这不知深浅之人。"

笑声响彻阵地。一名武士从阵地后方走来，呵斥道："何故如此嬉戏。隐藏身形，将马匹牵到后方。今夜月色明亮，尔等想成敌军的箭靶吗？"

兵卒们连忙冲回阵地，藏身到木盾与阴影下，浑身散发着汗味。

"敌军何时攻来？"

为了防备敌军的夜袭，傍晚吃过粮饷之后，士卒们便紧握长弓，手执太刀，屏住呼吸，一动不动地望着夜色之中富士川的河水。

一夜过去。

敌军并未攻来——不，甚至连一支箭都未曾射来过。不时如飞箭般掠过水面的，就只是些青色羽毛的小禽。说到禽鸟，昨夜众人吃剩的兵粮米粒，却也引来了无数的禽鸟。它们那副不畏刀剑寒光和武士脚步的模样，却也甚是惹人喜爱。

冒险前去侦察河水深浅之人已经回来。据报，由河中沙洲往西的主流一脉最为湍急，同时也是河水最深之处。虽然水面不足五十间宽，但若是强行由此渡河，必将牺牲众多。

"这点激流算得什么。若换作大海，倒也不可造次，如此河水，但须上马前行，便可一举渡过。"

尽管当日也有人提议渡河一战，但眼见数日前便已抵达此地的敌军依旧未能渡河而来，众人揣测此处的河水或许要比想象的更为湍急——而且，敌军明显欲图占此地利，施行计策。

"啊，来了。"

傍晚，源氏众人眼看着飞箭呼啸着从头顶划过，吵闹了起来。

敌方的二三十支飞箭甚至无法射及木盾，尽皆落到了河原之上。眼见敌军如此，源氏一方也派出五六骑人马，奔赴河边，在马鞍上拉弓搭箭，射还了敌军。

或许是畏惧了源氏军的弓箭，日落时分，平家的阵营也变得寂静无声——今夜也同样月色朦胧。夜空中飘着几缕断断续续的雨云，雁影不时从空中划过。

第三十七章　水禽

是夜，源氏一方之中。

"若想渡河，便只有趁着天色未明，敌军依旧酣睡未醒之际发动袭击这一个办法了。"

拂晓出击的计划定下之后，部将们便各自回到了自军的营地，一直准备到了深夜。

带着次郎忠赖、三郎兼信二人返回自军营地的途中，武田太郎信义忍不住说道："我本想明日能够充当先锋，让我甲斐源氏之名声名远播啊。"

二郎忠赖道："如今，我方众将无不摩拳擦掌，众人皆欲抢下头功。若只是立下一些寻常军功，也就无法扬名立万了啊。"

"不，无论如何，我甲斐源氏都要誓取明日之头功——伊豆、下总、上总、相模、武藏的众位，若非长年侍奉于佐大人身边之人，便是跟随他转战南北之将，而对我等而言，明日却是初次上阵……眼下，正是扬名立万的良机。"

"既如此，那这样如何……我等不如便趁夜拔营……"

"抢功吗？"

"向上流前行一段，前方便有一处浅滩。我军迂回渡河，潜伏到平家军身后，然后等到我方众人渡河之际，我军再冲杀入平家阵中——如此一来，我等也就不必担心会落于人后了。"

"果然妙计。好——立刻出发。"

武田兄弟即刻返回自军营中，召集士卒，人衔枚马束口，趁着己方众军未曾留意，半夜之间，沿河岸向着富士川的上游移动而去。

然而，他们却发现，此时竟然已有一队骑兵渡过河面，悄悄地向着河对岸而去了。那队骑兵行动迅速，武田兄弟追去一看，才发现领头的正是同乡的逸见冠者光长和安田三郎义定等人。

"且慢。"

太郎信义向着安田三郎叫道。

"抢功之抢功，便与同室操戈无异。若是众人皆操之过急，最终反而坏事。你我皆为甲斐源氏，不如携手合作，同取功名，为我甲斐源氏扬名。如此，想必也是阁下之所望吧。"

义定、长光皆言"此言甚是"，遂与武田合兵一处——两军阵营本就相互毗邻，先前发现太郎信义等人的行动之后，义定、长光也立刻行动，赶到了武田众军的前头。

半夜已过。千余兵马渡过河面，秘密行军，绕到了平家营地的后方。雨云低垂，夜雾深浓，篝火一片火红。前方，正是平家五万兵马沉睡的阵地。

众军行至一处大沼前，或许正是因为北侧是这处富士沼，所以平家一方才疏忽了上游的守备。武田太郎信义等人踏过蒹葭芦苇，一路探寻着可以落足的湿地，向着沼泽之中挺进。

忽然之间，数以千计的水鸟，突然同时振翅高飞了起来。众人的马匹全都受到惊吓，有的甚至跃入了沼泽泥潭的深处。

"呜哇，敌方大军袭来。"

就在众人惊慌失措之际，平家阵地的方向，却传来了如同被海啸追赶之人般的悲鸣。

那些不论世间发生何事都不会感到惊讶的平家众人，全都骤然泄气，吓得瘫坐在地了。

第三十七章 水禽

侍臣赶忙唤醒了赖朝。

"不知何故，平家军骤然大动，似乎正在四处逃窜……"

因为先前已然议定拂晓出击之事，所以赖朝并未卸下战甲，就只是横身躺下歇息了一阵。

"什么？敌军突然撤离？"

赖朝一惊，赶忙走出帐外，只见千叶介常胤、上总介广常、北条父子等人也尽皆撩起帐幕，伫立于黑暗之中。

"看样子，似是我军之中有人触犯军令，想要抢下头功。既已如此，战事已开，我等便也不可再有半点犹豫了。"

赖朝向全军下达了进击的命令。

"抢在己方众人之前，率先渡河的究竟是何人？"

众人义愤填膺，争相渡河，策马冲进了富士川的河水之中。

众将冲出溅起的水花，勒马跃上沙洲，之后又立刻冲入河中，溅起阵阵白浪。

行至河水正中，马脚已再无法探到河底。

一队队黑压压的人马争先恐后地冲破白浪，向着对岸游去。

"这可奇了！"

身处河水之中，武者们忍不住相互谈论起来。

"——敌方竟连一箭都未发。"

"对岸为何不见敌军踪影？"

"如此轻易便渡过了河面，让人觉得意犹未尽啊。"

尽管如此，众人却也不愿落于其他战友之后。只要有一骑人马抢在了前头，立刻便有另一骑人马赶超过去。而后，更有二三骑奋起直追。也有人过于心急，身子离鞍，险些让激流给冲走。但立刻，其余的人便会向那些人伸出长刀刀柄救援。

"快抓住快抓住。"

众人彼此援助，渡河而去。

此时，已有两三百骑人马抵达对岸，一同跃出水面，难分先后。立刻，一千骑、两千骑，众人依旧争先恐后地冲向平家的阵地。

"喂——"

只要有人高呼一声，

"哦——"

立刻便会有人回应。不论冲向何方，眼前出现的全是己方之人。虽能看到平家的旗帜和帐幕，却看到半个敌人的身影。

"如此大军，怎会如此迅速地撤离了呢？"

源氏众人心中只感到不可思议。

突然间，"发现了，发现了！"己方的一队人马大声地叫嚷起来。究竟发现了什么？众人聚过去一看，才明白是在平家大将的帐幕角落之中，发现了一群歌妓。歌妓们有的颤抖蜷缩，有的拜伏在地，有的躲到帐后，有的相互紧抱——其中，更有一名十二三岁的年幼歌妓，正抽泣着。

"怎么？并非敌军吗？"

"是敌军从附近抓来的歌妓……不，其中或许还掺杂着民家之女。"

"简直荒唐——居然将女子带到阵中。"

"不光此处，所有阵所中都留有女子——生长于京城的平家人，竟然对女子都如此毫不留情。平日之中，他们的行为想必还更加轻浮吧。"

"啊哈哈哈。"

"哇哈哈哈。"

据女子们讲述，平家方的大将们，早已随着水禽的振翅之声逃走了。

地面之上，散落着各种餐具、乐器、化妆道具和奢侈的日常用品。

第三十八章　兄与弟

当日，数万兵马屯驻于黄濑川驿站。驿站屯所之中，自然无法容纳得下所有兵员。众军以赖朝的居所为中心，分别在田野、原野与河原上布下了阵势。

众军皆由富士川归来。

"一口气直捣黄龙！"

当时的赖朝自然意气风发，打算追击未曾接战便败退回京的平维盛、忠度，然而深知东国情势的广常、常胤等老到之人却出言阻拦。

"不，眼下正是关键时刻。如今东国尚非源氏一色，还是暂且撤回镰仓，巩固地盘，再图大计。"

"……是吗？"

赖朝为自己留下了思考余地，闭口再不言语。

每次听闻老者之言，赖朝都会多加思量。尽管他时常会无视老者的意志，凭借着年轻的意力前进，

然而，赖朝听在耳中，却也绝非是对老者的意见充耳不闻。

进军镰仓。

毕竟此举当初便是常胤提出的建议，而且，眼下由富士川退军方为上策的说法，也是常胤与广常的谏言。

然而，即便是两位详知东国情况之人的说法，赖朝却也不会毫不质疑。这，正是赖朝生来的天性。

"为何退军方为良策？"

赖朝问道。

广常回答道："——眼下，常陆的志态义广，佐竹一族与下野的足利忠纲等，隶属平家的豪族，依旧不胜枚举……"

而且，其理由远还不止于此——广常指出了己方的弱点所在。

不论士气如何高昂，不论阵容如何强韧，己方内部的组织，也是在一夜之间构建而成的。尽管竖绳颇粗，但横绳却很松散。

一眼看来，平家的组织与士气似乎皆已走上了穷途末路——但若彻底看低敌

方，难保不会遭遇意料之外的惨败。至少，平家还残留着数十年积累下的底气。或许，甚至还会在比赖朝当年更甚的逆境中重新站起——况且，筑就今日平家盛世的入道相国，眼下也依旧尚在人间。

"唔，是吗？"

赖朝顿时释然，下令全军撤回镰仓——今日，大军屯驻于黄濑川，明日越过足柄，返回镰仓。

他的居所，便是当地的一处旧屋。虽然只是一处破旧的明悟，但大门却依旧坚固。或许，这也是为了防备平日袭来的山贼所建。

"休得于门前逗留。"

"——快走。门前禁止驻马。速速转辔离开。"

守在门前的武士冲着大街上的人怒喝着——大街之上的人影，也在暮光之中变得稀疏。

其中，却有主从七八人慌忙跃下了马背。听到守门武士的吼声，其中一名刚刚年满二十的青年却回首一笑，冲着守门武士回答了声"是"。其后，青年便吩咐随行之人将马匹牵到路旁，带着两名随从，向着赖朝居所的大门走来。

青年二十出头，满身风尘的猎衣下一身轻甲。他身高只有五尺一二寸左右，肩头不宽，身材瘦弱。

然而，他的身上却有一种凛然的气势。

青年左手放在腰间佩刀处，右手握拳下垂，正面向着大门而来。警卫的武者心说"这是何人"，定睛一看，却只见那青年走到武者面前，开口问道："敢问此处可是镰仓大人的行所？"

武者们齐声答道："正是。"

虽然连连点头，但武者们的目光却都警惕地投向了眼前的青年。

"——还劳众位通报一声。在下乃是远路由奥州而来的九郎。劳烦众位军爷通报家兄赖朝，便说九郎前来寻访。"

"……什么？"

众武者无不面露惊异之色。

从青年的口音之中，确实带着奥州腔调。然而，他的话语却也并非难以听懂。只不过，青年的话语之中充满感情，心中定是极不平静，出于使命，众武者才将青年视作了危险之人。

青年口中的"家兄赖朝",实在是让人感到有些费解。先前,众人并未听赖朝提起过这个兄弟。武者们的目光之中,带有了几分怀疑。

"有劳众位军爷了。"

九郎义经重复了一遍自己方才的话。不仅如此,他似乎也观察到了武者们的目光,郑重地低下了头,

"在下九郎义经,并非可疑之人,先前久居鞍马,其后又藏身于奥州——若是众位军爷能如此通报,想必家兄赖朝便会知晓。前不久,在下秘密接到家兄赖朝于伊豆流放所起兵的书信,故而突破四方重围,日夜兼程,是以今日方才赶至此地……在下只望能够早些面见家兄……还请众位军爷尽快通禀一声。"

说着说着,义经已渐渐无法保持冷静,仿佛随时可能在这大门之外流下泪来。他的心中,回忆起了自鞍马以来——不,是比那更早的——那个大雪纷飞的日子。虽然他并不记得那个雪天和平治的战乱,但年幼之时听人说起的这些往事,其后便如同年幼时所经历的一切一般,在他的心中留下了深深的记忆。如今,这份记忆已悄然在他的心中复苏了过来。

"不行。"

守门武者的一声大喝,就仿佛是当头浇了义经一瓢凉水一般。

"口口声声说镰仓大人是你兄长,已是极大的不敬。你大概是认错人了。如若不然,你便是个疯子。"

说着,武者又冲着义经身后的两名随从说道,"此人便是你二人的主子?速速将他劝离门前。若敢稍有磨蹭,那便休怪我等了。"

"啊呀!"

两名随从闪到义经身前,大声叫嚷起来——从其目光与架势来看,两人也绝非善与之辈。守门武者心中一惊,但旋即便威吓吼道:"要动粗吗?"

"不,我等并无动粗之意!"

双方彼此吵嚷起来——此时,土肥次郎实平恰从门口路过,于是上前想要弄清事情的究竟。

"休得吵闹。"

实平劝开众人,目光落在了毅然伫立的矮小青年身上。

"敢问阁下何人?"

实平一脸怀疑地走到了义经的面前。

第三十八章 兄与弟

土肥次郎实平身材魁梧。

他从头顶俯视着眼前矮小的义经。

"……"

义经也不作答,只是昂然回瞪着比自己身材高大的实平。

实平又再问了一遍同样的话。

"阁下口称想要面见镰仓大人,既如此,还请阁下告知尊姓大名。"

义经反问道:"你是何人?"

方才面对守卫时,义经的态度可谓极为谦低,可在面对实平时,他的态度却又变得与先前彻底不同。

"想来你定是家兄的臣下吧,姓甚名谁?询问他人姓氏之时,却不先行自报家门,可知如此做法有悖礼数?"

义经开口责备道。

面对眼前这矮小青年的蛮横态度,实平的心中却涌起了一丝异样的感觉。这种感觉让人觉得有些不可思议,隐隐之中还带着一种无形的威势——"家兄的臣下",光这劈头的一句,便已足以让实平心中的感情难以平复。

"请恕在下失礼。"

实平不由得低下头去,自报了姓名。说罢,实平的语调变得更为冷峻。

"敢问阁下是?"

若是稍有可疑之处,那便休怪在下手下不留情面了。实平的双眸之中,目光炯炯有神。

"在下乃是先父义朝幺子,幼名牛若。平治之乱时与家兄赖朝失散,于鞍马长大,其后奔赴到奥州秀衡处,如今名为源九郎义经——日前,听闻家兄起兵之讯,日夜兼程,前来拜会……若阁下能告知家兄,说在下乃是常磐膝下的同父异母的牛若,想必家兄定能想起。"

义经一字一句地说着,仿佛是想要让对方彻底相信自己一般。

"在下知晓了。"

实平把头低得更低,说了一句"请稍候片刻"之后,便转身走了进去。

此时赖朝正在里屋用晚膳。此户人家中的女儿盛装随侍在旁。北条、千叶等群臣尽皆手执酒杯。

"打搅众位大人用膳,万分抱歉。在下有一事相告。"

说罢,实平于席角坐下,将先前发生之事转告了赖朝。甚至就连实平自己,也依旧还是一副难以置信的模样。

"什么，九郎他……你是说，远在奥州的九郎到此地来了？"

赖朝喃喃说着，目光茫然。他正努力在自己的心底探寻那段二十年前的尘封记忆。

"……是的。"

实平远远地观察着赖朝的脸色。在场的众人也因听闻了如此一件奇事，而全都一同扭头看向了赖朝。

"……哦。"

赖朝一拍膝盖，说道："如此说来，此人正是我同父异母的亲兄弟九郎义经哪——真是想煞我也，快传他进来。"

赖朝的声音中，带着一丝激动。

土肥实平脸色一正，猛地站起身——或许是因得知门外之人正是主公的骨肉兄弟，心感紧张狼狈之故，实平的脚步声听来颇为沉重。

"还请众位暂且回避片刻——对了，不如就请众位暂且将筵席移至其他的房内，继续享用好了。"

赖朝向左右之人如此说过之后，便立刻命人前来动手收拾起了膳食与酒器。

除却一盏青灯之外，此时屋中已经再无任何长物。清净的灯影静静地摇曳着——怀着如此心境，赖朝等待着这位二十年未见，不，应该说是等待着这位素昧平生的骨肉兄弟。

不久，缘廊外。

"请这边走。"

屋外传来了实平引路的声音。随后，便是一阵有人轻轻走过缘廊的脚步声——光是这种感觉，便已足让赖朝的心微微颤抖。

九郎这个弟弟究竟如何？

相见之后，又该首先说些什么？

不可思议的是，心跳声不住地传到耳边。这声音，不正是骨肉亲人的铁证吗？先前的二十年间，始终紧闭的心门突然被人敲响。这种惊讶与喜悦，甚至让赖朝感觉到了一丝狼狈。

"敢问大人就是家兄赖朝吗？"

——赖朝抬头一看，只见义经已在实平的带领下，在远离烛台之处，面朝自己伏下了身。

"……"

赖朝并未听清义经最初的话语。

第三十八章 兄与弟

义经的情绪也颇为激动。他的声音微微颤抖,带着一丝沙哑。尽管未能听清,赖朝却也感觉到耳边一热。

"虽然此番尚是在下与兄长您初次相见,但自打记事时起,直至成人之后,在下都从未有一日忘却过自己在人世间还有一位兄长,也从未忘却过伊豆的天空——想必兄长的内心深处,也一直记得奥州还有一位名叫九郎的兄弟吧。在下正是您的兄弟义经,源九郎义经……"

"我自然记得。"

说罢,赖朝忘我地向着义经伸出了手臂。

"为何你我兄弟竟相隔如此遥远,便如同外人一般——再靠近些来,让我仔细看看你。"

义经心中依旧有些顾忌,他扭头看了看身边的实平。实平当即会意,小声说道:

"既然大人请您靠近些,您便再靠近一些,与大人好好叙一叙旧吧——在下实平暂且告退。如有需要,请二位尽管吩咐。"

即便屋中只剩下了兄弟二人,面对着这位初次相会的兄长,义经依旧心有顾忌,羞涩得有如处女一般。

——好一名青年。这,便是自己的兄弟吗?

赖朝眯起了眼。

他起身离席,义经也向着他靠近。

"真是想念您,兄长。"

兄弟二人彼此靠近,再不分身份,没有丝毫权力的差异,更没有主臣之间的礼仪。彼此都是举目无亲的孩子,都是于逆境之中萌芽,奇迹般地安然成年的兄弟——这是一场命运之子与命运之子的相见。

"你终于来了。"

赖朝伸手握住了义经的手。义经欣喜地颤抖着。

这份温情。

这骨肉兄弟的手。

自打出生之后,两人都是第一次体会到这种感觉。虽然母亲不同,但两人身上流的血,却都是来自同一位父亲。

"梦中——梦中……在下不知曾在梦中多少次梦到过兄长……在下一直期盼着

能见一见兄长您。"

"我亦如此。"

赖朝顾不得擦拭脸颊上的泪痕，轻轻将义经揽在怀中。

"听到风传，我断断续续地听说了一些你的消息，心中一直在念着不知何时能与你相见，不知你是否已安然成年——"

"在下也同样。十六岁时，在下逃离鞍马，流亡奥州的途中……越过足柄山时……眼望着那近在咫尺的伊豆大海和流放所，心中也思念不已，不知曾多少次回首远望。"

义经的声音带着一丝甜美的呜咽。喜极而泣的泪水和那遥远的回忆，让他的声音变得断断续续。

"——此番，听闻兄长起兵之讯后，在下便立刻与秀衡大人商议，希望能够飞奔到兄长您的所在之处，然而秀衡大人却认为为时尚早，让在下再观望一些时日，坚决不准在下前来。于是，在下单枪匹马，只带四五名随从，秘密逃离平泉，一路飞奔而来——秀衡大人见在下心意已决，又派遣佐藤继信、忠信二人赶来，加入在下的随从之中。"

义经滔滔不绝。说完之后，他才发现自己因为太过欣喜，以至于说话都显得有些语无伦次。

"在下情绪太过激动，还望兄长勿要见笑。"

义经擦了擦泪水，稍稍退开半步，保持了自己应该有的礼节。

赖朝也终于从茫然忘我的境地中回过神来。

"今夜，我也有意与你一叙至天明，但毕竟眼下身处军阵之中，还是待得回到镰仓之后，再做计较吧——想必你也已经颇感疲累了，今夜不如就洗去旅途风尘，好生安歇吧。"

"是。"

兄弟的回答如此干脆，不由得令赖朝再度感到欣喜。从今往后，自家之中，便又多了一人，一族之中，也多了一份力量。

"实平，实平。"

赖朝唤道。立刻，

"在。"

实平在邻屋答道。随后，土肥次郎的身影，便再次跪坐在了缘廊之外。

"你为九郎兄弟寻一间合适的房间，前去安歇吧——此外，抵达镰仓之前，便由你来照管九郎的生活起居了。"

"属下遵命。"

实平眼睑红肿，似乎刚刚才在邻屋抹过泪——他向义经使个颜色，之后便默默地端起纸烛，率先向着屋外走去。

源赖朝

镰仓秋意渐浓。

十月二十三日，赖朝班师回到镰仓。

此番的富士川之战……赖朝不战而胜。

赖朝自石桥山之后，首次论功行赏。

北条时政父子。

不论如何，此二人位居首功，想必众人也不会有丝毫异议。

其后。

千叶介常胤、武田一族。

和田、三浦、土肥等人。

佐佐木定纲、经高、盛纲、高纲。

以及与四兄弟同样，长年侍奉于流放所中的天野远景、加藤次景廉等人。赖朝几乎毫无遗漏地给所有麾下众将加封领地，或是保持其原先领地，颁下其他赏赐。

四天后，当月二十七日，赖朝挥师常陆，征讨常陆的佐竹一族。

此战之中，深明地理情势的上总介广常担任先锋，浴血奋战。

十二月，常陆平定。

师走的十二日。

风和日丽的冬日。

当日，赖朝迁居到大仓乡的新邸之中。自出兵富士川前便动工兴建的御馆终于落成。

迁居当日，赖朝身着水干，骑上高头大马，率领一众武士走进新馆的寝殿（正殿），与美貌的御台所一道，接受了出仕的三百余名武士的谒见。

自始至终，政子一直陪伴于相公身旁，面对上前道贺的众武士，她也只是默默地还上一礼。

"性情似乎有些严厉呢。"

眼见政子的如此态度，初次谒见的老将们也议论纷纷。

御馆并非只是赖朝夫妇的居所。以御馆中的政厅、侍所为中心，大路小路，邸町林立——当日，众人便已分别以众人的名字命名了各处地方。

迁居庆典一连持续了三日，众人开怀畅饮，其情形便有如祭典一般。

其间，赖朝接连对平民颁下法令。此外，对于武士，赖朝也下令，要众武士严守奉行"武士之道"和"吏道"。

"在下也知主公事务繁忙，但还盼主公赐九郎大人一见……黄濑川之夜后，九郎公子也始终在等待着主公赐见。"

眼见赖朝稍得空闲，土肥次郎代替义经，赶忙如此请愿道。

黄濑川之夜以后，众人皆把义经称为九郎公子，成为了家中的一员。身为幕将，尽管义经整日追随于兄长赖朝的鞍前马后，但自打那夜之后，两人便再未以兄弟相称过。相反，倒是那些因政治和战略上接近赖朝的将领们，与赖朝更为亲近一些。

正因为如此，义经只得恳请土肥次郎代为转告。而此刻，实平也伺机将义经的心思转告给了赖朝。

"所言正是。自抵达镰仓之后，我还尚未能够与九郎促膝长谈过呢。而且，我还需要给他引荐一下政子。叫他来吧。"

立刻，赖朝便允可了请求。

听闻兄长召见，不久之后，义经来到了兄嫂面前——可是，今夜却已经与黄濑川之夜有所不同，

"九郎吗？其后你对职责是否还能适应？此处与奥州不同，坂东武士皆是一群豪放鲁莽、勇往直前之人——你也前往不可落于人后啊。"

淡淡说罢之后，赖朝又扭头看着其妻政子，

"此人便是先前我跟你提到过的九郎。你可要对他多加关照。"

赖朝的话便仅止于此。尽管心中充满着骨肉亲情，但面对嫂嫂，义经却半句亲近的话也说不出口。

第三十九章　乳母之子

此时，实平再次走进屋中，向着赖朝拜伏在地，说道：

"主公，泷口老夫人求见，是否赐见？"

"哦，囚徒经俊之母吗……赐见。将她带至庭院中。"

较之眼前的义经，赖朝似乎更关心屋外之人。

实平退下后，赖朝起身换过坐席，等待着实平将对方带入院中。政子借机退入后堂。无奈之下，义经只得跪坐于兄长身旁，充当侍臣。

"……啊，佐大人。"

老夫人踉踉跄跄走进院中，胡乱地往地上一坐。此人正是赖朝幼年的乳母。

然而，赖朝的脸上却并未露出丝毫思念的神情。相反，他却目光冷峻。为了防止乳母提起往事，表现得与自己太过近乎，赖朝展现出了自己的威严。

"……啊。"

眼见赖朝这副模样，老夫人顿时感到不知所措，哭拜于阶下。

老夫人之子名叫泷口三郎经俊，领有山内之庄。赖朝起兵之时，曾派遣藤九郎盛长前去招揽，结果经俊却付之一笑。当时，经俊非但拒绝了赖朝，说了一通恶言恶语，而且其后还参与了平家的大庭景亲的部队，展现出一种要与赖朝对抗到底的态度。

然而，虽然景亲曾在石桥山一战中得意万分，其后却遭遇了赖朝的卷土重来，于多处战场上战败，最终沦落到了再无立锥之地的境地。先前不久，景亲率领着屈指可数的几名部下，归降到了赖朝的军门之前。

以景亲为首，一众降将分别落到了赖朝帐下众将的手中，而其中，自然也少不了泷口三郎的身影。

泷口三郎的领地被彻底没收，而其人也被关到了土肥次郎的宅邸之中。赖朝与众人评议议定，准备于近日间对泷口三郎处以斩首之刑——因泷口之母先前曾是赖朝的乳母，"还请佐大人念我泷口家先祖之功，饶恕小儿此番的错失。"所以，此番老夫人便是希望能够借此关系，来为其子求情请命的。

——然而，来到此地之后，老夫人却只是恸哭，却连此番的来意也无法说出口来。为泷口三郎请命求情之事，先前也曾有人报知过赖朝，光是看到老夫人那令人心痛的模样，泣不成声的声音，赖朝其实也早已明白了老夫人的心思。

"……"

因此，赖朝便只是冷然地看着老夫人，却不开口询问半句——赖朝身旁的义经已经感到坐立难安，总想为兄长出头圆场，然而赖朝却面无表情，相反，似乎还带着一丝得意的苦笑。

"……虽说已是很久之前之事了，但泷口家的祖先，也曾在八幡大人（义家）和廷尉禅室大人（为义）手下克尽忠诚——此番小儿与大庭景亲为伍，与大人对抗，确属一时糊涂……即便是我这个生母，也难以相信小儿竟会做出此等行为……还请大人格外开恩——饶过小儿一命吧。求大人您了。"

老夫人强忍泪水，开口说道——她的声音时而尖锐，时而沙哑，时而颤抖。如此表现，正是身为人母的真实心思。

"实平。"赖朝一翻眼睛，以极为平静的语气向着跪于老夫人身旁的实平吩咐道，"先前，我曾将一副战甲交与你暂时保管。你去将那副战甲取来……我说的是当日我于石桥山时身着的那副破甲。你速速取来。"

少顷，实平将一领铠甲置于老夫人面前。

"泷口老夫人。"赖朝开口叫了老夫人一声，正色道，"此乃石桥山之战当日，我赖朝穿着于身的战甲，为做日后的证据，我将它保留了下来——老夫人，请看一下这支贯穿战甲袖口的箭矢。这支箭，难道不是老夫人之子，泷口经俊所射吗？"

老夫人身子一怔，脸色铁青，浑身发颤。

"请看。"

"……"

"请拿到手中，仔细看看吧。"

赖朝的一字一句，都如同箭头一般尖利。

"——虽然我已将箭杆取下，但老夫人却可仔细看一看箭头上有何标记。泷口三郎藤原经俊——确是这几个字吧？"

"……"

老夫人扑到战铠之上，哭泣不已。

日后的证据——

第三十九章 乳母之子

由赖朝此言来看，似乎不论老夫人如何为其子请命求饶，想必都是再无半点用处了。老夫人扑在战甲上哭泣不已，纤细瘦弱的颈边白发，缠到了铠甲之上。

或许是再也不忍目睹的缘故。不知何时，实平已然悄悄地离开了院中。若是赖朝能够点头允可，端坐随侍于兄长身旁的义经，也早已想要离席而去了。

老夫人依旧哭泣不止。也难怪她无法起身——义经扭过头去，在心中暗暗想道。

不知何时，义经的心中已对兄长的行为感到了厌恶。他总觉得，眼前的兄长，与自己先前于黄濑川之宿初见的那位兄长判若两人。

眼下，自己不该将他当成兄长。然而，即便将此看作镰仓大人的人事处置，却也同样让义经感到嫌恶不已。

彼此既为骨肉兄弟，那么身上流淌的也必然是同样的血。自己的身上，必然也流淌着与兄长相同的血。便如憎恶自己一样，义经也不由得对兄长这冷酷无情的裁决感到憎恶。

"……万分……万分抱歉。"

少顷——

经俊之母便如灵魂出窍一般，无力地站起身来。她双手掩面，缓缓后退。

十步。十五步。

老夫人并未低头看地，一步一个踉跄地向着中门走去——义经再也不忍目送着她如此离开。一股想要代老夫人向兄长请命求饶的冲动，充斥着义经的心间。义经突然双手伫地，准备开口向兄长求情。

赖朝冷冷地看了义经一眼，却一句话也没说。

"乳母，且慢。"

赖朝开口叫住了老夫人。

乳母——直到此时，赖朝才第一次如此叫道。之后，他便如同在将心中早已准备好的话说出口来一般，

"看在泷口家先祖的面子上，此番我便暂且饶恕令郎一命……从今往后，还望你转告令郎，教他好自为之吧。"

老夫人如释重负，平伏于地，拜谢着起身准备离席的赖朝。义经依旧双手伫地。然而义经心中的感情，却沉淀在了心间。

第四十章　新府繁昌记

是年，镰仓始终沉浸在工匠们的号子声和手斧的劈砍声中。新年的初春，也在手斧的劈砍和石匠的歌谣声中度过——奔赴镰仓，奔赴镰仓。

如今，这句口号已经再不仅只属于军队，它已经彻底成为了民间的一句口号。

"到了镰仓，自然便有活做。"

由东国向北，各国之间的往来要道上，每当旅人彼此询问"阁下此去何处"时，对方都必定会回答："镰仓。"

铁匠、漆工、木匠、泥瓦匠、织布女、雕刻师、浣染工们携妻带子，率领徒弟，肩扛道具，牧主驱赶马群，寺院僧侣结伴而行，甚至还有带着大群女子却不知做何营生的商人——众人向着相模的新府而去，为将来的生计而扎下了根。

"真是奇事。"

有人心存怀疑。

因为他们无法找出其中的理由。

眼下，镰仓正大兴土木。镰仓大人的众多御家人都在构筑新居，而跟从他们的那些将士们，也开始成群结队地建造住所。明白了此中缘由，那么也就任谁都能想象出镰仓此时的繁华景象了。

然而，若是仔细想想，其实这也是一步险棋。原因就在于，当今的天下，依旧尚自掌握在平家的手中。

虽然由东国到常陆、信浓附近的地区已全都屈服在了赖朝的武力之下，但奥州的藤原秀衡却依旧未发表过任何宣言，表示愿与源氏联手。

更何况，相模以西的地区，依旧是平家一色。即便失去了东国，平家也依旧还拥有着京城以西的中国、九州、四国及伊势等地盘。

综合财力与人力的分布来看，平家其实并未将其根基扎于东国。西国，其实才是平相国多年扶植经营的地盘。

——深明这一点的人，均以担忧的目光旁观。

"镰仓，镰仓，众人都纷纷倒戈投奔，却无人知晓镰仓大人的实力。与其轻易迁居，再遭战火，最终流落街头，还是暂勿轻举妄动为妙。"

其中的大部分人，都是庶民中颇有见识之人。毕竟，从理性上来看，眼前的景象实在是太过令人费解。

之所以会说此事令人费解，首先便是因为：半年时间里，虽然在局部性的合战中获得了胜利，但镰仓大人的手中，却并无太大的财力——若是能够一举攻上京都，夺下中枢政权的话，倒也还值得考虑。

众人之中，也不乏持此说法之人。

尽管那些有识之士的话语听来确实不无道理——但是，民众却依旧不断地向着镰仓拥去，而且其数目还在与日俱增。

而后，到镰仓落脚之后，众人便会各自发挥起自己的手艺，开始精力充沛地劳作。没有人神情郁郁，更没有人游手好闲。马匹，耕牛——甚至似乎就连家犬，仿佛也在奔忙劳作。

为何会如此？

根本没有闲人去思考这样的问题，众人都在热火朝天地劳动。劳动，被人们看作一件快乐的事。他们的神情，也比在任何国府时都更欢愉开朗——同时，"一切才即将开始！""整个世间，都将焕然一新！"

众人都不停地说着这样的话。

人们总喜欢建设。比起留在建设已毕，正渐渐走向腐朽的平家的地盘上伸着不安的懒腰来，人们更喜欢吃着粗茶淡饭，满身汗水泥水，在能够与他人谈论未来的天地之中生活。

然而，牵动着众人之心的，却并非镰仓此地。这股力量来源于人。而且，只来源于一个人。

此时，听闻镰仓的状况后，平家一方的内部之中，悄悄萌生了一股致命的担忧之心。

太政入道身染重病。

"近日来，达官显贵们车马往来，莫不是有何变数？"

尽管京都的庶民们也开始隐约觉察到了些什么，但自打去年初头至年底，人世间的变数，已可谓是从未间断过了——

"或许是又有何变数了吧。"

与镰仓的民众不同，此地的庶民，早已和上流社会相距千里了。

"无动于衷的一门"那种从不反省自我的作风，已经彻底影响了整个地区，不论发生了何事，庶民们都始终沉溺于"无所惊惧"的习性之中。

东国有赖朝。木曾方面有义仲。

九州有肥后的菊池。丰后、肥前也响应源氏，向着大宰府发动了进攻。

——四国的伊予、吉野、奈良、近江、畿内，暴乱频发。众人纷纷起身反抗平家。

等等等等——虽然不乏认定人世间必将天翻地覆之人，但更多的，却依旧是无动于衷。

"哦，又暴乱了吗？"

上层社会的无动于衷，庶民之间的无动于衷，其性质虽截然不同，但不论如何，京都那种陈腐、怠惰、轻佻的气氛却丝毫没有任何的改变。

然而，即便是在如此情状之下，去年岁末，清盛入道却也在听闻南都众人有不稳动向之后，立刻派遣重衡朝臣率三万余骑，于奈良烧毁了以东大寺、兴福寺为首的许多伽蓝堂塔，不光将大乘小乘的圣教、国内第一的大佛秘佛悉数烧尽，更斩杀了一万余名奋起抵抗的僧兵——

此事发生的当时，即便是那些早已无心无肺的人们，"南无——"也不由得念起佛号，彼此述说数日之间茶饭无味的内心感受。

就在此事尚自鲜明留存于记忆之中时，到了今年，养和元年的闰二月，

"听人风传，入道的性命已危在旦夕。"

虽不知最初究竟是何人说起，但听闻了清盛病笃的传闻后，人们尽皆说道："看，这便是佛祖的惩罚。"

人们将一切的罪责都归咎于此事，却丝毫不去判断其真伪。关于入道的病情，立刻便传出了种种奇怪的谣言。

平家从未公开提到过入道的病情，普罗万民也无法立刻便能知晓其究竟，然而，众人对此却各执一词。有人说，入道高烧不止，其痛苦呻吟之声甚至连侍所也能听闻；有人说，平家令百名苦力汲来千手院的冷水，装满石船，欲图降温，结果冷水却立刻化作热汤，沸腾翻滚起来；还有人说，昨夜，拖曳着八叶之车的阎王使者，带着火焰从天而降，

"吾乃阎王夺魂之使也。冥途无常相迎，一门中刀剑弓矢、金银珠宝，尽皆化为尘土。速速动身。"

尽管其话语几乎烧至大殿栋梁，但在二位大人的用心看护与加持祈祷的众僧的诵经声中，不久之后，冥土之使也于天明时分消逝——世间万民议论纷纷。

然而，如此风闻在京中四散传播之时，其实清盛早已撒手人寰。

二月四日，傍晚时分。

第四十章 新府繁昌

清盛并未留下任何遗言。

临终之日，清盛唯只说过一段话。

"众人皆在吗……此生之中，老夫唯有一件憾事。当日，老夫曾饶过赖朝一命。汝等切不可败亡于赖朝之手。汝等无须月月为老夫供奉祭拜。与赖朝一战。唯有如此，汝等方能重生，之后再来祭拜老夫……汝等定要取下赖朝首级，供奉于老夫墓前……取下赖朝首级……"

源赖朝

清盛之死，令日本震骇不已。

不论是赞扬清盛之人，还是毁谤清盛之人，众人心中都感慨万千。

人。

众人心中都不由得如此想道。

镰仓之海，夏日临近。

河口上，停泊着奥州船、京船、西国船。建成后尚只有半年时间，但由此上岸的货物，却已可谓数量极多。

"真是快啊……每次船只靠岸，仿佛都已变得更为繁昌了啊。"

往来于奥州的船只横泊于滑川河口，一名男子立于船上，喃喃念道。

"喂，我到鹤冈去祈求海运平安，你们大概准备到化妆坂去吧？可别喝得太醉哦。"

此人约莫五十岁。不只是其装扮，整个人都透着一种非凡脱俗的气宇。

此人正是金贩吉次。

当日，听闻三浦义连邀请赖朝前赴三浦宅邸纳凉之事后，吉次便赶忙前去观看队列——赖朝的随身众将之中，必有九郎义经的身影。

"从旁一瞥便可。"

吉次于稻濑的松树林中等候了一阵，便看到了毛利冠者赖隆打头，赖朝骑马率领大批武者的队列——如此阵势，必不会容许民众驻足路旁观看。心中如此一想，吉次便赶忙爬上了佐贺山。

眼见赖朝行至佐贺山下的海边道路，出门相迎的五名下人一齐下马，拜伏于沙地之上。

"老将军，老将军。"

突然，三浦义连高声叫嚷起来。

"是叫老夫吗？"

上总介广常在马上扭头观望。

所有将士尽皆下马，拜伏于沙地之上，却唯有他依旧不曾下马，昂首挺胸。

"老将军何故不下马？大人已到。"

听闻义连再次出声叱责，老者亦厉声喝道："老夫广常，正因尚未年迈，方才如此。老夫与三浦大人家风不同，我父子三人，身为东国武门，从未下马行过礼——身为马上武士，自当于马上致礼。此乃老夫家门之中最重之礼节。"

直至最后，广常亦未跃下马背。

赖朝只得苦笑。

有此倔强心性之人，绝非只是老将一人。赖朝所拥兵将，尽皆如此。或许，这便是坂东的原野与山川中长成的铮铮铁骨吧。如今，镰仓的新府之中，聚集着数万有此铁骨之人，惹是生非。若是众人皆为喧哗吵闹而计较，那么即便是一兵一卒，也无法再继续在镰仓多住一日了。

"此处便是令尊大介义明的宅邸吗？"

众人于义连的宅邸中安坐。赖朝一边啜饮着美酒，一边愉悦地向当日之主问道。

冈崎四郎义实已喝得酩酊大醉。趁着醉意，义实便如年轻人一般吵闹起来。

"大人。不知可否将大人身着的水干，赐予义实？"

赖朝一笑。

"此物吗？"

赖朝脱下水干，抛给义实。

"感激不尽。如何？如何？不赖吧？"

义实便如孩童一般，立刻将水干穿在身上，向众人炫耀道。

冈崎四郎义实立刻便将拜领的水干穿在身上。

"众人且看——如何？如何？"

义实便如孩童一般，拉开左右的袖口，向着在座的众人炫耀起来。

上总介广常当即模仿着义实的口吻说道："真是可惜——众位觉得如何？大人，与其将水干赐予义实，反倒该赐予老夫上总介哪。"

四郎义实调笑道："哟，敢问老者有何功劳？"

"何出此言？若论功劳，老夫自不逊于阁下。"

老者亦不肯服输，说道。

第四十章　新府繁昌

两人皆已半带醉意，且都是性情暴躁之人。四郎义实立刻满脸通红，凑近广常眼前。

"什么？"

老将广常当即回应："今日之事，后日老夫必与阁下清算。"

"留待后日？可笑可笑。又为何不今日清算？老不死的，有种到海边来！"

即便是当着赖朝的面，众将亦是如此性情。

赖朝也只得苦笑。

此时，今夜之主三浦义连赶忙发话。

"两位究竟谁是平家之人？"

义连看着两人，出口责问道。

一听此言，两人立刻沉默不语了。

"在下义连备下筵席，难得邀请主公至此乘凉饮酒，两位在此私斗，究竟算得怎生一回事？两位已非年轻之辈，还望自重。"

义连斥道。

由此日起，赖朝便开始对义连另眼相待。不愧是三浦大介之子。

是吗？

说罢如此一句，赖朝却也并未对冈崎四郎和老将广常心存太多看法，也未对两人那种旁若无人之态加以叱责。

相反，老者心中，能有如此粗暴、直率、豪放、天真的性情，反而更如未曾雕琢的璞玉一般。赖朝眼看着两人，一种怜爱之心油然而生。

武士——镰仓武士！

先前从未有人告诫，也从未相互商议，众人心中却有着共同的自负——不，自己身上的如此气概，如今已然令新的社会为之沸腾。

武士——武士之道。

众人并未在口头上提起过，然而，他们却已在自然的行为中流露了出来。

其中之一，喝得酩酊大醉，开口向赖朝讨要水干的冈崎四郎，近来也流传着一段关于此人的佳话。

冈崎四郎正是先前于石桥山战死的佐奈田余一的亲生父亲。前些日子，赖朝手下擒住了当日斩杀了余一的长尾新六。

"让他为子报仇吧。"

赖朝心怀此念，便将此人交给了冈崎四郎。

然而，不料俘虏新六竟是一名虔诚的佛教信者。牢舍之中，新六不分昼夜地念诵着《法华经》。

"今夜一定要动手……"

身为余一之父，每天夜里，冈崎四郎都会手执太刀，悄悄来到牢舍门口。然而，每一次，他都会静心入神地去聆听起《法华经》的诵经之声，

"咦……？"

一晃，时间已经过去了数月之久。

最终，冈崎四郎来到赖朝面前，请愿道："在下已手刃仇人——在下并非为子报仇，却已彻底将心中的浅虑怨念杀死——在下如今之心愿，便是请大人向长尾新六的亡骸赐下法衣，另行放逐吧。"

赖朝自然点头允可。镰仓众人的心底，都暗自留藏着如此血泪。

第四十章 新府繁昌

近来，奥州船极少向京城方面输送货物，反而将大部分的物资，都运送到了比京城更近的镰仓。

金银、铁砂、纺品、漆、纸等，于此登岸的货物数量庞大。有时，船舷插有浅黄小旗的奥州船几乎占满了滑川河口，情状蔚为壮观。

这些物资与船舶，其实全都要随吉次的想法而动。对他而言，眼下正是期盼已久的绝好时机。赖朝起兵的同时，一跃成为天下巨富的时机，也催促着他高举了商法之旗。

镰仓缺少金钱。

即便有再多的坂东武者聚集而来，光有武力，却缺少养活大军的经济力，实在是令人难以安心。

自古以来，东国便缺乏财力。平家文化的长年绚烂，同时也意味着地方的疲弊与枯竭。

"镰仓大人也并非坐拥重金啊。一众武者的弓箭，似乎也大多是手工打造。唯有大将，手中方才执有长刀、太刀这等逸品……不过话说回来，此地的马匹，却可堪称逸品呢。"

众人大多如此评说。稍有商才之人，都必会想到镰仓的创业虽颇为景气，但经济方面却实在令人难以放心。

商人们尽皆抱持如此见解。自然，平家早已安排下了哨卡，欲断绝通往镰仓的各条贩路。

当初，听闻经济方面的奉行北条时政因此大为头痛之后，自去年起，吉次已经

设法向镰仓输送了三四次自己所能动用的物资，但其间，吉次甚至连一次"请阁下开价"，或是想要什么的要求都没有提出过。即便是奉行北条时政召唤议事之时，吉次也从未亲自前往过。每一次，吉次都会派出自己的股肱之人，代替自己拜会时政。

分明如此，可每次船只停泊于镰仓之时，吉次几乎都不在船上。他在街上四处闲游。遇到小贩或是工匠时，他便会拽住对方，不停地打听街镇上的各种传闻，与下级士卒关系亲密，再或者就是跑到化妆坂却花天酒地。每一天，吉次的日子都过得优哉游哉。

于三浦义连的宅中乘凉之时，谁曾与谁喧哗超过过，或是佐奈田余一之父冈崎四郎心怀仁慈，最终放走了杀子仇人长尾新六——即便是这些上层社会中的消息，也立刻便在整个镰仓之中不胫而走。如此状况，与其说是镰仓尚自缺乏紧密的社会组织，倒不如说是镰仓的家人阶级尚未有过隐瞒这类事情的想法。

私人行为中，若有损颜面，便是有损颜面，若有所疏忽，便是有所疏忽，如有错失，必定受责。隐瞒事实，则被当成了耻辱中的耻辱。开口闭口，"且知耻吧。"

众人皆将雪洗耻辱，尊为了仅次于性命之事。

较之法令，吉次将信用赌在了这种自然由人们心底萌生的新秩序上。尽管他已将数量庞大的物资暂借给了镰仓大人，但他却从未向时政或是镰仓大人要求过任何的纸墨文书。

吉次心中一直惦记着，希望能见一见义经。

"却不知他是否依旧安然无恙？"

吉次颇为担心。

对于义经的前途，吉次心中始终有种如同面对亲生孩子一般的担忧。

自鞍马至奥州，手中牵拽着义经的命运之绳的吉次，其后也自然常常在暗中观察着义经的成长。

较之伊豆的赖朝、木曾的义仲来，"唯有此人。"

心底之中，吉次已将未来的大计，全都寄托到了义经身上。

"除九郎大人外，再无他人足当此重任。"

吉次心中甚至有如此想法。

"之所以镰仓大人能抢占先头，不论从地理、身份，还是从年龄上来看，皆理当如此。简而言之，反抗平家的众人，尽皆将镰仓大人的身份条件，当作了一面大旗。众心之望，却并非欲以赖朝此人为尊。"

吉次如此认定。

而对于现状，吉次总认为，实力足以超乎世人者，必定"非九郎大人莫属"。他对义经的观点，并无丝毫改变。

"——然而，世间之人，却又有谁明白九郎大人的真价？"

如此一想，他便又感觉理想与现实之间，相隔着一条巨大的鸿沟。

为了寻见义经，每逢路上与武者擦肩而过时，"阁下可知镰仓大人之弟，九郎公子大人居于何处？或者说，莫非他与兄长一道，居于大仓乡的御馆之中？"

吉次都会开口问道。

"镰仓大人的舍弟？"

对方总会面露一副欲图开口询问"还有如此人物吗"一般的表情。在下层武士之中，几乎就无人知晓义经此人的存在。

"九郎公子便在大仓乡之内。"

其后，吉次终于从出入于北条家的官吏口中探得了如此消息。但他却始终无法接近义经。毕竟，大仓乡的城郭，并非仅只是镰仓大人的住居，同时也是东国军的本营所在。

——于是，今日。

听闻赖朝外出应邀前赴三浦义连府邸之事后，"此中莫不会便有九郎大人？"

吉次远远眺望着行进的队列，期待着义经的出现。然而，直到最后，他也未能在那众多的将士之中，发现义经的身影。

数日之后。

当吉次来到常去的雪之下村的老妪经营的小店中歇息之时，只见两名青年正由比滨纵马驰向八幡道。

"兄长，兄长。"

落在后边的年轻人倏然停马，叫住了向着前方奔去的年轻人。

"此处有糕。这户人家有糕出售。"

后方的年轻人用手一指。

"怎么，忠信？为何便如孩童一般？"

走在前头，貌似兄长的年轻人回首一笑。那名叫"忠信"的年轻武士道："在下已是饥渴不堪。畅游一番之后，在下已感腹中饥饿，加之喝了几口海水，喉头也干渴不已——兄长，不若在此暂歇片刻吧。"

说着，忠信便已跃下了马背。

兄弟二人的发音之中，似乎带有一丝奥州口音。吉次听在耳中，自然清楚分明。二人既对吉次感到亲切，同时却又感到一丝疑惑。

"此二人究竟是何处的家人？"

吉次不由睁大了眼睛。

看情形，二人似乎刚自由比滨畅游归来，脸色黝黑。两人毫无顾忌地吃糕喝水，谈笑风生。

"饱了。兄弟，上路吧。"

正当两人解开桩子上的缰绳，准备飞身上马时，"——啊，敢问二位。"

吉次站起身，开口向兄弟两人说道。

"……何事？"

兄弟二人在马上回应道。

"恕鄙人冒昧，两位莫不是跟从九郎义经大人，自奥州来到此地的武士？"

"什么……阁下为何会知晓此事？"

"鄙人也来自奥州……方才听二位谈话之间……"

"如此说来，阁下也带着奥州口音——阁下来自奥州何处？"

"栗原乡，不过多数时间居于平泉的国府。"

"哦……阁下可是到镰仓做买卖的？"

"正如您所言。"

"敢问大名？"

"此处人多耳杂，不知鄙人可否跟从两位前去？"

"阁下欲往何处？"

兄弟二人对望一眼，面露难色。

"便到附近无人之处一叙便可。"

"我等可要纵马前行。"

"不必担心。"

"走吧，兄长。"

兄弟二人并驾齐驱，一同冲向了炎炎烈日之下。灰白的尘埃，散落到田畦的豆叶之上——吉次将茶饭钱递给老妪，随后追赶。

兄弟二人正在马背上交谈着什么，但看样子却似乎并不打算彻底甩掉吉次。不久，出了雪之下，来到八幡之下时，两人纵身下马，于杉树林下等待着吉次。

"方才真是失礼。实不相瞒，鄙人是一名金贩，名曰吉次。"

行至此处，吉次方才报上了自己的姓名。兄弟二人一惊，立刻睁大了眼睛。尽管京城镰仓之人尚不知其名，但奥州国府之中，吉次之名却无人不晓。

"阁下便是吉次？"

虽然身负盛名，但吉次却衣着朴素。兄弟二人再次审视了一番吉次的穿着打扮，但目光中却并无怀疑之色。

"既如此，阁下叫住我兄弟二人，又为何事？"

"鄙人期盼能见一见九郎大人……还望两位成全。"

"阁下若有要事，自可前往大仓乡御馆登门求见。"

"如此秘密相见，不但有利于九郎大人，同时也是为了鄙人。如此，对双方都好……若鄙人公然报上姓名，自也并非不能相见，但鄙人却并未曾如此。直至今日，鄙人一直在苦等良机。"

"若是未曾问过大人，我等可不敢擅自答应阁下——但是，出于同乡情谊，我兄弟自会与你通报大人。"

"不知二位明日是否还将到由比滨畅游一番？"

"暂且不知。若是有空，自然会去。"

"鄙人便在海滨等待二位回音……对了，不知二位尊姓大名？"

"在下佐藤继信，此人乃在下舍弟忠信。"

兄弟二人再度翻身上马，纵马向着蝉鸣身处驰去。

第四十一章　驹

次日，吉次如约前往由比滨。

与吉次相约之人并未出现。

翌日，他再次来到相同的地方等待。佐藤继信、忠信兄弟两人的身影依旧不曾出现。

五天，七天，吉次每天都前往了由比滨。

"咦？自打那之后，就再不来了吗？"

——晃眼到了七月。卸货与商事都已完成，手下人向吉次开口询问了返回奥州的日程。

"嗯，听闻本月中旬，八幡宫便将举行挂梁祭典，既然来到此地，不若便顺道看一看，之后再启程返航吧。"

据近乡的传闻，吉次所说的鹤冈挂梁祭典上，自赖朝夫妇到一众家臣，大多都将会出席参与，规模盛大。

"此事我也曾听闻北条大人提起。如此盛会，难得一遇，不如便去参观一番吧。如此一来，不光回乡之后可与众人聊起，同时此事也是时政大人的建议。"

"是吗？如此说来，只要向北条大人恳求一声，当日便可找寻一处不大碍眼之处，拜会观摩了吧。"

"小事一桩。时政大人说过，若是拜殿附近或许有些困难，但若只是鸟居内的空地，那便并无大碍了。"

"既然如此，那么在下也一同前往吧。"

吉次等候已久。

如此盛会，毫无疑问，义经也必定会参列于众人之中。自由比滨当日相见之后，继信、忠信兄弟二人便再未出现。由此来看，义经身边的诸事，想来也未必都尽如人意。吉次心中不由得如此想到。

庶民们都极为喜好祭典。整个镰仓都在翘首企盼着那一天的到来。能在百年间从未迎来过任何祭典的山林树缝间看到新建的神宫屋檐，确实令人欣喜无比。众人由大鸟居到由比滨更开辟了一条大路，又从町屋的缝隙间向着山内方向铺设了新的道路。洁白的沙石铺整结束后的清晨，挂梁祭典庄严开始。

吉次跪拜于鸟居旁的驻马场。此处，聚集了众多前来拜会参观的武家以外的众人。吉次早早便坐到了众人的前列。

群臣簇拥着赖朝夫妇，从吉次等人眼前走过。踏着新建的高高石阶而上的身影，甚至透着一丝庄严的气氛。每一个人的装束，都令人感到目眩——但在吉次的眼中，总有种参拜自己亲手打造的金银饰品、华丽衣裳和太刀刀鞘的感觉。

看看周围，众人全都热泪盈眶地拜伏在地。心中怀有着不同想法，吉次的眼中却连半滴泪水也没有。就在这时——

"……咦？"

吉次险些惊叫出声。他的脸色骤然变得鲜红。

吉次的面前，九郎公子——虽然许久未曾拜会，九郎早已成年——带着继信、忠信两人缓步走过。

第四十一章 驹

义经似乎轻轻瞥了吉次一眼。

眼见九郎公子将目光投向自己，吉次不由得一怔。但旋即，义经便已转身走开，向着远处而去了。

"……啊，真是长大成熟了不少啊。"

吉次感觉到自己的眼角有些发热。

——他的内心，被一种安心的感觉，和义经离自己越来越远的落寞所包围。

即便是心中只有"物资"与"金钱"的他，却也会痴愚地对义经动情——或许，这也是因吉次的膝下并无子嗣所致。不，义经绝非自己该当寄予怜子之心的对象。这个对象是如此可怕，甚至连吉次也不由得怀疑起了自己的情感。

然而，即便如此，欲望与敬爱，这两种完全无法彼此妥协折冲的感情，却全都向着同一个对象在心底迸发。这样的例子再难找出。义经正是其中的例外。

"……在何处？"

吉次依旧一副意犹未尽，还想再多看义经两眼的模样。

不知何时，他的身影已经离开了原地，步入了鹤冈的山林。

走进树林深处，极目远眺，东侧的临时小屋中，可隐隐看到赖朝夫妇的身影。为数众多的家臣一众，则端坐于社域的南北。

先前神的社墙垣位于由比乡对面的南山上，而自从赖朝进驻镰仓后，人们便开始在此建造墙垣，直到前日，本月八日方才完工。

昨日，正是治承年号改元养和的日子。

而就在改元的第二天，今天，挂梁仪式正式开始。

仪式结束，赖朝准备将坐骑赏赐予于作业中有功的两名工匠，环顾左右——

"九郎——九郎何在？"

赖朝叫道。

"在。"

义经本列位于东侧的众人之中。听闻召唤，义经即刻起身。

"上前——"

义经拜伏于兄长座前。

义经本便身材矮小，此时更显弱小。赖朝俯视着面前的义经，吩咐道："九郎——将苇毛的吹雪和栗毛的星额赐予两位木工头领。你去将马匹牵来，赐予头领。"

……

义经拜伏于赖朝面前，久久未曾答话。

土肥、北条、千叶、畠山等在场众将尽皆脸色大变。

主公竟然令九郎大人去牵马。

而且还要叫他将马匹牵与木工头领。

"如此卑贱之事，只需吩咐他人便可，为何偏偏要令公子前去？"

众人揣测不出赖朝此举究竟有何用意——同时，也在内心之中祈愿，只盼义经的答复能够平和一些——让今日的盛大吉日圆满结束——众人手心出汗，暗自期盼着。

……

"不去吗？"

赖朝严厉的目光，依旧投射在眼前矮小的兄弟身上。

……

义经默不作声。

众人心中不禁开始变得阴郁，仿佛原本万里无云的旷日，都已在瞬间变得阴云蔽日一般。义经领口的毛，似乎也在战斗。

"九郎，为何不肯动身？"

赖朝的声音再次响起。声音更显严厉。

为了将此语吐出口外，赖朝也是一副心中异常努力的表情。

"……是。"

义经终于站起了身——然而，众目睽睽之下，他却已羞愧得难以抬起头来。

若宫街头、寿福寺的行道树间，不，整个镰仓都在淡淡尘埃下，描绘着众人走过的线路。

众人目送着赖朝启程归馆而去，队列刚一走过，众人便静静地散去了。

"危险。"

"闪到路边。"

队列走过之后，其后也不时会有两三骑的马蹄声，在路上响起。

阔叶树的巨木枝条彻底遮挡了道路上的空隙。当一骑人马正准备从街角拐过时，"请留步。"

一名男子从树荫之中纵身跃出，一把拽住了马驹的辔绳。

"什么人？"

马上之人，正是源九郎义经。而跟随于义经身后的，自不必说，正是继信、忠信兄弟二人。

"咦，这不是前些日子的那人吗？"

"是吉次啊？你要做甚？"

两人动手欲将吉次从马前推开，可吉次却对两人的话语充耳不闻，"请留步，请留步。"

吉次一边说，一边死命地往马驹拽向树林小道。待得避开大路上的众人的目光之后，吉次终于双手伫地，俯身跪拜在了草丛之中。

"还请大人见谅。小人实在是太过想念大人，不得已出此下策。公子大人，是小人吉次啊。"

"哦，是吉次啊？"

义经纵身下马，将缰绳递给继信，说道："我也早想见你了。"

听到义经的话，堵在吉次心间的感情，终于彻底融化了开来。吉次连一句话也说不出来。

义经吩咐继信、忠信二人于草丛间等候，率先向着树林深处走去。从双手伫地的吉次身旁走过时，"吉次，还不跟来？"

义经扭头向吉次说道。

吉次赶忙起身，追随而去。年过五十的男子，心中突然划过了一丝宛如恋人避开他人目光，偷偷幽会一般的感觉。秋日临近，密林深处，翠绿层层叠叠，几近浓

第四十一章 驹

黑。蝉声也不再嘈杂刺耳，随处可见清澈见底的泉水。秋日野花盛放，便如同铜镜边缘的唐草花纹一样。

"此处便是寿福寺的树林吧？"

"正是。"

"此处再无他人——吉次，你便在那边的石头上坐下吧。不必拘礼。"

义经在树墩上坐下身，两眼凝视着脚边涌出的泉水。

"身在奥州之时，你我也难以相见。别来无恙吧？"

"大人也是。"

"嗯，嗯……"义经嘴角带笑，

"毕竟我还只是个乳臭未干的孩子。刚刚长大成人。怎样，长大不少了吧？"

"简直已令鄙人不敢贸然相认了。但鄙人却心怀怨恨。"

"怨恨什么……"

"鄙人深知公子大人逃离平泉的御馆，一路赶来的心情。但公子大人却为何不愿将事情告知吉次呢？公子大人离去之后，吉次日思夜想，以为公子自打脱离鞍马之后，便将吉次看作了无用之人。"

"哈哈哈哈，是吗？"

义经仅只说了如此一句，之后便再不作声。

"先前不过只是鄙人心中的一点牢骚罢了。虽然鄙人自觉尚未年迈，却最终还是未能忍住。还望公子大人勿怪……不，此等无谓之词，不过是在浪费时间罢了。今日鄙人求见公子大人，实是有一事相告。"

飞鸟振翅。吉次扭头望去。寿福寺的朱漆珈蓝，看起来便如同树林彼端的红叶一般，若隐若现。

吉次将身子凑到义经面前，怔怔地盯着对方的面庞。

"……怎吗？"

义经甚至便连这样的话也未说一句。

相反，他却呆呆地注视着眼前的泉水。

看到义经如此模样，吉次不由得眼眶一热。

或许，义经此时的心中，依旧未曾平静下来。义经心中的小小涟漪，便如同清澈的泉底，在吉次眼中一览无余。

今日的挂梁仪式上，兄长赖朝下令义经为木工牵马——而且还在众目睽睽之下——接到如此残酷命令之时，义经心中究竟又做何感想。

"亏得公子大人能够忍受。"

仪式圆满结束，家臣众人议论纷纷。然而，吉次并不打算在义经面前重复这些话语。

相反，吉次想说的却是："公子大人不谙世事，太过纯真，为人善良。若是恶言相向的话，也可说公子大人愚蠢，太过亏待自己！"

吉次甚至想要直言不讳，照实说出心中的想法。

……

然而，吉次却说不出口。

就在这番话即将冲口而出之时，吉次却看到义经的面颊上流下了两行清泪。

突然间，吉次的喉头也不由得发出了呜咽之声。他俯身趴于草丛之间，用手肘挡住了自己的面颊。

"吉次，你哭什么？"

先前哭泣不止的人，突然冷然问道。吉次抬起头："鄙人实在忍不住泪水——公子大人您的心中，想必也定在为今日之事感到憾恨万分。"

"此乃兄长之命。不，是镰仓大人的吩咐。无须惊奇。"

"公子大人此言定非心中所想。"

"什么？"

"吉次比任何人都明白，公子大人绝非如此性情柔弱之人。因此，当时甚至便连吉次也身子发颤。无论怎样，源九郎公子身上，流淌的也同样是已故的义朝大人的血。"

"镰仓大人乃是嫡子。"

"即便如此，赖朝大人也不须当着如此众多家臣的面，特意下令让身为其骨肉血亲的公子大人您动手去做那种下层武士该做的事。"

"此事休得再提。"

"既如此，吉次再不多言。但还请公子大人明白一点——镰仓大人的所作所为，显然是有意为之……镰仓大人之意，必定是要在一众家臣面前展现，即便是面对自己的兄弟，他也会做出如此行为。镰仓大人牺牲公子大人颜面，不念骨肉亲情，故意在众人面前作态。"

……

"镰仓大人同时也是在向公子大人表态：即便公子与镰仓大人是兄弟手足，却也必须如同寻常家臣一般，严格服从命令——如此，他便等同于在众人面前让公子

第四十一章　驹

大人立下了誓言。镰仓大人已彻底将公子您当作了政治的道具。"

"休得再言。"

"……可是。"

"政治之中，毫无半点私心；人事之上，并无半点私情……如此心思，难道不对吗？"

"既然如此，公子大人当时又为何不像寻常家臣一般，兴高采烈地为木工牵来马匹呢——尽管公子大人最终起身将两匹马驹牵给了木工，但是任凭谁看来，公子大人当时都面色苍白。凄凄惨惨戚戚，眼中含泪欲滴。"

"吉次……"

话只说了一半，义经用牙齿紧紧咬住干涸颤抖的双唇。他努力忍住了随时可能溢出眼眶的泪水。

义经不愿伤害自己与兄长之间那珠玉般的手足之情——更不希望它毁于他人之手。

珠玉。

正是兄弟之间的手足之情，骨肉之情。

"人世之中，还有一位兄长！"

自身处鞍马之时起，还有越过足柄山，前往奥州之时起——其后的漫长年月之中，它就是在义经心中酝酿出的血一般的思慕。宝贵的珠玉。

"吉次。"

"在。"

"你以他人的目光，出自他人的感情，或许在为我感到惋惜，但镰仓大人与义经，却是一对以无法割舍的血缘和亲情联系在一起的兄弟。"

"正因为如此，更当……"

"住口——兄长镰仓大人正是出于兄弟亲情，才公然叱责了在下义经的。愚昧的我，却因无法立刻明白兄长心中的亲情，才遭遇了如此残酷的对待！当着众人之面，虽然在下也曾认为蒙受了耻辱，因而怒上心头……但仔细想想，其实此事皆是因我而起。"

"这、这难道是责罚吗？"

"先前我从未对任何人提起过，但你毕竟是我振翅离巢时的亲人。我便只对你说……你听我说。"

"是。"

"我也并非时常能够面见镰仓大人——黄濑床之宿,我与兄长初次相见,互执双手,对面而泣。"

"何故如此?"

"听我说完……兄长如今已是位居群臣之上的盟主。兄长的一举一动,都会牵动整个人世。即便我是他的兄弟,也不可过分狎昵。我也不可以自己心中的亲情,扰乱了兄长心中的大志……尽管我也曾在心中如此告诫自己,然而人却愚昧无极,时常会在心中想念亲人。尽管日常的礼仪,形式上颇为慎重,但心底之中,却总会心有不甘——如此,正是因我无法将自己当作一名真正的臣子。"

"倒也难怪——但公子心中的不甘,却又如何?"

"为何不尽早扫灭平家?为何不扫灭平家,为家父义朝和源家的众人报仇雪恨?又为何不暂且将镰仓此地的繁荣与祭事放在一边,如起兵之初所宣告的那般,为了整个国家,将大旗移至中原,创建一个万民期待的新世态……我心中深怀忧虑,但看到兄嫂近日的生活,御家人争相建造宏壮的居馆,终日饮酒作乐,沉溺于私斗的模样,我只感觉内心怏怏,胸中郁郁——因此,在此半年之中,我在兄嫂面前,终日郁郁寡欢。"

"公子是否曾直接将自己的心思告知过镰仓大人?"

"始终未能寻得机会。白日中公务繁忙,而夜晚之中……"

"想必镰仓大人便会前往御台所政子夫人身边了吧?"

见吉次口无遮拦,义经一脸不快地住口不语。

——之所以如此,皆因政子之母阿牧夫人知晓,先前赖朝身在流放所中时,拈花惹草,先将龟前留在身边,其后又将其偷偷藏匿到了家臣某人的家中之故。

阿牧夫人怜惜女儿,将此事告诉了政子,如此一来,夫妇两人之间的感情,自然便产生了一条极大的裂缝。政子天生冰雪聪明,虽然未如世间女子那般哭闹嫉妒,但一场争吵却也在所难免。政子有理,赖朝难以说服,其后,赖朝的一言一行,便全都处在了御台所的监视之下——如此传闻,早已经由庶民之口,传到了吉次耳中。

第四十一章 驹

林外马匹嘶鸣。义经倏地站起身来。

"吉次,后会有期了。"

义经转身欲走。

吉次心中一慌。虽然相谈已久，但他却依旧未曾说出心中的话。

"啊，公子大人还请稍等。"

"今日事务繁忙。而今日若是不能见我身影，那些不知我义经之心的人们，或许又会骚乱一场了。"

"既如此，还请听鄙人一言。"

吉次拽住义经的袖口，痛下决心般地说道。

"公子大人究竟还准备如此在镰仓大人手下再留多久？"

"……你的意思是？"

"公子大人不是对镰仓的现状心怀不甘吗？"

"我心中的不甘，是对整个人世的不甘……绝非面对兄长镰仓大人的不甘。你休得将此二者混作一谈。"

"鄙人并无此意。"

"啰唆。你究竟要对在下义经说些什么？"

"世人皆不知世间尚有公子大人此人。公子尚自年轻，却不知人世复杂。"

"——然后？"

"恕鄙人冒昧，今日的挂梁仪式之中，公子不是已被镰仓大人利用了吗？"

"那便让他利用好了。毕竟，这也是为了整个人世。"

"若此事不过只是为了镰仓大人个人的荣华富贵，又当如何？"

"你是说，兄长会重蹈平家的覆辙吗？"

"有谁能够保证，镰仓大人不会如此？"

"吉次！"

"……鄙人的言语，触怒公子大人了吗？"

"你是在游说于我，欲图唆使我谋反吗？兄长千辛万苦建立起今日的新兴阵营，你是想在此阵营之中挑拨离间，令我兄弟阋于墙吗？"

"即便鄙人并无此意，如今此事却已化作事实，无可避免了——木曾大人与镰仓大人之间的不和，已是毋庸置疑的事实。若是追溯二人生平，便可知二人之间存在旧怨。眼下平家尚存，木曾大人自然不愿看到镰仓势力壮大；而若是镰仓大人眼见木曾大人以旭日中天之势攻向京都，自不必言，其心中也必定不会愉快。"

"……"

"鄙人听闻，起兵之初，曾手持以仁王令旨，以伊豆的流放所为首，巡游诸国的令叔父新宫十郎行家大人，近来也与镰仓大人之间出现了隔阂。论功行赏之时，镰仓大人并未赏赐给行家大人半寸领地。如今，行家大人似已转投木曾大人而去了。"

"……这根本算不了什么！如此小事，不过只是鸡毛蒜皮，浮于建世济国的大浪上的尘埃罢了……根本不值得记挂在心。"

"您还要执意如此吗，九郎大人——在镰仓大人眼中，公子大人如今也早已只是尘埃罢了。"

"……"

"鄙人并非是在挑唆公子。还请公子早下决心。原本，诸国源氏便并未甘愿与镰仓大人团结一心——仅只是因为春日来临，大地上绿草萌芽罢了。源三位赖政大人、十郎行家大人、木曾大人，原先便与镰仓大人并非同根，毫无任何一致。"

"放手。"

义经突然甩脱了吉次的手。

"众人皆出于同根！你这等商人，又如何懂得武士之心？义经前赴镰仓，绝非趋利附势，而是为寻一死。为了能死而无憾……"

说罢，义经便沿着林间小道飞奔而去了。

第四十一章 驹

第四十二章　荣华散落

短短两年后。

养和的年号，只用了一年便又再次更迭。如今，已是寿永二年。

七月二十五日，秋日临近。白昼之间，天气酷热难当，再加上长时间雨量较少的缘故，都城各家各户的屋檐上，早已彻底干涸。

头日半夜之中，"木曾、北陆可怕的蛮勇大军已占领叡山。大津山科漫山遍野的武士，随时都将会向着都城攻来。"

宛如地震鸣动般的消息接连传来，整个京都震撼不已。今日清晨，市街之上，早已再看不到半个庶民的身影。

众人并未逃走。

病人、老人、女子和孩童，早已在三日前便陆续逃到了近乡避难。如今的京都，甚至就连人们争相避难的光景都再看不到，令人不快的死寂之中，濒死之相正在一刻刻地逼近而来。

"怎、怎么？"

有人躲到了地下的坑中，有人死守在自家的门口，庶民们全都屏住了呼吸。每当大路上传来隆隆响声时，众人便会生咽一口唾沫，面面相觑。

战战兢兢地跑到大路上打探情况的年轻男子，冲到町屋的背后，连比带画地说道：

"———场大败。从今日清晨起，逃回来的净是平家的兵将。方才，新中纳言知盛大人和重衡大人也一脸惨相地逃往八条去了。"

"你看到两位总大将了？"

"哪有。我又岂知哪位是知盛大人，哪位是重衡大人？我只看到四五百名士卒乱作一团，骑马徒步，相互拥挤推搡，争先恐后地逃走——"

"正午时分，三位中将资盛大人也无法坚守宇治，率领众兵将逃回来了。"

"守不住了。叡山僧众也与木曾大人合兵一处，自各山谷太刀弓箭手执而来，如今已在加茂川上呐喊阵阵了。"

"……今后该当如何？"

地下，小屋的昏暗角落中，传出了众人悲哀的叹息。

就在这时，只听店后井旁耸立的高大榉树的树洞里传出了男子的吼声。

"又能如何！管它怎样，京都便是京都。众人都莫要忧心！"

众人一惊，探头看去，手指树洞，心中不由得更觉恐惧。不久，男子从树洞中爬出，站到了空地的正中央。

"此人是谁？先前并未见过此人啊？"

众人一脸疑虑，目光纷纷投向男子。

"赶走平家后，木曾大人自会率军进入京都。若是木曾大人不施善政，自有镰仓大人取而代之——若是镰仓大人也不成事，自然还有其他部队前来治理此地。近日之中，兵戈之事在所难免。非属平家的世道，必将展现其方向——若是善人，众人便曰其善，若是恶人，众人便斥其恶，与此地共存亡便可。不论发生何事，即便再有更大的变革，京都的土地也绝不会改变——"

男子的说话声中，带着一丝奥州口音。

小屋之中，怀抱婴儿的工匠之妻小声向身旁的人们说道："啊……我见过此人。此人是白拍子翠蛾的夫君。长相也与奥州的吉次颇为相似……"

第四十二章　荣华散落

"哦，翠蛾吗？"

"并非翠蛾，而是翠蛾之妹潮音的夫君吧？"

"不管是谁，总之此人必是五六年前，时常出入于那户白拍子家的奥州豪商无疑。"

感觉到众人投来的目光，听闻众人指指点点、低声私语的声音，吉次突然感到有些难为情："鄙人不过是名旅人罢了，并非久居京都之人。如今人世间的如此变化，并非仅只发生于京都此地。日本大地上，早已尽皆如此。"

说罢，吉次便欲转身向着住家之间的小巷而去。突然，他又折返回来，向着众人发问道："众位之中可有人知晓，住在外边大街上的翠蛾与潮音的白拍子姐妹，究竟逃到何处去了？"

"……"

"近来六七年间，鄙人已久未寻访过她姐妹二人，不甚明了她们近来的情况，但想来她们二人应该也已有些年纪了。若是她们二人已寻得合适的夫君，嫁人成家了便罢。鄙人眼见此地战事将临，心中担忧。到此一看，却只见她们家中已空无一人，连只猫也不见。"

……

众人或有不知，或有知晓却不愿插足，尽皆默然无语，侧耳聆听着不知何处传来的野犬吠声。有人抬头观望，"啊？是黑烟。"

趴在屋顶上的工匠冲着身下吼道。

"不得了。七条、八条、池殿、泉殿，东边的二条三条，四处都升起了黑烟。"

"啊，黑烟？"

众人开始骚动起来。

地下也好，屋中也罢，众人再也无法久待，纷纷站到了空地上。婴儿啼哭，女子叫嚷——眼看着疾风浮云般的黑烟已将太阳映得鲜红，在天空中渐渐扩散开来。

"木曾军终于攻来了啊？"

老人们嘴唇发颤。从屋后爬上房顶的三四名男子极目远眺。

"木曾军尚未渡过加茂，大路之上，平家众人车马正不断向西逃去。"

"快看，六波罗起火，西八条也升起了大火——平家众人企图烧毁都城，逃离西去。若是再在此地逗留下去，我等也必将被大火烧死！"

天空之中，已落下了点点灰烬。

经文残片的灰烬。

烧剩的锦褴。

如同火鸟一般拖曳着火星飞来的无数黑点，仿佛正在寻思着要将大火引向何方一般，在浓烟滚滚的天空中盘旋飞翔。

"会死人的。"

"会被烧死的。"

庶民从各条巷子里涌出，发出悲鸣与号泣，推搡着向大路的街口而去。

浓烟遮蔽着阳光，七月二十五日的傍晚，甚至不见半点黄昏之色，立刻便陷入了阿鼻叫唤的黑夜。

以一门的第宅十六所为首，六波罗的相府、西八条的城郭，以及其他极尽繁昌与权势的无数荣华之壳，全都被平家之人放火烧尽。当夜，平家众人退往了西国。

第四十二章 荣华散落

平家中人任谁都未曾想到，自己的没落竟会来得如此之快。

今年四月，平家众人依旧还甜美地沉醉在自己的春日之中。

为了征讨义仲，率兵向北陆进发的维盛和忠度——

"只一交战，自当胜利。"

一直向京都传回着连战连捷的消息，而镰仓的赖朝，其后也始终居于东国，按兵不动——

然而，自打砺波山一战遭遇义仲的奇谋，平家军一败涂地之后，情势便开始急转直下，变得一发不可收拾了。

木曾军对仓皇逃走的平家军穷追不舍，突破加贺、越前，一路长驱直入，追赶到了近江。

——不等平家众人回过神来，本月二十二日，木曾军便又渡过湖面，据守叡山，俯视着平家一门的屋檐。

"随时皆可杀入京都。"

敌军做好了攻城的准备，甚至还展现出了两三天的宽裕时间。

维盛、通盛、忠度、资盛等诸将，如今也已逃回了京中。

"该当如何是好？"

众人便只能向着宗盛以下的一门询问对策。

——我怎知晓！

事到如今，他们却也只能扼腕长叹，追悔莫及了。

甚至即便是那些与自己近在咫尺，整日遥望着平家朝夕荣华之日的叡山僧众。

"与木曾一方联手。"

也满怀怨恨地瞪视着远方的领地。

平家败象已浓，丹波、吉野，那些先前曾经已被平定的畿内的反平家分子，如今也一同闹将起来。

不，比起这些事来，更令平家一门惊愕失意的，还在于自二十四日半夜起，院的行踪便再也无法查明。

评定已毕，宗盛以下的众人得出一致意见——

"既如此，不如便舍弃京都，退守大宰府，与当地的一族之人家贞、贞能等合兵一处，再图大计——濑户内海附近深受已故入道大人的扶植栽培，感恩戴德，甘愿协助我平家的豪族数量众多，以此作为我等的第二地盘，卷土重来亦非难事。"

如此，平家众人决意于二十五日彻底撤离京中。然而，到了今日清晨，众人得知——

"法皇大人于昨日深夜秘密离院，自鞍马经横川，起驾前往义仲阵营所在的延历寺去了。"

此事简直便是一阵晴天霹雳。

自不必说，先前宗盛等人早已拟订计划，打算拥戴着后白河法皇，率一门中人一同撤退。

"怎会如此大意！"

时至今日，平家众人才发现自己竟是如此疏忽。虽然众人怨天咒地，却也已是事后诸葛了。

事已至此，平家众人只得请出建礼门院怀抱年幼的主上同辇出行。内大臣宗盛父子与平大纳言时忠等重臣身着朝服，武臣自不必说，由公卿殿上人到随侍诸人，尽皆执弓披甲。众人于昨日卯时，自七条朱雀随驾向西而去。

其后。

平家众人亲手烧却了平家自身的荣华之都，逃离了京城。

——如此看来，平家的撤退似乎依照预定，秩序井然，但圣驾刚一离去，剩下的一门中人便开始于各自的宅第中纵火。

"还请稍候。"

众人赶忙收拾自身的行装，争先恐后地逃离而去。末了——

"这便是直至昨日，尚自夸耀平家之春的显贵吗？"

"这便是直至昨日，尚自繁花似锦的都城吗？"

众人嗟叹不已。充斥着火苗与浓烟的街头，立刻呈现出了一副喧骚与混乱的景象。

"最终逃往何方，如今依旧尚未定下。若是携带家具什器，便只会成为旅途中的负担。除了弓箭与马驹之外，什么也别带。"

尽管命令已下，但紧急关头，众人却只顾着将财宝装到车马上，或是挖掘大坑，将金银埋入土中，再或是将家宝抛入井底。他们只梦想着有一天，自己还能再次回到京城——为此，众人忘却了正步步逼近的生命危险，一门之人撤离京城的时刻，也在一刻刻地往后拖延。

行动迅捷的盗贼，早已钻过祸害，趁机洗劫空宅。

每到夜晚，京中数十町的地面上，一片火海。

因此，街口上被挡回之人，与身后蜂拥而来的车马混杂一片，相互厮杀。

"——御馆大人？"

"中将大人。"

"大人您在何处？情况如何？"

"在此耽误时日，退路也全都将被火焰掩盖的啊。"

"先头的一门不见踪影，实在令人担忧——究竟都上何处去了？"

三位中将维盛的宅邸之中，七八名下人在不见灯火人烟的御馆中来回奔走，呼叫不已。

看情形，应当是随侍主上先行出发的宗盛一行，因担忧维盛的身家性命，派来了探视情况的武士。

"在此。大人在此——"

昏黑的寝殿附近传出了人声。走近一看，只见由缘廊到阶下，静静地跪拜着一大群人。

赤红的夜空下，火星满天飞舞，仿佛整个天体都在晃动不已。众人仰头远望，目光空洞无神。众人的脸庞上，都已再无丝毫的生气。

眼见如此情形，前来查探的武士们全都一怔，匆忙走下庭院。众武士爬到战战兢兢的左少将有盛、侍从忠房等人身旁，轻声问道。

"发生何事了？正如众位所见，整个京城，如今已再无烧剩的御馆了。"

一名公子用手一指寝殿身处，嗫嚅道："……大人依旧还在依依不舍。"

维盛卿的阿北夫人乃已故中御门大纳言之女，素以美貌文明。此外，家中还有幼子。别离之时，众家人难舍难分。阿北夫人的啜泣声延绵不绝，揪人心肺。

维盛也在为斩不断的烦恼而苦，反复唠叨，啰唆不已。

"如此以往……"

维盛卿之弟新三位资盛与备中守师盛拽开哭泣不已的阿北夫人和幼子，簇拥着维盛离去。然而，这样的离别，并非仅只发生在维盛一家之中。

第四十二章 荣华散落

第四十三章　野性

迎奉着后白河法皇，义仲挥师进京。

义仲获准升殿。

自然，他便参与了政事。

不仅如此，义仲甚至扭曲了法皇的旨意，独善专权。

他的专权，体现在了政治方面。

对义仲心怀期待的民众不由得感到失望——然而，身处旭将军的权力与威风之下，众人却也只能阴沉着脸，默然无语。

"平家乃是朝敌。"

义仲剥夺了逃亡西国的平家的官爵。

——天下不可一日无主。依照九条兼实的提议，高仓天皇的第四皇子后鸟羽天皇登基。

"朝廷凡事都不遵从我的意愿。"

义仲的粗暴性情开始显现了出来。

他鼓吹以仁王的遗志，主张奉以仁王的王子北陆宫为新主。

一连几天，义仲都未曾上朝参殿。

他的部下也各自担任了官职。而他们当中的所有人都是出身北国，性情粗暴，对文化的理解都极为粗浅。

在平家的治下，沉溺狎昵于那种过于安逸闲乐的末期生活与制度的民众——和粗暴野蛮，对民心的作用、文化的本质都不甚了了的武者官吏之间，出现了极大的隔阂。反目成仇——被平家所遗弃的民众，尝试着投靠源氏，但立刻，他们便再次对源氏也感到了失望。

非但如此。

不久之后，充斥于京城街头的北国兵便开始因粮食与物资的不足而开始胡作非为起来。

原本该当守护民众的兵卒，如今竟然冲进民家，掠夺酒食，奸淫妇女。

"怎样？"

若是有人胆敢抱怨，立刻就会遭到权力的威胁。

——另一方面。

平家虽然暂且退到了九州，但他们却依旧难以忘却多年的生活。众人动辄便会想念都城。

尤以建礼门院为首，一众女眷总是喟叹度日。

虽然宗盛等人早已将大宰府定为了平家的第二根据地，但随着势力的逐渐挽回，平家再次一步步地向着都城转移——为时过早，这一点自不必说，但众人却都难以阻抗这股潮流。

招募南海、山阳的大兵，本营移至赞岐，于屋岛建造安德天皇的行宫，准备于不久之后率兵攻向都城——

平家的动向，不绝传至义仲耳中。

"不可坐视。"

义仲立刻整备军备，率军前赴山阳，讨伐平家。

然而，先锋足利义清却在备中水岛惨败于平家之手。

正当义仲沮丧无比之时，京都方面传报，"法皇传召镰仓的赖朝，似有秘事相商。"

听闻此讯，义仲大怒："竟将我撂在一旁。"

义仲即日启程，丢下战事不顾，率军返回都城。

返京之后，义仲才发现，自己的心腹——新宫行家竟然自恃法皇对其的信任，与自己反目了。

义仲心中的不安，增添了一丝狂躁——义朝烧毁法住寺殿，随意剥夺公卿的官爵，自称院的马厩别当，清盛入道当年的不当之处，尽皆被义仲学去。自此时起，义仲已经成为一个小小的暴君。

……

这便是十月底时的京都情状。自此之后，不论有何消息传来，镰仓的赖朝都毫无动静。甚至就连义经是否依旧还留在其麾下，世间也没有任何的消息。

不知不觉间，天下俨然已经三分。

以京都为中心的义仲。

盘踞于山阳、四国的平家，依旧是一股不容小觑的旧势力。

此外，还有镰仓此地——

第四十三章 野性

不论京都还是中国，在外交、政治、扩充军备等方面都动作频频，而镰仓却依旧一片沉静。

"怎么回事？"

与先前赖朝的迅捷动作相比，眼下的情况，总让人们感到有些纳闷。

"近来，镰仓大人与御台所之间的关系似乎也颇为顺畅。"

如此传闻，同时也是对这问题极为担忧的家臣众人的一致观察结果。与此同时，"御台所的手腕，似乎也有超过常人之处。"

众人纷纷如此传言——虽然此话倒也并非出于恶意——但如今，臣下们总爱一脸窃笑地彼此低声谈论。

然而，表面上风平浪静，但背地里却暗潮涌动。镰仓之中，即将爆发一件大事。

在平家未能彻底执行的武家政治中，赖朝掺入自己的理想，凭借民众之力施政，谋划寻找着一种前无古人的新方法。

其表现之一，便是公问所、问注所的设置。

赖朝于此听闻政治，做出司法裁决，令大江广元、三善康信负责。

广元与康信长年居于京都，是两名熟悉政务的文官的逸才。

对于那些自己并不擅长管理的部门，赖朝于旧势力中选拔重用人才。

然而，赖朝的信念却是，"万万不可失却野性。新鲜的革命，正是健全的野性所拥有的生活力——然而，若是野性之中毫无反省和洗练，便会重蹈义仲的覆辙——而若是过于失去野性，则又会落入有如平家一般的境地之中。"

他的理想，便处在如此中庸之中——因此，他令和田义盛等刚骨武人负责管理兼管军务与警察职责的侍所等部门。

"身为武士，便当以身作则，向庶民们做出模范表率。"

赖朝向众武士如此下令。

他要求武士们恪守武士道，并以此为荣，彼此磨砺。

另一方面，"该当如何掌握民心？"

赖朝又不断地向大江广元询问。

然而，在天下霸业的草创初期，赖朝却忽视了一件极为重要的事——或许是赖朝割据东国一方的缘故，他只念着历史的无限转变和大地的沧桑变幻，认为这片国土不管遭遇怎样的大乱，迟早一天都会天下归一，不管再如何纷扰，也会立刻成为不灭之身——这，正是赖朝对政治之力的过分信任。

因此，不久之后，由他所创立的体制，一时间曾令士风和民心产生了巨大变革，酿造出所谓"幕府政治"的新意，诞生出了镰仓文化，但同时，也为其后的北条、足利等树立了典范。

——话虽如此，身为一介臣民，与其他国民相比，赖朝尊奉朝廷的念头却并不淡薄。他也可说是忠勤于朝廷、倾心为国的一位武将。然而，人们在面对过于巨大的事物时，却往往会忽视很多东西。

比方说，人们虽然时常仰望天空，但每次仰望天空时，人们却很少会想到太阳与自己的生命之间的联系。

第四十三章 野性

"嗯，究竟谁更好呢？"

赖朝一直在寻思着。

对他而言，他自己所主张的"健全的野性"，如今已成为一种极为迫切的需求。

京都、中国、镰仓，三足鼎立的天下大势。

"将天下攫获手中。"

每次想到此事，赖朝就会因此事绝非容易，而为究竟派谁去完成此大业而犯难——尽管赖朝身边武将众多，却无人足以担负起此大任。

尽管后白河法皇秘密相召，但赖朝却并不打算起兵攻向义仲盘踞的京都。

即便倾镰仓之全力，即便这一点正是赖朝日思夜想之事，但要一举扫平义仲和平家两大势力，对如今的赖朝而言，不过只是痴人说梦。

"……帐下无人。"

赖朝为此忧困不已。

足以安心托付大军的老将，缺少讨伐义仲的霸力。而军中若净是一群朝气无限的年轻武者，那么军令便再难施行。事态容易倒向争议。而若是进入京城之后，再重蹈义仲覆辙的话，那可就麻烦了。

"义经的话……"

其实赖朝心中早已看穿了兄弟的素质。

义经久居鞍马和奥州，培养了一身"健全的野性"，而其血缘也是来自于赖朝相同的父亲。他的身上，具备着野性与睿智的完美调和。

"若让义经代我统领大军，想必众人都必会服从于他。"

可是，每次想到义经之时，赖朝都无法彻底将义经看作一名臣下。

一种莫名的感情困扰着赖朝——若是义经人望过高，情况便会变得对自己不利。若是众人将对义经的服从转化为对义经的忠诚，那么好不容易才步上正轨的镰仓，便将面临一分为二的险境。

即便并非如此，东国武士原本便是一群性情冲动之人。众人都太过单纯。若是远离东国，长年在战场上与义经同甘苦共患难的话——

——生死与共。

或许便会发展成这种超越了骨肉亲情的强烈感情。

"该当如何是好？"

赖朝困顿不已。

——然而，赖朝却并未向夫人政子和岳丈时政提过此事。这其中，自然少不了赖朝自己的想法。环视妻子一家，"较之任何人来，唯有亲兄弟义经方才足以信赖。"

血浓于水。这句话在赖朝心中不停回荡着。

义经如今却并不在镰仓之中。此刻的义经，正处在出使近江佐佐木之庄的途中。

"正当如此。此事果然还是该当任命自己的弟弟。我又何须多虑……"

赖朝心意已决。

决意之时，已一刻刻逼近而来。后白河法皇的密诏，已于数日之前，秘密地递到了他的手中。

第四十四章　途中之人

先前不久，
"——东国向朝廷进奉年贡的使者。"
义经率领着五百骑随从，奉兄长之命，出发前往京都。
来到尾张的热田神宫，队伍稍事歇息。
"阁下莫不是源九郎公子？"
突有旅人开口询问。
"呃，阁下是？"
义经走进旅人身旁，赶忙答礼。
虽然对方只带了两三名随从，且身姿看来也有所不同，但此人却正是后白河院的北面——下臈公朝。
"阁下欲往何方？"
"东国。"
"东国？"
"镰仓附近。"
公朝意味深长地一笑。
其后，他便扭头一指神宫的树林——
"公子是否已参拜过？"
"在下参拜已毕，正在此稍事歇息。"
"公子，还请借一步说话。"
公朝撇下一众随从，率先迈步走开。
义经同样也有事相询。
义经低声向忠信、继信兄弟吩咐了两句，之后便立刻向着公朝的背影追去。
十月底的天空，一片晴朗。然而，树荫之下，尚自带着一丝凉意。杉林深处，藤葛缠绕，赤红入眼。
公朝跪坐于神前，礼拜良久。
尽管方才已经参拜过，但立于此地，义经的思绪却再次陷入了多感的追忆中。

当时，义经还只有十六岁——

在此行过加冠之礼后，义经便随同吉次，一道前赴了奥州。

而说到吉次。

义经总感觉，吉次此时似乎就躲藏在周围，随时可能突然现身。

"让阁下久等了。"

公朝掸去膝头的尘土，向着义经走来。眼看四下无人，公朝凑近义经耳畔——

"公子大人，近日之间，阁下也必将背负起重大使命……鄙人既已如此相告，想必公子也已心中有数。"

"……那么，大人此番前赴镰仓……"

"鄙人此行并非为了私事……而是作为院的使者，秘密前往。"

公朝又将嗓音压低了几分："还望公子切勿对他人说起……鄙人眼下正处在前赴镰仓大人处，转达院宣的途中。义仲的暴行，如今已然到了无法再多耽一日的地步。"

"是吗？"

公朝静静点头——然而，义经心底，却暗自涌起了一股血气。

"公子此番前赴京都，可是为了向朝廷进贡？"

"正是。"

"眼下公子还是稍候些时日为妙。如今京都情势危险——且不久之后，鄙人便将面见镰仓大人。"

"……"

义经的眼中，流露出几许困惑。

"公子不若便与鄙人一道，返回镰仓吧。如何？"

"此事万万不可。"

"——如若不然，便请公子令海道的源氏速速准备，加入公子随行人群之中，准备直逼京城。"

"不，凡事必须有家兄吩咐，否则在下难以为之……不，在下还是率领进贡马队，前赴京都吧。"

说罢，义经便似乎再不愿提此事一般，引开了话题。

"——话说，在下也有一事相询。"

"公子究竟有何事相询？"

听闻公朝如此反问，义经低头沉吟片刻，略带犹豫地启齿道："在下之兄圆济，是否安然无事？"

"哦，公子是问八条宫的僧官圆济法师吗？鄙人倒是听闻他依旧安然无事。"

公朝答道。透过义经的双眸，公朝想起了与眼前此人血缘相连的那些人。

如今，于后白河法皇的皇子八条宫手下出任僧官的卿公圆济，正是平治之乱的大雪之日中，与常磐执手而行，徘徊于生死边缘的三名幼子中的一人。

当时五岁的乙若，便是如今侍奉八条的法亲王的僧官圆济。

而兄弟三人中最为年长的今若后来进入醍醐寺，出家后人称禅师全成。但由于全成性情暴躁，众人皆谓此人乃是一名恶禅师。如今，全成也已不在醍醐寺中，彻底变得杳无消息。

"——彼此兄弟之间，不论到了何时，相互之间都会颇为想念的吧。"

公朝心想。之后，他又再次向着义经那畏惧的双眸逼近了一步。

"公子……公子大人口中所询之人虽是圆济大人，但其实，公子心中所牵挂的，恐怕另有其人吧？公子想必也想查知令堂常磐夫人其后的消息吧？"

"……"

常磐——光是听到此二字，义经的血液、皮肤、头发都立刻因恋母之情而颤抖不止。被公朝一语道破心事，义经立刻化作了再不顾颜面的痴儿。

"……正、正是。正如阁下所言。若是阁下知晓有关家母的消息，还请不吝赐教。先前在下也曾写下书信，向兄长圆济询问过情况——贫僧早已出家，再不过问人间之事。当时兄长便仅只是如此冷淡地回复了在下。"

"圆济法师也并非冷淡无情。毕竟他任职于宫大人身边，也难怪他会如此——而且，至于常磐夫人的情况，毕竟近年中京都大变迭生。或有人说她已虽平家方而去，与公卿众人同在一处；或有人说她已前赴某人的领所，返回乡下去了。总而言之，知晓此事的人，恐怕并不太多。"

"家母如今确实尚在人间吧？"

"鄙人对此也不甚了了。毕竟彼此都是朝不保夕之人。"

"在下不会因此叹息。若是家母已因病或其他缘故而不在人世，也请阁下告知在下。"

"虽然鄙人也能体谅公子恋母之心，但即便并非如此，若是公子依旧以为令堂尚自活于世间，却也是大错特错。"

"……大错特错？"

"牛若公子、乙若公子、今若公子——保全了三位公子大人的性命，经历了身

第四十四章　途中之人

为人母的苦难，完成了身为人母的使命之后——大概就连常磐夫人自己，也已认定她此生已了了吧。"

……

"世人早已明了。众人皆在暗中谈论，称赞令堂乃是前世之夫人——其后，不论她嫁与何人为妻，生下几个孩子，即便有所传闻，众人也只会将此当作他人之事。即便在他人眼中，也是如此认定……公子大人，莫非公子还想再将令堂拖回痛苦的人世之间，让她饱受煎熬与痛苦吗？"

与未曾预料之人途中相遇，义经的心中多了一分未曾料到的想法。

在热田与公朝别过之后，义经继续向着京都进发。

连日多雨，关原附近河川泛滥，旅程安排似乎也稍有拖延。终于，义经一行行至不破关口，抵达了湖畔。忽一日，一骑快马向着义经一行追来。

来人自称是镰仓大人的使者。

"何事？"

义经展信一看，却见信中便只是极为简略地写着——

进京之事暂且后延，先于佐佐木之庄滞留，等候命令。

从时刻算来，想必定是院之密使公朝抵达镰仓之夜的翌晨，赖朝便立刻派出了快马吧。

义经心中暗忖。

"……时辰已到！"

先前，义经一直在翘首企盼着这一刻的到来。

他必须将心中的另一个小小的苦恼——他在公朝面前表露出的那有如乳儿一般，发自心底的哭泣——彻底抛却。

恪守大乘，抛却小乘。

成就大我，舍弃小我。

舍却心恋过往，总盼着能够见母亲一面的痴儿之心。

"究竟是见面更为幸福，还是不见更为幸福——实在太过愚蠢。正如公朝当日所言。"

义经抬头仰望着从湖上划过的朵朵云彩，环视着道旁的冬草——母亲是否依旧在世？义经感觉她或许还活于人世，也或许已经亡故。

"不论母亲是否还在人世，义经生而为人，只要克尽自己所能，或许母亲便会看到。先父义朝也……"

对源氏武者而言，近江路，正是一条遗恨万千、伤心忧愁之路。

此地的草木，此地的水畔——眼前的景色，总会令人回想起平治之乱时，溃败逃亡的义朝与一族之人的身影。

"——然而，此番……"

义经心中热血沸腾。

据说，佐佐木之庄，便坐落于湖畔的安土老苏、金田附近一带。当地乃佐佐木源三秀义的旧领，同时也是定纲、盛纲、高纲等兄弟的故乡。

本乡山上，尚自屹立着先前的御馆。义经与进攻的货队、五百骑人们一同驻于馆中，等待着再度由镰仓而来的急使。

十一月。

无人前来。

时至中旬，依旧没有半点音讯。

即便站在旁人的角度，也能一眼看出义经早已因焦躁之心而变得憔悴。京都已近在咫尺，法住寺殿遭到烧毁。听闻了义仲的诸多恶行与暴行，又有风传自镰仓而来，"奉院宣旨意，镰仓大人也终于决意发兵，而讨伐义仲的总大将，似乎便是北条大人。"

又闻，"也或许是千叶介大人等御家人中的老将，也或许是镰仓大人之弟蒲冠者范赖大人。"

消息频频传来。然而，传闻中却从未提到过义经之名。

提到镰仓大人的舍弟，众人第一个想到的便是蒲大人。世人虽然熟知范赖之名，赖朝还有一个名叫义经的兄弟之事，却尚自鲜有人知。

第四十五章　名马

面对义经，赖朝百般顾忌千种提防，而面对同为兄弟的范赖，赖朝却又并非如此。

"小心行事。身处阵中，重中之重便是军纪严明，赏罚分明。"

"是。"

"眼下此战，乃是重中之重。此战非但关系到源家的兴亡，天下大势更将就此而定。"

"在下明白。"

"自以为是，正是失误之因。千万不可以寻常之心对处。"

"是。"

"义仲绝非寻常之辈，万不可掉以轻心——对方可是木曾、北陆的猛士。"

"如此方有一战的价值。死而无憾。在下绝不会给大人的名头抹黑。"

出兵讨伐义仲的清晨终于来临。

赖朝将身着华服的范赖招至身旁，彼此互斟过出门的神酒，之后，又如此告诫了范赖一番。

"任命你为濑田口的总大将，义经为进攻宇治川的大将，皆是我赖朝之意，切不可大意啊。"

不论叮嘱多少遍，赖朝似乎都难以放心。

而赖朝在面对兄长时，也从来不忘服从与谨慎。

范赖乃是已故义朝的第六子，据说其母乃是池田之宿的游女。虽然由藤原范季抚养长大，但一听闻赖朝起兵的消息后，范赖便立刻投奔到了赖朝的麾下。

"……切不可大意啊。"

范赖将赖朝方才所说的话，理解为了"切勿落后于义经"之意。

"在下绝对不会输给弟弟。"

即便是性格温顺的他，也展露出了一丝意外的表情。

而赖朝却根本未曾理会他的表情，自顾自地说道："——战场之上的进退，义经远比你更懂得用兵韬略。率军入京的两处进攻口，较之濑田，宇治川更困难得多。正因为如此，我才将义经派往了宇治川。我教你休要大意，便是因我已如此为你设计安排，你切莫再折损了名头。"

"是……在下明白。"

范赖再未多言。

又听赖朝细细地叮嘱了一阵其他事情，范赖领兵出发——尽管如此，骑于马背之上，率领大军进发，却也自有一番威风。身为将帅，范赖的性情并不算懦弱。懦弱的性情，唯只会在兄长面前方才会展现出来。

此时，飞马传书也已送到了义经的手中。

途中与范赖会师。

相互商议进攻事宜，再兵分两路。

不论何事，你二人皆当友好商议合谋。兄弟阋墙，乃大败之因。

——身为二人的兄长，赖朝特意叮嘱添加了如此一句。

范赖启程出发之后，关东的大小大名接连接令，向西进发——西进途中，众人都必定会顺路前往镰仓，谒见赖朝："在下早已抱定必死决心。"

各人或与赖朝惜别："不成功便成仁。大人明鉴，在下必当以死报效。"

或言心中壮志。奔赴战场之人，无不语气悲壮，干脆决绝。

其中更有一名名叫梶原景季之人，于赖朝面前辞行时，大胆无心地开口说道。

"还请大人将秘藏的名马生唼赐予在下。此番宇治川的先锋，舍景季其谁——而此战之中，生唼恰为最适合的战马。"

第四十五章 名马

赖朝面露惊愕之色。

众所周知，生唼乃是赖朝秘藏的爱马。尽管一众御家人早已看中此马，但不管立下怎样大功，赖朝都始终不肯将此马赐下。

"胆大放肆。"

赖朝脸上的惊愕表情，化为了苦笑。

景季兀自低头强求。

"请大人务必赐下，务必赐下。"

为了乞求战马，不论再如何低头，既非武士之耻，亦非卑屈之事。同时，即便大将惜马，不愿赏赐，也绝不会有人笑他小气。

这便是当时的武风。当时的战场之上，骏马之力，便是唯一的器械之力。心怀大志的武士，无不期盼能拥有一匹良驹。越是世间闻名的名马，众武士便越希望将其据为己有。

尤其是此番跟从义经，奔赴宇治川渡河战场之人，尽皆随时留心在意，期盼能够获得一匹经受得住激流和所有障碍的良马。

奥州、东国皆是名马的产地，坂东武者也都精熟于马术。如此军阵之中，想要夺下首功，绝非容易之事。

"舍我其谁？"

参与此阵的五千余骑，尽皆心怀着与景季相同的自信。

人如是，马亦然。

"不知大人意下如何？"

景季兀自强求。他抬起头来，追近赖朝眼前。

"生喹不可赐予阁下。"

赖朝笑道。

"八国的大小大名皆早已看中此马，但我却并未将它赐给任何人。先前，我甚至都未曾将它赐予蒲冠者。"

"既如此，在下景季，还盼大人不吝赐下。"

"不，若非赖朝我亲自出阵，否则我宁可将它拴于厩中。"

"可惜！"

景季咂舌："合战之中，每夜之间，名马都必将于厩中悲嘶。如此千载难逢的一战，又岂能将如此宝马拴于厩中？"

"亏得你能有如此之多的说辞。"

赖朝心感愉快。他甚至起了答应景季的念头。

"你便骑它上阵吧。"

"啊？大人愿意赐下生喹了？"

"——但我赐你的却并非生喹。我便将更胜于生喹的良驹磨墨赐予你吧。"

"属下感激不尽。"

景季心满意足。

此乃值得夸耀之事。

"——宇治川的头阵，已归在下。"

景季已充满自信。

据闻，此番的合战之中，由镰仓大人的马厩中牵出的名驹，尚有赐予义经的薄墨——换乘之马为青海波。

范赖则有一霞和月轮。

御家人之中，熊谷二郎直实的权太栗毛乃是足以令其为之自满的骏足，此番想必他也已牵出。畠山重忠手中，亦有秩父鹿毛、大黑人、妻高山鹿毛等诸多名马，想必此番必会精挑细选，争先冲锋。

"然而，诸多良骏，却均不及磨墨。"

放眼远望，来自箱根、足柄等地，一路赶赴西行的其余部队之中，也再找不出如磨墨般的良驹。

行军途中，景季于骏河的浮岛原休整部队，一边饲喂磨墨，一边摊脚坐在草丛之间。

——远方路上，只见三四人不知谁的部下，牵拽着生唼于景季眼前路过。景季以为自己眼睛发花，立刻站起了身——

"……咦？"

景季定睛细看，毫无疑问，此马正是名马生唼。

第四十五章 名马

景季吩咐了两句，几名手下立刻上前而去，于远处路上截住牵拽着生唼之人，询问了一番。不久之后，手下人回到了景季面前。

"那马果是生唼？"

"正是生唼。"

"对方是何人的手下？"

"据闻乃是佐佐木家的御家人。"

"佐佐木……佐佐木家的何人？"

"高纲大人。"

"马也是高纲之物吗？"

"说是马匹乃是由镰仓大人之处拜领所得。众人尽皆得意不已，炫耀马匹的毛皮美艳。"

"高纲尚未自此路过吗？"

"想必不久便会从此经过。"

"……好。"

景季一甩头，再次在草丛中坐下了身。

"先前，我曾那般央求大人赐予此马……若是绝不赐下倒也罢了，竟然赐给了佐佐木的幺弟，气煞人也。不曾想到，大人行事竟会如此偏心。"

众人皆知，此行乃是赴死而去。众人心中自然热血沸腾，心绪激动。

"如此下去，岂不叫他人耻笑？反正彼此都是受辱武将，最多互残而死，让镰仓大人也知道他究竟是何等偏心……不，且慢。或许是高纲这厮得知了生喰之事，故意从大人花言巧语，哭求而来也未可知。若事情果真如此，那此事便怪不得大人了。可恨之人，却是高纲。"

诸将的部队接连走过。

景季一直守候着。

不久，佐佐木队行过。高纲的身影也在马上出现。

"喂，佐佐木大人。"

高纲脱离队列，走近景季。

"听闻阁下此番也将奔赴源九郎大人麾下，于宇治川冲锋陷阵。在下与阁下同在一阵，请多关照。"

"嗯嗯。"

眼见对方笑脸相迎，景季也只得暂且收起不快的嘴脸，笑道："彼此彼此。话说，佐佐木大人，方才我见人牵着生喰由此路过，莫非是阁下从大人处拜领得来的？"

"啊，阁下说这事啊。"

高纲两眼看着景季，伸出右掌，往自己脸上打了一掌。

"既然已被阁下撞见，那在下便据实相告好了。只是还望阁下切勿向他人提起。"

"莫非阁下并非拜领得来？"

"大人岂肯赐下此马——说来惭愧，出阵之际，在下厩中实无良驹。前思后想，本欲开口向大人讨要一匹，但又想若是大人赐下之马并非骏足，则尚未临阵，在下便已输于他人了……后来在下心想，既然如此，倒不如先斩后奏，合战之后，再来将功赎罪。若是在下战死沙场，作为香烛，想必大人也应该甘愿赐下……于是，在下便趁着黑夜，悄悄从马厩中将此马盗了出来。"

"啊？此马是阁下盗来的？"

"在下此等小卒，若以常理行事，想必也是难以获得如此名马的。啊哈哈哈。"

高纲笑道。

景季也一笑。

两人拊掌而笑。

如此一来，二人之间便也再无任何芥蒂了。

"在下告辞——战场再会了。"

高纲率先离去。实际上，事情却并非如此。

生唛并非高纲盗来之物。此马确实是赖朝所赐。但由于先前赖朝已告诫过高纲，所以他才在情急之下，随口胡诌了一通。

赖朝貌似铁面无私，但有时却也会因对方的待人处世而动。即便是那般珍爱的宝马，有时赖朝也会最终赐予他人。

第四十五章 名马

第四十六章　木曾大人

一名披衣女子，远离灯火，俯身啜泣。

身处这昏暗却充满杀气的殿中，深埋在黑发中的白皙面颊，更苍白颤抖。

"住口——莫再如同妖怪一般细细啜泣。若是要哭，便放声哭出来。"

义仲一仰头，干了盏碟中的酒。

或许是灯火之故，他红黑的面颊上，双目放光。

义仲三十一岁，身形伟岸。

尽管其面容绝算不上丑恶，但公卿与宫中的女眷们却对他甚为惧怕。

"还不快停？"

……

俯身哭泣的，或可说是他可怜的妻子——前关白基房之女。

此女乃是被义仲看中，强抢而来的妻子。自打来到此处之后，便整日以泪洗面——即便哭泣不止，却也如梨花带雨。义仲远远望着，眼中却稍稍流露出了烦躁不耐的目光。

"究竟怎样？使者……今日正午，不是便当归来了吗？"

义仲喃喃说罢，扭头看看身后。

三名侍从便如木像一般，僵硬端坐着。

出于义仲的焦躁心情的一句——究竟怎样——这不知是叹息还是沉吟的问题，自打傍晚已接连不断。

侍从无从回答，"……如此说来，想必已……"

只得不断重复这一句话。

"枕头……拿枕头来。"

义仲侧身躺下。

"是。"

侍从之一正欲起身，义仲却猛地一挥手："好了！别起来！我没叫你去。"

说着，义仲一指眼前那俯身哭泣的黑发女子："喂，叫你去拿枕头来。"

……

"你这是自诩关白之女,不愿动手去做此等侍女之事吗?"

微带醉意的声音中,已经掺杂了一丝怒气。

尽管平日中义仲却也并非整日如此怒气冲冲,但今日之中,他却丝毫未展现出半点性格中的好处。

不,若是稍稍往前追溯一段,今夏七月,义仲拥兵自重,威风凛凛地率着大军进入平家离去后的京城时,尽管当时的他意气风发、得意扬扬,但感觉却比眼下要更为沉稳,完全不会让人感觉他是一名性格怪异的大将。

然而,随着时光的流逝,义仲的性情逐渐变得狂暴。尽管性格之中也有一丝恶血,但自打来到京都之后,平家所残留下的文化渣滓、人心恶流和政治组织,都不断地摆布着义仲的精神,令他疲累不已。

比如,先前院的女眷们,在看到义仲身着衣冠的身影之时,尽皆无故取笑。笑罢,众女眷便转身离去。

公卿堂上人的冷淡目光,虽然从不在义仲面前显露,却总会从昏暗的阴影中向他投来。

"该当如何,才能不遭他人耻笑?"

光是如此,便已足令木曾大人身心俱疲。

长此以往,"若要笑,便让他们笑去罢了。"

义仲变得肆无忌惮。木曾山中的飞鸟走兽,开始横行于院中和京中。

因此,虽然京城的文化和秩序都陷入了混乱之中,但实际上,义仲自己却也身处狼狈境地。义仲未曾料到,先前自己所期盼的京城文化和中央府城,竟会令人感到如此棘手。

"如此棘手之物,不光平家恋恋不舍,甚至连赖朝也对它垂涎欲滴。简直愚蠢。"

义仲想要抛开一切。他的心中,确实怀着如此想法。他从不惺惺作态。

然而,为了颜面,他却不能撒手让赖朝涉足此地,更不想败于平家之手,被赶出京城。无论如何,我也要坚持下去——尽管义仲早已如此决心,但周围的情势,却已不容乐观。这一点,义仲自己也已有所觉察。

夜色渐浓。

不知何处,传来了马匹嘶鸣之声。

脚步声接连不断。自傍晚便侧身入睡的义仲:"怎么,觉明归来了吗?"

立刻正坐起身。

"方才已然归来。"

大夫房觉明行装为解，便已径自前来，远离烛台端坐着。

"来。再靠近些来。"

义仲等待已久，立刻便开口询问："平家意向如何——是否已经缔结了和议？"

"和议已成。"

听闻觉明的回答——

"是吗？"

义仲仿佛放下了一块心中大石。

如今的义仲，正处于危急境地。

听闻东军由濑田口和宇治方面大举逼近的消息，平家也趁水岛大捷之势，欲卷土重来。平家众人皆以夺回京都为目标，潮水般北上山阳，据闻，其先锋已登陆兵库，集结于一之谷附近。

身处如此险恶境地，自年底至初春，义仲始终束手无策。只需酒水下肚——

"赖朝又算得了什么？"

或是——

"范赖、义经之流，何足为道？"

义仲便会气焰狂妄。然而，朝夕之间，义仲怒号频频。即便借酒也难以消解的现实，如今已逼近了义仲的眼前。

——因此，义仲派遣心腹大夫房觉明为使，欲与平家方议和。

"若能断绝后顾之忧……"

义仲依旧坚信，即便身处如此困苦的体制中，自己同样也能打开局面。

他虽知晓此乃无奈下策，却不知此举乃是武门丑态。

义仲所拥的北陆、木曾的精兵猛将之中，新兴的"武士之道"却依旧尚未昂扬起来。聚集于镰仓的新时代的年轻武者们，却早已觉察到了自身的肩负时代的资格，彼此磨砺节义，知耻重仪，步调一致地展开着文化的建设。与此相较，义仲的手下却唯以强悍为能，但其中的大多数，身上却都有着沉溺于锦衣玉食和美色，以致令其勇猛性情减弱的脆弱弱点。

以义仲为首，虽然其部下大多性情豪迈爽快，但身为武士，这一切不过只是匹夫之勇。军队自然也没有足以维持京都此地的机能。

"——先去歇息吧。辛苦你了。详细评议，明日再议。"

听闻过觉明的报告之后，义仲便转身走进了自己的寝所。

翌日——元历元年的正月时日，义仲本欲奉后白河法皇逃往北陆道，但最终却以失败告终。是日，义仲依旧在酒水与军议之中度过。

入夜，先前派往近江的探子回报："向宇治口绕行而去的义经的部队，数目仅有区区一千余骑。"

次日清晨，再次有人传报："集结于近江的东军，其数并不如先前设想之多，士气亦不高涨。"

日子一天天过去。

"如此看来，情况尚自不如想象中一般糟糕啊。"

义仲也渐渐乐观了起来。

此时，义仲再度荣升。朝廷下旨，令义仲就任征夷大将军。

先前始终令义仲忧心不已的东军，其后的行动也甚为缓慢。

"见识了宇治川的激流和濑田的天险，坂东武者也举足不前了。"

义仲历来以此天险自恃。京中情势平稳，院逐渐趋于信任义仲，一切仿佛都已逐渐好转。义仲不再为自己的位置担忧。

如此心理——

"先攻河内。"

令义仲做出了如此决定。

河内之地，也涌现了无数义仲之敌。

其主谋之人，便是先前背离赖朝投奔义仲，其后又心怀不平，背离义仲的新宫十郎行家。

义仲分兵七百，令樋口兼光率军前往平复。

——事后想来。

分出这七百兵力，正是义仲用兵的一大失策。

原因便在于，京中义仲所存兵力，不足三千。

以今井兼平为将，约九百士卒守御濑田；此外，以根井行亲为大将，派出约一千二百兵卒抵挡宇治之后，义仲在京都残留下的兵员，便仅剩下区区三百了。

义仲亲自统率这三百兵将，守护着院的御所。

在有心之人看来，"将军究竟为何如此有恃无恐？"

义仲的举动甚为奇怪。

而当时的人们，也认为义仲先前与平家议和之事甚为奇怪，忖度起了义仲的心理。

对源氏而言，平家正是不共戴天的世代仇敌。先前，源氏之兵，又是为了何事而卧薪尝胆？

众人心中不禁涌起了如此疑问。

然而，也有人说，这不过只是那些不解血缘这特殊感情之人的说辞罢了。

正是因为血浓于水，所以血缘相近的同族之间才会争斗频频。较之与他人之间的憎恶来，这种感情往往更为激烈。血与血的搏击，根本就是旁人所无法窥伺到的。如此同族之争，往往会不计利害，更不畏两败俱伤。

因此，同族之中，若是有人欲图成为其主体，那么即便明知此人乃是自己的同胞手足，也必须彻底铲除，以绝后患——古往今来，主体之人历来被人谓之冷血，也正是因其能够做到彻底决绝、断然行事的强力精神所致。霸业虽成，民众却也难以在道德与人情方面接受此事。

院的御所中情势平稳，甚至足以听闻公卿们的如此评价。或是因早已习惯了战火的缘故，京中庶民的生活也与平日无异，经营生计。

然而，转眼望去。

看看濑田口的前线，此地的水路陆路已彻底被掐断，湖上根本看不到飞鸟之影。

宇治川方面防御吃紧之事，也已不必赘言。每日清晨，云头低垂，寒风凛冽。已被扯去桥板的桥桩之上，已积起了淡淡的白霜。日头一高，白霜便会彻底散去。

第四十七章　马筏

义经伫立河边。

"熟悉水性之人，尽皆报上名来。潜入河底，将纵横捆绑于鹿砦之粗绳斩断——可有人自告奋勇？"

义经回首看了看身边的众将士。

话音未落，只听众将士之中——

"哦。"

"哦哦！"

喊声四起。

涩谷右马允身旁的一名家臣，比任何人都能迅速地脱下了护甲。全身上下刚一脱裸，此人便立刻由义经面前冲过，纵身欲向眼前的奔流中跃入。

"且慢且慢。"

义经一抬手，冲着追随此人的众人提醒道："如今虽已是春天，但河水冰冷。此地距离雪山甚近，想必此处的流水也令人难耐。即便是熟悉水性之人，若是全身赤裸，想也难耐水底巨寒，长久作业。众人皆穿着贴身衣物入水。"

宇治川如今也已变迁。

当时的宇治川，并非一条如同后世那般悠然平稳的大河。当时不但河面更宽，且河原上连年洪水泛滥，水流更急，河水更深，便宛如原始时代一般。

然而，其中稍稍进行过人工整治的地方，便唯有平等院的北边——当地居民称为富家渡口的此地岸边了。

为了方便河面上的往来，人们于此处架设了长桥。

然而，眼下桥板自然已被身处对岸的敌军一块不剩地全都抽光了。此外，从地形和水势来看，作为渡河的进攻口，便唯有此地周围了。敌军以此地的桥桩为中心，于上游下游数町范围的水底，设置了所有的障碍。

"如此小河，又能算得了什么。"

坂东武士人人自傲，对义经的命令，众人早已等待不及。

"不，此地甚险。"

反而是义经对自然之险直率地展现出了恐惧,率先下了马。

将兄长范赖留于濑田,义经率军自伊贺路经由笠置,屯兵宇治。今日,正月二十,义经终于决心渡河,将大军开到了富家渡口。战略上,兄长范赖虽号称:"若两军相合,总兵力便可达四万。"

但其实际数目,却只有四万的十分之一,总共四千余人的士卒。

可义经却性情直率,"遣二千五百人赴濑田口,在下自率一千五百往宇治川。"

因义经总会当着他人之面道破其实际数目,范赖心中大为光火,背地里愤愤不已。

"九郎大人实在不谙兵法。如此这般,当真能够破得宇治川的敌军吗?"

实际兵力不足,正是范赖和义经心中的苦恼。

木曾一方虽兵员不多,但身处战场,其原则便在于:较之守方,攻方更需多出数倍的兵力。

分明如此,为何义经却还故意宣扬自军的弱点,令敌方士气高涨?

义经的答案简洁明了。

"——此言不过只是将义仲拴于都城的流言罢了。若以为兵法之中唯有虚言,便是大错特错。虚而实之,实而虚之,亦兵法也。"

半裸着身跃入水中的兵卒们的使命,正是一件必须舍身忘死方能完成的作业。

宽阔的奔流之中,处处遍布可怕的死亡旋涡。只需稍一疏神,随时可能会被水流卷走。

河水冰冷彻骨。瞬时之间,手足便会失去知觉。

众人冒着严寒与危险,沉身入水,斩断了缠绕于河底的无数绳索。有人拔出乱桩,让桩子随流而去;有人突破竹排河堤,拆除柴捆与材木的障碍。众人于水中沉浮不止,身姿有若神明显身。

"快看,一人被水冲向下游去了。快来人救救他。"

眼见一众无名杂兵如此奋命,义经不由眼眶一热。

对岸敌阵之中,射手齐集,向着河中众兵卒射来箭雨。作业变得更为困难,最先跃入河中的工兵,如今已有半数化作了尸骸。

义经身旁,亦同样飞箭如雨般掠过。

"大人请到木盾后暂避。"

身边武将不住劝诫,但义经却置若罔闻,唯只眼含热泪地看着河中的一众兵卒。

"——大帅正看着呢。"

尽管早已舍却了生死，但义经的身影，却令众人勇气百倍。

横竖皆是一死，不若欣然赴义。

孙子曰。

用兵之极，乃令兵欢然而死。（译注：这句话为作者自创，而非孙子所言。）

虽非有意，但身为将帅，义经的言行，却已与此语暗合。

立于战场之上，其命运便只有一个。既然身处战场，便怯勇无差别，皆当直面死亡。

欣然赴死之兵，生之欢悦，必将永系其英魂。

眼看着遭敌军飞箭射中，浮于河面的一具具尸骸。

"切不可令众人之命白白断送。"

义经在心中默念道。

"重忠，重忠——若走陆路，收效甚微。令射手上前，以飞箭压到敌军，令敌人再无抵抗之力。"

箭雨之中，义经挺身上前。语调之中，已然展露了奋身杀敌的悲调。

"末将大意了。"

听闻义经此言，畠山重忠方才觉察自身之失，率众掩护自军之人。

"上桥。立于桥上，于近处放箭。"

重忠一挥手，大声向自己所部众人下令。

熊谷直实部队、涩谷右马允队，平山武士所之人，一齐握起弓箭，争相冲上已无桥板的桥上。

弦音齐响，众人猛烈地回射着对岸之敌。

掩护一举奏效。立刻，敌军射出的飞箭数量锐减，箭雨也已不如先前密集。

河中的兵卒已达成目的。众兵卒估测着河中水深，脸色发紫地陆续爬上岸边。

此时，对岸似乎也重新布下阵势，兵马不断移动。不多久，更比先前还多的弓手，已然向着义经这边放出了几欲遮住河面的箭雨。

"切莫立于箭路之上。往上游转移。众人皆将马匹列队于上游。"

义经骑在马上指挥，声音早已变得嘶哑。各部队的骑马武者争先恐后，面对河流，聚集于河原。众人尽皆于马镫上站起身，侧眼看着义经高高挥起的手。

"往上游转移。"

第四十七章 马筏

"转移。"

千余骑的横列齐头并进,依序横向进发。待得阵列移动了半町距离之后,"由此强渡。"

各队之将皆远远望着义经的手,一同下令。

扑通一声,河面上溅起一列水花。

水纹向着河面对岸扩散而去。己方将士的马镫之间,战甲的袖口之间彼此摩擦绞缠,黑压压地盖过了激流。

"——趁现在!"

一骑武士策马由平等院的小岛崎上飞奔而来。

立刻,树林阴影中,也有一骑人马如飞箭般向着河原奔去。

两匹马彼此靠近,齐步向前。马上之人也彼此对望一眼。

"哦,是梶原大人啊。"

"哦,佐佐木大人。"

今日此时,两人也已顾不得再彼此一笑了。

景季心中暗想:"我又岂能落后于高纲?"

高纲也心中暗道:"怎能让他扬名抢功?"

策马冲向宇治川之前,两人便已各自在心中发下了重誓。

两人故意离开部队,选择再无其他渡河战友身影的下游水路的举动不谋而合。

若马匹无力,冲入如此激流之中,不等行至河水中央,便会被水流冲往下游。因此,大队人马转移到了清除过障碍的水路上游涉水渡河,但佐佐木高纲与梶原景季两人却对自己的坐骑颇具自信。

——因而,两人故意选择了不会干碍到己方将士的下游,独自一骑由山丘背后冲出,孰料心怀此念之人,却并非仅有自己一人。

"景季确有眼光。"

"高纲此人不可小觑。"

两人默默不语,但各自却在心中告诫自己万不可落后于对方。若是再将二人此时心境说得更加分明些,两人心中也彼此尊敬、憎恨、忌惮对方。

生唼与磨墨悍然伫立于水畔的狂风之中,甩动马鬃,长声嘶鸣。

生唼生性厌水,立于河边,始终不肯入水。

景季胯下的磨墨则一路狂奔,踏入河边浅滩,扑通一声,已经游至了水没马颈之处。

"妙哉!"

景季巧妙地施展出水中驰马的技巧，一面让马匹前游，一面回首身后的岸边。

高纲却还骑在焦躁不已的生唼马鞍上，咬牙设法拽动马辔。

第四十七章 马筏

高纲使劲抽了生唼一鞭。生唼猛地扎入水中，溅起一阵白色水花。

——然而，景季的磨墨却已率先前游了数十间距离了。

"大意了。竟然落后于人。"

高纲心急如焚。

"先前我曾一番豪言壮语，最终蒙大人赐下了爱马。若是让景季夺去了头阵，我还有何颜面可言？"

高纲一低头，紧咬嘴唇，向前猛冲而去。

水浪从身侧扑来。离岸越远，水流越急。比起水中的旋涡来，更令人恐惧的，还是水面上漂浮的被割断的障碍上的绳索。绳索随时可能会缠绕到马腿之上。

"哦哦。"

"嘿。"

"喂。"

此时，由上游跃入水中的千余骑人马则彼此混作一群一群，便如同无数与水浪搏斗的筏子，掩盖住河面，渐渐随着水流向着下游而来。

不久，景季、高纲二骑也被卷入了马群之中。眼下，大河之中，与高纲争夺头功之人已不再只是景季一人。目标不再只是高纲一人。——以三浦、畠山、足立、平山等诸将为首，乃至众将的手下，尽皆奋勇争先。

义经也身处众人之中。

畠山庄司重忠舍却自身功名，随行于义经鞍前马后，协助义经发号施令，令渡河中的全军留意马上的水战。

"——马匹之间彼此靠近，组成马筏渡河。让强壮马匹往上流游动，瘦弱马匹随后缓缓跟来，切莫逞强。"

飞箭破风。水花掩盖住人马之声。

义经与重忠不时于旋涡翻卷的浊流中停马不前，巡视全军。义经珍视一兵一卒，痛心地眼看着溺水和被敌军飞箭射中的兵卒，依旧嘶声竭力地教授着士卒如何于马上水战。

"——放松缰绳，让马匹游到可立足之处。切勿握紧缰绳。若马尾下沉，便抱紧前颈，若遇急流，便俯身离开马鞍，让流水通过。"

重忠已嘶声竭力,义经又接着道。

"——身处河中,即便敌军射来飞箭,也切不可举弓还射。切勿低头太过,令敌军飞箭射中战盔顶边。身处水中,切莫顾及身上行装。战甲之中尚有缝隙——相互配合,令马首紧靠前马马尾,相互配合,步调一致——切莫与他人之马纠缠一处,以致遭流水冲走。若是身旁有人溺水,伸出长弓相互救援!"

众将士的吼声直冲云霄,马匹嘶鸣之声在宇治川上掀起阵阵白浪。

先行的将士,随后跟至的将士,无数的马筏已然逼近到了河水中央。

敌军放箭。

飞箭之势有若骤雨。

——定睛一看,一骑人马已然离开马筏先锋,接近了足以看清敌人面目的岸边。

正是梶原景季的磨墨。

"喂,梶原。"

高纲一边在身后高声叫喊,一边靠近。

身后的高纲再次高叫。

"危险,梶原。若是渡河之时踏翻马鞍溺水,必成敌我将士笑柄——速速重束腹带。阁下之马腹带已松。"

景季不由得一阵犹豫。

他将长弓叼在嘴中,双脚力踏马镫,在马鞍上站起身来,重新系了系腹带的绳结。高纲连忙趁机渡河。

生唛冲出水面,跃上了对岸。

"——佐佐木四郎高纲拿下头阵——今日宇治川的头阵,乃在下佐佐木四郎高纲。"

高纲大声叫嚷。随后,其身影便已没入了敌军阵中。

"中计了!"

景季一咬牙,纵马飞驰,第二个冲进了敌军之中。

第三第四难以分清。齐头并进的悍马之群,载着威风凛凛的武者,向着敌军的正面冲撞而去。

敌军自然不会束手就擒。敌方主将乃是木曾一方中赫赫有名的根井行亲,其部下中,也不乏精悍善战之人。

此番的实战之中,却展现出了意识到时代黎明的新锐青年,与木曾军的强悍武士之间那难以比拟的差距。

这正是战场上怀着整体信念的兵卒，与战场上蛮勇无比、内心却只顾念自己的兵卒之间的差距。

眼见敌军冒死渡河而来，木曾军唯只在前线布下射手，放出箭雨。如此举动，却也可谓木曾军的一大失策。

与此相反，义经的兵卒则人马全身湿透，"莫叫敌军有喘息之机。"

追击不止——一部由木幡追向醍醐路，直至京城的阿弥陀峰之东，而另一部，则由小野奔向劝修寺，突入七条。

同样亦有少数兵卒误闯至深草与伏见附近。敌军慌不择路，而急追不舍的义经手下士卒也四散开来，进入了京都。

得知自军于宇治川战败，义仲惊慌不已，脸上充满着自暴自弃之色。

义仲面无血色，奔向院之御所，恳请法皇随自己移驾。然而法皇却执意不肯。就在双方纠缠不休之时——

"敌军先锋已至六条河原附近。"

"大势已去。"

义仲大喊一声，仅只率领着四五百骑人马，一路向着河原而去。

败散而逃的义仲，由粟田口逃往近江。他本欲与濑田的自军会合——然而，义仲却似乎已经明白了自己的命运，行至蹴上坂，义仲回首遥望京城——

"先前，我等在此处驻留了几月？"

向身侧之人问道。眼见义仲如此直率，侍臣不禁热泪盈眶。

第四十七章　马筏

第四十八章　一路通天

是日，院之御所大门紧闭，只是暗中观察着战事的进展。

忽然，门外传来阵阵马匹蹄声，"莫非是暴兵？"

近侍的公卿们不由吓得面无血色，屏息聚于法皇身侧。忽听门外有人高声叫嚷，众人侧耳一听——

"在下身为镰仓大人代官，尊奉院宣旨意，为守护京城，由宇治川大败木曾军，赶赴此地之赖朝舍弟源九郎义经是也——此刻京中之中尽已平复，并无火灾，庶民敞开门户，町中街道往来如常，还望法皇大人勿要惊慌——在下有事奏禀法皇大人。"

于是。

一众侍奉院的下人齐声高嚷。此乃久居黑暗之地，忽见阳光的欢呼之声。

法皇大人亦眉开眼笑，起身离座。

法皇令人敞开院之御门，准许了义经的参见。

主从总共六骑人马。

义经等人连忙于门外下马，战战兢兢走过御门，肃立于中门外的御车宿前。

法皇看过几人模样，开口询问了几人的年龄姓名与居处，向身旁近侍说道："众人尽皆甚是年轻，威风堂堂，正是社稷栋梁之材啊。"

觐见过法皇之后，义经主从便立刻告退。返回兵舍途中，只见街头上站满群集的民众，挥手呐喊，欢迎义经。

此刻，濑田、石山方面的捷报也已传至京中。

二十三日晚，传闻义仲已死。听闻最终义仲身边仅剩一骑，与今井兼平于粟津原战死之时，不知为何，一众打了胜仗的将士心中却划过了一丝人生如梦的感觉。

宇治川一战后，近来的三天两夜间，义经麾下将士几乎未曾合眼——因而，一夜的熟睡，已是众人的迫切之需。

然而，到得二十五日清晨，却不知究竟是谁散步，传闻四起。

"平家大军来犯。"

于临时兵舍中歇息了一夜，清晨醒来，义经大吃一惊。

先前，义经暗自担心之事，正是平家以数十倍的兵力大举杀向京城。

原先，义经便并不畏惧平家的大军与义仲的武勇。他所畏惧的，便是如此时机和攻守的转换。

义经始终坚信：攻方有利。

这一点，正是兵法的原则。若无法采取攻势，自军便难免陷入苦战。

然而，周遭的政治情势却发展缓慢，却并未能如义经所盼那般迅速果断地展开。

第四十八章 一路通天

义经寻思。

若是先前于宇治川耽搁时日，三日之间未能入京，或许平家的先锋便会抢在自军之前进入京城了。

直至此刻，这种恐惧依旧未从义经心头彻底消除。由屋岛登陆兵库港的西军于一之谷构筑成果，虎视眈眈。

近来数日间微妙的政治动向，或许便是移至此地的台风前沿。

听闻，近日朝廷连夜议事，迟迟不肯向范赖、义经明示今后的动向。

直至今日，似乎依旧尚有提议派遣敕使前赴平家一方，设法促成两军议和的公卿。

义经心中烦闷。

即便问计于范赖，范赖却也性情温吞。毕竟，此人丝毫不懂政治的微妙。

"我已上疏镰仓大人，请求派兵援助。即便平家袭来，我等只需固守十天半月，援军必至。"

事态岂容如此从长计议！

义经深感东军情势危急。

"不，近两日中，便是源氏全体兴亡的关键，时代的分水岭。"

身处如此急剧的转换期中，又岂能悠然空等上十天半月？

赖朝历来行事谨慎，若是眼见中央政局情势不对，或许赖朝便会下令："——既如此麻烦，不若便暂且退兵，撤回镰仓。"

正在义经心中万分焦躁之时，却又传来了平家今夜便将大举进京的风传。

"对了！"

侍从将烛火端至屋中时，义经的脸上已经显露出了悲壮的决心。

"——年幼之时，每夜，家父义朝的遗臣都会将我带至鞍马谷，教授我兵法。当时，众人时常告诫我。"

眼望着烛火的白光，义经回忆起了自己的幼年时光。

"——若要变革恶世,便须得先令源氏再兴。若要创建新世,自然须有人挺身而出,与旧势力决一死战,彻底将其打破。如此之人,正是立于时代浪尖之人。上天必将降大任于斯人。打破创建,毁坏重修,此人不可左顾右盼。若心怀半点私念,民众便再不会跟从是人。如是一名甘愿为国牺牲之人身后,民众方会真心追随,而新的世道也方会形成……然而,此事绝非聪明之人能够办到。因为,彻底驱除旧势力之举,必会招来无数人记恨……故此,英雄末路,悲运天成。然而,若无此人挺身而出,便无法创建新的世道……我等并不盼您能一生无事,却盼您能够甘心接受如此常人难为的上天使命。"

义经由冥想中回过神来,忽然起身。

"高纲何在?"

义经走出门外,高声叫道。

此处临时兵舍,先前似乎曾是平家某人的御馆,宅中非但足以容纳众多兵卒,且尚有不少房屋可充当马厩。

"大人叫在下吗?"

高纲立刻赶来,跪拜于黑暗的地上,抬头仰望着义经。

"景季可在?"

"在。"

"带上四五人,跟我来。"

"大人要往何处?"

"蒲大人的阵所。"

义经走到马厩门前,令人牵出马匹,向着二条方向疾驰而去。景季、高纲等五六名侍从,于义经身后徒步追来。

另有一骑人马追赶而来。马上之人,正是畠山重忠。

"在下有急事禀报大人。"

重忠飞身便欲下马。

"不必下马。究竟何事?"

义经策马上前。

"为探查传闻是否属实,在下前赴京城外探听消息。据闻,平家军入京之事,乃是虚报。明日或许尚未可知,今夜却……"

"是吗?"

义经愁眉稍展："不论如何，我都必须前往拜会蒲大人。你先回阵所吧。"

二人彼此道别，义经再次向前赶去。

待义经到得蒲冠者的本阵，范赖却一脸不耐烦地扭头看了看身旁的梶原景时。

义经已经来到。

对范赖而言，义经乃是异母胞弟，此番的军阵之中，范赖又是总帅，而义经不过只是一方的指挥官罢了。

自然，不论义经要说什么，都必须以相应礼数上报。

"大人想已知晓，眼下平家大军压境，或许今夜便会出兵进犯。"

义经刚一开口——

"不过只是风传罢了。"

范赖便立刻打断了义经。

"传闻不过只是虚报，但我军亦不可掉以轻心。"

"防御准备，已然做好。"

"此事采取防守姿势，对我军极为不利。况且我军兵员甚少，难以久守京城。"

"九郎大人莫不是又准备说服在下，打算让在下主动出击？"

"在下已经三番献策，或许大人早已感到啰唆。"

义经慷慨陈词，讲述着自己的主张。

然而。

"若是院大人未做裁断，我等也不便擅自行事。"

范赖却丝毫没有半点准备让步的模样。直至此时，范赖依旧还打算等待镰仓大人的回音。

义经向范赖泣诉，若再迁延时日，情势必然转危。不觉之间，义经终于言辞过激。

"九郎大人。如此说来，你是既不愿等待院大人的裁断，也不愿理会镰仓大人的意向了？你莫非定要强逼范赖我擅自行动吗？"

范赖说道。

义经闭口不语。

当义经自二条悄然返回之时，夜幕已然隐隐泛白。

是日清晨。

为将义仲等人的首级悬至六条河原枭首示众，天色未明，检非违使等众官便已前赴大牢，发下了指令。

众人吵吵嚷嚷，义经一边扭头观看，一边转辔向着七条的松荫道而去。

"九郎大人，九郎大人。"

只听河原下突然有人高叫，追上前来。

义经扭头一看，立刻便睁大了眼睛。

"这不是吉次吗？"

吉次跪拜于义经马前。

"得知大人出门的消息，小人自昨夜便一直在大人回归途中等待，只盼大人能听小人一言。还望准许小人与大人一同回归阵所。"

眼见身前身后均有人在，义经心中也有些顾忌。

"嗯，你便随我来吧。"

其后，义经带上吉次，策马赶路——话虽如此，此地距离七条的阵所却已不远。

回到阵所，义经便立刻屏退旁人，将吉次带到了屋中。吉次似乎也已看穿了义经的立场，开门见山地道出了来意。

"近日，大人似乎正处于难关。鄙人从旁观察，却见大人心事重重。"

"先前你一直逗留于京都此地？"

"并非如此，先前鄙人返回了奥州，去年，木曾大人攻入京都之时，鄙人恰巧有事进京，遭遇到了战火。后来，鄙人于此逗留了一段时间，听闻大人您或将率兵离开镰仓的消息后，为了再次与大人相见，鄙人便一直在此等候。"

吉次首先向对方展现自己心中的诚意。

"不知昨夜大人您与蒲大人商议之后，是否已在制敌机先，进军一之谷之事上达成了一致？"

义经一愣，惊疑不已。

"你为何会知晓此等机密？我与蒲大人商议之事，应该只有极少数人知晓。"

吉次一笑。

"先前在镰仓时不也如此？京城之中，绝无我吉次不知之事。不论是公卿堂上方的动向，还是町中发生之事，都自会有人报知吉次……然而，昨夜之间却并无眼线探知情况，因此，鄙人今晨拜会过大人之后，察言观色，猜测大人与蒲大人之间意见依旧不合——鄙人便是如此认定的。"

"可你却又为何知晓，此刻我心中苦闷？"

"此事乃是从部分公卿口中探听得知。"

"咦？究竟何人，如此揣测我义经的心事？"

"九条兼实卿。此外，随侍于院大人身边的朝方卿和亲信卿也……"

一边回答，吉次一边凑上前来，低声说道："今日之中，众卿便将秘密奏请法皇大人颁下院宣。大人实在不懂政治的手腕。不若便由鄙人吉次来教大人一手吧。大人不妨先找九条大人试试。"

吉次实在可谓奇人。身处庶民阶层，但他却对上层的情况和政局的动向了如指掌。

"他为何会知晓？"

刚开始时，义经心中并未如此疑心，反而却觉得，"吉次之流，绝不可能知晓此事。"

但仔细想想，吉次乃是奥州金贩，与过去的文化牵涉极深。

此人行商多年。在此期间，吉次必然从众多贵绅处获得知遇，与他们交往深厚。

如此一想，"想来倒也并非虚言。"

义经留心聆听起了吉次的话语。

吉次根本并未胡言。面对义经，吉次始终怀着一颗敬爱之心。他便如同忠实的奴仆一般，甘愿粉身碎骨，侍奉义经。这份诚意，真实地反映在了义经多愁善感的心中。

"那我便遵照你的建议，先去恳求一下九条大人吧。"

听闻义经此言。

"不，若是大人突然拜访九条大人，必然引人注目。此事不若便交给鄙人来设法办处。"

吉次颇具自信地说道。

当日清晨，吉次辞别义经后，便整日间不见人影了。入夜，吉次于约定时间前来迎接："请大人更衣。此番我等微服前往，还请大人随鄙人来。"

吉次牵辔，牵拽载着义经的坐骑而行。

其后，传说种种。

有人说，当夜，义经秘密拜访了九条大人，也有人说，义经前往了某座寺院的后院，拜会了侍奉于法皇大人身边的朝方卿、亲信卿等反对平家，尤其对义经抱有好感的众人。尽管众人议论纷纷，却并无任何人知晓真相。

翌日，朝议骤然一变，众人尽皆主张主动出兵，讨伐平家。不同意见遭到排斥，朝廷再次明示了最初的方针。

义经早早便已出发。

因为出发过早——

"院宣尚未颁下，你便私自进兵，万一此举有违朝议的决定，又当如何？"

事后，范赖甚至还责骂了义经。

然而，事实上，接到院宣之后，范赖却不得不尽力追赶义经，与义经所部众将士合兵一处。

先锋义经取道丹波路，由龟冈通过园部、筱山——再由筱山前赴西南的三草越，一路向前急赶。

翻过三草山，进入播磨境，往南走下印南野，不久之后，一之谷便出现在了马蹄之下。

若是率领大军，自然无法如此大迂回。义经便只率领其心腹及几名手下。范赖本军则另外行动，向着一之谷东侧的城户口、生田方面进军。

"二月三日，向一之谷发动总攻——以三日为期，彻底拿下。"

义经如此扬言道。

一边急速行军，以一天时间走过两天的路程，义经一边在途中鼓励士卒。

然而，三日却并未发动总攻。四日，也依旧安然无事。

"——四日是清盛的忌日。想必敌军也定会礼佛拜祭。"

义经仿佛是在为敌人设想，故意迁延时日，但到了五日。

"今日乃是大凶之日。"

义经又再次如此说道。他故意一连拖延了几天时间，使得死守一之谷的平家军身心俱疲，迷惑不安。

第四十九章　佞臣

"梶原大人巡视至此。"

听闻此讯。

"景时吗？"

义经一脸不快之色。

中军的阵幕，设于冬日的林中。

当日，义经同样未曾有过任何行动，便只是屯军林中。焚火烟袅袅，鹍鹎啼声闲。

"大人别来无恙，实在可喜可贺。"

刚一见义经，景时便连讽带刺地说道。低头行礼粗鄙随意，与其说是武士率性，倒不如说是无礼。

身为监军，此番西进，景时正是全军之重。

景时时常对人说道："蒲大人也罢，九郎大人也罢，作为总帅，年纪尚轻。镰仓大人特意叮嘱在下，让在下好生辅佐两位大人。"

话语之中，暗中夸耀着镰仓大人对自己的宠爱。

义经最不喜好的，就是景时的如此人品。而在分军进击宇治、濑田之前，义经便时常与景时在评议之中意见相左。

义经始终贯彻着自己的信念。如若不然，此战便难以取胜。然而——

"九郎大人事事与本监军顶撞。"

景时却总爱在范赖面前如此言道。

范赖与景时却臭味相投。

不，或许该说是范赖对景时言听计从。

因此，景时便如同范赖的监护人一般，大多时间都待在范赖阵中，却对义经的阵地不屑一顾。

先前。

——尽快行动。

面对一之谷的平家攻势，当义经催促劝说范赖，希望己方能够积极行动之时，景时待在范赖身旁,却总是一言不发。

尽管口头上未曾反驳,范赖却总是顾左右而言他,不肯行动。此事不光是因范赖此人生性优柔寡断,而其实,范赖是在观察沉默不言的景时。

义经也觉察到了此事。

义经亦是一个不懂巧妙掩藏自己感情的性情中人。面对自己厌恶之人,义经脸上总是一脸厌恶的表情。在面对景时之时,此中情状更为浓厚。

"我乃镰仓大人舍弟。"

义经先前从未在任何人面前显露过如此自尊,但在面对景时,他却有意地将景时看作了下臣。

这一点,令景时心中恼火不已。

年龄、经历、手腕,景时心中也自然有其自傲之处。即便面对的是主君的异母胞弟,景时心中,对义经也同样并无半分好感。他甚至对人们敬重义经的表现心感不快。

"老将军移步如此山林之中,实在辛苦。莫不是蒲大人那边出了什么差池?"

义经刚一开口,景时已然感到心中不快。即便是"老将军"三字,景时也觉得是义经对自己的揶揄。景时心中一恼,冷冷地道:"蒲大人之处何来差池可言?反而却是阁下这边情形可疑。先前阁下那般焦急,而来到此处之后,却一连数日,始终按兵不动——蒲大人如今早已大败糺附近的敌军,向着一之谷东的城户进军而去了。"

义经笑着答道。

"所谓作战,并非只是与敌军会面如此简单。我等必须先抓住必胜战机方可。缓急正如军的呼吸,若急于利则变急,若缓为善便从缓——如此放任马匹,安歇士卒,也是兵法之一。"

身为监军,梶原景时从未料到,义经竟会对自己讲述此等军事的初步基础。景时一脸不快,打断了义经的话。

"罢了。"

——景时根本就不打算与义经讨论此等基础。他只想和义经谈论实际问题。率兵离京时,义经便曾扬言三日内必将决一胜负。因此,范赖于糺方面匆匆出击,而该当与范赖协同作战的这块阵地,却又岂能接连数日无所作为?

三日过去,四日过去,五日过去,如今已是六日了。

"老夫不知大人究竟有何打算。大人莫非是想拖延战事？或是说，行至此处，眼前此地之险，大人便心生畏惧，胆小惧敌了？"

景时咆哮不已，仿佛就如同他便是镰仓大人的代言一般。

眼见景时如此暴怒，义经却故意笑脸相迎："先前在下四处撒布传言，说我军将于三日总攻，此乃为使敌军不敢主动攻来之策略。四日乃是清盛入道的忌日，同为武士，彼此皆当英雄相惜，故此，在下特意避开了此日。五日乃黄历上的大凶之日，避开此日方为上策。"

"一、一派胡言！"

景时啐道。

"若是连敌军的佛事之日都须得避开，那便再休提什么总攻之日了。更何况，对源氏而言，清盛入道此人乃是恨不得将其开棺鞭尸之仇敌。"

"虽是仇敌，但正是因入道此人亦心怀仁慈之故，在下义经年幼之时方得避免于难——对镰仓大人而言，也是同样。想当年，不正是因为清盛入道的一句话，我兄弟二人方才捡回了一命的吗？"

"嗯，原来如此。"

景时讽刺地点点头，扭头向着身旁之人说道："话说，公子大人的生母常磐夫人，也曾深受入道照顾……倒也难怪。"

义经脸色骤变。眼见如此，景时起身离座："啊，还望大人勿怪老夫多言。无谓之事暂且不谈，大人究竟何时率兵进击？范赖大人进袭东侧城户，也须与大人的行动彼此呼应。"

义经默然无语。显然，义经此时心中已然大怒。即便等到心情冷静如水之后，义经的笑容中依旧残留着一丝寂寥。

"明日黎明之前。"

"啊？明日黎明？"

"在下将率军与蒲大人于一之谷相见。还望老将军回去转告蒲大人，请他务必攻破东面城户，率军进入。"

景时默然离去。

带着于林外等候的一众随行之人，景时策马飞驰而去。景时离去之后，义经召开军议，静静地向众人征求意见。

"若要挥师一之谷，便必须先扫平平资盛固守的三草山之砦——我等该当清晨出击，还是该当夜间奇袭？"

义经眼望众将，向众人询问如何方为上策。

夜袭？晨攻？

如此问题，其实便是：究竟该当发动奇袭，还是该当正面进攻？

义经对此极为重视。他召开军议，向众将询问意见。

"夜袭。"

"自然该当夜袭。"

此事根本便无任何商量余地，众人皆异口同声地如此回答。

世间传闻，平家军总数十万余骑，源氏一方则有三四万骑。

然而，实际数目却与传闻相差甚远。

平家军少说也有二万。然而，源氏军中，除却宇治川以来的伤病士卒，即便将范赖、义经两方合兵一处，总数也不足三千骑。其后，镰仓便再未派来过一兵一卒的援军。

而且，义经最初带至此处的兵卒当中，既无补给队亦无后续增援。出发时义经力求部队机敏灵活，因而将大多士卒都留在了范赖麾下，手中便仅有七百名左右的兵将。

以此进击敌军中核。

义经须得以此兵力，大破三草山上的敌军砦垒，一举冲入一之谷。

敌众我寡。敌军依天险防守砦垒——即便以常识推断，正面进攻也难以取胜。

——既然如此，那又为何？

土肥实平心中暗自起疑。评议结束，待得众人离去之后，实平悄悄询问义经。

"今日之事，根本不足召开评议，大人为何又在评议之上，特意询问如此答案分明的问题？"

义经点点头。

"或许你会如此认为，但诸将各自心怀自负。虽然在下的问题极为明显，但特意提出问题，让众人一同商议，上下齐心，如此方能令军中团结一致。"

实平咂舌惊惧。

眼前的这位公子大人，究竟是在何时习得此等兵学真髓的？不，虽然众将皆熟读兵学，但要临机运用书物或口传的理论，却颇为困难。即便是身经百战的老将，也时常喟叹兵学之难。

实平心中拜服，暗中将此事转告给了畠山重忠。重忠也自心中叹服："你我主动转投九郎大人旗下，并未看错人啊。"

两人相视一笑。

重忠与实平，原本都是归属范赖指挥下的将领。二人心有所感，半途转投了义经阵营。因义经所面临的时常都是难攻之敌，故而主动跟从者甚少，于是两人便主动跟随了义经。

义经先前已经派出了不少探子。时值黄昏，深入敌阵的探子终于回报。

"敌军以新三位中将资盛为大将，拥兵二千五六，于三草山的对面——西侧山麓中筑垒固守。敌军于山路沼泽中设置栅栏，守兵的配备也与昨日无异。"

入夜，星影之下，义经所率的七百兵马，黑压压地翻过了面前的大山。

第四十九章 佞臣

第五十章　断崖

平家一方也丝毫未曾懈怠，不断派出探子。每次听闻探子来报——
"想也如此。"
资盛以下，身处三草山东麓的将士们，对义经毫无行动的状况表示了肯定。
"义经不过一届黄口小儿。即便率领手上的少数兵卒攻来，又能成得了何事？"
众人都对义经不屑一顾。
而正在此时，一阵有若急雨般的夜袭自山上而来。漆黑的夜晚中，平家军被打了个措手不及，争相溃败逃亡，几乎就连一箭也未曾放过。
"休教走脱了敌军。"
"莫让任何一人活着逃回城户。"
源氏众人急追不已，相互转告。众人一路追击逃亡的敌军，向着须磨方向冲去，打算一口气直逼敌军的本营——西面的城户。
"切莫深追。众将士都汇集一处，稍事歇息。"
义经将四散追击的众人唤回，聚集于敌军逃离后的砦中一处。
时近深夜。夜空中群星璀璨，明日似乎将会是个晴天。二月初旬，海风吹拂高地，山风也由山顶吹下。稍稍站立不动，身体便会因寒冷而发颤。
"点燃篝火。"
数日之间，义经头一次允许了焚火。火焰熊熊燃起，将众将士的脸都映得发红。
此时，义经召集起重忠、实平等几员重要武将，简短地商议了几句。
义经开口向众人说道："敌军逃走得如此迅速，似乎并非只是因为敌军太弱。或许，敌军认定，与其在此一战，倒不如返回一之谷，竭力死守更为有利——从地形来看，我军唯有离开此地，进军须磨，攻打西侧的城户这一条进攻线路。因此，先前逃走的敌军，和一之谷的全军一道，或许将于一之谷重振旗鼓，迎击我军。"
义经讲述了如此前提。
"我军兵力单薄，在如此地形上，自然难有胜算。"
首先，义经肯定了敌军要害易守难攻，让负责突破此要害的将士先做好了心理准备。

"——然而，不论何时何地，天下都不可能存在一眼看上去便能轻松攻陷的砦垒。非但只是战场之上，所有一切由世间灭亡的事物，在一瞬间之前，看起来都同样难攻不落……困难至极、无法办到，这一切都不过只是因事物表象而产生的困惑，有志者事竟成……更何况，我等的兵马，并非只是与人一决胜负的兵马，而是一群为世人所需要、与时代大潮共进退的兵马。"

篝火映红了义经的侧脸。做一个创造奇迹，甘愿担负常人无法承受之重任的人——义经的双眸中，当年众人在鞍马谷中给他灌输的信念熊熊燃烧。这其中并无半点私心，也没有丝毫的功利心。众人心中，甚至萌生了一种崇高的感觉。

"实平。"

"末将在。"

"由此刻起，全军便交由你来统率。你要万分留心，率军向西侧的城户开进。"

"是……那大人您……"

"我继续沿山路上山，由鹎越俯视敌军……"

义经的话刚说到一半，只听身后的兵卒忽然吵闹起来。

先前被绑到一起的七八名俘虏，趁众人疏忽懈怠的机会，割断绳索，刺伤守卫逃走了。

"往哪里逃！"

士卒们立刻拔腿追赶，挥刀向逃走的俘虏身上砍去。瞬时间，血溅当场，哀号四起。

"手下留人。"

义经赶忙出言制止，却还是未能赶上。到头来，就只剩下了一个身上无伤的俘虏。

"切勿伤到此人，将他带到此处。"

不多久，一名身材魁梧的男子，便被众军士带到了义经面前。

俘虏是一名播磨安田之庄的杂役，名叫多贺菅六。

问过俘虏的姓名与来历，义经立刻扭头看了看诸将，与众将分头行动。

义经兵分两路，将其中绝大多数兵员都交给了土肥实平，而自己则仅只率领着少数人马，绕道前往了鹎越天险。义经的如此举动，休说平家一方，就算是义经手下的幕僚，先前也未有任何人想到过。

"——无谋之举。"

第五十章 断崖

众将欲言又止，抬头看了看义经的表情。义经一脸决绝，似乎不论众将如何劝阻，不论胜算几成，他都必然执意如此了。

必死的决心，已经明显地写在了义经的脸上。

——不成功便成仁。

镰仓武士心血澎湃，激动异常。众人都彻底抛却了事理，一心只想着要彻底贯彻信念。

先前，众人一直为各自的理念所扰，虽然也曾竭心尽力，但如今既然已将一切心思都归结到了死上，那么众人心中也就不会再有任何妄想与杂念了。

抛却了心中烦恼，一身轻松，众人的笑声豪气干云。

"想必蒲大人也必定会于明日破晓率军攻打东门——我等可万不能落于人后。我等也与蒲大人呼应，于黎明之前接近西侧城户。不等旭日于播磨海面生气，义经也必当冲入敌军正中。"

临别之际，义经再次于马上激励自军将士。

跟随实平，前赴须磨的部队有六百余骑——而跟随义经继续向着无路深山进发的人数，却不过只有七八十骑。

"上前带路。只需到得一之谷背后，便放你一条生路。"

义经让俘虏多贺菅六走在马前，其余人等则跟随于义经身后。

"深山之中，野兽众多。既然野兽能够通过，那么马匹也自然能够通过。"

义经身后的众人纷纷笑道。说笑之中，似乎有人从马背上摔下。众人又是一阵哄笑。

越过密林的沼泽，众人行至即便徒步也甚为难行的险峻石山。众人的坐骑已是汗流浃背，即便处在星光之下，也同样闪闪发光。众人不时纵身下马，让坐骑稍事歇息。

"我等如今已身处敌军腹地。"

无人言笑。

众人再次前进。道路越发险峻。队伍之中，开始出现落队、失踪之人。

"明日此身，究竟是死是活？"

即便是如此豪气干云的一众武者，也不由得心怀眷恋，不时抬头仰望起了星空。九死求一生。然而，他们坚信，若避开了这条死亡之路，就再也看不到必胜之道了。

"咦？莫非迷路了？"

众人勒住马缰，低声私语。

"方向似乎有错。"

"正是。不管再前行多远，也总在深山中打转。"

畠山重忠叱问带路的多贺菅六。

"菅六，莫非是方向有误？"

"不。应该没错吧。"

俘虏菅六言语暧昧不明，战战兢兢地答道。

"你莫非是故意带错路？"

三浦义连此时正在菅六身旁。他从马上一把揪住菅六的衣襟，一脸准备伸手掐死菅六的模样。

"且慢，义连。此人并无恶意。他只是为了保命，才奉命带路的，然而这附近却是人迹罕至的纤腰之地，即便是他，估计也不大熟悉——不如派几人轻装上阵，分头寻找，看看附近是否有樵夫小屋，或是烧炭翁、猎人的住所。"

人数并不太多。义经的话，足以令队伍的另一端听清。

立刻，数骑人马便已离队，奉命出发寻找。等待之时，义经下马歇息了一阵。

不久之后，熊谷直实之子小二郎直家便带着一名有如猿猴野人一般的年轻男子回来了。

男子面露惧色，不肯上前。小二郎拽住男子胳臂，将男子拽至义经面前。

"在下于山后的沼泽边看到小屋灯火，走近一看，便发现了一对猎人父子。在下与其父商议，其父答应让在下带领其子前来拜见大人。临走时，其父曾向在下夸口，说其子熟知此山中的一切。"

说罢，直家将男子拽到众人当中。男子似乎眼前发晕，蜷缩着身子，脸颊贴地。

"……哦。是吗？"

义经柔声问道："你叫何名字？"

男子摇头。义经又问男子是否没有名字，男子点头。

见周围众人哄笑不已，男子身子越发僵硬——义经又问男子年龄，男子回答十七。

年满十七，却依旧无名？如此说来，令尊令堂如何叫你？

男子回答说就叫"儿"。

"既如此，他人又如何叫你？"

第五十章 断崖

男子回答说，因自家小屋所处之地名为"鹫尾"，故而众人皆以"鹫尾"相称。男子似乎终于放心，答话也顺溜了一些。

"是吗？"

义经眼中含笑，注视着男子。他甚至觉得男子颇为可爱。义经又问男子是否愿意做一名武士，男子立刻便回答愿意。男子第一次用强烈的目光仰望着义经，连连点头。

"你便以'鹫尾'为姓吧。眼下时值春日，再加上我名字中的一字，便叫你'鹫尾经春'吧。"

听过义经的话，男子感激得五体投地。

众人催促道："知晓通往鹎越之上的路吗？"

男子一跃而起："离此地并不太远。"

说罢，男子便大步流星地向前迈步走去。

大地突然在眼前断裂。黑暗的天空中，岩角的线条淡淡蜿蜒。毫无疑问，只需往前一探头，前方必定便是绝壁悬崖。

"一之谷。"

"是一之谷。"

众人不由得开口说道。海风拂面，隐隐中含着一股潮香。

马匹比人的直觉更加敏锐。它们早已伸直前蹄，往后倒退。

"切莫太过靠近山崖，踩踏岩石。紧勒马口，休教马匹嘶鸣。"

义经一边告诫众人，一边率领全军，退到了身后的树林里。

之后，义经命令四五名骑者策马临近断崖边缘。

"哦哦。"

探头一望，敌军的本阵已是近在咫尺。居高临下，虽然令人不禁感到有些目眩，但平家的中枢与众人间的距离，却已缩短到了最小限度。

经历过夜间的紧张情势，平家一方的众人并未安心歇息，阵中各处点亮着篝火。阵所的临时小屋前、风中猎猎作响的帷幕前、城户、鹿砦前，火光点点。

一条白色的海浪线于附近划过。海面之上，也同样闪烁着兵船的篝火。侧耳聆听，风声之中，夹杂着微微的海浪声、摇橹声和人声。

"如何冲下此地？"

重忠和平日里英勇善战的三浦义连，唯只凝视着悬崖的下方。

"这……"

就连手中紧拽着义经马辔的佐藤继信、忠信兄弟两人，也不由得将马匹往后拽行了五六步。

"大人打算如何行动？"

众人不由得将目光投向义经。

义经紧咬双唇。就连义经自己，似乎也未曾料到此处竟会如此险峻。

先前，义经便已想到，一之谷背后的地势必定无比险峻。奔赴此地，亦是常人无法料到之举动。然而，义经却正是要无视常理，出奇制胜。

若依常理行事，敌军自然定能料到。

唯有将他人眼中心中的"不可能"转化为"可能"，方才是非常时刻的常理。

……

义经依旧紧咬着双唇。此刻的他，正在与常理中被认定为"不可能"的自己的观点对抗着。

"鹫尾，鹫尾。"

义经扭头向着带路至此的青年问道："鹿群是否会进此山？"

"鹿群？……鹿群吗？冬日临近时，丹波的鹿群倒也时常会越过此地，前往一之谷。待得春暖花开之后，鹿群便又会由一之谷回到丹波。"

"是吗？既然鹿群能够攀缘至此，那么马匹想必也不会失足。"

"不，鹿群或未可知，但人马却……"

即便就连鹫尾青年也认定此地太过险峻。然而，义经却置若罔闻。

"忠信、继信。去牵两匹无人之马到此地来。"

第五十章 断崖

"什么？马匹吗？"

——弄清义经的命令，继信、忠信兄弟二人奔入了自军七八十骑潜藏的后方林中。

义经静静地坐在马鞍之上。他的身姿之中，已再看不出丝毫的杂念。海天一色，面对着依旧混沌的宇宙，义经驻马屹立。

"九郎大人。"

有人屈膝跪拜于义经的马前。义经低头一看，不快地道："你还未离去？"

"是的。"

吉次再次低头致礼。离开京都，吉次一路随军前行。到得三草山前时，义经也曾严令，让吉次就此回归。但吉次却依旧恋恋不舍，一直跟从到了此地。

"……是的。鄙人准备在此拜别大人。即便众人皆言鄙人乃是商人中最为胆大之人，但来到此处，鄙人也不禁感觉胆寒。所谓战场，原来便是如此……尽管心存遗憾，但鄙人却已无法再继续追随大人了。"

"既如此，那你便回去吧。路上当心……嗯，你便与鹫尾青年一同回去便罢。"

"感激不尽……但吉次却只是原路返回，而眼下大人却将冲锋陷阵。吉次必会心中祝祷，愿大人武运亨通，奋勇杀敌，更期盼着能与大人他日再会。"

"什么？"

义经无声地一笑："如此毫无指望之事，又何须祝祷？你若祝祷，日后必定后悔。"

"若是大人有个三长两短，鄙人定会后悔……若事终至此，吉次也再无奢望。唯有遁入佛门，以求清净。"

"自离开鞍马之后，多亏了你的照顾。恕我任性，感激不尽。吉次，我欠你一个人情。"

"大人言重。"

吉次赶忙摆手，抬头仰望着马背上的义经。义经的侧脸上，微微映现着灿灿红光。

东方的天空，已彻底一变。海天便如父母一般，孕育出了一轮红日。

义经的目光和内心，尽皆融化在了这崇高庄严的光芒之中。吉次也凝望着那轮红日。众将士走出身后的树林，满面红光，悄然肃立。

"吉次，你还在吗？"

"在。"

"很好。既如此，我有一件重任交付与你。此任便只有你能担当。"

"敢、敢问何事？"

"——若是义经我能安然到得此断崖之下……"

"大人尽管吩咐。"

"难波附近，你有几艘船只？"

"奥州船并无几多。"

"既然如此，你速速赶赴难波，尽力召集船只，停泊于淀之口、渡边周围——船底尽皆囤积兵粮，面对世人，你声称此乃前赴四国的商船便可。"

"船数几何？"

"越多越好。既要承载源氏的兵马，再有多少也不嫌多。"

"遵命。"

吉次起身行礼。他似乎也已大致明白了义经心中所酝酿的其后的作战计划。

"此事便拜托你了。快去吧。"

"告辞——"

话虽如此，但吉次却担心今日便是与义经的生离死别，依旧迟迟不肯离去。眼见吉次稍稍后退，等候已久的佐藤兄弟立刻上前。

"两匹马匹已经牵到。不知是否合大人心意？"

兄弟二人拽住马辔，将两匹无鞍之马牵到了义经的身旁。

义经一点头。

"将这两匹马推下断崖。"

义经下令。

继信与忠信似乎依旧未能明白义经此举究竟为何，再次问道。

"将马匹推下断崖？"

"正是。"

"遵命。"

兄弟二人将马牵到断崖边缘。然而，刚一走近崖边，马匹便惊惧不已，再不肯上前半步。

"快来人，动手鞭策马臀。"

兄弟两人出声叫道。余人绕到马匹身后，冲着马臀狠狠一鞭。

继信忠信赶忙放开马辔。若是稍迟片刻，或许竖起鬃毛的马匹便会带着二人一同冲下断崖了。

两匹无鞍之马头下脚上地由断崖向下摔去。断崖千仞，深不见底。

……

义经与众人屏住呼吸，全神贯注地看着眼前的一幕。夹杂着白色小石的土沙上，随处可见露出地面的巨大岩石。土层之上，稀稀疏疏地长着杂草与松树。距离地面五六段的地方，还有一条七八段的横纹。

马匹依旧未能在那横纹处停下脚步。每过一段，马匹便会踢落土沙，往下猛冲。其中一匹似乎马脚折断，倒地不起，而另一匹则爬起身来，浑身一抖，啃食起了周围的杂草。

由此尝试来看，险夷各半。

第五十章 断崖

"众位可曾看到?"

义经扭头向着立马崖边的众人说道。

"若能人马一道小心下崖,七十骑人马,或有三十五骑能够生还——在下义经自当率先下崖。众将士皆当观察模仿义经如何驱马。"

说罢,义经立刻令胯下坐骑后退弯曲,手操马缰,便如向激流中放下竹筏一般,向着绝壁跃下。

"哦。"

"哦——"

"快看。"

众人争先恐后。镰仓武士之魂,无不白热相搏。众人踢开绝壁上的满面沙土,势如山崩,填埋了下方的海滩。有人立刻跃起身来,也有人就此倒地不起。

第五十一章　独愁

新的宅邸，被定在了六条室町。九日，已经率领着部分人马，凯旋而归。城中的热闹景象，便如同祭典一般。其中，既有女子哭叹不已——
"世道沧桑。"
也有年轻人兴奋不已——
"时代变革。"
更有眼见俘虏与敌将首级，不忍观看，扭头念佛不止的尼姑。
战死于一之谷的平家武将，即便只算那些个重将，其数目也叹为观止。
平敦盛、忠度、通盛、经俊、经正、知章——即便摊开十指，也难以尽数。
十三日前后，经由京中街巷，敌将的首级被悬于六条河原枭首示众。
上奏过朝廷，也向镰仓方面接连派出了快马传报。为能让远在镰仓的兄长赖朝了解合战的状况与处理，义经始终留心在意着。不，身为镰仓大人的代官，义经已经做到了毫无遗漏，克尽万全。
——然而，兄长那边，甚至就连一句"做得好"都没有说过。
听闻兄长已经对范赖方面的情况做出了裁决，却依旧没有任何消息传达到义经这边。义经并没有期望过兄长会对自己的功勋做出封赏。此番回京，义经便只是为了将情况奏报与朝廷和镰仓，处置平家众人，完成其余的军务。他的内心，就只盼着能够早日继续率军西下，趁着眼下的实际，彻底扫灭平家的残余势力，以绝后患。
义经心中所畏惧的，便是以濑户内海为中心的平家水军的力量。为了与宋朝展开贸易，生前，清盛曾于各地大力扶植造船和开拓水路。如今，清盛死后，他的这份未竟事业，却在清盛的子孙陷入没落境地之后发挥出了力量，令平家掌握了由内海到九州的海上霸权。
即便是骏马无数，在野战与山岳战中拥有着绝对自信的源氏军，却也丝毫没有展开过水战的训练，更没有一艘兵船。
"如何拿下屋岛？"
攻陷一之谷前，义经便已观察过了平家的水军和其本营周围的地形，暗自冥思对策。

正如义经所料，由一之谷溃走的大半敌军，大多都乘船从水路逃离，集合到了屋岛附近。

而且，背靠九州，接邻中国，每一天，其势力都在不断增强。

从鹎越的岩头向着崖下的敌军冲去之前。

——若能生还。

为了其后的作战，义经事先吩咐吉次，让吉次备好船只。而吉次也已经筹备好了一切，将召集到的船只全都停泊在了难波的淀之口。

这般那般。

尽管义经心中焦急不已，但镰仓却迟迟不曾发下指令，而朝臣之中，再次燃起了政治动向。

"与源氏议和。"

传闻，朝廷之人让被源氏生擒回都的平重衡写下书信，并让人送往了屋岛的宗盛手中。

不觉之间，半年时间悄然过去。义经依旧无所事事，空度光阴。

"——近来之事，令我兄弟二人颇感意外。"

佐藤继信、忠信兄弟二人跪坐于义经面前，开口说道。

义经平静地问道："意外？何事意外？"

继信一反平常，两眼盯着义经的脸。

"大人莫再掩饰。恐怕，此时大人心中远比我兄弟二人更为憾恨。"

"嗯……何出此言？"

"实在令人心有不甘。"

兄弟二人拜伏于义经面前。

"我不明白你们二人何意。究竟何事？"

"……自然便是镰仓大人的裁夺。经由镰仓大人的推举，甚至就连那位无能平庸的蒲大人，也任官三河守，叙位从五位下了。"

"有何不可——此事有何令人感到意外？"

"——分明如此，面对大人，其后便再无任何裁夺。此事实在是有失偏颇——如此裁夺，实在太过无情。"

"何出此言？你等莫非觉得，我义经是为了恩赏而战吗？"

"不……我兄弟深知大人绝无如此心思。然而，事实上，大人奉命守护京都，身无半点官职，又当如何担负朝廷事务？无官无位，又如何忠心尽职？"

"岂有此事？身为镰仓大人的代官，身处京都，今年三月，裁断高野僧众与寂乐寺的纷争，五月，又聆听祇园神社的诉讼。除此之外，京中的秩序，禁门的守护，我都尽力做到了无半点差池。"

"此事乃是因世人皆心服于大人所致。面对大人您的如此实绩，镰仓大人也当夸赏几句方是。更何况，宇治川一战之后，神速攻陷一之谷的功绩，又当算在何人头上？我等兄弟，实在不懂镰仓大人心思。"

不论义经如何叱责，二人始终不肯住口。而眼下佐藤兄弟心中不服之处，也正是如今身处义经麾下，居于六条宅中之人心中的不满。

因此，义经手下的一众直臣，先前也曾相互商议，向镰仓大人呈上了请愿书，只盼镰仓大人能够尽快为义经推举官职。

然而，镰仓大人却对众人的请愿之声充耳不闻，请愿书也被问注所送回众人手里。相反，镰仓传闻，此事反而招致了赖朝的不快与怀疑。

联名写下请愿书的众人都未曾想到，众人擅自行动，结果却事与愿违，反而令主君的立场变得更为不利。

"万分抱歉。"

众人涕泪纵横。

"——我等该当如何是好？"

众人尽皆束手无策，唯有佐藤兄弟与众人有所不同。先前，兄弟二人离开奥州之时，藤原秀衡便曾暗中叮嘱过二人。既然如此，留守都城又有何益？不若死了这条心，干脆离开此地，再度返回奥州——兄弟二人真心劝诫道。

——义经闭目听过二人的谏言。半响："纵使我义经身死，也决不回去。若你兄弟二人怀念故乡，回去便是。自今日起，你二人无须再来会我了。"

义经斩钉截铁地说道。

第五十一章　独愁

平家撤离之时，虽然大半已遭焚毁，但京都的街町和行人的装扮，都骤然间彻底一变。

朝廷并未下旨——

"不可沿袭平家风貌。"

而先前那般浮华骄奢的音阶与色调却已骤然消失，一眼望去，总给人一种实质内容之感。

——尽管如此，嘴上虽从不提起，但庶民的心中，却已将希望放在了今后的时势之上。尽皆盼望能够过上更好生活的民众，自然会喜好明快的色彩，追求欢快的音乐。较之于朴素，人们更喜好追求奢华。

　　然而。

　　明快与奢华，却也和先前平家众人的那种浮薄大异其趣。并非纤弱。更非骄奢。

　　这是一种刚健的明快。让人感觉到"奉公之道，吾等绝不输于旁人"的奢华——然而却无半点浪费，身影毅然而清爽。走在街道之上，每遇武士路过。

　　"镰仓之风。"

　　人们便会低声谈论。

　　其中绝大部分，都是义经的部下。可以说，他们已经带动了一股新风。不知何时，庶民们也开始争相效仿。风潮带动了世相。

　　"便是此处了吧，兄弟？"

　　"嗯，正是此寺庙。"

　　自六条坊门向北山方向转去，行至只见农家的地界。前方，出现了一片树林和一道山门。

　　佐藤兄弟穿过山门，向知客僧低声说了几句。知客僧似与二人熟识，立刻便将二人带进了寺内的禅房之中。

　　"哦，两位大人来了啊。"

　　禅房之中，一名男子俯身躺着，手托腮帮，正百无聊赖地看着地上的蚂蚁。看到佐藤兄弟，男子赶忙起身行礼。

　　"发生何事？两位大人似乎有些无精打采？"

　　寺中的食客，便是奥州的吉次。每次到得京都，便于白拍子家中一住数月，这早已是当年之事了。京中的大火，已将翠娥、潮音姐妹的家彻底烧尽。不知为何，打那之后，姐妹二人便杳无音讯了。

　　"嗯，吉次。其实，我兄弟二人皆已被主君扫地出门了。"

　　"哦？"

　　"我兄弟招惹了大人的不快，大人下令让我兄弟二人返回奥州。我们苦苦哀求，大人却不肯听从……因此，我等便只得来与你商议了。"

　　"万万不可。"

　　吉次一摆手："自打一之谷一别之后，鄙人吉次也一直未能有机会面见大人。鄙人于难波的淀之口租借召集船只，只盼着大人率兵进发，却始终不见半点音讯，亏损甚大……然而，若是鄙人主动求见，想必大人心中也绝不会好过……即便鄙人看到大人他的憾恨神情,也是束手无策。再过些时日,或许情势便会有所变化——心怀此念,半日之中,鄙人一直在观察蚂蚁争斗——两位难得到此,但斡旋求情之事,还请两位另求他人吧。眼下,鄙人暂时无法求见源九郎大人。"

"原来你早已知晓我二人心思。"

继信与忠信一脸困惑地对望一眼。

"话虽如此,但还是请你听我兄弟二人讲述一番吧。"

"既如此,两位便尽管说吧……只不过,大致的情况,鄙人也已知晓。想必两位一定是出面劝说了大人吧?"

"正是——但我兄弟二人的请求,或许有些强人所难。现如今,我等总觉得憾恨无比。吉次,你又是如何看待镰仓大人此番的裁夺的?"

三人皆为义经愤愤不平。兄弟两人心中的怨愤,正是吉次心中的怨愤。

因此,听到继信与忠信的愤慨诉说,吉次心中也深有同感。

然而,吉次却摇了摇头。

"两位不必再说了。"

时至今日,又有什么可说的?吉次已是不愿再听了。

"话说回来,如今两位被扫地出门,今后又当何去何从呢——两位是否准备返回故乡奥州?"

吉次问道。

"我兄弟二人如此回去,又当怎样向秀衡大人交代?"

弟弟忠信心中的感情,更甚于兄长。

既然如此,便前赴关东,向问注所的人讨个说法,再或者直接求见镰仓大人。兄弟二人似乎已经下定了决心。

"万万不可。徒劳罢了。"

吉次再次摆手。

"镰仓大人为何对源九郎大人如此无情?还请二位仔细思考一下个中原因吧——在鄙人看来,义经大人与其兄赖朝大人,二人性情势同水火,原本便难以相合。镰仓大人不过只是在设法利用义经大人罢了。"

"岂能如此?身为天下霸者,怎可如此自私自利?"

"为了霸业,在所难免——或许镰仓大人自己心中便是如此认定的吧。"

"此事实在是令我兄弟二人心冷如灰。如此行径,想必定会令世间之人怀疑骨肉兄弟之心。若是身为霸者之人，竟如此冷淡对待血缘相连的美好感情，真不知将会对世人产生何等影响。"

"不，镰仓大人也并非毫无血性之人。他的心中，想必也有着不为人知的烦恼……然而，若是有人趁此时机，说些有的没的，肆意进谗，欲图令他兄弟反目的话，那便是火上浇油了。"

"奸佞……嗯，吉次你是说梶原景时吗？话虽如此，但镰仓大人如此聪颖，又岂能为此等小人的言辞所动？"

"鄙人听闻，镰仓大人虽然聪颖，却生性猜疑心重。再如何伟大之人，心中也必定带有些许的愚蠢之处。"

"——如此说来，那我等兄弟，不是就只剩下拼死进谏，当面向镰仓大人恳求这一条路了吗？"

"如此行径，便只会给奸佞留下话柄。镰仓大人只会对九郎大人越发忌惮，而丝毫不能减轻他的猜疑之心——若是二位还为主君着想……"

说到这里，吉次眼中仿似要冒出火来一般。他将目光投向兄弟二人，往前探出身子，压低嗓门，痛下决心地说道："不若干脆设下计谋，拥奉源九郎大人，彻底脱离镰仓大人——今后的世间，究竟是交给镰仓大人，还是交给义经大人呢……鄙人心中的想法，正是如此。"

"你是说，要让义经大人与镰仓大人为敌？"

"正是。"

吉次平静地回答道。

二人无意与吉次联手谋反。
而若是直接面见镰仓大人，似乎也收效甚微。
佐藤兄弟迷惘不已。
兄弟俩并不想回奥州。两人束手无策，在吉次借宿的寺院中一住就是好几个月。
——然而，兄弟俩却每天都会来到街头，四处打探有关主君义经的消息和源氏的动静。
不论是政治方面还是军事方面，义经的处境都没有丝毫的改变。
秋日，十月中旬。
六条室町的义经宅邸中，牵出了一辆华美无比的八叶车。
卫府三名，随侍二十骑，扈从而行。

"判官大人出行。"

"大夫判官大人首次参内。"

人们争相走上大街小巷，希望能够一睹车中之人的风采。

八叶车中，载着装束平和的义经。若将当时有幸亲眼目睹之人的传闻写下：

容貌优雅，进退相宜，绝非义仲之流可比。

唯习惯京都之人方能如此。

众人尽皆认定，义经容貌端丽，举止静雅。

众人并不知晓，义经与镰仓大人之间存在着许多复杂关系。他们便只是理所当然地目送着车驾远去。

"这究竟是怎样一回事？"

佐藤继信和忠信悄悄向六条宅邸中的旧日友人询问。旧日友人告知二人，虽然镰仓与义经之间关系依旧，但义经却受到了后白河法皇的优渥待遇，迎奉院宣，受赐了叙位官职。

此事必定是传到了法皇的耳中。对于义经的为人，义经的功劳，法皇封其补任检非违使：

"此事还得等待兄长允可。"

但义经感恩流泪，却坚辞不授。

然而，此事毕竟乃是院宣，若以私人缘由再三推辞，实在是太过不敬。最终，义经将任官之事奏报了镰仓："此事必定是义经暗中恳求，恳请法皇颁下了院宣。义经违抗我赖朝之事，已绝非仅只是今日一回了。"

赖朝颇为不快。

赖朝即刻回书，书中言道："作为赖朝代官，追讨平家之任，自今日起解除。"

义经难明兄长心意。他绞尽脑汁，只盼消解兄长心头之气。

身处如此心境之下，今年十月，义经再度蒙受皇恩——就任从五位下、大夫判官一职，同时受允参拜院内与朝堂。

今日的八叶车驾，便是为上殿还礼而去的。

"话说回来，大人的表情中，却并无半点欣悦之色。便如秋日之下，孤单盛开的一朵白菊，寂寥无限——却不知大人心中，究竟做何想法。"

继信与忠信彼此谈论着，心中肝肠寸断。

法皇的恩宠，与镰仓的冷漠，令义经左右为难。即便是在如此吉日之中，却

第五十一章　独愁

也难以尽心言欢。这，竟然便是对曾于宇治川和一之谷立下赫赫战功的骨肉兄弟的回报。

"——忠信。"

"在。"

"不论今后发生何事，你我兄弟之间，断不可如此。"

"那是自然！"

返回吉次所在寺院的途中，兄弟二人有感而发，交心而谈。

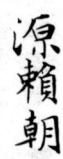

第五十二章　同根相克

——而转眼观察以屋岛为中心，环绕濑户内海的诸国动静，于一之谷战败后的平家，如今已重振旗鼓。光由其阵容来看——

"此役究竟将是源氏获胜？还是平家获胜？"

人们心中不禁感到怀疑。

范赖虽暂时回归镰仓，但其后又奉赖朝之命，于八月率军离开镰仓——

"即便没有义经，我也同样能够取胜。"

作为源氏的总帅，范赖率军由中国直扑九州。然而，早就等候已久的平家谋将知盛却将范赖玩弄于股掌之间，是年年末——

"缺乏船只，兵粮难继，兵力亦不足——"

范赖频向镰仓告急。

面对义经时极为严苛的赖朝，在面对范赖时却颇为宽厚。赖朝不但一一细阅范赖的传报，时而告诫，时而激励，如同抚慰泣儿般地督战，频频召开评议，于召集东国的船只，囤积兵粮，准备运出兵粮救援范赖。

文治元年正月。

驻军周防的范赖再难抵挡平家的压力，率军向着赤间关移动。

范赖本打算以此处为基地，率军进攻平家，却依旧无法获得兵船。此外，粮草也再难维持。

"竟然如此愚笨！"

甚至便连部下也心怀此感。范赖的作战根本就是错误的。不，或许该说他根本就毫无方针。

平家以屋岛为根据地，占据了濑户内海的制海权。与此相对，范赖却于沿岸各地来回徘徊，中了敌军的诱敌之策，南下九州。等到范赖回过神来之时，自军与京都之间的联系，却早已被身后的中国路上的敌军彻底掐断了。

"无能。"

源氏军中，四处充斥着如此评价。

"想念故乡。"

众人心中都怀有此念。甚至便连和田义盛，也一心盼着返回镰仓。士卒脱逃的状况层出不穷。

正当如此紧急关头，范赖却获得渡航丰后的八十余艘兵船，和足以维持一时的粮米——然而，无法上船的众人当中，甚至有武将脱下身上的甲胄变卖，之后购入小舟，与部下兵卒共乘小舟，追赶而来。

眼见情状如此，镰仓也再难坐视。赖朝下令急使传话："还不速速停止攻伐九州之举？敌军本阵不在九州。率兵征讨四国。"

但眼下却已难以赶上。与镰仓远隔的征讨军，如今已经唯剩全灭的命运了。

"立即率兵出击。"

此时，兄长赖朝的书信，送到了身处京都的义经手中。

义经甚至无暇责怪兄长的任性。首先涌现在义经心头的，却是一股欣喜之情。

"如此一来，兄长的愤怒也就此消解了。值此天下大事之秋，此身也终于算是死得其所了。"

实际上，义经心中也确实唯有一死的念头。此番出征，义经早已暗自在心中发誓，定当战死沙场。

当日，义经召集起众将士，拜别院之御所。开赴战场之际，义经向着诸国的武者如此言道："在下义经，此番若不能彻底扫灭平家，便不会活着回来。战场之上贪生怕死、临阵脱逃之人，不必多虑，可当即离开。若于战场结伴逃离，反而坏了我源氏声名——此外，如今朝廷已颁下敕宣。众人若是后退一步，便是违抗敕宣一分。"

隔壁的响动声，将吉次从睡梦中吵醒。

清晨，醒来之后。

"我手中的船只，今年内必将达到百艘。令人与故乡开采的矿山，来年也必能产出黄金。一夜过去，雄鸡啼鸣，金钱百贯——"

计算财产，或是思考如何令钱财运转，这既是他的一种习性，也是一种乐趣。吉次每天的日子，都是由此开始的。

——然而，今日清晨，隔壁之人低声谈论和细微响动，却令吉次颇为在意。

"所谓武士，全是些彻头彻尾的蠢货。"

虽然吉次不想理会，但他却已无法再继续享受自己的美梦了。

隔壁屋中，居住着去年到此求宿的佐藤兄弟。昨夜——

"此生之中，想已再难相见。"

继信、忠信二人郑重地拜别吉次，对面痛饮了一番。

听闻此番义经出征的消息后，不论主君如何呵斥，兄弟俩都决心追随义经，奋战到底。

"……何必如此？"

吉次实在是搞不明白。他早已对武士的心理感到了厌倦。

"主动送死，难道竟是如此值得开心之事？"

虽然昨夜之中尚自还有些怀疑，但今日天色未明，便已听到半年来情绪阴郁的兄弟二人的欢笑声。两人的欣喜之心，便如同重获新生一般。

见兄弟俩如此欣喜，吉次心中不禁有些愤愤不平。吉次爬起身来，打开拉门，走到缘廊之上。

"两位这便准备出发了吗？"

吉次探头询问道。

他的目光，便如同已经彻底放弃病患的大夫，投向了血气方刚的愚蠢青年。

"哦，是吉次啊。我兄弟二人正准备去向你辞行呢。"

兄弟俩一身战甲，腰悬太刀，一脸神清气爽的模样。

"就此拜别。多多保重。"

兄弟二人拜别了方丈，一路跑出了山门。

日过三竿。

吉次一如往常地用着早膳。粗茶淡饭，令吉次放下筷子，怔怔地发起呆来。

……

小半日中，吉次一直盘腿坐在阳光直射的缘廊下。

北侧的草丛之中，隐隐可见横七竖八的卒塔婆与墓石。那片阳光难至的冰冷阴影中的静寂，忽然牵动了吉次的心。他是活在阳光之下的生物，而对面的墓石，却是永恒死亡的群像。

初时，吉次尚能区分出死者与自己，但不知何时，他却也感到再难分清了。

"……究竟哪一方，才是永生？"

吉次心中不禁萌生了如此想法。

即便化作了白骨，却依旧有着无数的人活着。尽管失去了形体，但文化大潮中，在国土之上，留下了不朽的精神与事迹的众人的生命之力，却依旧尚在。虽然早已化作过去，但他们却永远不会死灭。

"……那我呢？"

第五十二章 同根相克

回顾着至多还有十年二十年可活的自身的肉体，吉次的心中，感觉那些他留在故乡，曾令他坚信不疑，认定为人生生活之力和欢愉之心的莫大财产，却也与树荫之下的落叶小山并无差异。

"……今日确实有些奇怪。"

吉次打算换个心情，起身向着本堂走去。这时，只见寥寥数人抬着一副棺柩，正向着佛堂走去。

"——唉，想当年，潮音也曾是一名令平家众公子争执吵闹过的美貌白拍子啊。人生在世，当真是如梦似幻啊。"

送葬之人聚集于寺院的缘廊之上，彼此低声议论，等待着大钟鸣响的一刻。

是日，四月十二，赖朝夫妇莅临了其亡父义朝的新庙——南御堂的立柱仪式。

仪式结束之时——

急使来报，传来了义经于坛之浦取得大捷的消息。

"如此良辰吉日，如此快报！"

在场群臣山呼万岁，其声动天。

藤判官邦通朗声宣读了信报——海战的状况、双方的死伤、擒获的平家诸将之名，信报之中，巨细无遗地记录着一切状况。

……

宣读已毕，赖朝俯身向鹤冈八幡祭拜。

政子的睫毛之上，亦然闪烁着泪光。一行清泪，滑下了赖朝的面颊。

"平家终于彻底灭亡。"

扈从之臣无不感慨万千，随着赖朝夫妇回归御馆。

莺啼渐老，花落成泥，镰仓春日更盛——

时光流逝。

赖朝端坐于营中一室，令梶原景时前来。

"……其后，义经形状一如先前，并未将自己所立的奇功归功于镰仓之威，却只把一切归于自己头上，飞扬跋扈，胡作非为。"

赖朝震怒不已。

奸佞之人的眼中，再聪颖的霸者，也无比天真。正因身为霸者，方才会有如此破绽。

"年幼之时，我曾徘徊于生死边缘。二十年中，置身流放所中，卧薪尝胆，最终方得成此霸业。我又岂能为他一人而公私混淆，久留祸根？若想保全主体，便是手足，亦可断却。"

然而，赖朝却也无法毫无苦闷地说出如此言语。他的理性，也尚未偏颇到了连自己都无法觉察到自身矛盾的地步。

如今的世间众望，已骤然转到了义经的身上。虽然义经年仅二十七，但赖朝却比任何人都更早地看穿了这名异母胞弟身上的雄才大略。

——然而，感慨却已转化成了恐惧。无时无刻，赖朝都在用义经与自己比较。尽管有时赖朝也会谨慎小心，反省自我，但义经的天纵英才，却令赖朝难以坐视。

况且，听闻法皇近来对义经宠遇愈厚，对义经深信不疑。如此情状，又教赖朝怎生安心？

由此，加之佞臣从中挑拨，赖朝与义经之间事件频发。或许这便是宿命，不测之事终于发生。

然而，义经却依旧对兄长深信不疑。

"不日，定将有好消息传来。"

义经始终等待着赖朝的消息。

同月二十九日，赖朝终于发出了裁夺。逐出家门。

"其中必定有误！定有奸佞进谗。"

义经情急如焚，心苦而泣。为了当面与兄长辩解清楚，义经火速赶往关东。

然而，赖朝却不许义经进入镰仓。

义经受阻于酒匂。

将世称《腰越状》的那封字字恳切、句句泣血的书信托付给了兄长的亲信——大江广元之后，义经悄然返回了京城。

其后——

吉野雪霏霏，奥州秋啾啾，就在街头巷尾为审问义经之事而闹得沸沸扬扬之时，不知谁人，却在义朝之庙南御堂的墙上，画下了一番涂鸦。

诗题名为《七步隔千万里》。

第五十二章 同根相克

　　　　煮豆燃豆萁
　　　　豆在釜中泣
　　　　本是同根生
　　　　相煎何太急

此乃魏国曹植有名的《七步诗》。或许是山僧所为，笔迹之中，隐隐带着一丝抄写经文的风格。然而，春秋数载，风吹雨打，墙上的墨迹也最终淡薄消退了。

　　幕府镰仓。

　　最终，镰仓幕府也未能长久。当时的时代，虽然绝非仅仅唯有赖朝一人，然而，明知自己的手脚的主体，却留下了未能为同根而生的主体——国土而深思熟虑的遗憾。

　　作者时常为霸者赖朝的这一点而惋惜，为凡人赖朝的《豆之诗》而感殇。